One Exit
Verloren im Untergrund

DARKVIKTORY
ONE EXIT
VERLOREN IM UNTERGRUND

Mit Illustrationen von darkviktory

ISBN 978-3-7432-0335-8
1. Auflage 2019
© 2019 Loewe Verlag GmbH, Bindlach
Umschlag- und Innenillustrationen: darkviktory
Umschlaggestaltung: Michael Dietrich
Printed in the EU

www.loewe-verlag.de

INHALT

Kapitel 1: Das gestohlene Briefing 7

Kapitel 2: Nichts passt zusammen 30

Kapitel 3: Sackgassen und Auswege 55

Kapitel 4: Ich bin Gott 72

Kapitel 5: Brüder oder Verräter 103

Kapitel 6: Meine Vergangenheit und ihr 127

Kapitel 7: Geheimnisse halten uns frei 150

Kapitel 8: Plan B 172

Kapitel 9: Mensch vs. Natur 197

Kapitel 10: Die Saat der Menschheit 214

Kapitel 11: Wie die Kinder 233

Kapitel 12: Monster im Monster 258

Kapitel 13: Ein Licht, das dich führt 280

Kapitel 14: EXIT 300

Kapitel 15: Wieso ich? 323

Kapitel 16: Einen Schritt voraus 336

Kapitel 17: Ein Prozent 352

Kapitel 18: Erbe 380

Epilog 388

Danksagung 398

KAPITEL 1

DAS GESTOHLENE BRIEFING

Ein Knall, ein Holpern, ein Quietschen. Dann ein heftiger Ruck. Fabiu wurde durch das enge Zugabteil geschleudert. Glassplitter fielen auf ihn hinab. Er spürte, wie er kurz den Boden unter den Füßen verlor. Wie in Zeitlupe wirbelte er durch die Luft, bis es ihn gegen etwas Hartes warf.

Sekunden des Lärms, gefolgt von dröhnender Stille. Er hustete und atmete rasselnd dreimal scharf ein, bevor er unkontrolliert nach Luft schnappte. Der Sturz hatte ein Gefühl von erstickendem Druck auf Fabius Brust hinterlassen. Als wäre seine Lunge auf die Größe einer fest geballten Faust zusammengepresst worden.

Wo war er? Beim Versuch, sich aufzustemmen, schnitten die Splitter eines zerbrochenen Spiegels in seine Handflächen. Reflexartig warf er sich mit dem Rücken gegen die Sitzpolster, die sich bis zur Decke erstreckten, und zog seine schmerzenden Hände fest an sich. Sein Blick huschte hastig umher in der Hoffnung, sich zu orientieren.

Er befand sich in einem kleinen, abgetrennten Abteil – allein.

Zu seinen Füßen eine Eingangstür, über ihm eine weitere. Dann strich er sich mit der blutigen Hand sein Haar aus dem Gesicht und neigte den Kopf. Langsam schaffte es sein Hirn, all die wirren Bilder zusammenzupuzzeln: Der Zug musste gekippt sein! Ein Angriff? Aber wo waren die anderen Jungen? Die von den Fotos? Warum gab es keinen Gang in die weiteren Abteile? Unter sich sah er durch die zerbrochene Scheibe Steine und über ihm, hinter der anderen Abteiltür, wurde die Decke des Untergrundschachtes von Rauch bedeckt, der in Goldtönen zu leuchten schien. Feuer! »Joshua?! ISAAC?« − Die einzigen beiden Namen, die ihm spontan einfielen. Die einzigen beiden Jungs, mit denen er gestern tatsächlich gesprochen hatte. Fabius Schreie erstickten in einem röchelnden Husten.

Fabiu betrachtete seine roten Handflächen und zog dann entschlossen, doch mit einem zugekniffenen Auge, eine größere Scherbe aus seinem Daumenballen. Ein scharfes Zischen, dann ein Zähneknirschen, als ihn seine brennenden Oberschenkel in eine aufrechte Position brachten. Wankend klammerte er sich an den nun scheibenlosen Fensterrahmen der anderen Eingangstür über seinem Kopf. Er wusste, er hatte keine Wahl, es gab nur diesen einen Ausweg. Und den sollte er besser sofort nutzen, denn der antike Muff der alten Sitzpolster wurde zunehmend vom rußigen Smog überdeckt, der in seine Lungen biss. Als Fabius Atmung im panischen Versuch, mehr Sauerstoff in sein Hirn zu pumpen, immer schneller wurde, zwang er sich, kurz innezuhalten.

Okay, okay! Ruhig!, dachte er. *Zuerst muss ich hier raus, dann die anderen finden, dann –* Plötzlich fühlte er ein unangenehmes Ziehen im Magen. Was, wenn die anderen gar nicht mehr am Leben waren? Er sah das Feuer vor seinem inneren Auge, während der Rauch durch seine Nase direkt bis in seinen Kopf zog. Ohne Vorwarnung fühlte Fabiu den Speichel in seinem Mund überfließen und ein saurer Brei schoss ihm die Speiseröhre hinauf, als er sich stoßartig übergeben musste. Ein Schütteln ging durch seinen Körper, angewidert von sich selbst. Dieses Gefühl war ihm seltsam vertraut.

Er griff entschlossen nach dem Fensterrahmen, um sich zu stützen, dann versuchte er, mit seiner freien Hand die Tür über ihm mit aller Kraft aufzudrücken. Als sie sich nicht bewegte, formte er seine Hand zur Faust. Mit konzentrierten, schnellen Schlägen drosch er mit aller Wucht auf die lackierte Holztür ein. Nichts. Neuer Plan!

Mit seiner anderen, bereits angeschwollenen Hand griff er nun ebenfalls nach dem Fensterrahmen und presste die Füße ins Sitzpolster, um sich so mit aller Kraft hinaufzuziehen.

Als sein Kopf aus der Kabine lugte, sah er einen asiatisch aussehenden Jungen in seinem Alter – es war Joshua! Der 15-Jährige stand nur einen Waggon entfernt und zog unter angestrengtem Stöhnen eine weitere Person aus dem umgestürzten Zug.

»*Hobo!* Beweg deinen Arsch hierher! Wir brauchen Hilfe!«, schrie Joshua bestimmt.

Durch Fabius brennende Muskeln pumpte wie auf Knopfdruck Adrenalin. Er wusste, dass er gebraucht wurde.

»Karim ist bewusstlos!«, hörte Fabiu ihn rufen.

Fabiu konnte sich nicht an Karim erinnern. An sein Foto – ja. Aber nicht an mehr. Schnell hatte er sich aus seinem Waggon befreit und rannte auf Joshua zu, der versuchte, den schlaffen Körper eines schmalen schwarzen Jungen aus dem Abteil zu zerren.

Dann hörte er eine tiefe, rauchige Stimme aus dem Inneren des Waggons: »*Hobo?* Ist Fabiu etwa auch da?«

Diese Stimme erkannte er sofort – es war Fritz! Er hatte zwar selbst nicht mit ihm gesprochen, aber einen Jungen wie Fritz vergisst man nicht. Er war einer dieser Menschen, die jeden Raum mit Leben erfüllten. Doch gerade merkte man von seiner Gelassenheit herzlich wenig.

»Pass auf, Mann! Du reißt ihm gleich die Arme aus«, tönte es aus dem engen Abteil, in dem bis auf Fritz' glänzendes Gesicht und seinen rotbraunen Schopf nichts zu erkennen war.

»Dann schieb halt mehr nach!«, schrie Joshua hinab.

»Ich will nicht, dass er sich noch schlimmer verletzt!«, gab Fritz aufgebracht zurück.

Fabiu drängte Joshua zur Seite, um sich unter der Armbeuge des bewusstlosen Jungen zu positionieren. Joshua verstand sofort und tat es ihm gleich.

»Schieb!«, riefen beide hinab zu Fritz.

Nach wenigen Sekunden hatten sie Karims Körper befreit. Sie rollten ihn auf die Seite, als Fritz neben ihnen erschien. Er schob die beiden schwarzhaarigen Jungs mit seinen kräftigen, muskulösen Armen beiseite und legte Karims kleinen Kopf in seine Hände.

»Ich kümmere mich um ihn! Wo ist der Rest?«

Joshua warf Fabiu einen entschlossenen Blick zu. »Komm, *Hobo*!«

Plötzlich ertönte eine laute, dunkle und doch seltsam quakige Stimme: »Witzig. Wenn Chinatown den Zigeuner als ›Hobo‹ bezeichnet, denke ich automatisch an 'ne Kakerlake, die 'ne Ratte ›Ungeziefer‹ nennt.« Ein blonder Junge mit einem langen Gesicht, blauem Hemd und Hosenträgern, die Teil seiner schwarzen Jeans waren, stand am Fuße des umgestürzten Waggons.

»Halt's Maul, Lucas! Guck mal in den Spiegel«, entgegnete Joshua, dessen Ohren plötzlich stärker leuchteten als das Orange des Feuers der umgestürzten Dampflok.

Auch Lucas' Gesicht zierten trotz seiner blonden Haare ziemlich spitz zulaufende Augen, die seine zumindest teils asiatische Abstammung verrieten. Diese Augen funkelten bei Joshuas Konter hasserfüllt. »Pah, wirf mich ja nicht in einen Topf mit euch Reisfressern, klar?«

»Sei still, Lucas, und nerv nicht!«, entgegnete Fabiu harsch. Er wusste, dass sie keine Zeit für Streitereien hatten. »Hast du die anderen gesehen?«

»Tze, ich dachte, ich soll still sein?«, grinste Lucas provozierend gelassen.

Fabiu verdrehte genervt die Augen. »Joshua und ich durchsuchen den hinteren Teil des Zuges. Bleibt so tief am Boden, wie es geht, und versucht, uns zu folgen. Wir müssen weg von den Flammen! Lucas, du hilfst Fritz mit Karim.«

Fabiu gab Lucas keine Chance zu widersprechen. Er war selbst überrascht, dass er die Initiative ergriff – und noch viel mehr, dass Joshua es zuließ. Er hatte ihn anders eingeschätzt.

»Kommst du, Joshua?« Der bleiche Junge stand mit geballten Fäusten, ernstem Blick und noch immer hochroten Ohren wie angewurzelt da. »Was ist?«, fragte Fabiu ungeduldig.

»Ich ... Ich nenne dich nicht ›Hobo‹, weil ...«

»Schon gut.«

»Das war nur ein Joke, wegen deiner zerrissenen Hose und so, also, na weil –«

Ein Lächeln blitzte in Fabius Mundwinkeln auf. Das nervöse Stottern passte so gar nicht zu dem toughen Joshua, den er gestern kennengelernt hatte.

»Ich weiß«, entgegnete Fabiu. »Los jetzt, lasst uns gehen!« Er blickte in die Finsternis, die den hinteren Teil des Zuges verschlang. »Fritz!«, rief Joshua. »Haben sie dir nicht deine Kamera mitgegeben?«

Fritz hatte Karims reglosen Körper – bereit zur Flucht – über seine Schulter geworfen. »Unten im Abteil«, antwortete Fritz, nachdem er seine Hüfte kurz abgetastet hatte.

Erst jetzt bemerkte Fabiu eine leichte, kleine Gürteltasche an seiner rechten Seite. Sie gehörte nicht ihm. Er griff hinein, doch sie schien leer zu sein.

Mit einem Satz sprang Joshua zurück in das Abteil und kam dann flink wie eine Spinne zurück aus dem schwarzen Loch geklettert.

»Hiermit sollte es gehen!« Er reichte Fabiu einen winzigen Camcorder.

Fabiu schaute ihn fragend an, als Joshua mit einem vielsagenden Blick das Display aufklappte und eine kleine Taschenlampe in der unteren Ecke des Touchscreens berührte. Ein Lichtstrahl blendete ihn.

»Ahh, perfekt!«, entgegnete Fabiu strahlend. »Auch wenn ich jetzt erst mal blind bin.«

»Darum gehe ich ja auch voran!«, verkündete Joshua mit einem schiefen Grinsen.

Gefolgt von den anderen Jungs waren sie in wenigen Sekunden in der erstickenden Mischung aus Dunkelheit und Smog verschwunden.

Isaac griff dem zwei Köpfe größeren Türken von hinten durch die Armbeugen, um seine Hände hinter Aziz' Kopf zu verankern. So konnte Aziz schreien und brüllen und um sich treten – was er auch tat –, aber er konnte nicht erneut auf Zakir losgehen.

Zakir klopfte sich derweil die blaue Bomberweste ab. »Sei froh, dass du dir nicht die Fingerchen gebrochen hast, Schlappschwanz«, spottete der große Junge gelassen, als er seine krumme blutige Nase mit zwei lauten Knacksen wieder richtete. Seine schwarz nachgezeichneten Augen, die denen der ägyptischen Totenmasken nachempfunden waren, funkelten gefährlich in der Dunkelheit.

»*Vallah Billah!* Beim nächsten Mal stehst du nicht mehr auf!«, feuerte ihm Aziz mit schmerzverzerrtem Gesicht entgegen. Sein Kopf zuckte unkontrolliert auf seinem Hals und wurde nur durch Isaacs festen Griff etwas fixiert.

»Der Zug ist entgleist, da vorn brennt es und ihr schlagt euch hier die Köpfe ein!«, schrie Isaac wütend. »Kann mir mal jemand sagen, was hier los ist?«

»Keine Ahnung«, antwortete Zakir grinsend, hob seine Kopfhörer vom Boden auf und setzte sie über seine blaue Bommelmütze. Er begann, ins Leere zu sprechen: »Hey, Kassi! – Ja, alles klar. Der Volltrottel ist völlig ausgetickt. – Jup.« Zakir schlenderte lachend und leicht wankend am Zug entlang auf die Kurve zu, hinter der er das golden flackernde Licht der Flammen erkennen konnte.

»Okay!«, rief Isaac verwirrt. »Dann geh du die Lage checken. Schau, ob es einen Weg vorbei an den Flammen gibt!«

Doch Zakir ignorierte den blonden Jungen, als er sich, noch immer Selbstgespräche führend, auf die Kurve im Tunnel zubewegte.

Isaac wandte sich seufzend an Aziz. »Kann ich dich loslassen?«

Aziz antwortete nicht. Er zuckte noch immer unkontrolliert vor Wut, weshalb Isaac bestimmt fortfuhr: »Was auch immer das gerade zwischen euch war, ihr müsst miteinander klarkommen! Keiner von uns hat sich das ausgesucht oder gewünscht, aber jetzt sind wir nun mal hier. Wir müssen uns aufeinander verlassen können!«

»*Vallah*, ich muss mich auf *niemanden* verlassen können, nur auf mich selbst.«

Mit diesen Worten löste sich die Spannung in Aziz' Körper und Isaac lockerte seinen Griff. Mit einer ruckartigen Kopfbewegung warf Isaac sich die goldenen Haare aus dem verschwitzten Gesicht.

»Das sagst du jetzt, aber offensichtlich läuft hier etwas ganz und gar nicht nach Plan.«

Aziz drehte sich zähneknirschend um und schaute funkelnd hinab zu Isaac. »Was meinst du?«

»Na ja«, entgegnete Isaac. »Der Zug sollte eigentlich erst in der Station zum Stehen kommen. So läuft es immer ab. So wurden wir gebrieft.«

»Was gebrieft, *Ian*? Mir hat keiner –«

Laut stöhnend griff Isaac sich an die Stirn und senkte den Blick, die Augen fest zusammengekniffen. Es fiel ihm offenbar schwer, seine Gedanken zu ordnen.

»Sag schon! Wer hat uns hierhergebracht?«, raunte Aziz ungeduldig.

»Isaac hat recht, wir haben hier unten nur uns«, schallte es plötzlich aus der Dunkelheit.

Beide Jungs fuhren erschrocken herum.

»Die Evakuierungsmaßnahme *SEED* sollte Kinder und Jugendliche durch das Underground-System bis in eine vorbereitete Station schleusen, um ihr Überleben zu sichern.«

Ein kleiner pummeliger Junge kam auf die beiden zu, sein rotes Haar stand zerzaust in alle Richtungen ab. Sein *PHONE* warf unheimliche Schatten auf sein rundes, mit Sommersprossen bedecktes Gesicht. Er las von seinem Gerät ab: »Jede der knapp 100 Stationen ist ausgestattet mit lebensnotwendigen Gütern, die zwischen 50 und 100 Personen für drei Jahre am Leben halten.«

»Ed, woher hast du das Briefing? Wir durften doch nichts mitschreiben!«

Aziz fuhr dazwischen: »Du kennst den Fetti? Und was für Briefing?«

Sein Blick füllte sich erneut mit Wut. Dass die anderen mehr über ihre Situation hier wussten – etwas, was ihm anscheinend bewusst vorenthalten worden war –, machte ihn rasend.

Ed schaute verunsichert und nervös zur Seite. Das Licht seines Smartphones erlosch und sie wurden alle wieder in Dunkelheit gehüllt.

»*Welches* Briefing«, flüsterte Ed.

»Was?«, ranzte Aziz.

»Nicht ›was für‹ – es heißt ›welches‹.«

In der Dunkelheit hörte man Ed vorausschauend zwei Schritte zurückgehen.

Doch statt eines Wutausbruchs murmelte Aziz nur: »*AMK*, du Spast«, bevor er fortfuhr: »Dein Drecks-Briefing ist eh Bullshit! Drei Jahre ohne Lieferstrukturen für 100 Personen ist nicht machbar. Außerdem, wenn Platz für knapp 50 bis 100 Kids ist, wo sind die dann alle? Der Zug hier ist so gut wie leer!«

Isaac schaute Ed verdutzt an. »Das hab ich mich auch schon ge–«

Aziz unterbrach ihn: »Und viel wichtiger: Warum bin *ich* dann hier?«

Ein ratloses und äußerst bedrückendes Schweigen füllte den Tunnel, welches den eh schon kleinen Ed noch weiter schrumpfen ließ.

Knirschende Fußschritte aus der Ferne brachen die Stille. Als sie sich umschauten, entdeckten sie einen blendenden Lichtstrahl, der auf sie zukam.

»Ich hab die anderen gefunden!«

Es war Zakirs Stimme.

»Ihr kennt euch alle und ich bin der einzige *Picco*, der von *nichts* 'nen Plan hat?!« Die aufgerissenen Augen und die pochenden Adern an seinem Hals und seiner Schläfe verzogen Aziz' wutentstelltes Gesicht zu einer grotesken Fratze.

Joshua steckte so viel Autorität in seine Stimme, wie er nur konnte. »Entspann dich erst mal!«

»*Entspannen? Siktir lan! Amina Koyim!*«

Abseits der im Kreis sitzenden Jungs krächzte Lucas aus der dunkelsten Ecke: »Spar dir den Scheiß. Türkisch sprechen kannst du in deinem eigenen Land.«

Aziz sprang auf, woraufhin sich Joshua blitzschnell vor dem schnaubenden Jungen aufbäumte. Die Fäuste des Türken bebten. Alles war still – kein Atmen zu hören. Aziz schnaubte und trat einen Schritt nach vorn, sodass seine kantige Nase nur noch wenige Zentimeter von Joshuas entfernt war. Der verzog jedoch keine Miene.

Unentschlossen, was er tun sollte, suchte Fabiu nach Rat in Isaacs Gesicht, doch der blickte besorgt auf das entfernte Flackern des Feuers.

Zakir, der bis dahin als ruhiger Beobachter am Boden gesessen hatte, rollte genervt die Augen. Mit einem Seufzer erhob er sich und stellte sich in seiner vollen Größe mit verschränkten Armen direkt hinter Joshua. Als hätte Zakirs Regung auch Fabiu aus seiner Starre befreit, sprang dieser fast zeitgleich auf und trat neben die beiden, die Hand auf Joshuas Schulter. Aziz wich keinen Millimeter zurück und fixierte Joshua weiterhin mit seinem Blick, als könnte er ihn allein durch seinen Zorn pulverisieren.

»Es reicht!« Bestimmt durchbrach Isaac die Stille. »Setzt euch wieder hin!«

Aziz' vor Wut glühende Augen wanderten von Joshua zu Lucas, der als Einziger gelassen zu sein schien und seinen Blick nicht erwiderte, als wäre der tobende Junge seiner Aufmerksamkeit nicht wert. Dann, zur Erleichterung aller, drehte sich Aziz auf dem Absatz um und ließ sich an der mit Kabeln durchzogenen Tunnelwand auf den Boden sinken.

»Gerettet von Chinatown, dem Pharao und dem Zigeuner«, spottete Lucas.

Wusch!

»AHH!«

Ein Stein traf Lucas. Er war groß genug, um seine hohe Stirn aufplatzen zu lassen. Das teerige Blut floss über sein rechtes Auge, runter bis zu seinem Kinn.

»Halt's Maul, Lucas!«, raunte Fritz in seiner vollen, tiefkernigen Stimme, woraufhin sich Lucas, die Hand auf die blutende Stirn gepresst, in seine Ecke kauerte.

Fabiu ließ sich verblüfft neben Isaac nieder. Schon als sie das erste Mal zum Briefing zusammengekommen waren, schien es für Fritz ein Leichtes gewesen zu sein, Lucas zum Schweigen zu bringen – auch wenn ein Stein nicht unbedingt die feine englische Art war.

Fritz wandte sich an Aziz: »Du nimmst das alles zu persönlich. Wir sind keine Freunde oder so. Jedenfalls die meisten von uns nicht ...« Er schaute hinab in Karims bewusstloses Gesicht. »Karim und ich kennen uns aus der Schule. Er ist letztes Jahr mit seiner Mum in meine Stadt gezogen ... worden. Die anderen hab ich auch erst beim Briefing *persönlich* kennengelernt.«

»Trotzdem wussten wir voneinander«, fuhr Joshua fort. »Auch von dir.«

Den letzten Teil spuckte er förmlich aus, hielt dann aber inne, als überlegte er genau, was er als Nächstes sagen sollte. Fabiu schaute zu Joshua. Es war offensichtlich, dass dieser keinerlei Verlangen nach einem Streit mit Aziz verspürte. Doch Fritz jetzt das Wort zu überlassen, würde bedeuten, die Führung abzugeben, was für ihn auf keinen Fall infrage kam. Also fuhr Joshua fort: »Wir wurden entführt.«

»Na ja, so kann man das auch nicht sagen«, fuhr Fabiu dazwischen. Er erinnerte sich nicht an eine Entführung.

»Wie würdest du es denn nennen, wenn man dich aus deinem Zimmer schleppt und in einen weißen Raum wirft, Fabiu?«, gab Joshua bemüht gelassen zurück.

»Ich hatte nie ein Zimmer. Bevor ich aufgewacht bin, erinnere ich mich eigentlich nur an die Bomben über Berlin und –«

»Welche Bomben? Wovon redest du?« Joshua blickte ihn misstrauisch an, was Fabiu aus irgendeinem Grund gleichzeitig verletzte und verwirrte. Mit einem Mal fühlte er sich sehr verloren.

Isaac, der neben ihm saß, legte fürsorglich eine Hand auf Fabius Schulter. »Du wirkst ... irgendwie durcheinander. Es gibt keinen Krieg in Ber–«

»Ich hab Verwandte in Berlin.«

Alle Köpfe drehten sich verwundert zu Aziz, der von seiner eigenen Aussage überrascht war.

Fabiu wurde immer nervöser. »Warum sagst du das so komisch? *In Berlin?*«

»*Mate*, wir sind hier in London – Großbritannien«, flüsterte Isaac beinahe mitleidig.

Fabiu begriff nicht. Er fühlte sich, als wäre er mit voller Wucht gegen eine Betonwand gerannt. Er war noch nie in London gewesen.

»Warum sollten wir in Deutschland auch Englisch sprechen?«, quäkte Lucas heiser. »Wobei ich mir schon gedacht habe, dass du nicht von hier bist.«

»Wieso ...?«, stammelte Fabiu, seinen Blick auf den Boden gerichtet.

»Dein Akzent«, schnappte der Blonde mit dem blutverschmierten Gesicht zurück.

Er sprach fließend Englisch? Wie konnte ihm das nicht aufgefallen sein? Er ging nur selten zur Schule, weil seine Familie ihn brauchte, um Geld ranzuschaffen, und dafür reichten Bruchstücke. Wie war das also möglich?

Vielleicht hatte man ihm etwas ins Hirn eingepflanzt, als er geschlafen hatte? Ein Übersetzungs-Tool vielleicht. Mit einer hastigen Bewegung fuhren seine zerschnittenen Hände an seinen Kopf und warfen dabei Isaacs Hand von seiner Schulter, die hundert Kilo zu wiegen schien – was absurd war, da Isaac offensichtlich der Kleinste und Jüngste von ihnen war. Keuchend tastete Fabiu seinen Kopf bis hin zum Nacken ab, dann fuhr seine Hand reflexartig unter sein Shirt zu seinem Herzen – nichts. Nirgends auch nur die Spur einer

Operationswunde oder eines Einstichs. All das ergab absolut keinen Sinn. Wie konnte er das nicht schon beim Briefing gemerkt haben?

Das Briefing. Er erinnerte sich, wie er in diesem weißen, sterilen Raum gesessen hatte. Allein auf dem kalten Stuhl mit den metallenen Armlehnen, auf die anderen wartend. Dann hatte Joshua den Raum betreten.

Aziz' Stimme holte ihn zurück in den feuchten, dunklen Tunnel, in dem es rußig nach Verbranntem roch. Sie klang zwar noch immer aggressiv und fordernd, doch eine Spur Verunsicherung hatte sich beigemischt. »Woher wusstet ihr, wer ich bin?«

Fritz holte Luft, doch bevor er antworten konnte, ergriff Joshua das Wort: »In unseren Zellen hingen Fotos. Eines von jedem von uns. Bilder mit Namen.«

»Nur unsere eigenen nicht«, ergänzte Fritz, der Joshua herausfordernd ein Lächeln zuwarf.

Dieser wandte sich mit einem abweisenden Grunzen ab und wiederholte: »Nur unsere eigenen nicht.«

Fabiu erinnerte sich an die Bilder. An jeder Wand des weißen Raumes, in dem er aufgewacht war, hingen jeweils zwei Fotografien. Sie sahen aus wie die typischen Mugshots aus amerikanischen Krimifilmen: verlorene, leere Blicke vor einer Wand mit parallelen Linien, die der Größenbestimmung des jeweiligen Jungen dienten. Unter jedem Bild ein Name. Joshuas und Isaacs Fotos an der einen Wand, Fritz' und Karims an der anderen, Zakirs kantiges und Eds kugelrundes Gesicht teilten sich die dritte und von der letzten Wand starrten Lucas und –

Ruckartig riss Fabiu die Augen auf. Die Erinnerung brachte die Erklärung für sein Unbehagen zurück, das er bei Aziz' Anblick verspürte. Denn Aziz' Foto hatte sich von allen anderen unterschieden: Es war nicht vor der Wand geschossen worden.

Sein Foto zeigte einen oberkörperfreien, schlafenden Jungen in einem Bett und hinter den großen Buchstaben, die seinen Namen formten, prangte ein rotes Dreieck mit einem großen Ausrufezeichen in der Mitte.

Als Fabiu die anderen Jungen ansah, bemerkte er die verschworenen Blicke, die sie sich bemüht unauffällig zuwarfen.

»Was ist?!«, brüllte Aziz plötzlich wutentbrannt.

Unauffällig konnten die Jungs anscheinend noch nicht sehr gut.

Zu aller Überraschung ergriff der bisher eher ängstlich dreinschauende Ed das Wort. »Uns wurde gestern bei dem Treffen verboten, dich einzuweihen.«

Eine glatte Lüge! Fabiu war der Erste und Letzte beim Briefing gewesen. Nicht ein Wort war über Aziz verloren worden. Um ehrlich zu sein, hatte er nicht mal bemerkt, dass Aziz gefehlt hatte. Alles war so schnell gegangen.

»Aber wir werden dir trotzdem alles sagen.«

»Genau«, bestärkte ihn Isaac fast schon *zu* hastig.

Ed zog erneut sein *PHONE* aus der Tasche.

»Der kleine *Snitch* mit seiner Raubkopie«, spottete Aziz, dessen Gehässigkeit seine Erleichterung nicht verbergen konnte. Fabiu war gespannt, was nun folgen würde. Die Wahrheit? Mehr Lügen? Immerhin hatten sich alle anscheinend stillschweigend geeinigt, Aziz nichts über die Warnung auf seinem Foto zu erzählen.

Vorsichtig fragte Ed den Türken:»Woran kannst du dich denn erinnern?«

»So läuft das nicht, Fetti. Du erzählst mir jetzt, was hier Sache ist, gecheckt?«

Ed schluckte heftig.»Gecheckt«, wiederholte der kleine Rotschopf mit gebrochener Stimme. Er tippte nervös auf seinem Smartphone, bis er zu lesen begann:»Ähm ... oh, hier ... ›Operation *SEED* ist eine von vielen geheimen Evakuierungsmaßnahmen, die zu Kriegsausbruch oder im Falle eines Militärschlags in allen involvierten Großstädten der Vereinigten Staaten von Europa – kurz USE – zeitgleich zum Einsatz kommt. Für den beschriebenen Notstand wurden die vorhandenen Untergrundsysteme in bisher 15 Städten mit allem Notwendigen für einen solchen Fall ausgestattet‹ ... oh – ›100 Stationen ... 50 bis 100 Menschen‹ – das hatten wir ja schon.« Hastig scrollte Ed auf seinem Gerät herunter.

Fabiu war baff. Er wusste nicht, wie Ed das alles hatte mitschreiben können. Vielleicht hatte er einfach ein gutes Gedächtnis und es später in seinem Raum notiert. Fabiu jedenfalls wünschte sich, gerade selbst einige Notizen gemacht zu haben. Sein Gehirn war wie

Wackelpudding. Er fühlte sich, als sei er irgendwo nach einem langen Schlaf desorientiert zu sich gekommen. Wie, wenn man als Kind irgendwo auf dem Schoß seiner Mutter einschläft und erst wieder in einem überfüllten Raum mit 20 anderen Menschen aufwacht, von denen man gerade mal die Hälfte kennt.

Er erinnerte sich an einen weißhaarigen alten Mann, der ihn in Berlin gefunden hatte. Es hatte nach Ruß und Verbranntem gerochen ... genau wie hier unten.

»Ähm, viel mehr steht hier nicht. Der Zug sollte uns in eine sicher verriegelte Station, einen sogenannten ›SEED‹, bringen, wo wir ausharren und auf Rettung warten sollten. Das ist alles, was uns gesagt worden ist.«

Fabiu nickte unbewusst, genau wie Zakir, Fritz und Joshua. Lucas starrte abwesend an die Decke. Die Gesichter der anderen verrieten Fabiu, dass er nicht der Einzige war, der versuchte, sich die letzten Stunden vor dem Zugunglück aus den wiederkehrenden Erinnerungsfetzen zusammenzupuzzeln.

»Vallah, und ich dachte, ich wurde hier runtergeschickt, um das Netz meiner Familie auszubauen«, nuschelte Aziz halb amüsiert, halb enttäuscht vor sich hin.

Fabiu spürte das dringende Bedürfnis, seine Finger durch seine Schädelplatte zu bohren, um sein Hirn zu kratzen.

»Das heißt, du hattest keine Fotos von uns?«, schloss Joshua aus Aziz' Gebrabbel.

»Nein. Nichts. Keine Fotos, kein Briefing. Gerade noch zu Hause und am Schlafen, dann dieses abgefuckte Ruckeln und – bam – war ich wach!« Hier unten.« Sein Blick schweifte zu Zakir und füllte sich erneut mit Hass.»Mit *dem da*!«

Isaac erhob sich, wobei er seinen besorgten Blick von Fabiu löste – zur Erleichterung des Schwarzhaarigen. Fabiu war sich sicher, dass Isaac ihn nur unterstützen wollte und es gut meinte, doch jeder Blick, jede Berührung, alles schien seinen Speichelfluss, der von seiner Übelkeit ausging, nur zu verstärken.

»Für all das haben wir auch später noch Zeit!« Isaac deutete auf das entfernte Flackern der Flammen.»Wir müssen einen Ausweg finden! Gemeinsam!« Er richtete sich an den schwarzen Jungen mit den großen Kopfhörern.»Meinst du, das ist machbar?«

Zakir grinste nur breit.

Da fragte Ed neugierig:»Was ist denn überhaupt vorhin zwischen Aziz und dir vorgefallen?«

Grinsend nickte Zakir zu dem wütenden Türken.»Er dachte wohl, ich gehöre zu seinem Mafia-Clan, und hat irgendwas von Ya Allah gefaselt. Dann hab ich ihm gesagt, den Kram kann er sich sonst wohin stecken.«

Aziz sprang erneut auf und mit ihm Joshua und Zakir.

»Du ehrenloser Spast! Ich mach dich –«

»Du machst *gar* nichts!«, fauchte Isaac.»Wir haben keine Zeit für so 'nen Scheiß!«

Aziz warf sich frustriert gegen die Wand und spuckte Joshua aggressiv vor die Füße, der ihm den Weg zu Zakir versperrte. Joshua biss die Zähne zusammen, um sich zurückzuhalten.

»Was nun?«, zischte er angespannt.»Irgendwelche Ideen?«

Fabiu schüttelte den Kopf. Für ihn war das gar keine Frage, die sich stellte. »Natürlich zur Station. Da sollten wir ursprünglich doch eh hin, bevor ...«

»Du meinst, bevor uns die kleine Zugentgleisung hier einen Strich durch die Rechnung gemacht hat?«, entgegnete Joshua zynisch. Zwar fixierte sein Blick noch immer Aziz, doch erschien er Fabiu wieder etwas mehr wie der Junge, den er am Tag des Briefings kennengelernt hatte.

»Exakt«, grinste Fabiu.

»*Oğlum!* Da ist Feuer, Rauch, vielleicht ein Öltank oder was weiß ich, was da explodieren kann!«, rief Aziz, mit seiner ausgestreckten Hand wild in Richtung des Feuers gestikulierend.

»Völliger Bullshit, du Höhlenmensch«, krächzte Lucas. »Riecht das für dich nach Öl oder Gas?«

Nein. Der Geruch erinnerte Fabiu an zu Hause. An den großen Kachelofen mit den gesprungenen grünen Fliesen. Nächte hatte er damit verbracht, ihn mit Holzkohle zu füttern, um seine Familie einigermaßen warm durch die Nacht zu bringen. Seine Familie und all die fremden Menschen um ihn herum, die ihm den Platz nahmen, um sich selbst niederzulegen.

»Es muss eine Dampflok sein«, warf Ed ein. »Seltsam, die werden seit dem frühen 20. Jahrhundert nicht mehr im Untergrund eingesetzt, da der Qualm für gesundheitliche Schäden gesorgt hat. Dampfloks wurden eigentlich restlos von Elektrozügen abgelöst.«

»Aber es ist tatsächlich eine Dampflok«, bestätigte Joshua. »Ich hab sie gesehen.«

Fabiu spürte plötzlich, wie er rot wurde. Warum hatte er das nicht bemerkt? Er war so auf sich und die anderen Jungs fixiert gewesen, dass ihm wichtige Informationen durch die Lappen gegangen waren. »Hast du auch gesehen, was den Unfall verursacht hat?«, fragte er deshalb Joshua, der mit den Schultern zuckte.

»Sorry, ich war zu abgelenkt vom Feuer, dem Rauch und ...«, er deutete auf Fritz, »seinen Mädchenschreien.«

»Hey«, empörte der sich, »ich hatte ja wohl auch allen Grund zu schreien!« Fritz deutete mit beiden Händen auf seinen Schoß, auf dem noch immer der bewusstlose Karim schlief.

Isaac warf Fabiu einen Blick zu, als wollte er sich versichern, dass es ihm besser ging, bevor er sich den anderen Jungen zuwandte: »Ich meine, wir sollten versuchen, an der brennenden Lok vorbei in die Station zu kommen.«

»*Cüüs!* Was labert der?«, widersprach Aziz aufgebracht. »Wir gehen dahin zurück, wo wir hergekommen sind, und hauen von hier ab. Irgendwer hat uns geschnappt, in 'nen Zug geworfen und uns hier weggesperrt, *vallah!* Ihr habt diese Typen vielleicht bei eurem tollen Briefing getroffen, aber mit mir hat kein Schwein gesprochen!«

Jetzt, wo Fabiu daran zurückdachte, hatte er *niemanden* außer den Jungs beim Briefing gesehen. Jede Information, die sie hatten, stammte von dem kurzen Film, der gestartet war, sobald sie alle versammelt gewesen waren.

Joshua knetete seinen Kiefer. »Sosehr ich es hasse, das zuzugeben, aber irgendwo hat er recht.«

»Joshua!«, ermahnte ihn Isaac empört.

»Ist doch so«, entgegnete der Asiate. »Mich hat auch keiner gefragt, ob ich hier mitmachen will! Und ja, wenn ich mich so umschaue, scheint es sich auch nicht um die elitäre Auslese unserer Menschheit zu handeln.« Sein Blick wanderte von Karim zu Aziz – dann traf er auf Fabius, was ihn beschämt zu Boden starren ließ.

»Nein«, meldete sich Ed zu Wort, »aber vielleicht handelt es sich um einen Querschnitt unserer Gesellschaft.«

Fabiu sah, wie Joshua abzuwiegen versuchte, ob sich Eds Theorie im Bereich des Möglichen bewegte. Schnell entbrannte eine hitzige Diskussion im Dunkel des stickigen Untergrundschachtes.

Ein Querschnitt ihrer Gesellschaft? Fabiu schüttelte den Kopf. Keiner der anderen bemerkte es. Wozu sollten die Deutschen – oder die Briten – *ihn*, einen verarmten und nutzlosen Betteljungen von der Straße, retten? Oder steckte die rumänische Regierung dahinter? Aber warum sollte sie?

Er war mit drei Jahren das letzte Mal in seiner Heimat gewesen. Wie hätte ihn überhaupt irgendjemand aussuchen sollen? Er hatte keine Papiere und war sich ziemlich sicher, dass er nirgendwo gemeldet war. Wahrscheinlich wusste keine Regierung der Welt, dass er existierte. Aber selbst wenn ... welchen Wert hätte er für eine künftige Gesellschaft? War das vielleicht alles nur ein Versehen? Nichts ergab irgendeinen Sinn.

Fakt war aber, dass er jetzt nun einmal hier war. Teil eines wie auch immer selektiven Rettungsprogramms – ob beabsichtigt oder nicht. Und als Teil dessen wusste er, was er zu tun hatte.

»Ich finde einen Weg zur Station.«

KAPITEL 2

NICHTS PASST ZUSAMMEN

eine Stimme brach. Niemand schien ihn gehört zu haben – bis auf Isaac. Sein Blick strahlte pure Ruhe aus, als er Fabiu ansah. Ruhe und Unterstützung. Keine Erleichterung, dass Fabiu den gefährlichen Job übernehmen wollte, eher etwas wie Stolz. Und sofort wusste Fabiu, Isaac war auf seiner Seite. Dann, als sich die eine Hand des Goldhaarigen um Fabius Nacken und die andere auf seine Brust legte, war alle Nervosität verflogen.

»Das ist sehr mutig ... aber ich lass dich nicht alleine gehen.«

Sorge rumorte in Fabius Magen. Er wollte den Jüngsten nicht in Gefahr wissen. Je länger er darüber nachdachte, desto stärker wurde das Gefühl. Als Älterer war er es Isaac schuldig, ihn sicher in die Station zu bringen.

Doch Isaac war alles andere als hilfsbedürftig. Das machte er Fabiu mit seinem bestimmten Blick verständlich. Mit einer kurzen Bewegung drehten sich beide Jungen zum Rest der Gruppe, die noch immer angespannt diskutierte.

»Lasst uns echt lieber zurückgehen. Wenn so 'ne Panne schon auf dem Weg zur Station passiert, wer sagt uns, dass im SEED nicht alles nur noch schlimmer wird?«, motzte Fritz, worauf Ed konterte, dass sie keine Ahnung hätten, was überirdisch auf sie warten würde, dass Operation *SEED* ja nur im Ausnahmezustand zum Einsatz kommen sollte.

»Wer weiß, ob es überhaupt etwas gibt, wohin wir zurückkehren können!«

Lucas entgegnete ungewohnt rational: »Ein Krieg mit den heutigen Waffen hinterließe nichts. Verstrahlung, Verseuchung, Verbrennung – und tschüss. Da helfen uns auch keine drei Jahre in irgendeinen SEED eingesperrt.«

»Richtig. Aber in der Station haben wir wenigstens die *Chance*, gerettet zu werden«, fügte Ed hinzu.

Isaac beobachtete die streitende Meute, bis er Joshuas Blick auffing. Auf sein Nicken hin näherte sich der Schwarzhaarige unauffällig Isaac und Fabiu. Isaac lehnte sich dicht zu Joshua und flüsterte in sein Ohr. Fabius Versuch zu lauschen unterband Isaac, indem er ihn mit seinem Arm auf Abstand hielt. Irritiert legte der Ausgegrenzte seine Stirn in Falten, doch Isaac ließ sich nicht beirren. Gespannt sah der Blonde dem etwas größeren Joshua in die Augen, der nachzudenken schien, bevor er letztendlich einmal kurz und bestimmt nickte.

Isaac wandte sich zufrieden grinsend den restlichen Jungs zu, eine Hand immer noch um Fabius Nacken. Der folgte jeder von Isaacs Bewegungen wie eine willenlose Puppe und seine Frustration von eben wich Bewunderung für die Bestimmtheit des Kleinsten. Mit Isaac an seiner Seite fühlte Fabiu sich so viel stärker.

»Hey, Jungs, hört mal! Fabiu hier will einen Weg in die Station finden. Das heißt: vorbei am Feuer.« Isaac drehte seinen Kopf demonstrativ in seine Richtung und erteilte ihm so zwangsweise das Wort.

Nervös begann Fabiu zu stammeln. »Also, ähm. Ja, ich ...« Alle waren still. Alle Ideen und Diskussionen verstummten. Alle Blicke lagen auf ihm.

Durchatmen!, dachte Fabiu sich Mut zusprechend. Er löste seine verkrampften Fäuste. Es war wie zu Hause: Viele laute Meinungen benötigten eine entschlossene Stimme, die sie vereinte. Ideen sind nur Worte, doch was sie brauchten, waren Taten.

»Hiermit erkläre ich mich bereit, in die Station, uns auch bekannt als SEED, vorzustoßen!«

Er fühlte sich lächerlich, weil die Worte, die aus ihm herausplatzten, in der energischen Stimme so militärisch klangen. Doch keiner lachte.

Isaac fügte hinzu: »Ich denke, es wäre das Beste, wenn wir eine kleine Gruppe bilden.«

Joshua nickte zustimmend.

Doch Fabiu war noch nicht fertig! Was dachten sich Isaac und Joshua? Dass Lucas und Fritz hier abwarten und Tee trinken, während sie zu dritt auf Erkundungstour gingen? Außerdem wäre es leichtsinnig, Aziz und Zakir ohne Aufsicht zurückzulassen ... oder Aziz und Lucas. Oder Aziz und *irgendein* anderes atmendes Wesen.

32

»Du solltest hierbleiben, Isaac. Wir können nicht alle gehen«, protestierte Fabiu mit geschwollener Brust.

»Das hatte ich auch nicht vor«, entgegnete der Goldhaarige verwundert.

»Oh …« Fabius Blick glitt verlegen zu Boden.

»Josh begleitet dich. Ich gehe mit Aziz in die andere Richtung des Tunnels – mal sehen, ob wir einen Weg zurückfinden.«

»Wohin zurück auch immer …«, nuschelte Aziz.

Fabiu war perplex, dass keinerlei Protest von dem jungen Türken kam. Er wusste nicht, wieso, aber Isaac war wohl der einzige Junge, den Aziz nicht in der Mitte auseinanderreißen wollte und mit dem er bereit war zusammenzuarbeiten.

»Und was ist mit mir?«, raunte Fritz voller Tatendrang.

»Karim.« Fabiu deutete auf den Jungen auf Fritz' Schoß. »Er braucht dich.«

Fabius Stimme war nicht mehr ganz so laut und energisch wie zuvor, aber entschieden genug, sodass sich Fritz teils schmollend, teils lächelnd mit gesenktem Blick ohne Widerworte zurücklehnte.

Ed sprang entschlossen auf. »Ich geh mit Isaac!«

Weshalb sich der kleine Junge mit der Brille *freiwillig* dazu entschloss, sich für eine Gruppe mit Aziz zu melden, war Fabiu ein Rätsel. Lag es daran, dass Isaac es geschafft hatte, Aziz zurückzuhalten? Fabiu konnte nicht leugnen, dass Isaac eine unerklärliche Sicherheit und Wärme ausstrahlte. So etwas hatte er vorher bei noch keiner Person empfunden. Anscheinend ging es nicht nur ihm so.

»Gut«, willigte Isaac ein.

Joshua richtete sich an Zakir, der an den kleinen Knöpfen seiner mattschwarzen Kopfhörer herumdrückte.

»Kommst du mit?«

Ihre Blicke trafen sich und Zakir machte ein Ohr frei, um ihn verstehen zu können.

»Wir könnten ein bisschen mehr Muskelkraft gebrauchen – nichts für ungut«, warf er Fabiu mit einem Nicken zu, ohne seinen Blick von Zakir zu lösen.

»Ähm, schon okay – denk ich ...?«, resignierte Fabiu.

Schmunzelnd flexte Zakir seinen Bizeps. »Ich fühl mich geschmeichelt, aber das ist nicht alles, womit ich glänzen kann, Bruder.« Zakir tippte sich an die Schläfe, die von seiner gestrickten Bommelmütze bedeckt war.

»Richtig«, quakte Lucas aus der Ecke. »Deine Glatze glänzt auch. Ohne deine Mütze scheint sie sicher fast so hell wie die Sonne über Muselmenien.«

Zakir erhob sich, wobei seine langen prallen Arme ohne jede Körperspannung vor ihm herbaumelten. Breit grinsend und mit durchdringendem Blick wankte er auf Lucas zu, dessen Miene sich verfinsterte. Zum ersten Mal glaubte Fabiu, so etwas wie Angst in Lucas' Blick zu vernehmen, als dieser knirschend seine Kiefer aufeinanderpresste.

Während Fabiu noch überlegte, wie er die nächste Testosteronkatastrophe verhindern sollte, legte Zakir einen Arm um Lucas' Nacken. Die Nähe ihrer Gesichter schien Lucas' Miene vereist zu haben.

»Ich meinte meinen Verstand – den Teil, an dem bei dir offensichtlich gespart wurde.« Er gab dem entgeisterten Blonden eine leichte Kopfnuss gegen seine rote, klebrige Stirn. Das Blut hinterließ kaum sichtbare Flecken auf der dunkelblauen Wollmütze. Sein Arm, den er um den Blonden gelegt hatte, wanderte tiefer, bis zu Lucas' schmächtigem Oberarm. »Offensichtlich nicht der einzige Teil, an dem bei dir gespart wurde«, grinste Zakir breit und seine schwarz gemalten Augen formten sich überheblich zu Schlitzen. »Und solltest du mich noch ein Mal als ›Moslem‹ oder ›Muselmann‹ bezeichnen –«

Zakirs Hand war schnell wie ein Blitzeinschlag auf Lucas' Stirn, als sich sein Daumen in Lucas' blutige Wunde drückte. Lucas schrie laut auf, doch er konnte sich nicht aus Zakirs festem Griff entwinden.

»– dann können wir keine Freunde mehr sein.« Gespielt schmollend ließ er Lucas keine Chance, sich auch nur einen Zentimeter aus seinem Griff zu entwinden.

Keiner der Jungen schritt ein – nur Aziz schien unentschlossen, auf wessen Seite er stand. Hätte Lucas um Hilfe gebettelt oder auch nur ein Wort gesagt – hätte ihm dann jemand geholfen? Irgendeiner von ihnen?

Doch es war egal. Ein spitzer, endloser Schrei erfüllte den Tunnel, bis sich Zakir endlich mit einem Ruck aufrichtete und sich von Lucas entfernte. Mit dem Rücken zu dem keuchenden blonden Häufchen am Boden meinte er freudig zu Joshua: »Der kommt mit uns!« Als hätte es ein Gespräch gegeben, von dem keiner etwas mitbekommen hatte, fuhr er fort: »Lucas muss sich ein paar Muckis antrainieren, stimmt's? So ein richtig deftiges Work-out – das täte dir mal ganz gut, hm?«

Hechelnd hob sich Lucas' Oberkörper schnell und sank wieder ab. Als er seinen blutenden Kopf leicht hob, bereute Fabiu, dass er nicht eingegriffen hatte.

Er kannte diesen Blick. Er hatte ihn schon so oft in den Straßen von Berlin gesehen. Ein Mann, bevor er eine Frau und anschließend ihr schreiendes Kind erschlug, um ihre Essensmarken zu stehlen. Eine Frau, als ihre Wohnung von Soldaten geplündert wurde, die die letzten mühsam zusammengetragenen Vorräte verschlangen. Ein Mädchen, während sie sich selbst verkaufte, um am Leben zu bleiben. Ein Junge, der in den Spiegel sah.

Es war, als hätte Zakir auf Lucas' Stirn den Auslöser einer Zeitbombe betätigt. Seine schmerzverzerrte Fratze wich einem wissenden, fiesen Lächeln. »Klar. Klingt nach Spaß.«

Fabiu war sich sicher, dass Zakir Lucas unterschätzte. Lucas war nicht dumm, das hatte er bei ihrem ersten Treffen bewiesen. Im Gegenteil.

Er war die Sorte Mensch, die durch ihre Intelligenz besonders gefährlich in ihrem Hass ist. Die Sorte Mensch, der du beinahe glaubst, wenn sie dir erklärt, weshalb Nazis dumm und deren Forderungen lächerlich und verwerflich sind, es dennoch aber besser für alle wäre, wenn jeder mit seiner Religion und Kultur im jeweils eigenen Land bliebe. Und bist du töricht genug, ihm zu widersprechen oder ihn gar zu hinterfragen, hüllt er dich in Zahlen und Statistiken,

36

verschiebt deine Worte und deren Bedeutungen, dreht und jongliert sie, bis du das Gefühl hast, ihm die ganze Zeit zugestimmt zu haben.

Er war diese gefährliche Sorte Mensch – und die lässt sich nicht ungestraft vorführen. Nicht von einem schwarzen, hakennasigen Bastard. Lucas war eine Zeitbombe, die lautlos tickte, doch Fabiu war sich sicher: Irgendwann würde all die toxische Hitze, die in ihm brodelte, detonieren – und das würde hässlich werden.

Sie konnten die Lok durch die Flammen und den Qualm der umgestürzten Waggons kaum sehen. Sie stand quer wie ein Keil, der den gesamten Tunnel blockierte. Tentakelartig ragten Rohre oder Schläuche aus dem vorderen Teil der alten Lokomotive, so ganz genau konnte das keiner von ihnen sagen. Aber in einem waren sie sich einig: Der Tunnel war blockiert. Kein Weg führte an der zerborstenen Dampflok vorbei.

»Und was nun?«, fragte Joshua mit zusammengekniffenen Augen, den Blick nach vorn gerichtet.

»Tja, wären wir beide bloß tatsächlich die Kakerlake und die Ratte, mit denen uns Lucas vorhin verglichen hat, hm?«, scherzte Fabiu.

Sofort warf Zakir dem Blonden neben ihm einen finsteren, prüfenden Blick zu.

»Was? Warum das?«, grummelte Joshua nur halbherzig interessiert.

»Dann könnten wir uns jetzt einfach darunter durchbuddeln.«

»Nicht wirklich«, gab Lucas trocken zurück. Zwar war er weniger kleinlaut, als man nach dem Vorfall vorhin erwartet hätte, aber auch nicht mehr so sarkastisch wie zuvor. »Wenn du anfängst zu buddeln, stößt du auf Stein. Die Züge hier fahren in unterirdischen Betonröhren.« Sein Kinn massierend, schaute Lucas sich um. »Auch wenn ich mir die Tunnel ehrlich gesagt enger vorgestellt habe ...«

Er hat recht, dachte Fabiu. Für einen U-Bahn-Tunnel gab es auffällig viel Platz. Das erste Mal, seitdem er dem Zug entkommen war, nahm er sich einen Moment und schaute sich genau um. Kabel führten an den Wänden und an der Decke entlang. Der Boden war übersät mit Steinen und Schutt und in der Mitte befanden sich massive Schienen. Erst jetzt bemerkte er, dass es neben dem Zug anscheinend ein zweites Gleisbett gab. Das erklärte vielleicht die ungewöhnliche Breite des Untergrundtunnels.

»Wie auch immer«, setzte Lucas fort, »wir sind gefangen in diesem Röhrengefängnis. Hoffentlich haben Isaac und der Rest mehr Glück am anderen Ende des Tunnels – was ich stark bezweifle.«

»Nicht so schnell!«, unterbrach ihn Fabiu mit einem hastigen Blick zur Decke. »Eigentlich müssten wir uns doch dort an den Kabeln über die Lok hangeln können, oder?«

»Du meinst, während uns die Flammen von unten knusprig durchbraten?«

Zakirs Einwand war berechtigt. Doch Lucas trat einen Schritt vor und verteidigte Fabius Idee: »Eisen brennt nicht. Die Entgleisung muss zum Kesselzerknall geführt haben, der dann wiederum die alten Holzwaggons in Brand gesteckt haben muss ... Aber die Lok an sich ist ausgebrannt, würde ich sagen.«

Zakir drehte sich mit dem Rücken zu den Jungs. »Was hältst du davon, Kassi? Yo, genau. Kesselzerknall meint der.«

»Mit wem spricht er da? Hat er hier unten Empfang?«, flüsterte Fabiu Joshua zu.

»Ich hab keine Ahnung.« Er tastete seine Hosentaschen ab. »Ich hab nicht mal mein *PHONE* bei mir.«

»Ich auch nicht«, fügte Fabiu fast schon zu schnell hinzu, ohne nachgeschaut zu haben. Er *besaß* kein *PHONE*. Er hatte mal vor Jahren eine Billigversion besessen, aber die wurde ihm in der Sippe schnell wieder abgenommen.

Zakir drehte sich zu ihnen um und tippte demonstrativ gegen die große Ohrmuschel seiner Kopfhörer. »Kassi ist eine künstliche Intelligenz. Hab sie selbst programmiert«, grinste er überheblich. »Sie funktioniert nicht nur offline, sondern ist nahezu allwissend.«

»Wow, ein weiterer *Siri*-Abklatsch! Das hat die Welt gebraucht«, nuschelte Lucas mehr zu sich selbst als tatsächlich herausfordernd.

»*Siri?* Junge, in welchem Jahr lebst du denn? Kassi ist keine sprachgesteuerte Suchmaschine. Sie ist … ja, wie ein allwissender Freund. Ein digitaler Gott!« Zakirs Brust schwoll vor Stolz an.

»Wow!«, entgegnete Fabiu aufrichtig. Er hatte noch nie jemanden getroffen, der so etwas konnte – selbst programmieren. Er kannte Leute, die konnten Dinge verschwinden lassen, neu zusammenbauen und lügen, ohne rot zu werden. Aber programmieren konnten sie nicht.

»Na ja«, relativierte Zakir schnell, wobei er wieder einige Zentimeter kleiner wurde, »ein Gott vielleicht nicht. *Noch* nicht. Aber gottgleich!« Schmunzelnd knackte er mit seinen Fingern. »Jedenfalls meint Kassi, dass es eigentlich Kesselsicherheitsventile gibt, um so 'ne Explosion zu verhindern. Also entweder die Entgleisung war dermaßen heftig, dass sich das Kesselventil verkeilt hat oder der Kessel direkt hochging oder –«

»Glaube ich nicht«, unterbrach ihn Fabiu nachdenklich, den Blick auf dem nun in Flammen stehenden Abteil im umgestürzten Waggon, aus dem er vorhin herausgeklettert war. »Die Lok steht. Sie muss entgleist sein und sich verkantet haben. Dabei hat sie wohl die ersten paar Waggons so mit sich gerissen, dass sie umgestürzt sind.«

Joshua verstand: »Wenn die Lok also nicht mal umgekippt ist, wie soll dann der Unfall so heftig gewesen sein, dass ein perfekt funktionierender Kessel in die Luft geht?«

»Genau mein Gedanke«, gab Fabiu zurück.

»Dann kommen wir zur Möglichkeit Nummer zwei«, fuhr Zakir fort. »Der Kessel war veraltet, was die Frage aufwirft: Wieso sollte die Regierung der Vereinigten Staaten von Europa einen nicht gewarteten Zug für eines ihrer wichtigsten Evakuierungsprojekte verwenden?«

Ein mulmiges Gefühl breitete sich in Fabiu aus. Sein Wunsch, einen Ausweg, Antworten oder zumindest die Aufmerksamkeit derer zu bekommen, die sie nach hier unten geschickt hatten, wurde immer größer.

Er versuchte, seine Gedanken zu ordnen. Als er die Augen zusammenkniff, um sich besser konzentrieren zu können, sah er erneut das faltige Gesicht eines weißhaarigen Mannes vor sich. Er lächelte vertraut und erneut begann sich massig Speichel in seinem Mund zu sammeln.

Ein heftiges Husten holte ihn zurück in den Tunnel. Der Rauch der brennenden Holzwaggons wurde immer dicker, breitete sich wie Watte in ihren Lungen aus und erschwerte ihnen das Atmen. Fabiu wusste, dass ihnen nicht mehr viel Zeit blieb. Er schaute sich hastig um. Durch das Fenster eines halb umgestürzten Waggons sah er in Zugdachhöhe einen Bund dicker Kabelstränge, die an der Wand auf der anderen Seite entlangliefen – breit genug, um einen schmalen Jungen zu tragen.

Fabiu zeigte hinauf. »Ich muss da hoch!«

Joshua reagierte sofort: Er stieß Zakir leicht in die Seite, sodass dieser ihm folgte. Beide rannten zum ersten Abteil hinter ihnen, das noch aufrecht stand. Hier waren sie vorerst sicher. Das Feuer war noch einige Meter entfernt.

Joshuas Griff schnellte nach dem metallenen Türknauf – verschlossen! Er rüttelte heftig, bevor er einen Schritt zurücktrat und mit aller Macht gegen die Holztür kickte. Nichts. Auch Zakirs Versuche blieben vergebens.

»Wow!«, schrie der kleine Rumäne erschrocken.

Ohne Vorwarnung war Joshua hinter ihm aufgetaucht und schob seinen schwarzen Schopf von hinten zwischen Fabius Beine.

»Festhalten!«, rief er Fabiu zu, als Joshua sich erhob, um den schlanken Jungen auf den Schultern hoch über den Boden zu heben. Fabiu griff in Joshuas dickes Haar, um die Balance zu halten.

Zakir verstand sofort den Grund für diese Aktion und warf sich entschlossen gegen die Wand des Waggons. Er verschränkte seine Finger vor sich ineinander und machte mit demonstrativem Blick klar, dass er Joshua so höher hinaufhelfen würde.

»Los!«

Nickend presste dieser seinen Fuß in Zakirs Hände und mit einem Schwung war das Dach des Waggons in greifbarer Nähe für Fabiu. Mit aller Kraft zog er sich auf das von Ruß bedeckte Dach. Seine aufgeschnittene Hand brannte wie Feuer und seine schwachen Arme zitterten noch immer bei jeder Anstrengung, doch es war geschafft!

Blitzschnell hob er seinen Blick und ... starrte verblüfft in Lucas' Augen, der wenige Meter vor ihm lässig auf dem Zugdach stand.

»Wie ...?«

»Durch den halb gekippten Waggon da vorn. Die Fenster waren kaputt, also bin ich unten rein und oben raus.«

Er genoss es offensichtlich, dass er die anderen überholt hatte. Doch Lucas wusste auch, dass ihnen die Zeit davonlief. Das Feuer sprang immer schneller von Abteil zu Abteil und nährte sich gierig am verbleibenden Sauerstoff.

Gerade als Fabiu Lucas Anweisungen geben wollte, hörte er eine bekannte warme Stimme rufen: »Karim ist wach! Ich kann euch helfen!«

Es war Fritz, der, so schnell er konnte, auf Joshua und Zakir zugelaufen kam, den immer noch benommenen Karim auf seinem Rücken. Als Fabiu vom Dach des Zuges hinab zu den anderen Jungs schaute, wie sie dort hilflos standen und erwartungsvoll zu ihm aufblickten, wurde ihm mit einem Mal ganz heiß. Alles hing an ihm!

Er musste es schaffen, sie retten, sie alle beschützen! Im SEED musste es doch Feuerlöscher, Gasmasken, irgendetwas geben, was im Brandfall, bei Bombeneinschlägen – was auch immer – ihr Überleben sichern würde.

Er schüttelte jeden weiteren Gedanken ab. Es war keine Zeit mehr! Er brauchte Fritz' Hilfe nicht. Nur ein Junge konnte ihm hier oben helfen.

»Lucas, komm!«

Fabiu rannte auf dem Zug an Lucas vorbei und griff seine Hand, um ihn hinter sich herzuziehen, bis zur Feuerwand, die ihnen den Weg versperrte. Fabiu wusste, dass Lucas im Vergleich zu Joshua oder Fritz schmal genug war, um ihm auf dem dünnen Kabelvorsprung entlang der abgerundeten Tunnelwand zu folgen.

»Los, wir müssen da rüber!«

Das war leicht gesagt, doch der Tunnel war ausgesprochen weitläufig und die Wände schwer vom Zugdach zu erreichen. Aber die beiden Jungen hatten keine Wahl. Sie traten rückwärts, um jeden Zentimeter Anlauf zu nutzen, den ihnen die Dachfläche bot. Fabiu sah das unkontrollierte Zögern in Lucas' Augen, doch als ihre Blicke sich trafen, nickten sie einvernehmlich. Beide wussten: Es gab kein Zurück.

Spannung durchzog jede Faser ihrer Körper, als sie losrannten und mit einem letzten kräftigen Tritt in den blechernen Untergrund nahezu zeitgleich den Boden unter den Füßen verloren. Das zweite Mal heute schien für Fabiu alles wie in Zeitlupe zu geschehen. Aus dem Augenwinkel sah er, wie Lucas wild mit den Armen rotierte, um

in der Luft das Gleichgewicht zu halten. Sein Blick fixierte den Punkt, an dem er zu landen plante. Mit einem Ächzen warf es Fabiu Brust voran gegen die Schwelle des Vorsprungs.

Zu tief! Sein Oberkörper hätte *auf* der Schwelle landen müssen! Er prallte zurück und schaffte es gerade noch, mit beiden Händen ein armdickes Kabel zu greifen, bevor er langsam tiefer sank, bis er mit ausgestreckten Armen in der Luft hing. Seine Hände verkrampften sich, seine schlaffen Muskeln brannten noch immer, als wäre er erst vor wenigen Stunden aus einem wochenlangen Koma erwacht. Blitzschnell ruckte sein Kopf nach rechts – kein Lucas! War er gefallen?

»Lucas?!«, presste er zwischen seinen Zähnen hervor.

Dann, fremde Haut auf seiner eigenen. Fabius Blick schnellte hinauf und er sah in die angestrengten graublauen Augen des blonden Jungen über ihm. Erleichterung machte sich in seiner Brust breit und erlöste ihn von diesem nervösen Kribbeln. Eine Hand hatte Lucas um ein Kabel geschlungen und mit der anderen zog er Fabiu am Handgelenk mit all seiner Kraft nach oben. Fabiu schaffte es, mit seinen ausgelatschten Schuhen nach wilden Tritten endlich Halt in der Tunnelwand unter ihm zu finden, und drückte sich so dank Lucas' Hilfe hinauf. Erschöpft saß er nun, Beine in der Luft, auf dem Vorsprung aus Kabeln, seinen Kopf dem keuchenden Blonden zugewandt.

»Danke, Lucas«, presste er zwischen heftigen Atemzügen hervor.

Lucas bemühte sich sichtlich, Arroganz in seinen erschöpften Blick zu legen, was ihm bei aller Anstrengung nicht sonderlich gut gelang. »Wie auch immer.«

Eine weitere Stimme drang zu ihnen: »Fabiu, können wir irgendwie helfen?«

Suchend schaute er sich um und entdeckte Joshua auf der anderen Seite des Zuges, neben ihm voller Tatendrang Zakir und Fritz.

»Sorry, ich ...« Er schaute zu Lucas, der unmerklich den Kopf schüttelte. »Ich denke nicht. Bringt euch in Sicherheit!«

Spöttisch hörte er Joshua »Pff, Sicherheit« murmeln. Doch dafür hatten sie keine Zeit. Um keinen weiteren Moment zu verschwenden, griff Fabiu nach demselben Kabel, an dem Lucas sein Gleichgewicht fand, und zog sich mit einem Ruck in eine aufrechte Position.

»Folg mir!«, befahl der Blonde, immer noch außer Atem.

Fabiu hangelte sich auf dem Kabelbund balancierend hinter Lucas an den reißenden Flammen entlang. Der Rauch wurde immer dicker und biss gnadenlos in ihre Lungen. Verzweifelt versenkte Fabiu seine Nase im Kragen seines löchrigen T-Shirts. Unter Krämpfen kämpften sich die beiden Jungen weiter voran – Schritt für Schritt.

Fabiu fixierte den letzten brennenden Waggon. Es traten Flammen aus dem Abteilfenster, aus dem er sich selbst noch wenige Stunden zuvor hinausgekämpft hatte. Mit jeder zäh verstreichenden und endlos wirkenden Sekunde verschwamm die Realität vor seinen Augen. Er wusste nicht, ob es am dichter werdenden Smog lag oder ob er kurz davor war, das Bewusstsein zu verlieren. Erschöpft sank er in die Hocke, den kühlen Stein im Rücken. Sein Griff um das Kabel lockerte sich mehr und mehr.

»Komm!«, hörte er Lucas' dumpfe Stimme. Der war im dichten Rauch längst nur noch eine blasse Silhouette. Als Fabiu seine brennenden Augen schloss, nur um sie ganz kurz auszuruhen, spürte er, wie er willenlos nach vorn kippte.

»Hey! Reiß dich zusammen!« Eine Hand zog ihn am T-Shirt zurück und wieder auf die Beine. Lucas – er war zurückgekommen. »Wir haben's gleich geschafft!«

Fabiu war sich nicht sicher, ob das nicht bloß leere Worte waren, doch er wusste nun, dass er nicht allein war. Gemeinsam würden sie es schaffen. Lucas würde ihn nicht fallen lassen.

Statt sich nur an dem ummantelten Kabel in seiner Hand zu stützen, zog er sich nun an diesem entlang, vorbei am letzten rauchspeienden Waggon. Dann auf einmal spürte er einen Luftzug!

Er riss die Augen auf und atmete tief ein. Hinter dem ausgebrannten Zug sah er ein Loch! Eine Tunnelöffnung, vielleicht drei oder dreieinhalb Meter hoch und breit, aus der ein frischer Windzug blies. Etwas störte ihn bei diesem Anblick, aber er kam nicht drauf, was es war. Das ungenutzte zweite Paar Schienen neben dem Zug endete an einem großen Eisentor in der Wand.

All das ergibt keinen Sinn! Die Gedanken wirbelten in Fabius Kopf umher.

»Wie hätten wir so je im SEED ankommen sollen?«, murmelte er.

Lucas hatte keine Antwort parat und betonte schlicht das Offensichtliche: »Wir müssen da rüber!«

Die Dampflok versperrte ihnen durch die Querlage den Weg. Wie eine Naturgewalt hatte sie den Kabelschacht vor ihnen zermalmt und baute sich nun als massiver Wall vor ihnen auf. Beim Versuch, sie zu berühren, schrie Lucas laut auf.

»Verdammte Scheiße!«

Das Metall war glühend heiß. Fabiu biss mitfühlend die Zähne zusammen. Er selbst hatte einmal versucht, in ein brennendes Flugzeug auf dem Alexanderplatz zu kommen, bevor es komplett ausgekühlt war, um es nach Vorräten zu durchforsten.

»Ich sag doch, der einzige Weg führt dort oben lang!«

Erneut fixierte Fabius Blick den dicken Kabelstrang an der Tunneldecke. Er hing ziemlich hoch und ein ganzes Stück entfernt, doch ihn zu erreichen, schien nicht unmöglich.

»Und du meinst, dazu bist du noch in der Lage? Du keuchst ja jetzt schon wie 'n Koi an Land.« Lucas beäugte den hechelnden Hänfling. »Na ja, eher wie 'n Guppy.«

Herausgefordert grinste Fabiu breit und zog sich wieder auf die Füße. »Musst du gerade sagen! Solange deine Spaghettiarme das packen, ist das kein Problem für mich.«

Beide feixten, aber Fabiu wusste, dass er an seiner körperlichen Grenze angelangt war. Doch was sollte er tun? Ausruhen war keine Option, während die Flammen ihnen allen die Luft zum Atmen raubten. Er hatte keine Wahl.

»Also los!«

Aus Mangel an Platz konnte er nicht wirklich Anlauf nehmen. Er federte dreimal mit den Knien und holte mit seinen Armen Schwung. Dann sprang er mit aller Kraft los.

Geschafft! Sein Griff um die Kabel über ihm war fest und er selbst erfüllt mit Selbstsicherheit.

»Das war doch perfekt!«

Er begann, über der zischenden Lok zu schaukeln, bis sein Körper rhythmisch hin und her schwang. Ein Blick in die Tiefe sagte ihm: Egal, was er tat, der Aufprall würde schmerzhaft werden. Seine Füße trennten mindestens drei Meter heiße Luft vom Boden. Doch es half nichts.

Dann, als er den größtmöglichen Schwung erreicht hatte, nahm er all seinen Mut zusammen und ließ das Kabel los – leider etwas zu spät! Statt weit über die Lokomotive hinwegzufliegen, trug sein Schwung ihn nur unnötig in die Höhe. Das Gewicht seines Oberkörpers verlagerte sich in der Luft nach hinten, er fiel gen Boden und spürte plötzlich das harte, heiße Metall der Eisenbahn an seinem Hinterkopf. Vielleicht hatte das aber auch sein Gutes, denn der Schmerz in seinem Kopf betäubte seine Synapsen augenblicklich, sodass er den Aufprall auf dem harten Boden nicht mehr bewusst wahrnahm. Erst als er seine Augen einige Momente später langsam unter Schmerzen öffnete, spürte er, wie sich zusammen mit dem Dröhnen in seinem Kopf ein halbtaubes Stechen in seinem Steißbein ausbreitete.

Geniale Landung, dachte er, bevor seine Hand zu seinem Hinterkopf schnellte.

Trocken. Kein Blut. Er würde hier nicht an einem offenen Schädelbruch sterben. Das war doch mal eine schöne Erkenntnis.

»Guppy, alles in Ordnung?« Lucas' Stimme hallte von den runden Wänden zurück.

Sich darauf zu konzentrieren, verstärkte das Brummen in seinem Schädel nur, deshalb schloss Fabiu die Augen.

»Ich … ich denke schon. Aber ein gut gemeinter Rat: Lass besser früher los als zu spät, denn sonst – *UFF!*«

Mit einem heftigen *WUMMS* landete Lucas auf Fabiu, der sich sicher war, etwas in sich knacken gehört zu haben.

»Sonst geht's dir gut, hm?«, zischte er den Blonden mit zusammengepressten Zähnen an.

»Wusste doch, dass ihr Zigeuner für was gut seid«, grinste ihn Lucas auf seiner Brust sitzend an.

»Halt's Maul!« Mit einer blitzschnellen Bewegung stieß Fabiu ihn von sich runter und richtete sich wutschnaubend auf.

Lucas' Miene verhärtete sich wieder und sein Blick wurde finster. »Heul doch. Du bist nun mal, was du bist, und ich nenn das Kind beim Namen.« Er drehte sich energisch um und nickte in Richtung des großen schwarzen Loches in der Wand. »Los.«

Noch während sein Wort im Raum nachhallte, war er in der Dunkelheit verschwunden. Fabiu begriff Lucas nicht. Aber das war auch nicht seine erste Priorität hier unten.

Die Handflächen um seinen Mund geformt, um seine Stimme über das knackende und knallende Feuer tragen zu können, rief er: »Hey, hier drüben ist ein Tunnel, Leute! Keine Sorge, wir sind gleich zurück!«

Unsicher, ob überhaupt noch jemand in Hörweite war, drehte Fabiu sich langsam um, und als er keine Antwort erhielt, rannte er Lucas' hallenden Schritten in der Dunkelheit nach, nicht wissend, was sie dort erwarten würde.

Es war schwierig, nicht hinzufallen: der unebene Boden, die Schienen und die erstickende Finsternis. Das Problem unter der Erde ist, dass sich deine Augen nie an die Dunkelheit gewöhnen. Wie sollten sie auch? Spaziert man nachts durch einen Park, umgeben einen, selbst ohne Laternen, der Mond, die Sterne – der Lichtsmog der Stadt. Hier unten, mehrere Dutzend Meter unter der Erde, gibt es nichts von alldem.

Mit einer Hand zur Orientierung über die raue Wand streichend, joggten die beiden Jungs nun durch das kalte Schwarz.

Keiner sprach ein Wort, bis Fabiu versuchte, die unangenehme Stille zu durchbrechen: »Was meinst du, wo wir sind?«

»Hm?«, gab Lucas desinteressiert zurück.

»Ich meine, in welcher Station haben sie unseren SEED eingerichtet?«

Es war ihm eigentlich völlig egal. Fabiu sprach nur, um zu sprechen. Er war noch nie in London gewesen und kannte ohnehin keine einzige Haltestelle mit Namen.

»Ist doch scheißegal«, gab Lucas zurück. Wenigstens da waren sie sich einig. Fabiu zuckte zustimmend die Schultern, was Lucas nicht sah – nicht nur, weil er vor ihm lief, sondern auch, weil man sowieso *nichts* sah.

Sie joggten weiter. Dann plötzlich ein Rumpeln und ein Wumms.

»Ahh!«, schrie Fabiu, als er zu Boden stürzte.

Lucas blieb stehen und schnalzte genervt. »Was denn nun schon wieder?«

»Ich bin über irgendwas Hartes gefallen!«

»Ja, da war ein Steinhaufen oder was auch immer.«

Fabiu mahlte die Zähne aufeinander. »Du hast ihn also bemerkt?«

»Ja, und? Bin gegengestoßen, aber da ich meine Füße nicht wie du faul über den Boden schleife, ist's jetzt auch nicht schwer gewesen, darüberzuspringen.«

»Es wäre auch nicht schwer gewesen, mich vorzuwarnen, du Vollidiot.«

»Wie auch immer.«

Blind tastete Fabiu nach der Steinwand, um sich so wieder orientieren zu können. Dabei schlug er aus Versehen eine kalte Hand weg.

»Wah! Was ...?« Erschrocken fiel er wieder auf seinen Hintern.

Raunend und viel tiefer als sonst antwortete Lucas: »Krieg dich mal wieder ein. Dann komm halt allein wieder hoch.«

Fabiu wurde aus diesem Jungen einfach nicht schlau. Beide liefen schweigend etwas langsamer weiter, bevor Fabiu an Lucas' Schritten hörte, dass dieser das Joggen wieder aufnahm, und es ihm gleichtat.

»Crossrail«, hörte Fabiu schnaufend von vorn.

»Was?«

»Ich denke, es ist Crossrail. Der Tunneleingang war relativ neu. Crossrail 2 haben sie noch nicht geöffnet. Also wenn man sich den modernen Bau so ansieht, kann's eigentlich nur Crossrail sein.«

»Wovon redest du?«, fragte Fabiu verwundert.

»Du hast doch gefragt, wo wir sind. Ich kann dir sagen, wo wir auf jeden Fall immer noch nicht sind: draußen. Ich tippe also auf die

Innenstadt. Höchste Dichte an Untergrundstationen. Irgendwo im Zentrum. Vielleicht Oxford Circus.«

Das hatte Fabiu schon mal irgendwo gehört. Wo genau? Er hatte keine Ahnung und sein Kopf brummte noch immer zu stark, um darüber nachdenken zu können.

Lucas revidierte: »Vielleicht ist's aber auch die Piccadilly Line. Die hatten sie noch mal renoviert ...«

Der Blonde drückte seine Hand unter die Rippen und Fabiu verstand sofort. Er selbst bekam auch immer Seitenstechen, wenn er beim Joggen redete – Moment! Er *erkannte* tatsächlich die schwache Silhouette des großen, dünnen Jungen vor sich.

»Lucas, da vorn muss ein Ausgang sein! Ich sehe Licht!«

Lucas schwieg und rannte wortlos weiter. Dann drehte er sich beim Laufen um und schaute Fabiu an. Ein ehrgeiziges Lächeln breitete sich auf Lucas' langem Gesicht aus.

Sie liefen noch einige Minuten weiter und das Licht wurde heller und heller. Der Tunnel machte einen letzten Bogen und dann waren sie endlich am Ziel: Die Enge mündete in einen großen Raum – eine Station. Den kreisförmigen Zugang schmückten schwach leuchtende Glühbirnen in gleichen Abständen, wie bei einem Make-up-Spiegel eines alten Theaters. Über dem Eingang hing ein Schild in Neonschrift mit den Worten:

Willkommen im SEED #49: Tottenham Court Road!

KAPITEL 3

SACKGASSEN UND AUSWEGE

Strahlend rannten die beiden Jungs auf den Eingang zu. Sie hatten es tatsächlich geschafft!

Lucas blieb stehen und stützte stolz die Arme in die Seite. »Tottenham Court Road! Ich sag doch, wir sind im Zentrum!«

Fabiu schlenderte an ihm vorbei, neugierig, was sie in der Station erwartete. Zwar hatte er gehofft, dass sie den SEED finden würden, doch mit Lucas an seiner Seite hatte Fabiu es eher bezweifelt, auch wenn er sich das auf ihrem Weg nicht eingestehen wollte. Immerhin war London eine Großstadt. Aus Berlin kannte er es, dass viele Stationen nur einen Fußmarsch voneinander entfernt waren, doch wer wusste schon genau, wo die Lok entgleist war? Sie hätten *überall* sein können, Stunden entfernt von ihrem Ziel. Fabiu schüttelte den Kopf und schob die Gedanken fort. Sie waren schließlich angekommen!

Wie ein Kind beim Eintritt in einen Vergnügungspark schritt er, den Kopf voran, durch die Rundöffnung in die Station.

»AHHHHHH!!«

Sein markerschütternder Schrei durchdrang die dumpfe Stille. Ehe er wusste, wie ihm geschah, wand sich Fabiu schmerzverzerrt am Boden – zuckend wie ein Rind, dessen Hirn der Bolzenschussapparat knapp verfehlt hatte. Er konnte nicht aufhören zu schreien, hatte noch nie solche Schmerzen erlebt. Ein Messer mit Gewalt durch den Schädel? Starkstromkabel an den Schläfen? Ein gigantischer Zahnbohrer, der sich durch sein Gehirn fräste? Ihm fiel nichts ein, was auch nur ansatzweise den Schmerz beschreiben konnte, der ihm jegliche Kontrolle über seinen Körper raubte. Ameisen krabbelten unter seiner Haut und bissen in sein Fleisch, in seine Augäpfel, in seinen Mund. Er schaute an sich hinab, doch da war nichts – nur Zucken. Als würde er einen fremden Körper betrachten, über den er keine Kontrolle hatte. Er presste seine Augenlider aufeinander und versuchte, durch den wunden Schrei den Schmerz in seinem Schädel zu betäuben. Vergebens. Vor seinen geschlossenen Augen lief eine Art Film in zehnfacher Geschwindigkeit ab und ihm wurde speiübel. Er erkannte Bildfetzen – ein Mädchen! Ein glasloses Fenster! Da war der Mann, der ihn abholte und auf eine Reise mitnahm – sein Vater? Nein, sein Vater war tot. Seine Familie war tot. Alle waren tot. Der Krieg! Er sah Schmerz, er sah Scham, er sah Gier – oder war es Verlangen? Dann plötzlich ein klares Bild von Bergen aus Beton – Türme aus Titan, Gerüste und das Gesicht einer Frau.

So plötzlich, wie es gekommen war, war alles wieder vorbei und Fabiu lag schwer atmend am Boden. Eine panische Angst durchfuhr ihn, während Schweiß aus jeder Pore seines Körpers triefte. Sein

Kopf fiel zur Seite und er sah Lucas neben sich liegen – pitschnass, keuchend und mit knallrotem Kopf starrte dieser an die Decke. Hin und wieder zuckte Lucas' gesamter Körper unkontrolliert. Sein Atmen klang laut, pfeifend und ungesund. Zuerst konnte Fabiu nicht einordnen, was dem Jungen neben ihm widerfahren war, dann traf es ihn: Lucas musste ihm gefolgt sein, als er Fabius Schreie gehört hatte. Er musste durch dieselbe Hölle gegangen sein wie er.

Orientierungslos und zu schwach, um sich aufzurichten, ließ er seinen Blick schweifen, während seine Brust sich hastig hob und senkte. Von woher waren sie gekommen? Wo war der tiefschwarze Tunnel?

Hinter Lucas, wo der Zugang hätte sein müssen, sah Fabiu nur eine massive Eisenwand. Die kreisrunde Form hob sich ganz deutlich von den rauen Steinwänden ab. Sie sah glatt und vollkommen neu aus – keine Spuren von Rost oder Korrosionen.

Fuck, nein!, dachte sich Fabiu. Er wusste genau, was das war: ein *Flood Gate*.

Die Fluttore sollten, wie man ihnen beim Briefing erklärt hatte, die Kinder und Jugendlichen in den SEEDs vor Giftgas, Verstrahlung und anderen Gefahren abschirmen. Es musste sich geschlossen haben, als sie die Station betreten hatten und … was auch immer das war, was mit ihnen passiert war, ausgelöst haben. Schnell hastete sein Blick den Schienengraben der Station entlang bis zum anderen Ende. Ein weiteres Flood Gate!

Verdammt! Fabiu schlug wütend mit beiden Fäusten auf den Boden, als Lucas seinen Kopf langsam zu ihm drehte.

»Was zur Hölle war das ...?«

»Wir sind hier eingesperrt!«

»Du meinst *sicher*.«

Er konnte nicht fassen, wie Lucas so etwas sagen konnte.

»Unsere Freunde sind da draußen!«

»Freunde?«, lachte Lucas höhnisch. Er stützte sich mit seinem Ellbogen in eine halb liegende, halb aufrechte Haltung. »Wen meinst du genau? Den, der mir mit 'nem Stein den Schädel eingeschmissen hat, oder den, der seinen Daumen in meinem Hirn verbuddeln wollte?«

Fabiu schaute blitzschnell zur Decke. War das der Moment, in dem Lucas hochging? Der Moment, in dem er sich dafür rächte, wie Zakir mit ihm umgegangen war?

»Aber mal ohne Scheiß. Freunde? Ernsthaft?« Lucas setzte sich in den Schneidersitz. »Wir haben uns ein Mal getroffen, bevor wir in diesem Loch aufgewacht sind. Und du redest von Freundschaft? Du bist echt erbärmlich. Wir kennen uns kein Stück.«

Fabius Ohren wurden ganz heiß. Er fühlte sich dumm, dass er dieses Wort benutzt hatte. Besonders in Lucas' Anwesenheit.

»Erbärmlich oder nicht.« Fabiu erhob sich unter Anstrengung und starrte Lucas in die Augen. »Ich werde die anderen nicht elendig krepieren lassen!«

Lucas' Augenbrauen schnellten überrascht in die Höhe. Doch dann warf er Fabiu bloß einen unbeeindruckten Blick zu. »Was auch immer.«

Lucas vergrub sein Gesicht in der rechten Hand und massierte dabei seine Schläfen. Er schien sichtlich mitgenommen. Doch das war Fabiu auch. Es gab keine Entschuldigung für sein Verhalten.

Der Schwarzhaarige blickte sich hastig um. Irgendwo hier musste es doch eine manuelle Steuerung für die Flood Gates geben ...

Fabiu betrachtete erst jetzt seine Umgebung genauer: Erhellt war die Station durch gelb leuchtende Glühbirnen, die in regelmäßigen Abständen von einem Kabel baumelten, das sich an der Wand entlangzog. Irgendwie erinnerte dieses Bild ihn an den heruntergekommenen Zirkus seines Onkels, den er als Kind einmal besucht hatte.

Sein Blick sank zu Boden. *Komisch, dass die Schienen im Gleisbett auf halber Strecke aufhören*, wunderte er sich.

Es sah weniger beabsichtigt als viel eher nach nicht beendeten Bauarbeiten aus. Aber er hatte keine Zeit, sich Gedanken um die Gründe dafür zu machen, und kletterte eher unbeholfen aus dem Gleisbett auf den steinernen Bahnsteig hinauf. Dieser war zwar nicht sonderlich breit, doch fanden am anderen Ende des Bahnsteigs fünf schmale Doppelstockbetten dicht an die Wand gepresst ihren Platz.

Fabiu begann zu rennen, auf der Suche nach einer Tür, einem Kontrollraum, irgendetwas, was ihm weiterhelfen würde. Er steckte seinen Kopf in den ersten Gang zu seiner Linken. Sackgasse! An der linken Wand eine Tür mit der Aufschrift »WC«. Fabiu riss sie auf – eine kleine Treppe führte einen schmalen Gang hinauf und bog dann um die Ecke. Er folgte ihm und sah zwei weitere Türen mit den bekannten Piktogrammen von Frau und Mann. Er warf einen Blick hinein: tatsächlich nur Toiletten. Ein gefliester Gang führte zu seiner

Linken zu einem kleinen Gruppenduschraum. Das war alles. Also zurück!

Nach wenigen schnellen Schritten auf dem Bahnsteig fand er einen zweiten Gang. Er schwang sich hastig um die Ecke. Eine weitere Treppe – doch sie war viel breiter!

»Bingo!«, zischte er hoffnungsvoll zu sich selbst.

Darauf hatten viele Menschen gleichzeitig Platz. Ob die Treppe vielleicht nach draußen führte? Zum Ausgang? Egal! Erst einmal musste er die Tore öffnen.

Oder? Musste er das wirklich? Lucas' Worte schnellten wie Blitze durch seine Gedanken: *Wir kennen uns kein Stück.* Wäre es wirklich so verwerflich, einfach zu fliehen, statt sein Leben für die anderen, fremden Jungen aufs Spiel zu setzen? Die Treppe hinauf und er wäre frei. Doch die Realität beendete sein Gedankenspiel: Er stand plötzlich in einer kleinen Halle.

Es war absurd: In der rechten Ecke standen Metallstangen und dicke, schwere Eisenscheiben. An der Wand ihm gegenüber drei Laufbänder. Und im linken Teil des Raums, halb abgeschirmt durch hohe faltbare Trennwände, war eine weiße Hochliege. Fabius erste Assoziation war: Massage. Es sah aus wie auf diesen Wellness-Werbeanzeigen in der Innenstadt. Dann sah er den kleinen hüfthohen Metallschrank auf Rädern, auf dem scharfes Sezierbesteck blitzte.

Er schluckte heftig, sprang dann aber vorwärts. Sein Blick suchte den Ausgang, doch er fand nur einen großen Torbogen direkt neben ihm, der offensichtlich zugemauert worden war. Schon wieder hielt er sich für unglaublich dumm.

Warum sollte man aus einem Bunker unter der Erde, in den man Kinder schickt, damit der Krieg sie nicht erreichen kann, problemlos rausspazieren können?

Sein Bauch zog sich schmerzhaft zusammen, als hätte man ihm in die Magengegend getreten. Ein grausiger Gedanke überkam ihn: Warum sollte man im Inneren eines solchen Bunkers *überhaupt* eine Vorrichtung installieren, die die Flood Gates manuell öffnet? Was war, wenn es eine solche Vorrichtung gar nicht gab?

Fabiu fühlte sich seltsam leer, als er sich umdrehte und ziellos die Treppen wieder hinabtrottete. Er kam sich so hilflos vor. Wie lang waren Lucas und er nun schon weg? Ob die anderen noch lebten?

Vor seinem inneren Auge sah er Joshua am Boden liegen, unter Schmerzen mit den Lippen seinen Namen formen. Isaac ... Ging es ihm gut? Hatten sie vielleicht einen Ausweg am anderen Ende des Tunnels gefunden? Waren sie vielleicht längst alle in Sicherheit und lachten über Fabiu und sein vorschnelles Handeln? Er stellte sich Fritz' tiefe Stimme vor, wie er feixend »Du konntest ja nicht abwarten!« raunte und alle in Gelächter ausbrachen.

Was für ein dummer Gedanke. Selbst wenn die anderen je wieder zusammen lachen würden, konnte Fabiu es nicht hören, denn sie würde für immer diese meterdicke Wand trennen.

Zurück am Gleisbett schlenderte er den Bahnsteig entlang. Ein weiterer Gang zu seiner Linken. Er seufzte und zuckte gleichgültig mit einer Schulter.

Was soll's?, dachte er. *Wenn ich hier sowieso für die nächste Zeit feststecke, kann ich genauso gut den Rest des SEEDs erkunden.*

In diesem Gang führte eine weitere Treppe einige Stufen hinauf – dann erneut eine Sackgasse. Nun ja, nicht ganz – er sah drei große offene Türen, die sich bis zur Decke zogen, jeweils durch eine Säule voneinander getrennt.

»Fahrstuhlschächte«, murmelte er, als er ein Schild mit einem Symbol und der Aufschrift »Aufzüge« an der kahlen Wand entdeckte.

Alles sah befremdlich aus. Anders, als er es kannte. *Warum gibt es eigentlich keine einheitlichen Untergrundbahnhöfe?*, wunderte sich Fabiu. Neben all den Angleichungen, die die Vereinigten Staaten von Europa durchgesetzt hatten, wäre das doch wenigstens mal eine sinnvolle gewesen. Immerhin waren die Leute früher viel innerhalb der USE gereist und wäre es dann mal zu einem unterirdischen Zugunglück gekommen, wäre es doch praktisch gewesen zu wissen, wo man was findet, oder? Notausgänge, Fahrstühle, Treppen ...

Aber vermutlich war das einfach zu teuer gewesen. Stattdessen setzte man lieber USE-weite Vorschriften wie das »Armutsverbot« durch. Nett gemeinte Gesetze, die für die wirklich Armen aber nur zur Folge hatten, dass ihnen die Staatsbürgerschaft entzogen wurde, um so die Statistik zu schönen, denn – *schwups* – gab es keine armen Europäer mehr. Nur illegale Staatenlose.

Fabiu schritt, seine Hand an der Wand entlanggleitend, die letzten Stufen der Treppe hinauf. Jetzt erst fiel ihm auf, dass die Wände hier unten aus rohem Beton bestanden. Nicht verputzt, nicht gefliest, nicht verkleidet.

Seltsam für einen Untergrundbahnhof mitten im Zentrum Londons, grübelte er. Fabiu stand nun vor dem ersten Fahrstuhlschacht.

Es gab keine Türen. *Vermutlich außer Betrieb oder komplett demontiert.* Jetzt, wo er drüber nachdachte, schien hier unten vieles verändert und angepasst worden zu sein. Er kannte jedenfalls keine U-Bahn-Station in Berlin mit einer Sporthalle und einem OP-Saal. Jedenfalls keine, die damals von der Stadt so eingerichtet worden war. *Heute gab es sicher genügend Pumperbuden da unten, voll von mit Testosteron betankten Schlägern.*

Kurz dachte er an das, was Aziz gesagt hatte. Er habe Familie in Berlin. Ihn wunderte das gar nicht. Typen wie Aziz kannte Fabiu aus Berlin zur Genüge. Sie waren der Grund, warum er zu Hause schon seit Jahren keinen Untergrund mehr betreten hatte.

Er trat näher an den offenen Schacht und schaute hinab. Pechschwarzes Nichts. Als er sich, mit beiden Händen links und rechts festhaltend, vorlehnte, um in die Tiefe zu schauen, berührte plötzlich etwas sein Gesicht.

»Wuaah! Was zum –?«

Hastig sprang er zurück, seine Hände zu Fäusten geballt und schützend vor sich gehoben. Nichts. Kein Rascheln, kein Garnichts. Die Anspannung ließ ab und neugierig ging er wieder einen Schritt vor. Er nahm allen Mut zusammen und tastete mit seiner ausgestreckten Hand in die Dunkelheit.

Da! Er bekam eine dünne Schnur zu fassen. Er zog leicht an ihr. *Klick!* Eine Glühbirne, die über ihm im Schacht befestigt war, ging an und durchflutete den dunklen Abgrund plötzlich mit Licht.

»Oh mein Gott ...«, flüsterte Fabiu ungläubig zu sich selbst.

Joshua verlor langsam seinen kühlen Kopf, auf den er sonst so stolz war. Es fiel ihm eigentlich leicht, nüchtern an Probleme heranzugehen, zu schauen, wer auf welche Weise zur Lösung beitragen könnte. Darum wurde er in der Schule auch immer zum Teamcaptain gewählt.

Aber jetzt drängte das Feuer sie mehr und mehr zurück. Weiter weg von Fabiu und Lucas.

Welche Chancen haben wir denn noch, realistisch gesehen?, fragte er sich. Kein Feuerlöscher, den sie fänden, würde dieses Inferno ersticken können. Keine Sauerstoffmaske und kein Schutzanzug trüge sie durch die meterlangen, erstickenden Flammenwände.

Sie waren von der Hitze bereits bis zu ihrem Ausgangspunkt zurückgedrängt worden – doch von Isaac, Ed und Aziz fehlte jede Spur.

Zakir wandte sich erneut an Joshua: »Ich will nicht drängeln, aber wo bleibt jetzt deine rettende Idee?«

»Keine Ahnung, kannst ja versuchen, sie per GPS zu tracken, du Genie«, fuhr ihn Joshua angespannt an. »Aber ernsthaft, du bist doch der Software-Crack hier! Hat deine kluge Superfreundin im Ohr denn keine Idee?«

In diesem Moment griff Fritz von hinten Zakirs Kopfhörer und setzte sie auf seine eigenen Ohren. »Yo, Kassi-Baby, wie schaut's aus, hm? Irgendwelche Ideen?«

Ein kurzes akustisches Feedback war zu hören. Zakir grinste fast unmerklich, was Joshua verwunderte. Er hatte erwartet, dass der Junge mit dem Pharaonengesicht sehr besitzergreifend reagieren würde, wenn es um seine Schöpfung ging. Doch vielleicht war es auch der Stolz, der ihn davon abhielt, einzuschreiten. Außerdem war Fritz der Einzige, der mit Zakirs hünenhafter Größe mithalten konnte.

Einen kurzen Moment schauten Karim und Joshua erwartungsvoll zu Fritz, in der Hoffnung, Zakirs Computer-Freundin wäre *wirklich* so gottgleich, wie er behauptet hatte. Dann begann Fritz, breit grinsend zu glucksen.

»Was gibt's da so blöd zu lachen, hä?!«, kläffte ihn Joshua an.

»CNN berichtet von einem Feuer im Weißen Haus – die Bibliothek des Präsidenten sei abgebrannt.«

»Was?«, fragte Karim verwirrt mit seiner dünnen Stimme.

Fritz lachte mittlerweile so heftig, dass sich seine Augen mit Tränen füllten. Unter Schnauben presste er hervor: »Keines der beiden Bücher konnte gerettet werden, dabei hatte der Präsident das zweite noch nicht mal fertig ausgemalt!«

Fritz prustete und eine hohe feixende Lache brach aus ihm heraus. Wütend drehte Joshua den anderen den Rücken zu und griff sich energisch ins Haar. »Verdammt, Fritz, nerv nicht, klar?!«

»Sorry, Leute«, kicherte Fritz mit glasigen Augen, »aber diese Kassi meinte, weil sie keine passende Antwort hat, erzählt sie mir jetzt 'nen Witz.«

Zakir ergriff mit gleichgültiger Stimme das Wort: »Und das Beste: Der Witz ist genau auf deinen Humor zugeschnitten.«

Fritz hörte abrupt auf zu grinsen. »Was? Wieso?«

Zakirs Gelassenheit ließ darauf schließen, dass er mit genau dieser Reaktion gerechnet haben musste. Beiläufig antwortete er: »Ich hab die *TuneSpot*-Datenbank gehackt.«

Fritz riss sich blitzschnell die Kopfhörer runter, als wären sie mit irgendetwas Giftigem infiziert worden, und reichte sie Zakir augenrollend wieder zurück.

»Das Teil liest die Form meiner Ohren aus, stimmt's?«

Zakir grinste breit. »Korrekt. Das einmalige Muster deines Ohrs, das *TuneSpot* verwendet, um dein Nutzerprofil mit dir zu verknüpfen, nutzt Kassi, um dein gesamtes Profil zu checken: Welche Musik und welches Hörbuch hast du wann gehört? Welche Videos guckst du dir so an? Was hast du dir je von *TuneSpot* vorlesen oder aus dem Netz suchen lassen? Ihr versteht den Grundgedanken, hm? Alles, was auf *TuneSpot* gespeichert wird, kann Kassi auslesen.«

Als Joshua sich umdrehte, sah er Fritz' kreidebleiches Gesicht. Er wollte gar nicht wissen, wobei genau sich der große Junge ertappt fühlte, aber der Präsidentenwitz zeigte eins ganz deutlich: Fritz schien kein großer Amerika-Fan zu sein. Aber wer war das heute schon noch? Selbst Amerikaner schienen keine großen Amerika-Fans mehr zu sein – und das mochte schon etwas heißen!

Doch eine ganz andere Frage verursachte Joshua Magenschmerzen. Mit kritischem Blick wandte er sich Zakir zu. »Das heißt, du weißt durch deine Hacks mehr über jeden hier als alle anderen. Mehr, als du über jeden von uns wissen *solltest*.«

Zakir hob verteidigend die Hände vor seine Brust. »Nein, Mann, keine Sorge. Kassi muss erst von einer Person aufgesetzt werden, um ihre Daten auslesen zu können. Vorher geht gar nichts – alles verschlüsselt.«

Joshua wirkte nicht wirklich beschwichtigt und fixierte Zakir weiterhin mit zusammengekniffenen Augen.

»Außerdem«, fügte Zakir schnell hinzu, »geht das nur, wenn du die *HEADS* hast und dich mit deiner Ohrform in den Kopfhörern bei *TuneSpot* registriert hast. Hast du das nie gemacht, kann Kassi auch keine Daten entschlüsseln und auslesen.«

Das beruhigte Joshua überhaupt nicht. Natürlich besaß er die Teile. *Jeder* an seiner Schule besaß sie, denn alle Eltern, die etwas auf ihr Kind hielten, statteten es mit den teuersten und neusten Innovationen und Gadgets aus, als wäre ihr Kind selbst nur ein auf-pimpbares Imageprodukt.

Bei dem Gedanken fragte sich Joshua, ob seine Eltern wohl stolz auf ihn waren oder eher stolz auf *sich selbst*, den Captain des Schwimmteams und den Jahrgangsbesten herangezogen zu haben. Beschweren würde er sich nicht. Nie. Er wusste, er konnte dankbar sein. Er war stolz auf seine Eltern. Und schließlich gab es Schlimmeres, als immer das neueste *PHONE*, die neuesten *HEADS* oder die neueste *WATCH* zu haben. Doch eines war ihm nun klar – Zakirs Kopfhörer würde er nicht auch nur in die Nähe seiner Ohren lassen.

»Karim, hast du nicht 'ne Idee?«, fragte Fritz sich räuspernd den schmächtigen schwarzen Jungen.

Joshua war überrascht und fühlte sich fast beleidigt. »Der?«

Er konnte nicht recht glauben, dass der Junge, den er bereits als

»Ballast« in seinem Kopf kategorisiert hatte, *irgendetwas* Nützliches beisteuern konnte.

»Hey, pass mal auf!«, blaffte ihn Fritz an, der noch mal einen Kopf gewachsen zu sein schien, als er auf Joshua zutrat. Fritz' gutmütiges Gesicht verzog sich zu einer strengen Grimasse, was Joshua allerdings wenig beeindruckte. Er fühlte sich eher an ein trotziges Baby erinnert. »Karim hat 'ne Menge Scheiße durchgemacht, also urteile nicht über ihn, klar?«

Karim war das Ganze sichtlich unangenehm, aber Fritz schaute ihn ermutigend an. »Doch das ändert nichts an seiner Genialität. Er hat mich schon ziemlich oft aus der Scheiße geritten, stimmt's?«

Karim lächelte kurz, starrte aber gleich darauf wieder zu Boden.

Joshua rollte mit den Augen. *Das bringt doch alles nichts*, dachte er.

»Wir ...«, stammelte Karim verunsichert. »Wir müssen das Feuer stoppen.«

»Ach was«, rief Joshua. »Dass wir nicht schon vorher darauf gekommen sind!«

Fritz gab ihm wortlos einen Klaps auf den Hinterkopf – nicht schmerzhaft, aber bestimmt.

»Ist ja gut«, zügelte sich Joshua.

Karim sammelte seinen Mut und sprach weiter: »Ich mein ja nur, sobald das Feuer uns hier erreicht, geht es bergaufwärts.«

Karim deutete mit dem Daumen in die Richtung, in die Isaac, Ed und Aziz verschwunden waren. Er hatte recht – der Tunnel schien tatsächlich anzusteigen.

Karim fuhr fort: »Das bedeutet, dass das Feuer sich noch schneller ausbreiten wird, wenn es erst einmal hier angekommen ist.«

Joshua erkannte den Ernst der Lage: Ein ansteigendes Feuer bedeutete auch eine stärkere Hitze und viel schlimmer – eine größere Rauchentwicklung. Die Decke war zwar ungewöhnlich hoch für einen Untergrundtunnel, doch das würde sie nicht retten. Es brachte ihnen höchstens ein wenig mehr Zeit.

»Um genau zu sein, beschleunigt sich die Ausbreitungsgeschwindigkeit bei einem Anstieg von zehn Grad um das Doppelte«, setzte Karim fort. »Momentan scheinen die Rauchabzüge uns noch vor dem Erstickungstod zu schützen, aber der Qualm sinkt tiefer und tiefer.« Karim deutete zu den kleinen quadratischen Schachtöffnungen an der Decke, die zwar kontinuierlich dicken schwarzgrauen Smog in sich aufsogen, aber bei solchen Massen machtlos waren.

Fritz schien sie erst jetzt bemerkt zu haben. »Aber dann muss uns doch jemand sehen! Ich meine, der Rauch muss irgendwo rauskommen, oder? Die Verantwortlichen werden es bemerken und uns befreien.«

Zakir drehte sich zu Fritz, wieder einmal viel zu nahe an dem Gesicht seines Gegenübers. »Da ergeben sich nur zwei Fragen: Die eine ist, *wann* sie es entdecken, und die andere, *ob* überhaupt noch jemand da oben am Leben ist, der uns retten kann.«

Im ersten Moment fand Joshua Zakirs Ausführung ziemlich theatralisch, doch bei genauerem Überlegen lag er vielleicht gar nicht so falsch. Beim Briefing hatte er bis auf die Jungs keine Menschenseele gesehen und selbst wenn da jemand wäre … Wie sollte

man von dort den überirdischen Rauchaustritt bemerken? Joshua erinnerte sich an keine Fenster, dort, wo sie gebrieft worden waren. Vielleicht Monitore … Überwachungskameras in den Untergrundtunneln? Gab es hier so was?

Fritz riss Joshua aus seinen Gedanken. »Ich verstehe.« Sein Husten zwang ihn kurz zu unterbrechen. »Wenn der Rauch noch weiter sinkt, werden wir hier im Nu jämmerlich ersticken.«

Joshua sah hinauf zu Fritz und fasste einen Entschluss. Sie mussten handeln! Egal wie aussichtslos es schien, sie würden hier unten nicht kampflos draufgehen.

»Okay, Leute! Sucht alles, was nicht brennt, und wir bauen eine Mauer zwischen diesem Waggon und dem da!« Joshua deutete auf den brennenden Wagen vor ihnen und den noch intakten hinter ihnen und sprang zu dem Metallscharnier, das beide zusammenhielt. »Reißt meinetwegen die Metallplatten vom Dach, Ziegelsteine aus den Wänden, Schilder von der Verkleidung – das Feuer darf nicht auf noch einen Wagen überspringen!«

»Nicht nötig!«, hörten sie eine Stimme hinter sich.

Überrascht ließ Joshua von dem Metallstück ab, das eh keine Anstalten machte, sich zu bewegen, und schaute den Anstieg hinauf.

Es war Isaac, der vielsagend grinste. »Wir haben da was entdeckt, das uns allen den Arsch retten könnte!«

KAPITEL 4

ICH BIN GOTT

Fabiu blickte hinab auf einen riesigen Container, randvoll gefüllt mit Reiskörnern. Er hatte in seinem ganzen Leben noch nie so viel Reis gesehen. Das mussten Tonnen sein! Nicht, dass Reis sein Lieblingsessen war. Wessen Lieblingsessen war schon schlichter Reis? Aber in den letzten Jahren des Kriegs hätte er gemordet, um auch nur einen Bruchteil von dieser Menge in die Hände zu bekommen. Nicht für sich allein, sondern für seine ganze Familie.

Wenn er an seine Familie dachte, kribbelte es stärker unter seiner Haut und er spürte erneut mehr Speichel in seinem Mund als normal. Diese Übelkeit – diese körperliche Reaktion auf seine Erinnerungen hatte er, seitdem er hier im Tunnel aufgewacht war. Doch die Ameisen unter der Haut fühlte er erst seit diesem unerträglichen Anfall. Eigentlich, seitdem er die Station betreten hatte. Ob es eine Art Gift war? Vielleicht etwas in der Luft?

Gedankenverloren schlenderte er zur nächsten Tür. Seine Hand fischte in der Dunkelheit nach einer weiteren Schnur – und seine

Annahme bestätigte sich. Er zog daran und das zweite tiefe Loch füllte sich mit Licht. Am Fuße des Schachtes war ein Metalltank mit klarem Wasser. Ein Rohr führte aus dem Container hoch hinauf und verschwand irgendwann in der Wand.

Klar, frisches Wasser!

Weniger verwundert über den Inhalt des Containers als über die Tatsache, nicht durstig zu sein, tapste er zur letzten Tür. Selbst ohne Licht sah er die Sprossen einer Leiter zu seinen Füßen, die in die Tiefe führte. Wie routiniert betätigte er nach kurzem Suchen das Licht in der Dunkelheit und sah voller Freude meterhohe Regale mit Konserven über Konserven an jeder Wand des Aufzugschachtes. Die Leiter führte hinab in die Mitte des Raumes. Er nahm an, so könne man sich von unten nach oben durchfuttern. Es gab keine bunten Etiketten mit schönen Bildern wie im Supermarkt, nur maschinell bedruckte Sticker mit Aufschriften wie »Linsen«, »Ravioli«, »Bohnen«, »Erbsen und Möhren« schmückten die Konservendosen.

»Also nicht nur Reis bis ans Ende unserer Tage hier unten, hm?«, murmelte er erleichtert vor sich hin.

Plötzlich hörte er Lucas' quakige Stimme: »Hey, Zigeunerjunge, beweg mal deinen Arsch hierher.«

Fabiu überhörte die Beleidigung, denn zu seiner Verwunderung vernahm er so etwas wie Euphorie in den Worten des anderen.

Als er zurück zum Bahnsteig kam, saß Lucas nicht mehr dort, wo er ihn zurückgelassen hatte.

»Hier!«

Die Stimme kam vom anderen Ende der Station. Da stand Lucas, neben den Doppelstockbetten. Fabiu konnte von Weitem nicht genau erkennen, was er dort tat, und ging auf ihn zu.

»Wie leichtsinnig muss man sein, um Teenagern ihr eigenes Schicksal in die Hand zu legen? Ich meine, stell dir vor, Junge A und Junge B streiten sich.«

Was redet er da?, wunderte sich Fabiu.

»Junge A konnte seine große Liebe nicht mit in den SEED nehmen. Draußen ist aber alles voller Giftgas. Junge B ist das egal. Junge B sagt also« – Lucas benutzte für den Jungen eine dümmlich verstellte Stimme, die an einen Neandertaler erinnerte – »*Nein, Mann, wir bleiben alle hier drin!*, denn sein unfertiges Gehirn ist noch nicht komplett ausgebildet. Emotionale Entscheidungen kann Junge B noch gar nicht wie ein Erwachsener im vorderen Stirnbereich treffen, da sich sein Denkapparat noch mitten im Aufbau befindet. Er nutzt nur den hinteren Teil des Gehirns, der eigentlich später für die Interpretation von Handlungen verantwortlich sein wird. Er *kann* die Emotionen seines Gegenübers also gar nicht wirklich einsortieren – nicht verstehen, warum es so wichtig für ihn ist, seine Freundin zu retten.«

Fabiu konnte erkennen, dass Lucas vor einer Art Metallschrank mit vielen kleinen Türchen stand.

»Aber auch Junge A ist nur ein Teenager und nicht nur, dass die falschen Teile des Gehirns Aufgaben ausführen, für die sie nicht zuständig sind, nein – auch das Wachsen und Knüpfen von Synapsen geschieht nicht gleichmäßig, sondern schubweise, impulsiv. Aber leider nie an den Stellen, wo man es bräuchte, zum Beispiel im Nucleus accumbens.«

»Dem Belohnungszentrum im Gehirn«, stammelte Fabiu, ohne eine Ahnung zu haben, woher er das wusste.

»Richtig«, entgegnete Lucas verblüfft, fing sich aber schnell wieder. »Darum muss für Teenager auch immer alles so viel dramatischer sein, weil sie härtere Trigger brauchen, damit Glückshormone ausgeschüttet werden. Was passiert also? Statt ihm alles zu erklären, geht Junge B wütend auf Junge A los. Der reagiert darauf. Er greift einen Stein und schlägt dem anderen Jungen den Kopf ein. Sich selbst in den Glückshormonrausch gestoßen, nun seiner Liebe so nahe, öffnet der Narr die Tür – das Gas strömt erst in seine Lungen, dann in die gesamte Station und alle sterben. Ende.«

»Worauf willst du hinaus?«, fragte Fabiu, immer noch nicht ganz sicher, was das alles sollte.

»Kinder, Teenager – sie müssen vor sich selbst geschützt werden«, entgegnete Lucas mit einer unerträglichen Überheblichkeit.

Die Moral hatte Fabiu schon verstanden. Was er meinte, war: Was bewegte Lucas mit seinen 15 Jahren zu sprechen, als stände er über alldem?

Lucas setzte zu einem neuen Erklärungsversuch an und genoss die gesamte Situation sichtlich: »Die Frage ist doch: Welcher Wissenschaftler, der über die unberechenbare Funktionsweise des unfertigen Gehirns Bescheid weiß, installiert *so etwas* und legt die Zukunft der Menschheit in die Hände von Kindern?«

Das letzte Wort betonte Lucas abfällig und öffnete eine Klappe des Metallschranks, hinter der sich ein winziges Schaltpult befand. Er drückte einen der vielen Knöpfe im Inneren des Kastens.

Fabiu spürte, wie plötzlich alles zu beben begann. Staub rieselte von der steinernen Decke, als ein schweres Quietschen und Rattern erklang. Ein Licht über dem Flood Gate, neben dem Lucas stand, leuchtete rot auf und ehe er sichs versah, schossen mit einem enormen Druck Wassermassen aus dem Tunnel durch den Rand des schweren Metalltores auf Lucas zu. Er wurde mit voller Wucht gegen die Doppelstockbetten geworfen und Fabiu sprang fassungslos einen großen Satz zurück.

Das Flood Gate öffnete sich zügig und mit Hochdruck presste sich mehr und mehr Wasser in die Station. Wie ein reißender Fluss schossen die Fluten durch das Gleisbett, bis sie am anderen Flood Gate abprallten und über den Bahnsteig traten. Fabiu sah den Rückfluss auf sich zukommen, während von der anderen Seite weiter geballte Massen an Wasser aus dem überfluteten Tunnel in den SEED strömten. Den einzigen Ausweg sah Fabiu in einem weiteren, letzten Seitengang, in den er sprang, bevor die Ströme sich dort trafen, wo er gerade stand.

»Mach das wieder zu!«, rief er Lucas zu, ohne zu wissen, wo der Blonde sich gerade befand oder ob er ihn über dem lauten Rauschen des Wassers überhaupt hören konnte.

Die Flut preschte nun auch in Fabius Seitengang. Panisch blickte er sich um. Da, eine Tür! Er griff nach dem Knauf und drehte rüttelnd daran. *Klack!* Die Tür war offen! Eine enge Treppe führte aufwärts – doch Fabiu zögerte.

Nein! Er konnte nicht einfach gehen und Lucas hier zurücklassen. Auch wenn es genau das war, was Lucas wohl getan hätte. Auch

wenn Lucas ihn vermutlich für seine Sentimentalität auslachen würde und ihm mit der nächsten »Teenager sind so dumm«-Geschichte
käme. Ganz egal, Fabiu wusste tief in seinem Inneren, dass er keine
Wahl hatte. Er musste umkehren, wenn er je wieder frei sein wollte.

»Lucas?«

Fabius Klamotten waren durchnässt und hingen schwer an ihm.
Das Wasser reichte ihm bereits bis zu den Knien. Er schaute sich
hastig um. Irgendwo musste er doch sein! Es war ein Tunnel, so
viele Möglichkeiten gab es doch nicht.

Da! Er entdeckte Lucas' blonden Schopf im überfluteten Gleisbett. Der Druck musste ihn dorthin gespült haben. Sein gesamter
Körper befand sich unter Wasser und wedelte wie ein Halm Seegras
unter der Wasseroberfläche umher. Warum tauchte er nicht auf?
Fabiu versuchte, gegen die Fluten anzurennen, doch er bewegte
sich so unglaublich langsam. Das Wasser schien seine Beine wie
Beton am Boden zu halten. Fabiu beschloss abrupt, dass er tau-
chend schneller sein würde als rennend. Mit einem Satz sprang er,
die Arme und Kopf voraus, vom Bahnsteig in das überfüllte Gleisbett.

Die Strömungen unter Wasser warfen ihn hin und her, zogen ihn
zurück und zerrten ihn dann wieder nach vorn. Dann endlich sah er
Lucas: Voller Panik versuchte er, sich von seiner Hose zu befreien.
Erst verstand Fabiu nicht, doch dann sah er es: Lucas' Hosenträger
hatten sich um die offene Eisenschiene gewickelt und ließen den
armen Jungen nun um sein Leben kämpfen.

Ohne lange nachzudenken, griff Fabiu Lucas' Hosenbund und

riss daran. Der Blonde tat dasselbe und gemeinsam konnten sie den verkeilten Knopf lösen, sodass Lucas sich endlich aus seiner Hose befreien konnte. Beide tauchten nach Luft schnappend an die Wasseroberfläche. Fabiu zog den erschöpften Blonden zum Bahnsteig, wo sie beide stehen konnten. Noch.

»Was hast du getan?«

»Ich wollte das Tor öffnen! Du wolltest doch das Tor öffnen und −«, stammelte Lucas völlig mitgenommen.

Lucas hatte ihn anscheinend falsch verstanden. Es war weniger ein Vorwurf als mehr das Ringen nach Verständnis für die Apparatur am zweiten Flood Gate.

»Komm!«, rief Fabiu und begann, gegen die Strömung zu schwimmen.

Lucas verstand, dass Rennen keinen Sinn machen würde, denn das Wasser reichte ihnen bereits bis zur Hüfte. Also stürzte er sich ebenfalls in die Fluten, um Fabiu zu folgen. Sie hatten das Gefühl, überhaupt nicht voranzukommen, denn um zum Schaltpult zu gelangen, das sich direkt neben der Quelle des Wasserdrucks befand, mussten sie gegen die Strömung anschwimmen. Beide kämpften sich, so dicht es ging, an der Wand nach vorn. Fabiu sah die Doppelstockbetten nur noch wenige Meter entfernt vor sich und war erleichtert: Sie standen noch. Das hieß, sie mussten in der Wand verankert worden sein. Perfekt. Er streckte einen Arm aus und seine Füße paddelten so schnell, wie sie nur konnten, um ihn voranzutreiben.

Doch dann: komplette Dunkelheit. Das Wasser musste einen

Kurzschluss verursacht haben. Er sah die eigene Hand vor Augen nicht mehr.

War das das Ende? Wie sollten sie die Flood Gates ohne Elektrizität schließen?

»Da vorn! Guck da!«, rief Lucas erleichtert.

Als seine Augen sich nach wenigen Momenten an die Dunkelheit gewöhnt hatten, erkannte Fabiu vor sich ein schwaches Licht um die Steuerkonsole.

»Der Blechkasten scheint in einem eigenen Stromkreis zu laufen!«

Er war noch intakt! Das reichte, um Fabiu neuen Mut zu geben. Er tastete um sich, während er sich bemühte, auf das Licht zuzuschwimmen.

»Ich hab's!«, schrie Fabiu, als er seine Faust um den Metallrahmen des ersten Bettes ballte.

»Bingo!«

Lucas' Stimme war dicht hinter ihm, denn er konnte sich, nun nur noch in Boxershorts und Hemd, weit leichter im Wasser bewegen. Einen Moment überlegte Fabiu, auch seine schweren Klamotten loszuwerden, entschloss sich aber dagegen, da das Ausziehen vermutlich mehr Zeit gekostet als letztendlich eingebracht hätte.

Mit voller Kraft zog sich Fabiu aus dem Wasser, hinauf auf das erste Doppelstockbett. Bis hier oben war das Wasser noch nicht gestiegen, obwohl es mit Hochdruck wenige Meter neben ihnen bedrohlich aus dem kreisrunden Tunneleingang geschossen kam. Lucas folgte Fabiu in Windeseile und beide hasteten auf allen vieren von Bett zu Bett, vorsichtig, um in der Dunkelheit nicht ins Leere zu greifen. Tatsächlich waren die Matratzen weicher als erwartet, was das Vorankommen leider nur erschwerte.

»Welcher Knopf?«, rief Fabiu. Er konnte unter dem monströsen Rauschen seine eigenen Worte kaum hören. »WELCHER KNOPF?«, schrie er nun, als er sich vom letzten Bett aus dem Metallschrank entgegenstreckte.

Noch bevor Lucas antworten konnte, gab es ein lautes Ratschen: Fabius Bett löste sich aus der Verankerung an der Wand. Das Bett kippte und Fabiu rutschte in die reißende Flut. Es fühlte sich an, als würde ihn ein Lkw frontal rammen und ihn durch die gesamte Station katapultieren. Er wollte schreien, doch beim Versuch, Luft zu holen, füllten sich seine Lungen mit Wasser. Seine Arme und Beine zappelten ausgestreckt, wie eine Katze, die im Fall versuchte, auf den Pfoten zu landen, doch er fand keinen Untergrund – nichts, was ihm Stabilität geben konnte. Das Wasser war bereits so hoch, dass er nirgends mehr sicher stehen konnte. Bevor er sich auch nur überlegen konnte, was er tun sollte, zog ihn die Strömung wieder unter Wasser. Es schleuderte ihn hin und her. Sein Kopf schlug erneut irgendwo hart auf – ob am Grund, den Wänden oder dem Bahnsteig, Fabiu hatte keine Ahnung. Dann wirbelte es ihn um die eigene Achse, warf ihn von links nach rechts, von oben nach unten und dann war alles plötzlich vorbei.

Als er auftauchte, spürte er Reiskörner. Sie waren überall – in seinen nassen Haaren, in seinem Mund, unter seinen Füßen –, wie ein zäher Brei.

»Lucas?!«, rief er verzweifelt.

Keine Antwort. Doch er ahnte, wo er sich befand. Der Hall eines engen Raumes, die Reiskörner – er war im Aufzugsschacht. Wie ein Wasserfall prasselte der Strom zu ihm hinab. Er war hier gefangen und dadurch gezwungen innezuhalten, versuchte Fabiu zum ersten Mal, seine Gedanken zu sortieren.

Wo kommt all das Wasser her? Hat jemand den Untergrund absichtlich geflutet? Oder sind die Leitungen im Krieg beschädigt worden? Vielleicht war es ein Tsunami – schließlich ist Großbritannien doch eine Insel, oder? Doch es half nichts. Es war egal. Er wusste, sie würden hier unten sterben. Es würde keine Stunde dauern, bis der Wasserspiegel bis zur Decke angestiegen sein würde. *Oder ... vielleicht trägt mich das Wasser hinauf?* Fabiu richtete seinen Blick nach oben in das schwarze Nichts. *Vielleicht führt der Schacht bis an die Oberfläche? Oder wenigstens bis in eine Tickethalle? Vielleicht habe ich eine Chance!*

Er verdrängte den leisen Gedanken der Unmöglichkeit, verdrängte, dass ein offener Fahrstuhlgraben in einem giftgassicheren Bunker keinen Sinn ergab, verdrängte, dass ihm der Schacht maximal wenige Minuten mehr Lebenszeit geben würde als Lucas, der auf der Plattform wahrscheinlich schon früher ertrinken würde.

Doch dann wurde der Wasserfall, der neben ihm niederprasselte, sanfter – ruhiger – leiser.

Was ist passiert?, fragte sich Fabiu.

Halb unbewusst und in Gedanken rief er: »Lucas?«

Keine Reaktion.

Plötzlich ein lautes Knacken, dann ein Knistern. Die Glühbirne über ihm warf ohne Vorwarnung ihr helles Licht in das nasse Loch und blendete Fabiu für kurze Zeit. Es brannte und schmerzte auf seiner Netzhaut und mit gesenktem Kopf rieb er sich die tränenden Augen, die sich mit aller Kraft gegen das grelle Licht wehrten. Sein Kopf begann zu rattern: Kamen sie nun hier raus? Waren es die Menschen, die sie hier runtergebracht hatten, oder Kriegsgegner? Plötzlich fühlte er sich wieder ziemlich dumm. Als wären seine spontanen Gedanken unreif und kindisch.

Er hörte schnelle, schwere Schritte – nasse Schritte – auf sich zukommen.

»Was heulst du, Zigeuner? Ich hab doch alles geregelt!«

Fabiu hätte nie gedacht, jemals so glücklich zu sein, Lucas' quakige Stimme zu hören.

»Wir latschen euch jetzt schon ewig hinterher!«, maulte Fritz. Seine Arme warf er von hinten um den viel kleineren Isaac, der mit einer Taschenlampe voranging.

Ed tauchte neben den beiden auf und räusperte sich, wobei er auf sein Smartphone schielte. »Keine fünf Minuten, um genau zu sein.«

Isaac hingegen blieb stumm und versuchte, so gut es ging, die Last des schweren Jungen auf seinen Schultern zu ignorieren. Fritz seufzte träge.

Aziz, der direkt hinter den dreien schlenderte, lachte höhnisch. Seitdem sie wieder zusammengefunden hatten, war er unausstehlich gut gelaunt. Nicht aus Freude, nein, sondern aus Gehässigkeit.

»*Vallah*, ziemlich beschissen, wenn einem keiner sagt, was abgeht, hm? Wenn die anderen mehr wissen als man selbst, du *Picco*!«

Fritz schmollte mit zusammengepressten Augen demonstrativ in Aziz' Richtung: »Fühl dich ruhig geil, Mann. Wenn du es nötig hast.«

Aber selbst diese offene Provokation konnte Aziz die Laune nicht verderben. Doch Joshua, der das Ende der Gruppe bildete, sah, wie Aziz Zakir hasserfüllte Blicke zuwarf. Denn dieser sprang so gar nicht auf sein überhebliches Gehabe an. Im Gegenteil – mit Kassi auf dem Ohr kicherte Zakir nur vor sich hin.

Da programmiert der Bengel eine angeblich gottgleiche Intelligenz und was tut er damit? Er lässt sich Witze erzählen, dachte sich Joshua.

Er schnaubte kurz und fragte sich, ob es das war, was Zakir tun würde, wenn er Gott träfe: ihn nach dem besten Witz des Universums fragen. *Lächerlich.* Joshua fühlte bei diesem Gedanken Wut in sich aufsteigen. *Verschenktes Potenzial.*

Als er merkte, dass Aziz den beiden keine Aufmerksamkeit mehr schenkte, sondern sich wieder schadenfroh Fritz zuwandte, boxte Joshua Zakir von hinten gegen die Schulter.

Verwundert drehte Zakir sich um und hob einen Kopfhörer vom Ohr. »Ist was?«

»Wozu hast du das gemacht?«, murrte Joshua grimmig.

»Was meinst du?« Zakir war sichtlich überrascht.

»Kassi. Was soll das? Es gibt doch genügend künstliche Intelligenzen, die dir Witze erzählen könnten.«

»Sie ist gottgleich«, grinste Zakir provokant.

Joshua wurde wieder wütend. »Ach, komm schon!«

»Willst du sie was fragen?«

Zakir reichte ihm die Kopfhörer und abrupt duckte sich Joshua mit abwehrenden Händen nach hinten weg.

»Komm mir ja nicht zu nah mit dem Teil.«

Zakir schaute bloß unschuldig, packte sich die Kopfhörer dann aber um den Hals und legte einen Arm um Joshuas Schulter.

»Ich kann sie fragen. Was willst du wissen?«

Joshua war irritiert. Er mochte es nicht, wenn ihm Fremde plötzlich so nahe kamen. Und Zakir kam *jedem* unangenehm nahe.

»Keine Ahnung«, murmelte Joshua, »was ...« Er grübelte, um etwas besonders Originelles zu fragen. Doch als er das Gefühl hatte, schon zu lange zu schweigen, stammelte er hastig: »Was ist der Sinn des Lebens?«

Er knurrte, verärgert über sich selbst. *Lächerlich. Verschenktes Potenzial.*

Zakir hob einen Kopfhörer an sein Ohr und wischte mit seinem Zeigefinger auf dem harten Plastik von unten nach oben, um die Lautstärke aufzudrehen. »Nichts leichter als das. Kassi, was ist der Sinn des Lebens?«

Joshua hörte eine hohe Mädchenstimme blechern aus dem Kopfhörer dröhnen: »Biologisch betrachtet, besteht der Sinn des Lebens für einen Menschen darin, den Partner mit den kompatibelsten Genen zu finden und sich mit diesem zu vermehren. Das Ziel hierbei ist zum einen die Verbreitung und der Erhalt des eigenen Erbguts, aber zum anderen auch die Weitergabe von Wissen und Werten, um so letztendlich die eigene Spezies im harmonischen Einklang einer funktionierenden Sozialstruktur am Leben zu erhalten.«

Zakir grinste zufrieden. »Danke, Kassi. Siehst du«, wandte er sich an Joshua, »ist doch ganz easy: Wir leben, um irgendwann Kinder zu zeugen, die das Bestmögliche von uns und unseren vorherigen Generationen in eine neue, noch bessere Generation tragen.«

»So zumindest die Theorie«, antwortete Joshua, als sein Blick abfällig auf Aziz fiel.

Zakir ignorierte den Kommentar. »Also?«

»Was also?«, entgegnete Joshua. »Da ist nichts, was ich nicht schon wusste. Also ›gottgleich‹ würde ich das nicht nennen. Nicht mal tief greifend philosophisch, um ehrlich zu sein.«

Zakir schmunzelte und seine Nase kam Joshuas so nahe, dass er einen leichten Kokosduft vernehmen konnte.

»Siehst du? Du hast es doch kapiert.« Damit drehte Zakir sich um, setzt seine Kopfhörer wieder auf und lief pfeifend voran.

Joshua schaute ihm perplex nach. Es dauerte eine Weile, bis er verstand, was Zakir meinte. Es ging gar nicht darum, ob die Antwort *gottgleich* war, sondern ob heute ein direktes Wort Gottes noch irgendetwas offenbaren oder gar verändern würde. Immerhin wusste der Mensch doch längst, dass er die Welt zerstörte, und dennoch ließen Politiker Atomkraftwerke radioaktiven Abfall produzieren, der eines Tages den gesamten Planeten unbewohnbar machen würde. Immer noch wurden Entwicklungsländer ausgebeutet und Kriege geführt, um den Wohlstand anderer zu sichern. Keiner wollte auf seine eigenen Bequemlichkeiten verzichten. Und all das, obwohl weltweit Millionen Menschen in ihre Kirchen, Synagogen, Tempel und Moscheen strömten, um Gottes Worten von Nächstenliebe zu lauschen.

»Wir haben die Antworten, aber wir nutzen sie nicht, weil wir nicht müssen«, murmelte Joshua vor sich hin, bevor er das Wort an Zakir richtete, der vor ihm lief. »Kassi ist dein Beweis dafür, dass wir keinen Gott mehr brauchen ...«

Zakir tat zwar, als könnte er Joshua unter seinen Kopfhörern nicht hören, aber er drehte den Kopf leicht zur Seite.

Joshua fuhr fort: »... weil wir auf jede Frage irgendwann eine Antwort finden werden.«

Zakir drehte sich grinsend zu Joshua um. »Und während wir sie suchen, können wir genauso gut über einen Witz lachen, statt uns die Köpfe einzuschlagen. Glaub mir, Kassi ist besser als Gott.«

Joshua fragte sich, ob Zakir recht hatte. Das Problem sah er jedoch darin, die Menschen als Kollektiv mit gleichen Interessen zu betrachten, doch so einfach war es nicht. Nicht alle Menschen waren gleich. Nicht alle Menschen waren schlecht. Doch was sollte ein Einzelner schon gegen den Welthunger, Krieg oder die industrielle Zermüllung der Erde tun? Vielleicht brauchte es einen neuen Propheten, jemanden, der die Politiker, die Reichen und die Bequemen aufweckte und durch Gottes Wort zum Handeln *zwang*, so wie Moses den Pharao gezwungen hatte, sein Volk gehen zu lassen.

Doch nicht Joshua. Er sprach nicht zu Gott. Sosehr er die Welt retten, verbessern, *reparieren* wollte – es war nicht seine Schuld, dass die Welt so kaputt war.

»Wir sind da«, flüsterte Isaac, der voranlief, und richtete seine Taschenlampe auf ein staubiges Schild, das einige Meter entfernt von der Tunneldecke baumelte.

Willkommen im SEED #06:
PICCADILLY CIRCUS!

Als sie durch den Eingang traten, hörten sie ein leises Schnarren. Ein frischer Windzug fuhr sanft über ihre Köpfe hinweg.

Isaac drehte sich zufrieden grinsend zu den anderen um und zeigte nach oben. »Die Lüftungsanlage funktioniert noch!«

Joshua legte die Stirn in Falten. »Was heißt denn hier *noch*?«

Zielstrebig ging er auf den kleinen, pummeligen Ed zu und nahm ihm mit einer schnellen Handbewegung die Taschenlampe ab. Der guckte nur verdutzt, protestierte aber nicht. Joshua ließ den Lichtstrahl hastig in der Dunkelheit umherschweifen, um den Raum abzusuchen.

Staub, Dreck, brüchige Wände. Es sah nicht so aus, als würde hier jemand auf sie warten – als hätte jemand *irgendetwas* für ihre Ankunft vorbereitet.

»Was ist das?«, platzte es wütend aus Joshua heraus. »Hier sollen wir drei Jahre überleben können? Bullshit!«

Fritz zückte seinen Camcorder aus der Gürteltasche und begann, sich mit dem kleinen Licht durch die dunkle Station zu schlagen.

»Hier stimmt was nicht«, raunte seine Stimme durch die lange Bahnsteighalle. »Operation *SEED* ist eine Notfallmaßnahme, korrekt?

Man muss also darauf gefasst sein, die Kids schnellstmöglich aus der Stadt in Sicherheit zu bringen, richtig?« Fritz sprang hinab in das Gleisbett. »Aber auf diesen Schienen ist wahrscheinlich schon seit Ewigkeiten nichts mehr gefahren.« Er klopfte gegen die porösen und verfärbten Metallgleise. »Ein Noteinsatz ist hier also gar nicht möglich!«

Eine bedrohliche Stille legte sich über die Gruppe.

»Was wäre«, setzte Fritz vorsichtig fort, »wenn das hier gar kein *echter* SEED ist?«

Ein mulmiges Gefühl breitete sich in Joshuas Magengegend aus. Das war doch absurd. Warum sollte ihnen jemand vorgaukeln, woanders zu sein? Was hätte das für einen Zweck? Ihm schoss plötzlich diese TV-Show in den Kopf, in der sie nichts ahnende Menschen in lebensbedrohliche Situationen steckten und ihnen vormachten, es ginge um Leben und Tod. Wenn sie dann einen Weg hinausfanden, wartete eine teure Reise als Preis auf sie.

Bei genauerem Überlegen ergab das sogar mehr Sinn als die Operation *SEED* an sich. Klar gab es Spannungen zwischen den USA, Russland, Nordkorea, der Türkei, den United States of Europe – eigentlich überall! Aber es gab keinen Krieg. Keine Bomben, nichts. Jedenfalls nicht in Europa. Darum zweifelte er schon, seitdem er hier zu sich gekommen war. Aber Blödsinn – für eine Fernsehshow würden sie keine Züge entgleisen lassen oder leichtsinnig die Gesundheit der Teilnehmer aufs Spiel setzen. Jedenfalls nicht die körperliche – bei der geistigen sah das noch mal ganz anders aus.

Noch bevor er seine Gedanken fertig sortieren konnte, unterbrach ihn Aziz: »*Siktir lan*, schieb mal keine Paranoia. Ich kenn mich damit aus.« Überheblich und die Aufmerksamkeit genießend, schlenderte der junge Türke aus der Gruppe heraus auf Fritz zu. »Es gibt so viele ungenutzte unterirdische Gänge, Stationen und Hallen, klar?«

»Ja«, unterbrach ihn Ed.

Aziz drehte sich auf der Stelle um und warf ihm einen vernichtenden Blick zu.

Sichtlich eingeschüchtert, aber mutig genug, sich nicht den Mund verbieten zu lassen, fuhr Ed fort: »Das Thema hatten Aziz, Isaac und ich auch schon. Vielleicht war das hier ein Test-Bau für eine SEED-Station und der richtige Piccadilly-SEED befindet sich über oder unter uns. Oder vielleicht haben sie nach dem Test aus der Piccadilly Circus Station gar keinen *richtigen* SEED mehr gemacht?«

Joshua war nicht wirklich überzeugt. »Und woher weiß *der* so viel darüber?« Er nickte in Aziz' Richtung.

»Weil meiner Familie zufällig der gesamte Berliner Untergrund gehört, du *Kek*«, ranzte ihn Aziz an. »Seit dem Krieg beherrschen wir alles, was unter der Erde liegt. Und das ist mittlerweile weit mehr, als überirdisch zu finden ist«, grinste der Türke selbstgefällig.

Joshua rollte gereizt die Augen. Jetzt fing der Nächste damit an. »Es gibt keinen Krieg in Berlin!«, rief Joshua lauter als geplant. »Erst recht keinen, der die Stadt in Schutt und Asche gelegt hat. Letzte Woche hatten wir noch Austauschschüler aus Berlin, also laber keinen Scheiß! Oder wollt ihr uns hier einfach nur verarschen?«

Joshua schaute Hilfe suchend zu Isaac, doch als sich ihre Blicke trafen, fühlte er sich dumm, anderen Verschwörungen zu unterstellen. Er klang wie ein unreifes Kleinkind. Er brach den Augenkontakt und schaute hastig zu Boden.

»Unser Zug muss von hier gekommen sein«, sagte Isaac. Dann leuchtete er an das andere Ende der Station. »Dahinten geht's nicht weiter. Zugemauert. Würde es sich tatsächlich um eine Art Test-SEED handeln, würde es mich auch nicht wundern, wenn sich hinter der Mauer überhaupt nichts befände. Es ist wahrscheinlicher, dass man uns hier in den Zug verfrachtet hat, der uns in unseren finalen SEED bringen sollte – also muss hier auch unser Startpunkt gewesen sein.«

Das ergibt Sinn, dachte sich Joshua. Es musste ja alternative Zufahrten in die SEEDs geben. Wie sonst sollte man in die verschiedenen Bahnhöfe gelangen, wenn sie alle verriegelt worden waren?

»Du willst sagen, irgendwo über uns befindet sich dieses Krankenhaus, wo wir gebrieft wurden?«, fragte Joshua.

»Krankenhaus, Labor, Büro – was auch immer. Vielleicht war es auch einfach eine umgebaute Tickethalle.«

Joshua wusste nicht, wie Isaac das anstellte, aber sein klar sortierter Verstand half auch ihm, seine eigenen Gedanken zu ordnen:

»Aber jetzt zu dem, was wir euch eigentlich zeigen wollten. Willst du, Aziz?«

In Aziz' Gesicht brach etwas auf, das ehrlicher Freude ähnelte, bevor es hinter der gewohnt arroganten Fassade verschwand. »Klar, wieso nicht«, sagte Aziz. »Mir nach! Das ist einfach *der* Shit!«

Aziz führte die anderen Jungen in einen Seitengang, dann eine breite Treppe hinauf in eine gefliese, große Halle, in der mindestens 50 Doppelstockbetten standen. Die Rahmen waren rostig, die Matratzen vergilbt und leckig. Am Fußboden – eine rote Metalltruhe mit einer großen Glasfront.

Joshua trat vor, woraufhin Aziz hastig zu reden begann: »Hier gibt's alles – Atemmasken, Feuerlöscher, alles! Geil, oder? Damit sollte es kein Problem mehr sein, in unseren eigentlichen SEED vorzustoßen!«

Als Joshuas Blick über den Inhalt der Truhe wanderte, wusste er nun zwar, wo Aziz, Isaac und Ed die Taschenlampen herhatten, zeigte sich aber wenig beeindruckt von Aziz' groß aufgebauschter Überraschung.

»Wir haben keine Chance, damit auch nur *annähernd* an den Feuerwällen vorbeizukommen.«

Joshua suchte Unterstützung von Zakir und Fritz. Der große Junge mit der Bommelmütze nickte zwar zustimmend, doch von Fritz fehlte jede Spur. Er schien immer noch mit seinem Camcorder auf Erkundungstour zu sein. In der Dunkelheit war es mehr als schwierig, den Überblick zu behalten.

Stattdessen sah Joshua Karim, der sich, als sich ihre Blicke trafen, schnell zur Seite wegdrehte und gespielt interessiert umherschaute. Dieses Verhalten machte Joshua rasend. *Wie kann jemand nur so unsicher in allem sein, was er tut?*

Ein plötzliches, lautes Dröhnen drang aus den alten Lautsprechern, die in der gesamten Station installiert waren. Ein Alarm, der von jeder kahlen, trockenen Wand zurückhallte.

Dann eine warme Männerstimme: »Unbefugter Zutritt! Giftgas wird freigesetzt.«

Isaac griff Joshua von hinten. »Was war das? Welcher Zutritt?«

Joshua hatte keine Ahnung und ihm wurde schwindelig. Hatte nicht eben Zakir noch hinter ihm gestanden? Wo war Aziz?

Joshua blickte sich panisch um, auf der Suche nach einem sicheren Plan. *Gasmasken, klar! Feuerlöscher liegen lassen, zu viel Ballast! Aber Taschenlampen!*

Er sprang auf die Kiste zu und schob Karim, der vor der Box kauerte und hastig nach Luft schnappte, zur Seite.

»Hier!«, rief Joshua und warf den umherstehenden Schatten wahllos Taschenlampen und Gasmasken zu. »Und jetzt raus hier!«, brüllte er jedem zu, bis nur noch er und Isaac zurückblieben – und Karim, das hyperventilierende Häufchen in der Ecke.

»Los!«, rief Joshua, als er Isaac sein Equipment zuwarf. Dieser fing, doch rührte sich nicht weiter. Joshua riss sich eine der Masken selbst über das Gesicht und Isaac tat es ihm gleich. Doch er bewegte sich immer noch nicht. Trotz der Dunkelheit konnte Joshua Isaacs richtenden Blick auf sich spüren.

Nach Sekunden des Zögerns schnappte er eine weitere Gasmaske und zog sie über Karims Gesicht, der verkrampft und komplett abwesend keinerlei Reaktion zeigte.

Was für eine Zeit- und Energieverschwendung, dachte Joshua, als er den Jungen auf den Arm nahm und die Treppe hinabtrug.

Als sie aus dem Seitengang auf den Bahnsteig traten, kam Fritz direkt auf Joshua zu und nahm ihm Karim ab.

92

»Danke, Bruder!«, keuchte er, setzte den apathischen Jungen mit dem Rücken an die Wand und legte die Hände um sein Gesicht, als er beruhigend auf ihn einredete.

»Dafür ist jetzt keine Zeit!«, brüllte Isaac Fritz an, doch Joshua war von etwas ganz anderem irritiert.

Erst hatte er gedacht, dass die großen Gläser der Gasmaske, die an ein Insekt erinnerten, von innen beschlagen wären. Doch der Qualm stammte von *draußen*. Nebel schnellte aus dem laut rumorenden Tunnel, aus dem sie vor wenigen Minuten alle den Flammen entkommen waren. Es war *weißer* Nebel, kein rußiger Smog mehr.

Ohne lang zu überlegen, nahm er Isaacs Hand und zog ihn hinter sich her den Bahnsteig entlang. Vorbei an Aziz und Zakir, die hitzig stritten, was nun zu tun war, vorbei an Ed, der nervös auf seinem *PHONE* herumtippte. Am Ende des Bahnsteigs ließ er Isaacs Hand los, sprang hinab in das Gleisbett und rannte.

Er hörte Isaacs Stimme hastig hinter sich rufen: »Los, Leute, schnell! Das Flood Gate, es schließt sich!«

Ob das tatsächlich stimmte oder ob Isaac die Jungs nur endlich in Bewegung bringen wollte, konnte er erst nicht sagen, doch als er plötzlich ein Platschen bei jedem seiner Schritte vernahm, wusste er – Isaac hatte recht! Er blickte hinab und es war Wasser! Joshua war sich sicher, das hatte das Flood Gate veranlasst, sich zu schließen, und wenn sie sich nicht beeilten, wären sie alle gefangen in einer Station, die sich langsam mit Giftgas füllte.

Fabiu spürte in jeder Ritze seines Körpers Reis. Zwischen seinen Zehen, in seinen Achselhöhlen – ja, auch in den Ritzen, über die man lieber *nicht* sprechen möchte. Es war höllisch unangenehm. Er sah, wie Lucas ihn aus dem Augenwinkel amüsiert musterte, als sie die Treppe hinab und dann aus dem schmalen Seitengang hinaus auf den Bahnsteig traten.

Das Wasser floss immer noch aus dem Gleisbett in die tiefen Tunnel des Untergrundsystems. Fabiu war verwundert – hätte das Wasser nicht längst abgeflossen sein müssen? Bei all der Zeit, die er und Lucas gebraucht hatten, um ihn aus dem Fahrstuhlschacht zu bekommen?

Sein Blick schwenkte zum anderen Ende des SEEDs – zu dem Ende, an dem sie eben noch gegen die einströmenden Wassermassen um ihr Leben gekämpft hatten. Doch was er dort sah, ließ ihn seinen Augen nicht trauen: Die platte Front eines riesigen Zuges mit ausgewaschenen roten und blauen Streifen starrte an die Decke – in der Mitte zermalmt und abgepresst von der mächtigen Flutschleuse. Die platte Nase des Monsters berührte beinahe die Decke, sodass man die Unterseite des Zuges sehen konnte. Das Bild erinnerte Fabiu in grotesker Weise an ein Filmplakat, das er mal an einer Kinowand gesehen hatte. Darauf war ein halb nacktes Mädchen zu sehen gewesen, das aus den zermalmenden Kiefern eines Krokodils entkommen wollte, die Augen aufgerissen.

Lucas zog eine Augenbraue hoch. »*Das* wurde von der Flut hier reingespült. Als ich das Flood Gate geschlossen habe, wurde das Teil einfach in der Mitte zerquetscht.«

Fabiu sah, wie immer noch Wasser am Rand des Schleusentors ins Innere des SEEDs spritzte.

»Na ja, so gut es ging«, fügte Lucas schnell hinzu, »denn der umgeleitete Druck hat den Kasten geschrottet.«

Der Blonde zeigte auf die Überreste des Metallschranks neben der Bahn. Er sah aus, als hätte ihn jemand mit einer Bombe gesprengt. Viel mehr als verbogene Metallplatten waren nicht davon übrig.

Das war schlecht. Es bedeutete, sie waren nun noch mehr der Willkür ihrer Retter an der Oberfläche ausgesetzt. Sie waren abhängig davon, wann und *ob* die Leute, die sie hier runtergeschickt hatten, es für sicher genug hielten, sie wieder ans Tageslicht zu holen.

»Und das Licht?«, fragte Fabiu, als er bemerkte, dass all die Lichterketten wieder leuchteten.

»Direkt hinter den Betten im Seitengang, da ist ’ne Tür.«

Fabiu erinnerte sich. Die Tür mit der schmalen Treppe. »Ein Notstromaggregat, nehme ich an?«, fragte er Lucas. Der nickte kurz.

Ein bereits bekanntes Beben und lautes, tiefes Schnarren durchfuhren die leere große Halle und Fabius Herz schien einige Schläge auszusetzen, bevor es wie wild zu rasen begann.

»Nicht schon wieder!«, rief er.

Unmittelbar machte er einen großen Satz zurück und zog Lucas mit sich. Beide Jungs schauten sich um. Lucas wollte reflexartig zu dem großen Metallschrank mit der Steuerungskonsole hasten, doch dieser war ja nur noch Sondermüll. Wie gelähmt standen beide vor der massiven Wand der Flutschleuse, wissend, dass wenn sie sich öffnen sollte, unkontrollierbare Wassermassen den zermalmten Zug durch die Station katapultieren würden.

Es knarrte und raunte – doch nichts geschah!

Plötzlich rief Lucas so schrill, dass sich seine Stimme überschlug: »Dahinten!«

Fabiu warf seinen Kopf herum. Dann sah er es auch: Das Flood Gate auf der anderen Seite schloss sich langsam – nicht seitlich wie das, das den Zug zerteilt hatte, sondern von unten nach oben. Und als Fabiu die schäumende Strömung um die emporkommende Eisenwand sah, konnte er sich auch denken, was den Verschlussmechanismus ausgelöst haben musste.

»Das Wasser kommt zurückgeflossen!«

Selbst in dieser Situation konnte Lucas seine Arroganz nicht unterdrücken. »Darum heißen die Teile ja auch Flood Gates, du Genie! Um vor Überflutungen zu schützen!«

»Wenn du so klug bist, warum hast du nicht damit gerechnet, hm?«

Er dachte in diesem Moment, dass Lucas' Überheblichkeit so tief in ihm verankert war, dass er vielleicht einfach nicht nett sein konnte. Doch dafür war keine Zeit. Fabiu rannte panisch umher, auf der Suche nach irgendetwas, was ihm helfen könnte.

»Was tust du da?«, fragte Lucas.

Fabiu wusste nicht, was es da groß zu erklären gab. Wut schwang in seiner Stimme mit, als er brüllte: »Wir müssen irgendetwas finden, was das Flood Gate aufhält! Los!«

Lucas bewegte sich kein Stück. Fabiu hingegen war schon auf halber Strecke beim Flood Gate, nun immer panischer.

»Oh, ich hab was!«, rief Lucas höhnisch.

Fabiu drehte sich blitzschnell um.

Lucas stand noch immer an derselben Stelle und zeigte gehässig ohne ein Wort auf den zermalmten Zug. In diesem Moment wich jede Hoffnung aus Fabius Brust.

Natürlich, dachte er. Wenn nicht mal ein kompletter Zug das Tor offen halten konnte ... wonach suchte er dann bitte? Es war hoffnungslos. Dass sie in den SEED gelangt waren, die Schleuse in den Tunnel wieder geöffnet und einen Weg für ihre Freunde gefunden hatten – all das war nun bedeutungslos. Wenn sich dieses Tor schloss, gab es keine Möglichkeit mehr, es je wieder zu öffnen. Nicht für sie.

Fabiu ließ den Kopf hängen und sah zurück zum ratternden Schleusentor. Langsam und gemächlich, mit einem tiefen Knurren, verriegelte es das schwarze Loch, das in die Tiefen des Untergrundnetzes von London führte. Für Fabiu fühlte es sich an, als würde jemand das letzte Fenster in die Freiheit vor ihm vernageln.

Dann wurde das Schwarz des Tunnels zu Grau und dann zu Weiß. Lichter kamen auf sie zu – kleine, aber unglaublich helle Lichter!

»Lucas! Da sind sie! Das müssen sie sein!«, rief Fabiu voller Freude, als er auf das Flood Gate zurannte.

Das Wasser musste die glühend heiße Lok abgekühlt haben, sodass die anderen drüberklettern konnten. Lucas hingegen schien wenig begeistert und blieb, wo er war.

»Joshua? Isaac?«

Dumpfe Stimmen brachten Fabiu die ersehnte Erleichterung. Kein Zweifel, das waren die anderen!

Joshua war ganz vorn. *Natürlich ist er das*, dachte Fabiu und fühlte nichts als Bewunderung für den chinesischen Jungen. Er hatte die Gruppe hierherbringen können, als Fabiu selbst versagt hatte, einen Weg für sie alle zu finden. Bei dem Gedanken schämte er sich ein wenig, hatte er sich doch vorhin selbst so initiativ als mutigen Retter präsentiert. Aber das war jetzt nicht wichtig.

»Beeilt euch«, rief Fabiu, »das Flood Gate schließt sich!«

»Du wirst es nicht glauben, Bruder«, hörte er Joshuas Stimme dumpf, »aber das haben wir auch schon mitbekommen! Los, los, los! Endspurt!«

Das Flood Gate war mittlerweile auf Brusthöhe. Mit einem Satz sprang etwas aus dem Tunnel die Wand hinauf und versuchte, sich ins Innere des SEEDs zu zerren. Fabiu wich schockiert zurück.

Er brauchte einen kurzen Moment, um zu verstehen: Sie trugen Gasmasken!

Plötzlich war Fabiu aufgeregt. »Wo habt ihr das Equipment her? Habt ihr einen Ausweg gefunden?« Er drehte sich hastig um und winkte Lucas zu sich. »Komm schnell! Sie haben −«

Doch der Junge mit der Gasmaske unterbrach ihn mit einer dumpfen Stimme. »Giftgas! Wir können nicht zurück! Schnell!«

Fabiu dachte erst, dass er sich in den großen Insektengläsern der Maske spiegeln würde, bevor er Isaacs verzweifelte Augen erkannte. Eilig half er dem Jungen über die Mauer, als er Joshuas Stimme hörte: »Tempo, Tempo, Tempo!«

Sie zogen Ed hinüber, der sichtlich mehr Probleme hatte als Isaac, die Hürde zu überwinden. Es dauerte so lange, dass Aziz währenddessen auf eigene Faust an einer anderen Stelle hinüberkrabbelte. Helfen tat er nicht und auch Lucas beobachtete alles immer noch vom anderen Ende der Station. Dann sprang Zakir die Mauer hinauf.

»Danke, Joshua!«

Der musste ihm von der anderen Seite irgendwie hochgeholfen haben.

Fabiu wurde panisch: Zakir war der Größte der Gruppe. Wenn er schon Probleme hatte, was war dann mit dem Rest?

»Joshua?«, rief Isaac auffordernd.

Kein Meter Platz war mehr über der hohen Schleusenwand bis zur Decke und aus dem mit Wasser gefüllten Gleisbett auf der anderen Seite war es unmöglich, aus dem Stand die obere Kante des Tors zu erreichen.

»Joshua!«, rief nun auch Zakir, als sie plötzlich ein scharfes Einatmen und ein *Hupp!* hörten. Unter lauter Anstrengung zog sich die Gestalt mit der Gasmaske, die Fabiu eindeutig als Joshua erkannte, über die raunende Metallmauer und ließ sich mit einem Rums in das kniehohe Wasser im Gleisbett fallen.

»Wo sind Fritz und Karim?«, rief Fabiu panisch.

Die Neuankömmlinge zogen nacheinander ihre schweren Gasmasken ab. Isaac und Ed halfen Joshua hoch, während sie sich ernste Blicke zuwarfen, woraufhin Zakir ihnen den Rücken zuwandte.

Joshua ergriff das Wort: »Sie sind nicht hinterhergekommen, denke ich.«

Sein Blick wanderte das Flood Gate hinauf und Fabiu verstand, was Joshua wortlos sagen wollte: Hätten sie auf die beiden gewartet, wären sie jetzt *alle* tot.

»So geht das doch nicht ...«, protestierte Fabiu leise. Sodass es wohl niemand gehört hätte, wenn sie nicht alle so unglaublich still gewesen wären.

Dann plötzlich hörten sie Fritz' Stimme: »Hallo! Helft ihm! Los! Helft ihm! Karim, los!«

Es ging ganz schnell. Alle blickten verwirrt und aufgebracht umher, doch Joshua sah es als Erster: Karims Arm, dann seinen Kopf.

»Was machst du da? Bist du verrückt!?«, brüllte er aus voller Kehle.

Es gab ein hastiges Durcheinander. Fabiu zögerte nicht lange und sprang am Flood Gate hinauf – vergebens. Er erreichte nicht mal Karims Hand. Dann fing Fabiu den Blick des dünnen Schwarzen auf. Karim musste seine Gasmaske verloren haben – er schaute verloren und abwesend. Das Flood Gate knurrte ein letztes Mal, doch Karim sagte kein Wort. Fritz' Schreie auf der anderen Seite verstummten, als das massive Tor perfekt einrastete und Karim dabei wie knackende und splitternde Luft behandelte.

Der fein säuberlich abgetrennte Oberkörper fiel von der Decke zu den Füßen der erstarrten Jungen ins Wasser. Der Aufprall spritzte Fabiu lauwarme rote Flecken ins Gesicht.

KAPITEL 5

BRÜDER ODER VERRÄTER

Das ist definitiv keine TV-Show, dachte sich Joshua.

Er wusste durch die Medizinbücher seiner Eltern zwar genau, wie ein Mensch von innen aussah, doch das hier hatte nichts mit den klinischen Abbildungen einer Lernlektüre zu tun – alles quoll wie eine rote, klumpige Masse aus dem offenen Torso. Er wusste nicht, was er tun, was er fühlen sollte, und suchte in den Gesichtern der anderen nach Rat.

Fabiu stand wie erstarrt, bleich und schwer atmend, bis zu den Knien im sich rot färbenden Wasser. Sein Gesicht spiegelte pures Entsetzen wider. Isaac starrte auf die Überreste. Eine Traurigkeit lag in seinem Blick – seine Augen füllten sich mit stillen Tränen. Zakir hatte ihnen den Rücken zugewandt. Er stützte sich mit einer Hand an der Tunnelwand ab und gab laute Würgegeräusche von sich. Ed hielt sich mit zusammengepressten Augen die Ohren zu. Er zitterte. Selbst aus Aziz' fiesem Gesicht war jede Regung entwichen und er schien blasser als sonst. Nur Lucas stand immer noch weit entfernt allein am anderen Ende der Station, sodass die anderen unmöglich seine Mimik lesen konnten.

»Wir ...«, durchbrach Joshua unsicher die Stille. »Wir sollten ruhig bleiben.«

»Wieso habt ihr ihm nicht geholfen?« Fabiu hatte sich aus seiner Starre gelöst und klang nun weniger unsicher, sondern wütend und laut. »Wieso habt ihr die beiden zurückgelassen?«

Bevor Joshua begann zu stottern, noch während sein Hirn einen Weg suchte, ihr Verhalten vor sich selbst zu rechtfertigen, trat Aziz zur Überraschung aller hervor.

»Guck dich um, *Picco*! Wir sind hier eingekesselt, fast alle erstickt, verbrannt, krepiert.« Dramatisch warf Aziz seinen Arm in Richtung Lucas. »Dahinten guckt ein scheiß Zug aus der Wand! Also sei froh, dass es nur zwei von uns getroffen hat!«

So hätte es Joshua nicht ausgedrückt, aber ja, so ungern er es zugab – Aziz hatte recht. Joshua schaute noch einmal in die Runde. Er fühlte sich dennoch nicht besser.

Fabiu schluckte hart. »Vielleicht ... vielleicht hätten wir es aber auch alle schaffen können.«

»Träum weiter«, winkte Aziz nüchtern ab, doch als sein Blick auf das klobige blutende Etwas im Wasser fiel, bemerkte Joshua, wie Aziz' Kopf abrupt in die entgegengesetzte Richtung schnellte. »Als würde ich für irgendeinen von euch mein Leben riskieren, *Ian*.«

Bevor irgendjemand reagieren konnte, schritt Isaac ein. »Ich denke, was er meint, ist, dass wir uns selbst in Lebensgefahr begeben hätten, wenn ...«

»Ich hab's verstanden«, entgegnete Fabiu schroff.

Obwohl Joshua genau wie die anderen weggerannt war, war er irgendwie auf Fabius Seite. Oder konnte ihn zumindest verstehen. Er fühlte sich schlecht. Er hätte zurückgehen sollen. Er hätte Fritz helfen sollen. Vor seinem geistigen Auge sah er sich Karim wegschubsen, um an die Gasmasken zu kommen ...

Dann hörte er eine Stimme in sich sagen: »Ein Captain muss tun, was das Beste für das Team ist, nicht für den Einzelnen.« Dadurch fühlte sich Joshua ein wenig besser. Und schließlich hatte Isaac ihm gesagt, er sollte rennen. Alle waren gerannt. Es war nicht allein seine Schuld. *Keiner trägt Schuld*, sagte er sich.

Es wurde wieder still und Joshua begann nachzudenken, während er den Körper betrachtete, der vor ihnen im Wasser schwamm. Erst dachte er, kleine Maden in der roten klebrigen Masse zu sehen, die aus dem offenen Brustkorb quoll, doch bei genauerem Hinsehen sah es mehr aus wie Reiskörner. Sie schwammen vereinzelt im Wasser und schienen von Fabiu zu kommen. Verwundert zog Joshua die Augenbrauen hoch, dann fasste er einen Entschluss.

»Isaac und ich kümmern uns um den Körper und danach erklärst du uns, was hier passiert ist, Fabiu!«

Isaac schien noch am ehesten in der Lage, Joshua zu assistieren, wenn selbst Zakir den Anblick des Toten nicht ertragen konnte. Vielleicht wollte Joshua Isaac aber auch nur in seiner Nähe halten, damit dieser den anderen nicht erzählen konnte, wie Joshua den apathisch zitternden Karim im Piccadilly-SEED zurücklassen wollte ...

»Also werden wir hier unten safe verhungern. Fröhliche Aussichten!«, murmelte Zakir mit einem Schnauben, als er einen kleinen Berg aufgequollenen Reismatsch vor sich zusammenschob.

Fabiu, Zakir, Ed und Aziz saßen gemeinsam im Raum mit den Trainingsgeräten und dem kleinen OP-Tisch.

»So schnell wird hier schon keiner den Löffel abgeben«, antwortete Ed.

»Im wahrsten Sinne«, lachte Aziz gehässig. »Gleiche Reismatsch-Portionen für alle! Fetti kriegt nicht mehr, nur weil er ... ähm, weil er fett ist!«

Er nickte zu Ed, der genervt die Augen verdrehte. Fabiu saß angespannt da, aus Angst, Eds Augenrollen würde schon als Provokation gewertet werden. Doch Aziz blieb gelassen.

»Den Reis kann kein Mensch mehr essen. Der ist vollgesogen mit der Plörre aus dem Untergrund. Wie schaut's mit frischem Trinkwasser aus?«, wollte Ed von Fabiu wissen.

»Ein kompletter Tank im Fahrstu–« Aber noch während er redete, merkte Fabiu, dass das wohl das größte Problem werden könnte. Leise flüsterte er: »Die Fahrstuhlschächte sind überflutet.«

»Kontaminiertes Wasser also. Nicht gut. Nicht gut«, murmelte Ed vor sich hin.

»Wie lang überlebt man denn ohne Wasser?«, fragte Fabiu vorsichtig – nicht sicher, ob das eine dumme Frage war.

»Sieben Tage natürlich«, lachte Zakir.

Fabiu wusste, dass er selbst nicht der Klügste der Gruppe war. Wahrscheinlich stand er nur knapp über Aziz – was wohl keine große Leistung war. Umso mehr verwunderte ihn, dass Aziz widersprach.

»Sieben Tage, als ob, Mann! Alles dumme Film-Mythen. Als gesunder *Kek* schaffst du's vielleicht drei bis vier Tage – dann is' Ende.«

Zakir zog eingeschnappt eine Schnute und Fabiu stammelte: »Woher ...?«

Aziz grinste vielsagend. »Ich hab doch gesagt, meinem Clan gehört der Berliner Untergrund. Früher haben wir fett Kohle mit privaten Bombenbunkern in besetzten U-Bahn-Stationen gemacht. Da gehört so was zu wissen zum Einmaleins.«

Er zog Schleim durch die Nase hoch und spuckte in die Mitte des Sitzkreises. Fabiu starrte angewidert auf den gelben Klumpen Spucke. Er schüttelte sich innerlich vor Ekel. Teilweise auch, weil er sich nun noch dämlicher und unwissender fühlte.

»Während ihr euch in die Hose macht, aus Angst, hier unten zu krepieren, lach ich nur, ihr Loser.«

Damit lehnte sich Aziz zurück gegen die Wand, nahm sich ein kleines 3-kg-Eisengewicht, das neben ihm lag, und begann, es von einer Hand in die andere zu werfen. Jedes Mal, wenn er das Gewicht fing, spannte sich sein praller Bizeps an. Für alle war klar, das war Aziz' Show, um den anderen Jungs zu verdeutlichen: »Ich brauch euch nicht. Seht selbst zu, wie ihr klarkommt. Ich bin beschäftigt.«

Ed nutzte dies als Anlass, um zum nächsten Punkt auf seiner Liste zu kommen – und Fabiu war sich sicher, dass Ed eine Liste auf seinem *PHONE* getippt hatte. Ed kam ihm vor wie ein To-do-Listen-Typ.

»Die Gewichte, die Laufbänder – es wurde wohl alles so eingerichtet, dass man für eine längere Zeit hier unten bleiben kann, ohne dass die Muskulatur verkommt, stimmt's? Ähnlich machen sie es auch bei der Raumfahrt.«

Fabiu hatte vielleicht nicht das allergrößte Wissen, doch er verstand schneller als die meisten Jungen in seinem Alter. »Damit die Muskulatur nicht verkümmert, wenn sie eine längere Zeit ungenutzt bleibt, hm? Aber wofür der OP-Tisch?«

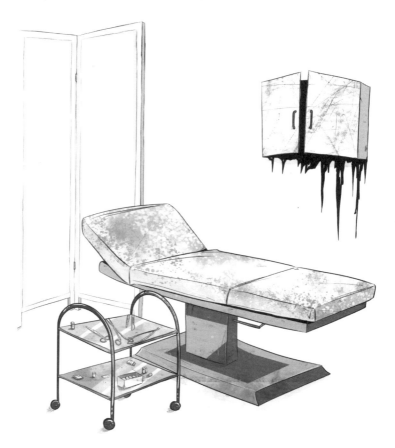

Fabiu stand auf und schlenderte Richtung Vorhang, hinter dem sich die hohe Liege und der kleine Rollwagen mit dem Operationsbesteck befanden. Ed begann zu grübeln und auch Zakir fiel keine Lösung ein.

Also fuhr Fabiu fort: »Ich meine, ohne einen Arzt hier unten bringt uns das alles herzlich wenig, oder? Woah!«

Erschrocken zuckte Fabiu zusammen, als er seinen Kopf zur Seite wandte und in das Gesicht einer Horrorgestalt starrte. Alarmiert hoben die restlichen Jungen – selbst Aziz – ihre Köpfe und schauten sich suchend um. Fabiu brauchte einen Moment, um die Fratze als seine eigene zu deuten.

»Sorry, es ... es ist nichts.«

Er schaute in die verspiegelten Türen eines Wandschranks hinter der Liege. Er hatte Schwierigkeiten, sich selbst zu erkennen: Sein Gesicht war verschmiert – eine Mischung aus Dreck, Ruß, seinem eigenen Blut und dem von Karim. Sein schwarzes Haar hing nass und in Strähnen über sein Gesicht. Er tat einige Schritte vorwärts und öffnete die beiden Schwenktüren des Schränkchens.

»Zahnbürsten, Schmerztabletten, Fiebermedikamente, Desinfektionsmittel, Mullbinden ... Okay, damit sollten selbst wir zurechtkommen, hm?«

Dann fiel sein Blick auf eine Reihe von Fachbüchern im untersten Fach – *Anatomie und Chirurgische Grundlagen, Differenzialdiagnostik und Innere Medizin ...* Fabiu wollte sich lieber kein Szenario vorstellen, in dem sie auch nur ein Pflaster aus diesem Schrank brauchen würden.

Plötzlich hörte er ein Poltern und Joshuas laute Stimme: »Keine falsche Scheu, nur rein mit dir!«

Er schubste Lucas vor sich in den Raum, in dem die anderen Jungen versammelt waren. »Der Spast stand vor der Tür und hat gelauscht.«

»Wir haben doch nichts Geheimes besprochen«, antwortete Fabiu, allerdings eher fragend an Lucas gerichtet.

Ed unterbrach ihn. »›Spast‹ benutzt man nicht als Beleidigung. Genauso wenig wie ›Krüppel‹, ›Psycho‹ oder ›Behindi‹.«

»Ich hab noch nie jemanden ›Behindi‹ sagen hören«, entgegnete Joshua.

»Das sagen auch nur so Schwuchteln wie der«, feixte Aziz und zeigte auf Ed, der mit hochrotem Kopf die Augen rollte und »Ich versuch es gar nicht erst« murmelte.

Woraufhin Joshua hastig das Thema wechselte. »Wir haben uns um alles gekümmert.«

Als Fabiu Joshua und Isaac betrachtete, sah er das komplette Gegenteil von dem, was ihn im Spiegelbild erwartet hatte. Die Jungs mussten sich gründlich gewaschen haben.

Verständlich, dachte er, *nachdem sie den leblosen Körper entsorgt haben.*

»Wie habt ihr ... was habt ihr mit ihm ...?«, begann Zakir, bevor er bemerkte, wie schwierig es ihm fiel, den Satz zu beenden.

Joshua holte tief Luft. »Sagen wir es mal so: Ihr solltet das Mädchenklo meiden.«

Fabiu musste heftig schlucken. Doch als Joshua auf ihn zukam, legte er seine Hand auf die Schulter des Asiaten. Dieser hielt kurz inne und ließ seine Schultern sinken. Fabiu konnte sich nicht vorstellen, wie schrecklich das gewesen sein musste, und augenblicklich fühlte er sich schlecht, dass er vorhin so schroff zu Joshua und den anderen gewesen war.

»Es ... es tut mir leid.«

Joshua richtete sich wieder auf und ging weiter, wodurch Fabius Hand von seiner Schulter glitt.

Isaac, der hinter Joshua stand, lächelte Fabiu gequält an. In diesem Moment wurde Fabiu erst klar, wie viel schwerer es noch für den kleinsten der Jungen gewesen sein musste, und er fragte sich, wieso er ihn nicht davor beschützt hatte.

»Also«, ergriff Joshua das Wort, »was ist hier passiert?«

Zwar hatte Fabiu es auf Drängen von Ed, Zakir und Aziz eben schon berichtet, doch erzählte er nun auch Joshua und Isaac noch einmal, wie sich die Schleuse im SEED geöffnet hatte.

Lucas, der neben dem Treppenaufgang an der Wand stand, hielt kurz den Atem an, doch genau wie beim ersten Mal ließ Fabiu den Teil aus, der verriet, dass Lucas für die eintretende Flut verantwortlich war. Im Gegenteil – Fabiu berichtete, wie Lucas beinahe heldenhaft das Flood Gate geöffnet und sie so vor dem Ertrinken gerettet hatte. Während er sprach, lag sein Blick ununterbrochen auf Lucas, der sich nervös hin und her wand.

»Und das Wasser hat dann das Feuer des brennenden Zugs gelöscht, aber auch das Flood Gate im Piccadilly-Test-SEED aktiviert, in dem wir uns befunden haben«, erklärte Ed Isaac und Joshua.

»Der Rückfluss des Wassers hat dann wieder das Flood Gate hier ausgelöst.«

»Oh Mann!«, sagten Isaac und Fabiu wie aus einem Mund.

Beide grinsten unbeholfen und Fabiu streckte Isaac seinen kleinen Finger entgegen. Dieser zögerte kurz, dann verstand er und hakte sich ein.

»Das heißt, wir können uns was wünschen!«

Joshua raunte laut und unterbrach die beiden. »Lasst die Kinderkacke!«

Fabiu zog seine Hand schnell weg von Isaacs, doch er vergaß nicht, sich etwas zu wünschen. Er musste ja auch nicht lang überlegen – es war immer derselbe Wunsch, ob er nun Kerzen auspustete, gleichzeitig mit jemandem etwas sagte oder eine Sternschnuppe sah.

Joshua lehnte sich gegen die Wand, an der Zakir saß. »Habt ihr schon erzählt, was wir herausgefunden haben?«

Zakir schaute auf und schüttelte leicht den Kopf.

»Okay«, setzte Joshua an, »kurz und knapp: Wir haben einen Test-SEED gefunden, Piccadilly Circus.«

»Sah aus wie ein Prototyp«, unterbrach ihn Isaac.

Joshua, der sich nicht gern unterbrechen ließ, warf Isaac einen Blick zu, der ihn sofort zum Schweigen brachte.

Dann setzte der Asiate fort: »Es gab einen Alarm. Durch Lautsprecher. Wahrscheinlich ausgelöst durch unser Eintreten.«

Fabiu vermutete, dass die beiden wohl gerade, als sie allein gewesen waren, schon darüber gesprochen hatten, denn Isaac nickte eher unbewusst und murmelte: »Die wollten uns echt vergiften ...«

Fabiu dachte nach. Dieses Kribbeln unter der Haut, diese Bilder ... Seine erste Vermutung war auch gewesen, dass es etwas sein musste, das in der Luft der SEEDs lag. Hier in dieser Station hatte er aber keine Lautsprecher an den kahlen, unfertigen Wänden gesehen. Ob sie vielleicht noch nicht installiert worden waren, als man sie Hals über Kopf hier runtergeschickt hatte? Hatten Lucas und er daher keine Warnung erhalten, bevor sie das Unsichtbare auslösten, das sie in die Knie gezwungen hatte?

Fabiu fragte vorsichtig: »Hattet ihr, als ihr in den SEED kamt ... na ja ...«

»Hatten wir was?«, entgegnete Joshua neugierig.

Als er sich umschaute, sah er, wie Zakir sich gespannt vorlehnte, und auch Ed blickte interessiert von seinem Smartphone auf. Das verunsicherte Fabiu ein wenig.

Er wusste nicht, wie er es anders sagen sollte. »Habt ihr etwas *gespürt*, als ihr den SEED betreten habt?«

»Anfall« klang etwas dramatisch, fand er, doch die Erinnerung an den schädeldurchbohrenden Schmerz, den er und Lucas hatten ertragen müssen, als sie durch den Eingang getreten waren, war immer noch sehr lebendig.

Joshuas Stirn legte sich skeptisch in Falten. »Was sollen wir denn bitte gespürt haben?«

»Ich hab einen Windzug gespürt«, warf Zakir, sich übers Kinn streichend, ein.

Isaac ließ sich im Schneidersitz zu Boden gleiten. Seine Stimme klang beunruhigt, nicht so sicher und warm wie sonst. »Es war ein mulmiges Gefühl. Ed, Aziz und ich waren die Ersten dort.«

Ed nickte, als sie plötzlich alle ein Würgen aus der Ecke hörten. Es war Aziz, der sich lautstark übergeben musste.

»Alles in Ordnung?«, fragte Isaac besorgt.

Keine Reaktion.

Joshua lachte. »Tja, da ist jemand wohl doch nicht ganz so hart, wie er vorgibt, hm?«

Wieder keine Reaktion. Aziz' vorgebeugter Oberkörper hob und senkte sich. Dann murmelte er: *»Siktir lan.«*

Kurzzeitig überlegte Fabiu, ob er dem Türken helfen sollte. Er kannte diese Übelkeit. Sie kam hier unten immer, wenn er versuchte, sich an gewisse Dinge zu erinnern.

Doch dann fügte Aziz hinzu: »Mir wird einfach schlecht bei eurem dummen Gelaber!«, woraufhin Fabiu jede Lust zu helfen verging. »Nur um das noch mal zusammenzufassen: Wir sind hier gefangen und unsere einzige Hoffnung ist, dass uns hier irgendwer rausholt – obwohl wir nicht wissen, ob da oben überhaupt noch wer *lebt*?!« Aziz schüttelte fassungslos grinsend den Kopf, was etwas Psychopathisches hatte. »Das kann doch nur ein mieser Joke sein, *lan.«*

»Das ist nicht alles.« Joshua trat mit finsterer Miene in die Mitte der Jungen, die nun, mit Ausnahme von Lucas und Aziz, einen Kreis um ihn bildeten. »Kommt euch das Ganze hier nicht auch etwas komisch vor? Ein paar Zufälle zu viel, um *nur* ein Fehler bei der Rettungsmission *SEED* zu sein?«

Fabiu wusste genau, was Joshua meinte – all diese Ungereimtheiten.

»Es gibt hier jemanden, der Gott spielt!«

Allen Jungs stand gleichermaßen das Entsetzen ins Gesicht geschrieben.

»Wie ... wie meinst du das?«, fragte Isaac ungläubig.

»Bin ich tatsächlich der Einzige, dem das aufgefallen ist? Okay, passt auf: Bevor wir an der Lok vorbeigerannt sind, hab ich mir das gesamte Szenario mal genauer angeschaut.«

Joshua begann, langsam im Kreis zu gehen, wobei er jeden einzelnen der Jungs observierte. Sein misstrauischer Tonfall, sein Auftreten – all das ließ ihn wie einen Detektiv aus einem Krimi wirken.

Gerade als Fabiu wieder einfiel, was ihn die ganze Zeit schon gestört hatte, sprach es Joshua aus.

»Falls es euch nicht aufgefallen ist, die Decke des Tunnelabzweigs war viel zu niedrig für die riesige Lok. Das heißt, wäre die Eisenbahn nicht entgleist, wäre sie mit vollem Karacho geschält worden. Sie wäre in den zu kleinen Tunneleingang gerast, hätte den Weg zum Tottenham-Court-Road-SEED für immer verriegelt und wir wären nie hier angekommen.«

»Du meinst ...?«, unterbrach ihn Isaac und auch Fabiu wusste sofort, worauf er hinauswollte.

»Was für ein glücklicher Zufall, dass wir rechtzeitig vorher entgleist sind, oder? Sanft genug, dass keiner verletzt worden ist, weit genug entfernt, sodass der Tunnel zum SEED frei bleibt.« Joshuas gespielte Freude wich erneut seinem finsteren Blick. »Nur, dass es kein Zufall war. Ihr konntet es vermutlich nicht sehen, weil ihr auf der anderen Seite der Lok entlanggegangen seid – aber da waren Ketten! Dicke, massive Ketten, die um die Gleise gewickelt waren. Das heißt, jemand *wollte*, dass wir entgleisen!«

Ed scrollte zur Absicherung noch mal durch sein Smartphone. »Ich hatte auch schon die ganze Zeit so ein mulmiges Gefühl. Vieles, was uns gestern erzählt worden ist, deckt sich nicht mit unseren tatsächlichen Erfahrungen hier unten. Zum Beispiel war im offiziellen *SEED*-Briefing die Rede von 50 bis 100 Personen pro Station – hier sind aber weit weniger Betten!«

»Das wirkt nicht wie eine von der Regierung geplante Operation«, sagte Isaac ernst und bestätigte damit, was Fabiu die ganze Zeit über vermutet hatte, aber nicht wahrhaben wollte.

»Ich gehe sogar noch weiter«, sagte Joshua noch entschlossener als zuvor. »Ich behaupte, wir haben einen Verräter unter uns.«

Die anderen Jungs machten keinen Mucks. Doch sie begannen, sich langsam und bemüht unauffällig gegenseitig zu mustern.

»Eine Person«, fuhr Joshua fort und deutete zur Decke, »die mit denen da oben zusammenarbeitet – die uns hier in diese Station reingebracht hat und dafür sorgt, dass wir auch hierbleiben.«

Zakir unterbrach ihn hastig. »Nun spuck's schon aus. Wir wissen alle, dass du sicher schon jemanden in Verdacht hast.«

Zakirs Blick huschte zu Aziz, der wütend seine Kiefer aufeinanderpresste.

»*Sikdir!*«, zischte dieser und wollte sich gerade erheben, als plötzlich Joshuas laute Stimme den Raum durchfuhr.

»Lucas!« Joshua drehte sich zu dem langen blonden Jungen um, der in der Dunkelheit hinter ihm an die Wand gelehnt stand. »Warst du nicht derjenige, der das Flood Gate geöffnet hat, sodass das Wasser das Feuer im Tunnel löschen konnte?«

Plötzlich ging alles ganz schnell. Joshua schritt zügig auf Lucas zu und presste ihn dann mit der gesamten Breite seines Unterarms gegen die Wand.

Isaac sprang auf. »Blödsinn! Fabiu hat gesagt, die Flut hat sie beide beim Eintreten in den SEED überrascht!«

Aber das war nur die halbe Wahrheit, dachte Fabiu.

Lucas war der, der den Auslöser betätigt und den SEED somit *manuell* unter Wasser gesetzt hatte. Davon hatte er den anderen eigentlich nichts erzählen wollen, um Lucas zu schützen. Denn ohne ihn wäre Fabiu selbst ja gar nicht erst sicher im SEED angekommen ... *Moment mal!*

Ed sprang auf, was bei seinen kurzen Beinen kaum einen Unterschied zu machen schien. »Das wäre doch total kurzsichtig! Das Giftgas in den Tunneln wird mit der Zeit von den Lüftungsschächten abgetragen, also kommen wir hier in ein paar Tagen sowieso raus.«

Verunsichert lockerte Joshua langsam den Arm auf Lucas' Brust. Er zischte gefährlich: »Tja, dumm gelaufen, Blondie. Also, wo ist der Steuerapparat für die Flood Gates?«

Mit zittriger Stimme antwortete Lucas: »Zerstört ... durch die Flut.«

»Ich präsentiere«, grinste Joshua bitter, »einen weiteren unglaublichen Zufall im Plan unseres kleinen Gott-Spielers!«

Fabiu erinnerte sich, wie das Licht plötzlich wieder angegangen war, wie Lucas ihn aus dem Schacht befreit und ihm die Reste des Steuerkastens gezeigt hatte. Er selbst war nicht dabei gewesen, als der Apparat zerstört worden war. Zu glauben, dass es *tatsächlich* die Flut war und nicht Lucas selbst, schien mittlerweile lächerlich naiv.

Aber das macht keinen Sinn!, dachte Fabiu. Lucas hatte die anderen nicht retten wollen! Er *wollte* sie zurücklassen!

Joshua holte zu einem weiteren Schlag aus. »Wegen dir musste Karim sterben! Wegen dir ist Fritz elendig am Giftgas krepiert!«

Plötzlich traf es Fabiu wie ein Blitz.

»Joshua, der Alarm ging bei euch los, nachdem das Feuer gelöscht war?«

Joshua hielt inne. »Ungefähr zeitgleich, denk ich.«

»Wie zeitgleich?«

»Als wir losrannten, war das Wasser da.«

»Lucas?«, fragte Fabiu leise, aber bestimmt. Die Augen des blonden Jungen funkelten nass in der Dunkelheit. Es war pure Angst. Nicht Angst vor Joshua – Angst vor etwas anderem. »Die Geschichte, die du mir erzählt hast, als du das Gate geöffnet hast – von Junge A und Junge B ... Woher wusstest du ...?«

Fabiu sah, wie sich Lucas' Augen mit Tränen füllten.

Verzweifelt schluchzte er: »Ich ... ich weiß es nicht!«

In diesem Moment begriff Fabiu, dass er nicht alleine war. Nicht allein mit Bildern von Dingen, die er eigentlich nicht sehen konnte. Fetzen von Wissen, das er nicht haben konnte.

Als Lucas ihm seine Anekdote von den Jugendlichen und dem

Giftgas im SEED erzählt hatte, war das gewesen, *bevor* er aus Versehen die gesamte Station unter Wasser gesetzt, *bevor* das Wasser in dem Tunnel das Feuer gelöscht und *bevor* das Giftgas die anderen Jungs durch die Gänge getrieben hatte.

Natürlich hätte er sich die Geschichte auch einfach ausgedacht haben können. Dass die Flood Gates sie vor Strahlung, Flut und eben Gas schützen sollten, war Teil des Briefings vom Vortag gewesen. Aber die Angst, die Fabiu nun in Lucas' Augen sah, war dieselbe, mit der er nach seinem Anfall erwacht war – dieselbe Angst, die er gefühlt hatte, als die Ameisen zum ersten Mal unter seiner Haut zu krabbeln begannen.

»Wovon redet ihr? Junge A? Junge B?«, fragte Joshua nun nervös, als Lucas und Fabiu sich anstarrten.

»Lass ihn in Ruhe, Joshua. Alles, was du hast, sind Mutmaßungen«, sprach Fabiu bestimmt. »Ich war dabei, als die Steuerkonsole von den Fluten zerstört worden ist«, log er, ohne rot zu werden. »Es war nicht Lucas. Er kann es nicht gewesen sein. Was soll uns dieses gegenseitige Verdächtigen überhaupt bringen? Selbst wenn hier ein Verräter unter uns wäre – sollte uns das nicht eher beruhigen?«

»Spinnst du jetzt total?«

Joshua ließ von Lucas ab und drehte sich zu Fabiu um.

»Überleg doch mal«, antwortete dieser, »sollte hier bei uns tatsächlich ein Verbündeter von denen da oben sein, sind unsere Chancen doch gar nicht mal schlecht, dass sie uns nicht in unserer eigenen Scheiße sterben lassen. Kommt einer raus, kommen wir alle raus!«

»In unserer eigenen Scheiße sterben wir sowieso nicht«, murmelte Joshua vor sich hin.

»Wie meinst du das?«, bohrte Zakir nach, doch Joshua ignorierte ihn.

Isaac erklärte: »Die WCs hier scheinen ein ausgetüfteltes Klärsystem zu besitzen – eine eigene, kleine Wiederaufbereitungsanlage, die das dreckige Wasser wieder säubert.«

Fabiu erinnerte sich an das dicke Metallrohr, das in den Wassertank im Fahrstuhlschacht führte, und konnte sich ein freudiges Grinsen nicht verkneifen.

Genial!, dachte er. Er wandte sich an die anderen. »Seht ihr! Wer uns auch immer hier eingesperrt hat, lässt uns schon mal nicht verdursten! Wir müssen nur das dreckige Wasser aus dem Tank abschöpfen und dann –«

»Freust du dich gerade ernsthaft über die Fürsorglichkeit deiner Entführer?«, fragte Joshua gereizt, doch diesmal verstummte Fabiu nicht.

»Nein, ich mache einen Plan, der uns am Leben hält, statt Leute in ›Freunde‹ oder ›Feinde‹ einzuteilen!« Fabiu stand auf und wandte sich nun an die gesamte Gruppe. »Das hier ist 'ne verdammt beschissene Situation, ja! Anders kann man's wohl nicht sagen und keiner verlangt von euch, beste Freunde zu werden. Aber wenn wir hier unten eine Chance haben wollen zu überleben, müssen wir aufhören, uns gegenseitig das Leben schwer zu machen, und zusammenhalten!«

Zakir nickte wortlos. Aziz hingegen warf dem Halbägypter verächtliche Blicke zu. Joshua vermied es tunlichst, Fabiu anzusehen, und auch Lucas schaute abwesend zu Boden. Ganz anders als Isaac und Ed – die beiden blickten voller Bewunderung zu Fabiu auf.

Ermutigt fuhr er fort: »Wenn ihr euch nicht als Freunde sehen wollt, dann als Familie!« Bei diesen Worten schaute selbst Aziz zu Fabiu auf. »Eine Familie sucht man sich nicht aus, die ist einfach da. Einige von ihnen mag man, andere erträgt man. Aber man ist loyal. Man passt aufeinander auf. Ein Problem für den einen ist ein Problem für alle. Man steht gemeinsam, in den besten und den beschissensten Zeiten. Man kämpft für die Wünsche des anderen und da wir alle denselben Wunsch haben, nämlich sicher hier rauszukommen, sollten wir zusammen kämpfen! Nicht wie Feinde, sondern wie Brüder.«

Isaac grinste breit und seine Augen glänzten glasig, als er rief: »*Brat'ya!*«

Fabiu musste kurz schlucken. Er und seine Freunde von der Straße nannten sich so. *Brüder.*

»*Brat'ya!*«, wiederholte er und erwiderte Isaas Grinsen.

Alle anderen – bis auf Lucas – stimmten mit ein, auch wenn Aziz eher spöttisch vor sich hin nuschelte.

Dann raunte Joshua laut: »Müssen wir jetzt noch Blutsbrüderschaft schließen oder den Pissestrahl kreuzen? Wenn ihr so 'ne Sauerei veranstalten wollt – ohne mich.«

Fabiu grinste nur und schüttelte den Kopf.

»Aber ernsthaft«, setzte Joshua fort, »wir haben immer noch keine Antwort darauf, warum wir hier sind ... Was sollen wir hier und wenn das nicht Operation *SEED* ist ... Wo sind wir?«

»*Vallah*, ich hab's doch gesagt«, kam es aus Aziz' Ecke. »Verlassene U-Bahn-Tunnel gibt's mehr als genug. Wahrscheinlich sind wir nicht mal in Tottenham Court Road!«

»Jetzt, wo du's sagst …«, ergänzte Zakir. »Es gibt auch gar keine direkte Tunnelverbindung von Piccadilly Circus nach Tottenham Court Road.«

Erschrocken, dass der eine tatsächlich den Gedanken des anderen fortgesetzt hat, starrten sich die beiden verdutzt an.

»Meine Theorie ist folgende«, murmelte Isaac in seiner kindlichen Stimme und alle lauschten gespannt. »Irgendwer nutzt die Pläne und Briefings der Operation *SEED* und verlassene Untergrundstationen, um uns vorzutäuschen, da draußen würde ein Krieg herrschen. Ich denke, wir befinden uns, wie Aziz schon sagte, tief unter den eigentlichen Untergrundstationen.« Isaac blickte sich um, doch keiner widersprach ihm, also fuhr er fort: »Zuerst wurde wohl der Test-SEED am Piccadilly Circus ausgebaut – vielleicht um Kapazitäten und technische Abläufe zu planen. Dann kam unser SEED hier, Tottenham Court Road.«

»Du meinst, wir sind so was wie Versuchskaninchen?«, fragte Joshua.

Zakir stand auf und stellte sich neben Joshua. »Das würde auch die Zusammensetzung unserer Gruppe erklären. Ein Querschnitt der Bevölkerung als Test. Um zu sehen, wer es wert ist, gerettet zu werden.« Lachend stieß Zakir dem kleinen Rumänen mit dem Ellbogen in die Seite. »Falls dem so ist, hast du mit deiner Rede heute ordentlich Extra-Punkte für alle *Hobos* gesammelt.«

Joshua wurde erneut knallrot, da er den Seitenhieb auf seinen Spitznamen für Fabiu verstand. Ed und Fabiu begannen zu kichern.

Aber Isaac war noch nicht fertig. »Doch eine Frage bleibt!« Die Jungs verstummten wieder. »Die Regierung hätte uns doch nicht einfach wahllos entführt! Irgendwer anders muss dahinterstecken.« Den letzten Teil murmelte Isaac eher zu sich selbst.

»Du meinst, vielleicht eine Firma, die damit Geld machen will?«, fragte Zakir.

Fabiu war sich sicher, dass er nicht der Einzige war, der an Aziz' Geschichte von den privaten Untergrundbunkern seiner Familie denken musste ... Bunker für einen Krieg, von dem keiner außer Fabiu und Aziz glaubte, dass er existierte.

Wieder begann Fabius Kopf zu schmerzen und er wusste, es war Zeit, die anderen einzuweihen. Er konnte nicht von Vertrauen predigen, aber sein Geheimnis für sich bewahren – erst recht nicht, wenn dieses Geheimnis vielleicht der Schlüssel nach draußen sein könnte.

»Vielleicht weiß ich, wer uns hier runtergebracht hat.«

Alle verstummten sofort und in Joshuas Augen sah er Misstrauen. Er wusste, er fragte sich gerade, ob Fabiu selbst der Verräter war.

»Als Lucas und ich den SEED betreten haben, hatten wir ... wie soll ich sagen ...«

Plötzlich schallte Lucas' Stimme laut und bestimmt aus der Dunkelheit.

»Visionen.«

Fabiu starrte ihn fassungslos an. Wie sollten die anderen sie so noch ernst nehmen?

»Was guckst du so?«, fragte Lucas in seiner bekannt arroganten Art und trat langsam auf die Gruppe zu. Seine Angst, seine Verzweiflung – alles, was ihn menschlich machte, wich nun wieder seiner gekünstelten Fassade. »Wie willst du es sonst nennen?«, fragte Lucas schulterzuckend. »Und das war nicht alles«, fuhr er fort. »Ich habe dasselbe bei Fabiu beobachtet: Seitdem wir diese Station betreten haben, trifft es uns für wenige Sekunden – wie Tagträume – und kurze Szenen projizieren sich in unser Gedächtnis.«

Fabiu war verblüfft. Lucas trat so abgeklärt auf, so wissend, dass Fabiu sich erneut ertappte, daran zu zweifeln, ob Lucas nicht doch tatsächlich *mehr* wusste.

Als kein Protest, kein Wort des Unglaubens ertönte, schüttelte Fabiu kurz unmerklich den Kopf und ergriff das Wort, da Lucas stehen geblieben war und keine Anstalten zu weiteren Erläuterungen machte.

»Ich habe zwei Gesichter gesehen. Einen alten Mann und eine Frau. Ich glaube, sie war asiatisch.«

Einige verstohlene Blicke wanderten zu Joshua, der seinem Unbehagen laut Ausdruck verlieh.

»Ach kommt schon, jetzt reicht's aber! Als würde ich hier was von Verrätern erzählen, wenn ich es selbst wäre. Asien ist außerdem ein riesiger Kontinent, auf dem die meisten Menschen der Erde leben, also kommt mal klar mit euren Pauschalisierungen!«, schnaubte er.

»Ich hab doch gar nichts von dir gesagt«, antwortete Fabiu trocken. »Fakt ist, ich sehe Dinge, die ich nicht sehen sollte – und bei Lucas ist es anscheinend genauso. Manches fühlt sich an wie

Erinnerungen ... anderes wie Dinge, die noch nicht passiert sein *können*.« Er schluckte verunsichert und dachte erneut an das Wort »Visionen«, das noch immer lächerlich nach uninspiriertem Science-Fiction-Trash klang. »Nennt es, wie ihr wollt, aber ich habe das Gefühl, das hat etwas zu bedeuten.«

Zakir begann laut zu lachen. »Der Junge erzählt uns, er hat Erleuchtungen – und er hat das *Gefühl*, das hat etwas zu bedeuten?«

Aziz' Augen weiteten sich bei Zakirs Worten. Aber Fabiu konnte den Gesichtsausdruck nicht wirklich deuten.

Zu Fabius Erleichterung warf Lucas ein: »Vielleicht sollten wir erst mal alle 'ne Runde schlafen. Nach allem, was passiert ist ... In meinem Kopf ist jedenfalls nur noch Matsch. Ich glaube, weder ich noch der Guppy sind so 'ne große Hilfe.« Lucas nickte Fabiu kurz zu.

»Sosehr mich auch interessiert, was es mit eurer Epiphanie auf sich hat – Schlaf klingt ziemlich gut«, sagte Zakir. »Ihr lauft uns ja nicht weg.«

Grinsend erhob sich der schwarze Junge, doch Joshua protestierte. »Ihr wollt schlafen gehen? Ohne auch nur 'ne Idee, wie wir hier einen weiteren Tag überleben sollen? Sagt mal, geht's noch?!«

Doch Fabiu beruhigte ihn. »Wir haben zwar keinen Reis mehr, aber dafür einen Haufen Konserven.«

Die Augen der anderen Jungen begannen, sich zu weiten, und Fabiu fragte sich, ob er bisher tatsächlich vergessen hatte, das zu erwähnen. Aber um fair zu sein – bei allem, was heute passiert war, fiel es ihm unglaublich schwer, den Überblick zu behalten, wem er was wann erzählt hatte.

»Gut«, war alles, was Joshua von sich gab.

Somit brach der letzte Protest und Fabiu lächelte zufrieden. Es schien ihm tatsächlich gelungen zu sein, diesen Haufen unterschiedlichster Chaoten dazu zu bringen, sich auf eine Sache zu einigen – schlafen.

Vielleicht, dachte sich Fabiu, *ist das der Anfang einer Gemeinschaft – der Anfang einer Bruderschaft.*

Auch wenn ein Blick zu Joshua ihm sagte, dass es mindestens einen kritischen Zweifler daran gab. Doch Fabiu war zu müde, um sich heute noch damit zu beschäftigen.

Während die einen sich auf den Weg zum Lager machten, um die Konservenvorräte zu inspizieren, und die anderen sich schon die Zähne putzten, wankte Fabiu mit einem halben Lächeln auf den Lippen die Treppen hinab und zum Ende der Station. Erschöpft ließ er sich in eines der Doppelstockbetten fallen. Die Matratze war klitschnass, doch er war zu müde, um sich daran zu stören. Er hörte das Wasser, das noch immer am Rand des zermalmten Zuges, der aus der Flutschleuse ragte, in das Gleisbett plätscherte. Ein letztes Mal öffnete Fabiu seine Augen und betrachtete das metallene Monstrum.

Wo kommst du nur her und was hast du hier unten zu suchen?, dachte er. Doch bevor er auch nur einen weiteren Gedanken daran verschwenden konnte, verabschiedete sich sein Gehirn und er glitt in einen unruhigen, traumlosen Schlaf.

KAPITEL 6

MEINE VERGANGENHEIT UND IHR

Ein lautes Knarren, ein Zischen und ein lauter Schrei weckten die Jungen auf.

Joshua sprang aus dem Bett und bemerkte, dass der Fußboden klitschnass war. Das Wasser im Gleisbett schien über Nacht weitergestiegen zu sein. Schnell standen Ed und Fabiu neben ihm und schauten sich um, auf der Suche nach der Ursache des Tumults.

Es war Lucas, der nun aufrecht in der unteren Etage des hintersten Bettes saß. Er presste seine Hand an die Schulter. Alles war voller Blut. Joshua hastete bereits auf ihn zu, als die übrigen Jungs noch verschlafen aus den oberen Etagen ihrer Betten lugten.

Instinktiv wich Lucas vor Joshua zurück und er konnte es dem Blonden nicht verübeln, nachdem er ihn gestern so grob angepackt hatte. Aber für Zimperlichkeit war jetzt nicht die Zeit.

»Komm her! Was ist passiert?«

Lucas wimmerte durch seine zusammengebissenen Zähne, doch er brachte kein Wort heraus.

»Er scheint unter Schock zu stehen!«, rief Fabiu.

Das wusste Joshua selbst. Er zog Lucas' Hand von der Schulter weg – dann sah er es.

Ein graues Stück Metall steckte in Lucas' Schulter. Aber auch seine Brust schien einen Schnitt abbekommen zu haben. In der Wand hinter ihm steckten weitere Metallsplitter.

Ein Blick zum Zug ließ Joshua ahnen, was geschehen sein konnte: Das Wasser und das Flood Gate mussten so viel Druck aufgebaut haben, dass sie Teile des Zuges aus der Bruchstelle durch den Raum katapultiert hatten.

»Zakir, komm!«, rief Joshua. »Wir bringen ihn zum OP-Tisch!«

Lucas begann, panisch zu hyperventilieren, als sich Zakir von der oberen Matratze hinab an Joshuas Seite schwang.

»Keine Angst, Milchbubi«, grinste Zakir, »mit ein wenig Glück müssen wir nur den einen Arm amputieren!«

Joshua wusste, dass Zakir nur scherzte – Lucas offensichtlich nicht.

»Ihr – ich lass euch nicht in die Nähe von –«

Joshua hatte eigentlich wenig Lust darauf, Händchen zu halten – erst recht nicht für *den da* –, aber er bemühte sich um einen beruhigenden Tonfall.

»Keine Angst, wir holen das Ding raus und desinfizieren die Wunde.«

Das ist wirklich kein großer Akt, dachte Joshua. Lucas sah das offensichtlich anders und wehrte sich, so gut es ging. Doch gegen den kräftigen Zakir hatte er keine Chance.

Der raunte gekünstelt finster: »Hampel noch mehr und wir amputieren den anderen Arm gleich mit. Dann hat's sich ausgezappelt!«

»Zakir, lass den Scheiß. Und ihr«, wandte sich Joshua an die anderen, »seht zu, dass ihr euch das Bettzeug schnappt und uns nach oben folgt. Hier sind wir nicht mehr sicher.«

Joshua hatte keine Ahnung, wie lange sie geschlafen hatten, aber gemessen an seiner Müdigkeit schätzte er vielleicht zwei, maximal drei Stunden. Das machte es nicht unbedingt leichter, sich auf Lucas' blutende Schulter zu konzentrieren. Das große Metallstück zu entfernen, war ein Leichtes. Zakir hielt Lucas auf dem OP-Tisch und Joshua zog präzise und schnell. Lucas schrie und weinte bitterlich, doch ihr Mitleid hielt sich in Grenzen. Joshua hatte sich sein Leben lang mit rassistischen Spinnern wie ihm rumschlagen müssen – und er war sich sicher, Zakir war es nicht anders ergangen. Von daher konnte Lucas sich glücklich schätzen, dass sie ihn nicht einfach sich selbst überließen.

Was Joshua aber tatsächlich Sorge bereitete, war, dass an kleinen, scharfen Rissen der großen Metallspitze Fleischfetzen hängen blieben. Das hieß, es handelte sich nicht um ein glattes, großes Stück, was die Möglichkeit auf Splitter in der Wunde erhöhte. Das könnte schwerwiegende Folgen haben – von Entzündungen und Infektionen bis hin zu einer Blutvergiftung, die zum Tod führen konnte.

»Schau dich um, ob du irgendwo destilliertes Wasser oder Alkohol findest.«

»Ich hoffe, ich finde Alkohol«, grinste Zakir gehässig und blickte dabei genüsslich in Lucas' schmerzverzerrte blaugraue Augen.

Ich brauche mehr Licht, dachte sich Joshua und schaute nach oben. *Bingo!* Eine kreisrunde Lampe war in die Decke eingelassen.

»Zakir, schau mal da drüben!« Er zeigte auf einen kleinen Schalter neben dem Schrank.

Mit einem Klick schien ein heller Scheinwerfer auf den kalkweißen, blutverschmierten Oberkörper von Lucas hinab, der geblendet die Augen schloss und seinen Kopf zur Seite drehte.

Joshua griff nach einer Kocher-Klemme auf dem kleinen Metallschrank neben sich. »Das sollte funktionieren.«

Isaac ging voran und schleifte zwei Matratzen samt Decken und Kissen über den nassen Boden – gefolgt von Fabiu und Ed, die es ihm gleichtaten. Auch wenn Ed mit seinen kurzen Beinen sichtlich Probleme dabei hatte. Aziz hingegen trug nur sein eigenes Schlafzeug. Das überraschte niemanden.

Die anderen Jungen hörten Lucas' leidende Schreie und Fabiu drehte sich der Magen dabei um. Doch er wusste, dass er ihm nicht helfen konnte.

Als sie zu den anderen stießen, lag Lucas wimmernd, doch mit verbundener Schulter, auf der hohen Liege. Überall war Blut. Zakir und Joshua saßen schwer atmend nebeneinander in der Ecke. Zwischen ihnen lagen Zakirs Kopfhörer, die auf volle Lautstärke aufgedreht waren, sodass ein blechener Pop-Rock-Sound leise die kleine Halle erfüllte. Keiner sagte ein Wort.

Fabiu ließ die Matratzen zu Boden sinken und ging langsam auf Lucas zu. Er schaute hinab auf den zitternden Jungen und legte seine Hand auf die Brust des anderen. Lucas' Herz raste.

»Wie geht's dir?«, fragte er vorsichtig.

»Fass mich nicht an!«, zischte der andere. Seine Augen waren völlig aufgequollen.

Fabiu schüttelte den Kopf über Lucas' Sturheit und drehte sich zum Rest der Gruppe.

»Was ... was machen wir nun?«

Joshua schaute zu ihm auf. »Kannst du uns hier rausbringen? Hattest du in den letzten paar Stunden eine rettende *Vision*?«

Fabiu wusste nicht, ob Joshuas Frage ernst gemeint war. Es klang immer noch zu lächerlich. Dann versuchte er, sich zu erinnern.

»Ja«, sagte er entschlossen und Joshua konnte sein Erstaunen nicht verbergen. Doch schnell korrigierte Fabiu sich: »Ich hab was gesehen. Keine *rettende* Vision, aber ...« Er sah einen Berg mitten in der Stadt vor Augen. Kräne und Baugerüste. In einer zerstörten Stadt. »Krieg und ... ich glaube, Neuaufbau. Ich bin mir nicht sicher.«

»Also bist du dir auch nicht sicher, ob du's nur geträumt hast?«, fragte Zakir.

»Was?«

»Na ja, ich mein ja nur – du hast schon gepennt, als wir ins Bett gegangen sind. De facto könnte das auch einfach ein Traum gewesen sein, oder?«

Es war kein Traum! Er hatte das alles schon mal gesehen. Die durch Krieg zerstörte Stadt – aber laut der anderen Jungs gab es noch überhaupt keinen Krieg.

Zakir musste sehen, dass Fabiu Probleme dabei hatte, seine Gedanken zu ordnen. »Das ist ja kein Vorwurf oder so – ich meine nur, das wäre doch 'ne logischere Erklärung als Visionen, oder?«

Fabiu hatte keine Ahnung, was er darauf antworten sollte. Wenn er wüsste, was mit ihm geschah, seitdem sie hier unten waren, würde er es den anderen, ohne zu zögern, verraten. Doch er musste sich eingestehen: Er wusste es genauso wenig wie der Rest. Vermutlich sogar noch weniger, denn anders als die anderen hatte er keine Ahnung mehr, was er tatsächlich real erlebt hatte und was er nur *dachte*, erlebt oder gesehen gehabt zu haben.

Überraschenderweise war es Joshua, der ihn von den neugierigen Blicken der anderen erlöste. »Also, da wir jetzt genauso klug sind wie vor wenigen Stunden – sollten wir uns einfach wieder hinlegen und schauen, was der nächste Morgen bringt ... wann auch immer der anbricht.«

In der ewigen Nacht des Untergrunds war es tatsächlich unmöglich zu sagen, welche Tageszeit an der Oberfläche gerade war.

»In genau drei Stunden und 17 Minuten. Dann ist es 7 Uhr«, verkündete Ed mit einem Blick auf sein *PHONE*.

Joshuas Augen begannen zu leuchten und als Ed bemerkte, wie begehrt sein Gerät mit einem Mal geworden war, ließ er es behutsam zurück in die Gürteltasche gleiten.

»Na dann, ab ins Bett mit euch! Und wisst ihr was? Von mir aus gönnt euch so viel Schlaf, wie ihr braucht! Mit 'ner müden Truppe ist eh nichts zu reißen!«, rief Joshua, der sich in die Hände klatschend erhob.

Nachdem die Matratzen im Raum verteilt worden waren und sie sich geeinigt hatten, dass es das Klügste war, Lucas' blutigen Körper auf der Liege zu lassen, statt sein Bett weiter einzusauen, knipste Joshua den hellen Scheinwerfer aus. In das warme gelbe Licht der Lichterketten gehüllt, schlossen die erschöpften Jungs beinahe zeitgleich die Augen. Nur Fabiu lag noch lange wach, bemüht, einen Sinn in dem zu finden, was sein Hirn versuchte ihm mitzuteilen.

Fabiu erwachte mit dem mittlerweile bekannten Kribbeln unter seiner Haut, auf seinen Augen, in seinem Kopf, in seinen Fingern. Ihm war schlecht. Er versuchte, sich zu orientieren, bis er verstand, wo er war.

Aber viel wichtiger: Er wusste jetzt, dass er in London war! Er hatte das bekannte Gesicht des alten Mannes gesehen, kurz bevor er eben zu sich gekommen war. Dieser Mann hatte ihn gefunden – in den zerbombten Straßen von Berlin, in die Fabiu geflohen war, um Freiheit zu finden. Dieser Mann hatte ihn mit sich nach London genommen und ihn bei sich aufgenommen, als alles, was Fabiu in den Straßen gefunden hatte, Verderben und Boshaftigkeit gewesen war. Er wusste nicht, wie er das hatte vergessen können. Wie er *ihn* hatte vergessen können – Mister Hugo Gregory.

Dann stieg Fabiu ein Geruch in die Nase, der ihm erst deutlich machte, wie hungrig er eigentlich war. Es war der Geruch einer warmen Mahlzeit. Er war sich erst nicht sicher, ob das Teil seines Traumes war – eine lebendige Erinnerung –, bis er seinen Kopf drehte und lächeln musste.

Da saßen Joshua und Zakir, die sich um eine dampfende Schüssel stritten, Ed, der seine Mahlzeit in sich reinschaufelte – wohl aus Angst, die beiden könnten auf die Idee kommen, sich auch an seiner Portion zu vergreifen –, und Isaac, der nur lachend danebensaß.

»Toll, jetzt hast du ihn geweckt!«, ranzte Joshua Zakir an.

Jetzt erst erblickte Fabiu die bereits leeren Schüsseln neben den beiden. Zakir befreite die dampfende, noch volle Schüssel aus Joshuas Griff und streckte sie Fabiu entgegen.

»Hier, für dich! Haben wir dir extra aufgehoben. Nett, hm? So sind wir eben.«

Dabei warf er Joshua einen strafenden Blick zu. Der verschränkte seine Arme und wandte sich schmollend ab.

»Wo habt ihr …?«

Doch Isaac unterbrach Fabius Frage fröhlich: »Im Generatorenraum gibt es eine kleine Küche. Da hab ich das Essen aufgekocht.«

»Das ist ja fantastisch!«, freute sich Fabiu. Dann erblickte er die leere Liege. Verdutzt wanderte sein Blick durch den Raum, bis er Lucas, eingerollt in eine Decke, auf der am weitesten entfernten Matratze liegen sah. »Wo ist Aziz?«

Zakir rollte mit den Augen. »Was glaubst du denn? Überall, wo wir nicht sind.«

»Das heißt, er ist schon 'ne Weile weg?«, fragte Fabiu.

»Jup. Noch bevor Isaac los ist, um Frühstück zu machen.«

Wie aufs Stichwort kam Aziz die Treppe hochgeschlendert.

»Hey, wo warst du denn?«, wollte Fabiu wissen.

»Oh, die Prinzessin ist endlich aufgewacht«, grinste der muskulöse Junge. »Das Wasser fließt wieder.«

Fabiu war verdutzt: »Du meinst, es kommt mehr Wasser durch die
Schleuse?«

»Nein. Trinkwasser, *Habibi*.«

»Was? Wie hast du das gemacht?« Fabius Augen strahlten vor
Freude und auch die anderen Jungen konnten ihre Aufregung nicht
unterdrücken.

»Easy. Dieselbe Anlage haben wir auch in Berlin. Ventil unten auf
und zurückleiten. Dann wird's automatisch gefiltert. Dauert zwar
noch 'ne Weile, bis es durchgelaufen ist, aber *Baba* hat's geregelt.«
Mit diesen Worten klopfte er sich selbst stolz auf die Brust. »Jetzt
lasst mal was zu futtern rüberwachsen!«

Isaac nahm eine weitere Schüssel von einem Tablett, die er wohl
die ganze Zeit schon vor Joshua und Zakir beschützt hatte, und
reichte sie Aziz.

Auch Fabiu griff nach seiner Portion. »Und was nun?«

Alle schwiegen.

»Ich dachte, das würdest du uns sagen«, seufzte Joshua leicht
enttäuscht.

»Mir ist tatsächlich wieder was eingefallen. Ich weiß, wer mich
nach London gebracht hat. Ein Mister Hugo Gregory. Sagt euch der
Name etwas?«

Alle schauten sich nur kopfschüttelnd an.

»Er hat mich aus dem zerbombten Berlin befreit und nach London ...«

»Es *gibt* kein zerbombtes Berlin!«, raunte Joshua, offensichtlich genervt, dass sie immer wieder an diesen Punkt gelangten.

Fabiu schaute Hilfe suchend zu Aziz, doch der zuckte nur mit den Schultern. »Aziz, du hast doch auch gesagt –«

»*Vallah*, mein Schädel hat gestern ziemlich gewummert. Der Unfall und so.«

Fabiu glaubte ihm kein Stück.

Dann ergriff Isaac das Wort: »Und was, wenn das keine Erinnerung war, sondern ... es uns noch bevorsteht?«

Fabiu war es so leid – immer, wenn er das Gefühl hatte, seine Gedanken sortiert zu haben, kamen die anderen Jungen und mischten sie erneut wie ein *Memory*-Spiel.

Isaac bemerkte wohl, dass er Fabius Aufmerksamkeit verlor, also fuhr er schnell fort: »Denk doch mal drüber nach. Die ganze Welt ist politisch aufgeheizt, seitdem die USA im Streit mit den Russen, Nordkorea und der Türkei sind. Die Türkei ist Teil der United States of Europe, also sollte es zu einem Krieg kommen, zieht auch Deutschland mit. So unrealistisch ist es nicht, dass Deutschland in Zukunft in einen Krieg gezogen wird.«

Was auch immer, dachte Fabiu. Er hatte keine Ahnung von Politik. Sie konnten ihm hier alles Mögliche erzählen.

Ed ergriff das Wort. »Was wäre denn, wenn wir uns in Deutschland befinden und gar nicht in England? Wenn das hier alles nur ein Set ist, dem Londoner Untergrund nachempfunden, und eigentlich in Berlin steht? Plötzlich bricht ein Krieg aus – *BAM!* Und wenn wir rauskommen, wartet dieser Mister Hugo Gregory auf uns und bringt uns raus aus dem zerstörten Deutschland und zurück nach London – wie in deiner Vision, Fabiu?«

Das klang auf der einen Seite unglaublich – wer sollte so einen Aufwand für eine Simulation betreiben? Aber auf der anderen Seite fühlte Fabiu, dass es stimmen könnte. Die Puzzleteile schienen sich so zusammensetzen zu lassen. Zwar fehlte noch ein Großteil des Gesamtbildes, aber dieses kleine Stück könnte passen.

Dieses Gefühl, in die Freiheit ausgebrochen zu sein, nur um dann in zerbombten Straßen verloren zu gehen … Das Gefühl, endlich gerettet zu werden. Sollte das der Moment ihrer Befreiung werden? Er ließ sich zu Boden gleiten und begann, stumm zu grübeln.

»Okay, das ist doch schon mal ein Anfang. Kein erfreulicher, aber hey!«, verkündete Joshua. »Das heißt, wenn wir hier rauskommen, ist London immer noch ein sicherer Zufluchtsort.« Er ignorierte gekonnt, dass Fabiu nur von sich geredet hatte, nicht von den anderen Jungs. Er wusste, was das bedeuten konnte. Doch er akzeptierte die Option nicht, dass es nur Fabiu hier aus dem Tunnel schaffen konnte. »Ich schlage vor, wir bestimmen erst einmal einen Anführer.«

Zakir begann zu lachen.

»Was ist daran so komisch?«, bellte Joshua.

»Ich bin ja mal gespannt, wen *du* da im Sinn hast!«, feixte er.

»Natürlich melde ich mich freiwillig«, sagte Joshua bestimmt und seine Ohren färbten sich rot.

Wieso sollte er es auch nicht tun? Er war immer ein guter Anführer gewesen. Nie hatte sich jemand von seiner Schule darüber beschwert. Selbst seine Lehrer hielten ihn für den mit den besten Führungsqualitäten.

Zakir hob seine Hand. »Ich bin dafür. Nein, ernsthaft, warum nicht? Irgendwer muss ja die Zügel in die Hand nehmen. Aber nur, wenn du beim nächsten Mal nicht versuchst, Schlafenden das Essen wegzufuttern. Das ist nicht sehr heldenhaft!«

»Was?«, protestierte Joshua entrüstet – seine Ohren glühten nun förmlich. »Ich hab das Essen vor *dir* Fressmaschine beschützt!«

Isaac hob lachend seine Hand. Ed ebenfalls. Gerade als Joshua sah, dass Aziz widersprechen wollte, vermutlich nur um einen weiteren Streit zu provozieren, hob Fabiu schnell seine Hand.

Joshua war überrascht. Er hatte fest damit gerechnet, dass der ehrgeizige Rumäne sich ebenfalls zur Wahl stellen würde – besonders nach seiner Familien-Ansprache gestern.

Aziz schaute irritiert zu Fabiu, wandte sich dann aber den Gewichten zu und begann zu trainieren. »Macht, was ihr wollt. Ich brauch nur einen Anführer über mir – *Allahu Akbar.*«

Lucas schlief immer noch tief und fest – zumindest sah es danach aus. Aber selbst wenn er sich gegen Joshua aussprechen sollte – die Mehrheit hatte entschieden.

»Gut, dann ist meine erste Anweisung als Anführer: Jeder macht das, was er tun muss, und in 'ner Stunde versammeln wir uns wieder alle hier und dann – dann lernen wir uns kennen.«

Isaac lachte. »Hast du Kennenlernspiele vorbereitet, oder was?«

»Nein, wir werfen uns eine Dose zu – wer sie hat, darf reden!«, gluckste Zakir.

»Oder 'ne Runde Flaschendrehen«, grinste Fabiu.

»Ernsthaft? Bei Fabius kitschiger Family-Rede ruft ihr alle ›Brat'ya‹ wie die Bekloppten, aber mein Vorschlag soll peinlich sein? Werdet mal erwachsen!«, schnaubte Joshua, dann sprang er auf das Laufband neben den trainierenden Aziz, setzte den Timer auf 60 Minuten und begann zu laufen.

Eine nervöse Spannung lag in der Luft. Alle Jungen, selbst Lucas und Aziz, saßen gemeinsam im Kreis – einige auf dem harten Fußboden, andere auf ihren Decken. Alle warteten darauf, dass es losging – dann räusperte sich Joshua.

»Also, da wir nun hier unten auf uns gestellt sind, sollten wir –« Er hielt kurz inne, schaute zu Boden und begann erneut. »Alles, was passiert, passiert ... ähm, alles passiert halt aus einem Grund.«

Die anderen Jungs warfen sich amüsierte Blicke zu und Fabiu bemitleidete Joshua schon fast. Er war überzeugt, dass Joshua ein großartiger Anführer war – das hatte er gleich bei ihrem ersten Treffen gespürt. Fabiu selbst war komplett verunsichert gewesen – ja, verängstigt, konnte man fast sagen –, doch als Joshua selbstsicher den Raum betreten und ihm auf die Schulter geklopft hatte, war seine Angst verflogen.

»Hey, siehst ja gar nicht so übel aus wie auf dem Foto«, war das Erste gewesen, was er von ihm gehört hatte. »Aber Obdachlosen die Kleidung klauen? Tze, tze, tze. So was macht man nicht!«

Fabiu war so perplex gewesen, dass er gar nicht wirklich gecheckt hatte, dass der asiatisch aussehende Junge die Löcher in seinen Hosen meinte.

Dann ein Flüstern: »Ich bin mir sicher, sie beobachten uns! Lass dir *nie* anmerken, dass du Angst hast.«

Ja, Fabiu war überzeugt, Joshua war ein prima Anführer – ein großer Redner war er allerdings nicht.

»Und darum sollten wir herausfinden, aus welchem Grund ...« Joshua wirkte komplett verkrampft.

Isaac, der ihm gegenüber im Kreis saß, flüsterte mit einem warmen Lächeln: »Wollten wir uns nicht vorstellen?«

»Eben, genau! Um zu sehen, ob es vielleicht Gemeinsamkeiten zwischen uns gibt, sollten wir herausfinden, mit wem wir's hier zu tun haben – wer unsere *Brüder* sind.«

Es war beinahe unangenehm, mit anzusehen, wie Joshua sich krampfhaft bemühte. Die Familien-Analogie aus Fabius Rede klang aus seinem Mund wie etwas, was er als Effektmittel nutzen wollte, aber an das er selbst nicht glaubte.

»Ähm, ich fang mal an. Hey, ich bin Joshua Xiaolu Yu-Ping ...«

»Gesundheit«, unterbrach ihn Lucas quakend.

Fabiu war verblüfft, wie unverschämt undankbar jemand sein konnte.

»... und ich entferne gern spitze Gegenstände aus Körpern, nur um sie der Person – wenn sie seelenruhig schläft – wieder in die gerade verheilte Wunde zu rammen.«

Fabiu verschluckte sich beinahe an seinem Wasser – *das* war der

Joshua, den er vermisst hatte! Die anderen Jungs lachten und Lucas lehnte sich gespielt lässig zurück – sagte dann aber kein Wort mehr.

Voller Genugtuung wandte sich Joshua wieder an die anderen. »Ich bin 15, geboren und aufgewachsen in London.«

Fabiu unterbrach ihn: »Dann bist du gar kein Asiat, sondern Europäer?«

Joshua schaute ihn verwirrt an. »Blödsinn. Ich bin doch trotzdem Asiat. Meine Eltern kommen beide aus China.«

Fabiu verstand das nicht. Er selbst sah sich zwar auch als Rumäne, obwohl er in Deutschland aufgewachsen war, aber er war immerhin in Sibiu geboren.

»Also hast du keinen europäischen Pass?«

»Doch, beides«, meinte Joshua nur abwinkend. »Aber genug von mir. Nächster!«

Ed räusperte sich. »Ähm, hi. Ich bin Ed, Ed Franklin. Sohn von Edward Franklin, dem Gründer und Herausgeber von *Licht auf London*.«

Lucas nickte kurz wissend. Auch Joshua zog beeindruckt die Augenbrauen hoch.

Als Ed das bemerkte, fuhr er selbstsicher fort: »Ich selbst publiziere auch. Also auf meinem Blog und ich streame. Hab 'ne eigene Redaktion und spreche dann über verschiedene Themen – Naturschutz, Medizin –«

Lucas unterbrach ihn. »Ja, ich hab schon was von dir gelesen.«

Ed verzog das Gesicht, als hätte er in eine Zitrone gebissen, und wollte Lucas ignorieren, als der weiterredete: »Alles Bullshit, wenn du mich fragst.« Er begann, Ed mit einer weinerlichen Stimme zu imitieren: »*Rettet die Umwelt, die Tiere, rettet die Meere!* Aber trotzdem schön selbst weiter Fleisch fressen oder willst du mir erzählen, Salat hat dich so fett gemacht?«

»Hey!«, protestierte Fabiu, doch Lucas machte weiter.

»Was du veröffentlichst, ist gleichgeschalteter Müll. Du kaust bloß das wieder, was uns die Politik als breite Meinung verkaufen will. Und deine Redaktion, die du so stolz hervorhebst, ist staatlich finanziert. Wie objektiv!«

Ed biss sich auf die Lippen und seine Fäuste ballten sich vor Wut.

Als Lucas das bemerkte, grinste er zufrieden. »*Licht auf London* ist okay, die hinterfragen wenigstens hin und wieder mal kritisch. Aber dein Mist ... Dein Vater dreht sich sicher im Grab um.«

»Es reicht!«, rief Joshua bestimmt und Lucas schloss seinen Mund zu einem hämischen Grinsen.

Eds Augen waren nass und Fabiu konnte sehen, wie sehr er sich bemühte, nicht vor Wut zu weinen.

»So was will ich hier nicht haben, klar? Keiner macht den anderen fertig, sonst kriegt er's mit mir zu tun. Das gilt insbesondere für dich!«

Mit seinem Finger auf Lucas zeigend, funkelte Joshua ihn an.

Einen Moment war alles still, dann hob Lucas beschwichtigend seine Hände. »Hey, hey, warum denn so empfindlich? Ist doch alles cool.« Zufrieden grinsend richtete er sich in einen Schneidersitz auf – seine Decke um die Hüfte gewickelt. »Entschuldigt mein Großmaul, aber wenn ich schon dabei bin, kann ich auch gleich weitermachen. Ich bin Lucas und meine Mom arbeitet im amerikanischen Senat, um genau diesem gleichgeschalteten Bullshit mal Gegenwind zu geben – so wie der Präsident es tut.«

»Du willst mich doch verarschen!«, platzte es ungläubig aus Zakir. »Du willst mir sagen, du bist Amerikaner und auch noch stolz drauf? Wie peinlich.« Ein ungläubiges Lachen mischte sich in seine Stimme.

»Ich weiß nicht, was daran so lustig ist«, fauchte Lucas zurück.

»Na ja, als asiatischer Mischling einen rassistischen Präsidenten zu feiern, find ich schon verdammt lustig!«, feixte Zakir.

»Asiat? Die Vorfahren meiner Mom sind mit der Mayflower nach Amerika gekommen!«

»Ja, sicher.«

»Und mein Dad ist Chuck A. Weston, der ehemalige Action-Schauspieler.«

Das schien zumindest Aziz zu beeindrucken, dessen Lippen ein stummes »*Wow*« formten. Die anderen Jungs hingegen warfen sich kritische Blicke zu.

Fabiu war zwar beeindruckt, mit welcher Überzeugung Lucas seinen Stammbaum runterbetete, aber er konnte sich beim besten Willen nicht vorstellen, dass ein Blick in den Spiegel Lucas nicht selbst an der Aufrichtigkeit seiner Eltern zweifeln ließ. Klar, blonde Haare waren untypisch, aber seine Züge ließen keinen Zweifel an seinen asiatischen Wurzeln – egal, wie vehement Lucas sie verleugnete.

»Mir aber auch scheißegal, was ihr glaubt oder nicht. Ich publiziere auch. Und nicht so einen Blödsinn wie … Edward Franklin junior hier.« Er warf Ed einen vernichtenden Blick zu. »Mein erstes umfangreiches Werk *Äpfel pflücken im Paradies – Umweltpolitik und warum sie nicht funktioniert* hält sich stabil in den Top 10 der Bestsellercharts im Bereich Sachbücher und war dafür verantwortlich, dass ich mit fünfzehn Jahren auf 'nem Elite-College angenommen wurde. Ich beende nur noch mein letztes Schuljahr in London, dann geht's zurück nach Amerika – Harvard lässt man nicht warten.«

Fabiu fragte sich erneut, wie er je irgendwelche Sympathien für diesen schnöseligen Egomanen hatte empfinden können.

Doch Joshua erwiderte beinahe fröhlich: »Da haben wir doch schon mal was! Ihr beide publiziert und schreibt über Umwelt und Politik, oder?«

Lucas rümpfte die Nase. »Na ja, ich weiß nicht, ob man das, was wir schreiben, *irgendwie* vergleichen kann, aber ja. Die Richtung ist dieselbe. Hast du was mit Umwelt am Hut? Oder irgendwer sonst?«

Joshuas Freude schwand, denn er musste verneinen, und auch sonst meldete sich kein anderer.

Doch dann fiel ihm etwas ein: »Fritz und Karim waren Video Creator! Also auch Publisher!«

Fabiu erinnerte sich an ein Gespräch beim Briefing. Fritz hatte Joshua gefragt, ob er der Einzige mit einem Camcorder hier sei, und dann hatten sie gemeinsam geprüft, ob sich Hinweise auf dem Kameraspeicher befanden – doch vergebens.

Vorsichtig fragte Fabiu: »Meint ihr, die beiden hätten uns jetzt weiterhelfen können?«

Eine Traurigkeit überkam ihn und Isaac spürte offensichtlich das-selbe.

Doch er bemühte sich, das Ganze, so gut es ging, abzutun. »Selbst wenn, ist es dafür jetzt leider eh zu spät.«

Ein kurzes Schweigen. Dann hob Isaac seinen strubbligen Kopf und zwang seine Mundwinkel, so weit es ging, auseinander: »Hi, ich bin Isaac und wohl der Jüngste hier – bin 13. Ich bin hier geboren und weiß eigentlich nicht, was es groß über mich zu erzählen gibt – ich bin weder Buchautor noch Publisher, nur ein Schüler. Sollte ich jetzt eine Biografie schreiben, wäre sie vermutlich ziemlich dünn. Ich bin eigentlich relativ normal – meine Eltern sind beide Lehrer, wir verstehen uns prima. Sie unterstützen mich in allem, was ich mache. Ich hab sogar ein eigenes Baumhaus, das ich mit meinem großen Bruder gebaut habe.«

Fabiu musste lächeln. Man merkte, wie jung Isaac noch war und welchen Unterschied zwei einfache Jahre machen konnten. Wäh-rend er Isaac lauschte, fragte sich Fabiu, wie sein Leben wohl bisher verlaufen wäre, wenn er woanders zur Welt gekommen wäre – in einer anderen Familie. Vielleicht mit mehr Geld, mehr Möglichkeiten. Hätte er dann vielleicht auch schon sein erstes Buch geschrieben?

»Und du, Zakir?«, fragte Isaac.

Die schwarze Schminke um die Augen war etwas verwaschener als noch am Tag zuvor, als Zakir sie grinsend zu Schlitzen verengte.

»Gibt nicht viel zu erzählen. Bin Zakir, fast 16 und programmiere viel, wie der ein oder andere schon bemerkt haben sollte.« Er hob seine Kopfhörer demonstrativ in die Luft. »Ich schreib zwar keine

Bücher wie mein guter Freund Milkyboy hier, aber ich kann ganz passabel kochen.«

»Pff ...«, kam es von Lucas.

Jede weitere Provokation sparte er sich allerdings nach einem finsteren Blick von Zakir, was nach ihrer letzten Auseinandersetzung aber auch niemanden verwunderte.

»Meine Mum kam aus Ägypten, daher die Augen ... Mehr gibt's nicht zu erzählen, denk ich.« Zakirs Tonfall ließ erkennen, dass Fragen unerwünscht waren und sein Monolog damit beendet war.

Fabiu holte Luft, denn er ging davon aus, dass er nun an der Reihe war. Da unterbrach ihn, zum Erstaunen aller, Aziz.

»Aziz Hamadi vom Hamadi-Clan. Meiner Familie gehört Berlin, Köln, Frankfurt – und bald auch London.«

Zakir schnaubte grinsend, was schon reichte, um Aziz' wütenden Blick zu kassieren.

»Was?«, fragte Zakir unschuldig. »Du glaubst den Bullshit doch nicht wirklich, oder? In welcher Parallel-Gangster-Welt lebst du denn bitte?«

»Was *parallel*?«, zischte Aziz und spuckte in die Mitte des Kreises. »Du hast keine Ahnung. Geh mal zurück deinen Computer vögeln, du Opfer.«

Zakir grinste nur mitleidig und schüttelte den Kopf. »Abschaum. Was soll man dazu noch sagen?!«

»Genug!«, fuhr Joshua zur Erleichterung aller dazwischen.

Fabiu sah, wie sehr Aziz mit sich zu kämpfen hatte, um nicht direkt auf Zakir loszugehen. Dann stand er abrupt auf, spuckte noch einmal in die Mitte des Kreises und ging zum anderen Ende des Raumes, wo er sich auf sein Bett warf.

»Musste das sein?«, fragte Joshua genervt. »Mir ist egal, was ihr für Probleme miteinander habt – so 'ne Scheiße brauchen wir hier unten nicht, klar?«

Zakirs Grinsen verwandelte sich in ein genervtes Schmollen.

In der angespannten Stille räusperte sich Fabiu. »Hallo, mein Name ist Fabiu und ich habe ein Problem.«

Ein Lachen über seine Selbsthilfegruppe-Vorstellung lockerte die Stimmung wieder etwas. Dann fuhr er fort: »Nein, also noch mal: Ich bin Fabiu, 15 wie die meisten hier, und komme aus Berlin. Ich würde euch supergern tolle Dinge aus meinem Leben erzählen und was ich schon alles erreicht habe, aber da ist nicht viel. Ich bin, als ich noch ziemlich jung war, nach Deutschland gekommen und Ältester von vier Geschwistern. Wir haben alle zusammen mit anderen Leuten in einer winzigen Wohnung gelebt – zeitweise sogar zu zwanzig oder so. Klingt kuscheliger, als es war. Hmm ... von da an wird alles ziemlich unklar.« Die Lockerheit verschwand aus seiner Stimme. »Keine Ahnung, was dann tatsächlich passiert ist – was real ist und was ich nur in meinem Kopf gesehen habe. Irgendwie verschwimmt die Grenze. Und wenn ich versuche, mich daran zu erinnern ... dann rebelliert mein Körper. Kennt ihr dieses Gefühl, als würden Insekten unter eurer Haut krabbeln? Überall, sogar *in* eurem Kopf?«

Alle waren verstummt und schauten ihn ungläubig an. Alle außer Lucas, der unmerklich seinen Kopf schüttelte. Fabiu merkte mit einem Mal, wie dumm sich das anhören musste, und versuchte zurückzurudern.

»Na ja, egal, ich –«

»Fühlen sich so deine Visionen an?«, hörte er plötzlich Aziz' Stimme vom anderen Ende des Raumes. Niemand drehte sich nach ihm um, alle Blicke waren gespannt auf Fabiu gerichtet.

»Ja. So fühlt es sich an. Davor, danach, währenddessen.« Nervös knetete er den Muskel zwischen seinem Daumen und seinem Zeigefinger, als er sich an Zakir wandte. »Daher weiß ich auch, dass das heute Nacht *kein* Traum war.«

Joshua ergriff das Wort und nickte Lucas zu. »Was ist denn mit dir? Du hast gesagt, ihr beide habt Visionen.«

Lucas hob die Augenbrauen und sagte monoton: »Kann mich an nichts erinnern. Muss an dem Anfall liegen.«

Fabiu war sich sicher, dass Lucas bluffte. Er musste *irgendetwas* sehen – schließlich hatte er von Fabius Visionen gewusst.

Joshua merkte wohl, dass der störrische Junge nichts Brauchbares mehr von sich geben würde. Seufzend erhob er sich, während der Blonde ein verschmitztes, triumphierendes Lächeln trug.

»Gut, Leute, lassen wir das alles erst mal sacken und kommen zum spaßigen Teil dieser Versammlung – der Aufgabenverteilung. Klo-Putzdienst. Ich würde mal sagen ... Lucas, du beginnst?«

KAPITEL 7

GEHEIMNISSE HALTEN UNS FREI

Die Zeit im SEED verlief seltsam. Manchmal verging sie wie im Flug, dann kroch sie Sekunde um Sekunde vor sich hin. Am schnellsten verging sie beim Trainieren – besonders in der Gruppe. Oder beim Lesen. Die Jungen hatten sich darauf geeinigt, dass Ed einen Timer auf jede volle Stunde stellte, um den anderen mitzuteilen, wie spät es war. Doch was anfangs noch nach einer guten Idee geklungen hatte, wurde von Stunde zu Stunde nervtötender, bis am Ende des Tages jeder beim Erklingen der blechernen Smartphone-Melodie nur noch gereizt Eds Namen rief. Als sie schlafen gingen, schlug Joshua vor, den Wecker morgen auf alle drei Stunden zu setzen, und wies Ed an, nur morgens um 10 Uhr, nachmittags um 15 Uhr und abends um 22 Uhr die Zeit anzusagen. Damit waren alle einverstanden. Auf Fabius »Gute Nacht« kassierte er die zu erwartenden Reaktionen – von Nettigkeit bis Ignoranz war alles dabei.

Lange nachdem es still im SEED geworden war, lag Joshua noch immer wach. Er war unzufrieden mit seinem ersten Tag als Anführer.

Klar, sie hatten Aufgaben eingeteilt – Kochdienst, Putzdienst, Wartungsdienst –, aber er wusste, im Grunde hatten sie keine Ahnung, was sie taten. Immerhin war heute niemand gestorben. Das musste doch auch etwas wert sein.

Joshua dachte an die Flutschleuse, den Zug und das Wasser, das weiter in die Station eindrang. Die Jungen blieben, so gut es ging, hier oben zusammen, um die daraus folgende Bedrohung zu ignorieren, doch als Joshua nach dem Zähneputzen ein letztes Mal zur Toilette hinabgegangen war, hatte ihm das Wasser bereits bis übers Knie gereicht.

Während er sich den Kopf zerbrach, hörte er plötzlich ein leises Rascheln und sah Isaac im warmen Schein der Lichterketten. Joshua war wohl nicht der Einzige, der nicht schlafen konnte. Behutsam schlich der kleinste Junge auf Zehenspitzen zur Treppe.

Vermutlich zur Toilette, dachte sich Joshua.

Er hörte Isaac die Treppe hinabhuschen, dann ein leises Plätschern, als Isaac den überfluteten Bahnsteig betreten haben musste. Schon beim Gedanken an das eiskalte Wasser des Untergrunds schauderte Joshua und er kuschelte sich in seine immer noch klamme Decke. Seine Atmung wurde ruhiger und ohne es kommen zu sehen, glitt er in einen ruhigen, tiefen Schlaf. Was er dadurch nicht bemerkte, war, dass Isaac in dieser Nacht nicht mehr zurückkam.

Als Eds Wecker klingelte und Joshua müde die Augen öffnete, waren einige der Jungen schon auf den Beinen. Er hörte gleichmäßiges Trampeln von der einen Seite des Raumes und brauchte seinen Kopf gar nicht erst zu heben, um zu wissen, dass es Aziz sein musste, der so früh und ohne Rücksicht auf die anderen solchen Lärm auf dem Laufband veranstaltete. Doch Joshua hatte er damit nicht wecken können – er hatte so fest geschlafen wie schon lang nicht mehr.

Als er sich umschaute, entdeckte er Fabiu, der trotz des Tumults um ihn herum noch immer tief und fest schlief. Genau wie Lucas, der, seine Decke bis zur Nase gezogen, im Bett lag – auch wenn Joshua sich nicht sicher war, ob er die Augen des Blonden nicht eben noch kurz blinzeln gesehen hatte.

Zakir und Isaac betraten den Raum über die Treppe, vollgeladen mit dampfenden Schüsseln. Der große schwarze Junge trug unten rum nur seine labbrigen Boxershorts und Isaac hatte seine Jeans bis zum Oberschenkel hochgekrempelt, um sich die Klamotten nicht nass zu machen. Von der feuchten Haut ihrer Beine konnte Joshua ablesen, dass das Wasser am Bahnsteig wohl nun schon bis zu den Oberschenkeln reichen musste – jedenfalls bis zu Isaacs.

Nicht gut, dachte er. *Wenn das Wasser weiter so schnell steigt, bleiben uns vielleicht noch drei, maximal vier Tage, bis es uns hier oben erreicht.*

Er grübelte hin und her, ob sie die Vorräte nicht lieber schon hier einlagern sollten. Dann fiel ihm ein, dass sich die Küche eh auf der anderen Seite des SEEDs befand, sie also sowieso hinab ins Wasser mussten.

Isaac riss ihn aus seinen Gedanken. »Das Notstromaggregat macht's nicht mehr lange ... Uns geht das Benzin aus.«

Joshua verstand nicht. »Wie, Benzin? Wozu denn Benzin?«

»Ein Stromgenerator hat 'nen Verbrennungsmotor«, antwortete Zakir nervös, als er die Schüsseln in der Mitte des Raumes am Boden abstellte. »Wir haben im Generatorenraum aber nur wenige Kanister voll Benzin gefunden. Zwei haben wir bisher aufgebraucht. Zwei sind noch da. Danach wird's hier zappenduster.«

Joshua hatte keine Ahnung, dass man Benzin dafür brauchte. Im Krankenhaus seiner Mum musste man, um das Notstromaggregat anzuwerfen, nur einen großen roten Knopf drücken, wenn der Strom ausfiel. Deshalb hatte er immer gedacht, das sei so was wie eine Sicherung.

»Wird ja immer besser ...«, murmelte Joshua vor sich hin und schnappte sich eine der sieben Schüsseln. *Linseneintopf ... Yay!* Ernüchtert schob er sich den klebrigen Brei in den Mund. »Dann hoffen wir mal, dass unser kleiner Hellseher heute mit 'ner bahnbrechenden Lösung um die Ecke kommt. Falls er je aus seinem Schönheitsschlaf aufwachen sollte.«

Er schaute zu Fabiu. Der riss plötzlich erschrocken die Augen auf und Joshua verschüttete vor Schreck beinahe seinen Linsenschleim.

»Alter! Du hast mir beinahe 'nen Herzinfarkt verpasst!«, knurrte Joshua.

Doch Fabiu reagierte nicht. Er blieb bewegungslos mit weit aufgerissenen Augen, starr wie ein Brett, auf der Seite liegen – kein Muskel seines Gesichts regte sich.

»Fabiu? Bist du ... Leute, ich glaub, irgendwas ist nicht in Ordnung!«

Isaac sprang auf und hastete an Fabius Seite.

»Hey.« Er packte ihn an der Schulter und rüttelte ihn sanft, aber bestimmt. »Alles klar?«

Endlich erweichten sich Fabius Züge und seine Augen begannen, Isaac zu fokussieren, während er verschlafen blinzelte. Dann schüttelte es ihn am ganzen Körper, als er sich hastig aufsetzte.

»Leute, kommt mal schnell!«, rief Joshua aufgeregt.

Das Schütteln! War das die Reaktion auf das Kribbeln, von dem Fabiu berichtet hatte? Voller Erwartungen schauten alle auf den noch immer orientierungslosen Fabiu.

»Und?«, bohrte Aziz nach, als dieser nach wenigen Sekunden immer noch kein Wort gesagt hatte. »Was hast du gesehen?«

Ed hatte beide Hände an seinem Smartphone, als würde er wie ein Stenograf jedes mit Spannung erwartete Wort niedertippen wollen. Doch zu seiner Enttäuschung schaute Fabiu nur verwirrt in die Runde und schwieg.

Durch das wilde Treiben neben ihm erhob sich nun auch Lucas und gähnte auffällig. Spätestens jetzt war sich Joshua sicher, dass sein Schlaf nur vorgetäuscht gewesen war – Lucas war kein besonders guter Schauspieler.

»Was ist denn los?«, fragte er gekünstelt.

Plötzlich war die Aufmerksamkeit bei ihm.

»Hast du was im Schlaf gesehen? Eine Vision? Irgendwas?«, platzte es ungeduldig aus Joshua heraus.

Lucas grinste. »Klar, ich hab von Erdbeeren mit Vanillesoße geträumt. Wundern tut mich das nicht, bei dem Ekelfraß hier unten. Wo ist das Frühstück, Isaac?«

Joshua riss der Geduldsfaden und in Windeseile war er auf Lucas'
Bett und drückte ihn mit seinem Armrücken in die Matratze.

»Spiel hier keine Spielchen, klar? Für so 'ne Scheiße haben wir
keine Zeit!«

»Du«, zischte Lucas unter dem Gewicht des anderen, »solltest erst
mal deine Aggressionen in den Griff kriegen!« Mit diesen Worten
stieß er Joshua von sich. »Mein Gott, was läuft eigentlich falsch bei
dir?«

Joshua fühlte sich nicht im Geringsten im Unrecht und kläffte
zurück: »Hast du nun was gesehen, das uns weiterhilft, oder nicht?«

Schnalzend wandte sich Lucas ab. »Nein. Nichts gesehen. Und
jetzt nerv nicht.« Dann stand er abweisend auf und ging zu den
Frühstücksschüsseln.

Joshua spürte das Blut in sich kochen und eine dicke Ader pul-
sierte an seiner Schläfe.

Nur nicht die Geduld verlieren, dachte er und wandte sich mit
bemüht freundlichem Gesicht an Fabiu, was ihn gefährlicher aussehen ließ als Aziz beim Gewichtestemmen.

»Also, Fabiu«, brachte er zwischen zusammengepressten Zähnen
hervor, »wie kommen wir hier raus?«

Doch bevor Joshua seinen Satz beendet hatte, sah er schon die
Zwecklosigkeit seiner Frage in Fabius beschämtem Gesicht.

»Ich ... ich weiß es nicht.«

»ACH, KOMM SCHON!«

Wütend sprang Joshua auf und wandte sich ab, beide Hände
frustriert in seinem dicken Haar vergraben. Unweigerlich wurde ihm

erneut bewusst, in was für einer Farce sie hier steckten. Ihr Leben hing von irgendwelchen irrwitzigen Visionen ab, von denen sie nicht einmal wussten, ob sie überhaupt irgendetwas zu bedeuten hatten. Und falls doch, war nicht einmal klar, ob sie ihnen tatsächlich helfen konnten, hier rauszukommen. Wütend auf sich selbst, dass ihm nichts Besseres einfiel, warf sich Joshua auf sein Bett und fluchte laut in seine Matratze.

»Lass ihn«, meldete sich Aziz zu Wort. »Meinst du, er kann das steuern? Wenn, dann macht das Allah!«

Die anderen Jungs warfen sich verlegene Blicke zu. Keiner protestierte. Wozu auch?

»Ich bin mir sicher, Fabiu würde helfen, wenn er könnte, oder?« Isaac wollte Fabiu wohl ermutigend angrinsen, doch scheiterte bei dem Versuch.

Joshua wusste das selbst. Er war ja nicht dumm. Er wusste, dass Fabiu nicht der Typ war, der andere mutwillig sabotierte.

Zakir reichte Fabiu sein Frühstück und tippte ihm dann gegen die Stirn. »Kein Stress, aber wenn da oben irgendwo tatsächlich der Schlüssel nach draußen rumgeistert, solltest du ihn lieber schnell finden. Sonst verlieren wir alle, verstehst du?«

Zakirs Mund lächelte, doch seine Augen taten es nicht. Das letzte bisschen Farbe wich aus Fabius Gesicht – er schluckte und nickte kurz.

Dann erklang Eds Stimme lauter als vermutlich gewollt.

»Mein ... Mein Akku ist leer!«

Fabiu wünschte, er wäre unsichtbar. Seit dem Frühstück hatte er das Gefühl, alle Augen würden nur auf ihm lasten – egal was er tat. Beim Lesen, beim Laufen – ja, selbst wenn er nur reglos im Bett lag, schienen ihm die Blicke der anderen stumm zuzurufen: Warum findest du nicht lieber eine Lösung?

Doch das versuchte er ja! Bei allem, was er tat! Er durchsuchte Bücher nach Hinweisen und Schlagwörtern, die etwas in ihm auslösten, er versuchte, sich in Trance zu laufen, um tiefer in sein Hirn vordringen zu können, und er versuchte, in aller Ruhe und so sachlich wie möglich zu sortieren, was er bereits gesehen hatte. Es half nichts.

Irgendwann hielt er es nicht mehr aus. Er streifte sich seine Hose ab und ging Richtung Treppe.

»Wo willst du hin?«, kam es sofort von Joshua.

Fabiu verdrehte genervt die Augen. »Darf ich noch allein aufs Klo oder ...?«

Fabiu sah, dass Joshua seinen Tonfall missbilligte, aber offensichtlich waren beide zu müde, um diese sinnlose Unterhaltung fortzuführen.

Genau das war es, was Fabiu verrückt machte: Die anderen Jungen konnten kommen und gehen, wie sie wollten, doch wenn er sich rührte, klebten alle Blicke auf ihm.

Vielleicht, dachte er, *bin ich auch einfach etwas überempfindlich.*

Aber wer konnte ihm das schon verübeln?

Fabiu musste nicht auf die Toilette. Wie auch – er hatte ja bisher kaum etwas gegessen oder getrunken. Er wollte nur raus – weg von den anderen.

Erst jetzt, im eiskalten Wasser, fühlte er sich wirklich wach und in der Lage, klar zu denken. Die Ruhe um ihn, die nur vom gleichmäßigen Raunen des Generators gestört wurde, löste die engen Fesseln um sein Gehirn und der Druck in seinem Kopf ließ nach.

Langsam tastete er sich mit seinen Füßen näher an die Bahnsteigkante, die er im tiefen Wasser gar nicht mehr sehen konnte. Dabei war das Wasser ziemlich klar – nicht dreckig oder trüb. Es lag wohl eher am schwachen Licht der Glühbirnen. Zum ersten Mal, seitdem sie hier unten waren, stellte Fabiu bewusst fest, dass es sich um Grundwasser handeln musste, nicht um Abwasser – die Reinheit, die Kälte, aber auch der Geruch. Es stank nicht nach Abwasser. Viel eher roch der SEED selbst überall nach feuchtem Keller. Das bemerkte man besonders, wenn man den Schlafraum verließ, in dem der Mief der Jungs den eigentlichen Geruch der Steinwände schon überdeckt hatte.

Fabiu fand die Kante des Bahnsteigs und merkte, wie es vor ihm in die Tiefe ging – hinab in das Gleisbett. Seine Zehen umklammerten den steinigen Abgrund für einen Moment – dann ließ er sich mit ausgebreiteten Armen nach vorn fallen.

Die Kälte schmerzte und es fühlte sich an, als würde sich die Luft in seinen Lungen zusammenziehen und ein Vakuum in seiner Brust erzeugen. Doch er wollte nicht wieder auftauchen. Mit seinen Handflächen versuchte er, sich weiter hinab in die Tiefe zu drücken, als er plötzlich die Gleise an seinen Füßen spürte. Suchend griffen seine Hände nach dem Metall, um sich am Grund zu verankern.

So würde es sich vermutlich anfühlen, dachte er.

Er öffnete die Augen und schaute hinauf. Das kalte Wasser drückte wie Daumen auf seine Augäpfel, als er die verschwommenen Lichter an der Oberfläche funkeln sah. Würde er keinen Ausweg finden, die Bilder in seinem Kopf nicht endlich zu einem großen Ganzen zusammensetzen können, wäre das ihr aller Schicksal. Ein Wassergrab in den Tiefen des Untergrunds, unbemerkt und unsichtbar für jeden, der an der Oberfläche schritt.

Er löste seinen Griff und die Luft in seinem Brustkorb trieb ihn langsam wieder aufwärts. Er fühlte sich fast schwerelos, wie er da so langsam im komplett ruhigen Wasser schwebte. Es war beinahe, als wäre er frei.

Als sein Kopf die Wasseroberfläche durchbrach, begann er, reflexartig schwer und hastig zu prusten. Er schaute sich um – niemand da. Noch immer war er alleine. Nach einem kurzen Moment begann Fabiu, mit dem Blick zur Decke auf dem Rücken zu schwimmen. Jeden Versuch, einen Gedanken zu greifen, erstickte sein Hirn im Keim. Das erste Mal seit Langem dachte er an gar nichts. Er trieb umher und fühlte sich frei von Schuld, frei von Erwartungen und Verantwortung. Eine Müdigkeit legte sich über seinen Körper.

Dann – *plong* – ein dumpfer, heftiger Schmerz in seinem Schädel. Er drehte sich erschrocken und sah, dass er blind mit seinem Kopf gegen den Zug gestoßen war. Als er so an dem metallischen Monster hinaufschaute und den ausgeblichenen »Transport for London«-Schriftzug las, kamen erneut Zweifel an Eds Theorie in ihm auf.

Wer würde einen britischen Zug für eine Simulation nach Deutschland bringen? Es geschah bestimmt nicht häufig, dass ein

SEED überlief und eine Bahn hineingespült wurde. Weshalb sollte man diesen unwahrscheinlichen Ausnahmefall simulieren? Wäre er nur in der Lage, dieses Puzzle in seinem Kopf zu lösen.

Schmerzhaft rieb sich Fabiu den Kopf und schwamm an den Rand, mit seinen Füßen den Untergrund des Bahnsteigs suchend.

Als er wieder stehen konnte, bemerkte Fabiu, dass die Tür zum Generatorenraum angelehnt war. Nicht nur das Raunen des Motors kam von innen, sondern auch ein Licht leuchtete durch den Türschlitz. Vorsichtig und bedacht schritt er auf den Eingang zu und öffnete die Eisentür. Das laute Knattern des Generators echote laut im Bahnhof, also trat Fabiu schnell ein und zog die Tür hinter sich zu.

Beim Anblick der steilen, engen Treppe fiel Fabiu auf, dass er das Ende des Schachts noch nie gesehen hatte. Er war bisher noch nicht zum Küchendienst eingeteilt worden und um das Notstromaggregat hatte er sich auch noch nicht kümmern müssen. Auf leisen Sohlen schlich Fabiu die Treppe hinauf. Er hatte nicht darauf geachtet, wer wann den Schlafraum verlassen hatte, also hatte er auch keine Ahnung, wen er dort oben antreffen würde.

Vielleicht hat auch nur jemand das Licht angelassen. Oder es gibt gar keinen Lichtschalter, wie im Schlafraum, dachte er.

Doch als Fabiu geräuschlos die letzten Stufen nahm, sah er Isaacs goldenen Schopf. Er saß mit dem Rücken zu ihm.

Perfekt, dachte sich Fabiu und schlich sich vorsichtig an den Jüngsten heran.

Dank des lauten Raunens des Notstromaggregats hörte man die

leisen Wassertropfen nicht, die von Fabius Klamotten und seinem Schopf unregelmäßig auf den Boden fielen. Bei keinem anderen der Jungen hätte sich Fabiu so etwas getraut, doch bei Isaac hatte er das Gefühl, sie wären mehr als nur zwangsweise verbrüdert – fast eher wie Freunde. Isaac verurteilte ihn nie für seine Gedanken – oder genauer gesagt, das Wirrwarr seiner Gedanken.

Mit einem Satz sprang Fabiu vorwärts und stampfte direkt hinter Isaac laut mit den Füßen auf den Boden.

»Buhh!«, schrie er, woraufhin Isaac sich erschrocken umdrehte und dabei einen Schraubenzieher quer durch den Raum schleuderte.

»Was zum –?!«

Isaac war das Grauen ins Gesicht geschrieben.

Fabiu wollte losprusten, doch als er den anderen sah, blieb ihm sein Lachen im Halse stecken. Isaacs nasses T-Shirt schmiegte sich an seinen Oberkörper und offenbarte zwei deutliche Rundungen, die Fabiu noch nie bei einem Jungen gesehen hatte. Als Isaac Fabius perplexes Starren bemerkte, zog er schnell an seinem Shirt und versuchte, den Busen mit seinen Armen zu verstecken.

»Isaac ... du bist ein Mädchen?«

Isaac schaute zu Boden. Eine unangenehme Stille legte sich über sie, während beide nach Worten rangen.

»Aber wieso hast du uns das nicht gesagt?« Fabius Blick fiel auf einen langen, vergilbten Verband auf dem Boden. *Darum* hatte er vorher nichts bemerkt – Isaac musste seinen Oberkörper damit abgebunden haben.

»Warum hätte ich etwas sagen sollen?« Isaacs Stimme war noch immer dieselbe, doch klang sie für Fabiu plötzlich nicht mehr nach einem kleinen Jungen vor dem Stimmbruch, sondern nach der eines starken 13-jährigen Mädchens. »Ich wüsste nicht, was das irgendwen angehen sollte.«

»Aber wir sind doch Brüder!« In dem Moment, in dem Fabiu es aussprach, wollte er sich am liebsten selbst gegen die Stirn klatschen. »Ich meine –«

»Eben«, antwortete Isaac ruhig, »wir sind *Brüder*. Meinst du, Aziz fände den Gedanken prickelnd, dass ein *Mädchen* ihn überwältigt hat? Du hast ihn doch erlebt.«

»Scheiß auf Aziz«, protestierte Fabiu, doch Isaac war noch nicht fertig.

»Außerdem bin ich kein Mädchen.« Isaac erhob sich und seine Aussage stand in krassem Widerspruch zu dem, was Fabiu sah.

»Aber –«

»Ich bin ein Junge. Ich meine, ich denke wie ein Junge, ich fühle wie ein Junge. Das war schon immer so! Ich ... ich bin einfach nur irgendwie im falschen Körper gefangen.«

Isaacs Blick füllte sich mit Traurigkeit.

Fabiu nickte. »Das kann ich gut verstehen. Seit diesen Visionen habe ich auch das Gefühl, ein Teil von mir gehört nicht wirklich zu mir.«

»Ich glaub, das ist nicht ganz dasselbe«, lächelte Isaac schwach. »Aber es euch nicht sagen zu müssen, gab mir ein Gefühl von Freiheit, verstehst du? Einfach so zu sein, wie ich mich fühle. Einer von euch. Ganz normal.«

Fabiu schloss kurz die Augen und rief sich das lebendige Gefühl der Schwerelosigkeit im Wasser zurück. Als er sie wieder öffnete, sah er die engen, erdrückenden Wände des kleinen Raumes und wusste, was Isaac meinte.

»Freiheit ist das Wichtigste«, sagte er sanft. »Und was ist schon normal?« Fabiu ließ sich auf eine zylinderförmige Rolle nieder, auf der vermutlich Aberhunderte Meter Kupferdraht aufgewickelt waren. »Auch nur das, worauf man sich stillschweigend in der Gesellschaft als selbstverständlich einigt – und ›selbstverständlich‹ heißt ja nicht gleichzeitig ›gut‹. Es gibt halt auch individuelle Normen.«

Isaac schaute Fabiu mit gerunzelter Stirn an.

Da ist es wieder, dachte Fabiu. Informationen, Worte, Gedanken, die nicht seine eigenen sein konnten. Er klang beinahe wie Lucas. Hitzig schüttelte Fabiu den Kopf und lachte das Thema weg.

»Also, wie nenne ich dich jetzt?«

Isaac schaute immer noch skeptisch.

»Isaac. Du nennst mich weiterhin Isaac.« Er deutete auf seine Brust. »Dadurch hat sich nichts verändert. Die waren vorher auch schon da. Ich bin und bleibe der Junge, den du kennengelernt hast.«

Er griff nach dem Verband auf dem Fußboden. Dann drehte er Fabiu den Rücken zu, als er sein Shirt auszog.

Fabiu wurde plötzlich rot und wusste nicht, wo er hinschauen sollte. Also richtete er seinen Blick schnell auf die Küche oder viel eher den kleinen Schrank mit der Herdplatte hinter ihm, wofür er seinen Hals angestrengt verdrehen musste.

Verlegen stammelte er: »Darum haust du nachts ab, wenn alle schlafen? Um dich abzubinden, oder …?«

Fabiu hatte Joshua und Zakir tuscheln hören.

»Na ja«, antwortete Isaac, während er den Verband gekonnt wieder und wieder um seinen Oberkörper spannte, »eigentlich arbeite ich hier. Fast Tag und Nacht.«

Jetzt, wo er es sagte, fiel Fabiu auf, dass er Isaac tatsächlich relativ selten zu Gesicht bekam.

»Und was arbeitest du hier?«, fragte er verwundert.

»Am Stromsystem.«

»Am Generator?«

»Nein, am System.« Isaac nickte in die Ecke, wo das Notstromaggregat ratterte. »Siehst du den Kasten da an der Wand? Das ist die Sicherung. Die scheint durchgebrannt zu sein. Wenn ich die wieder reparieren kann, haben wir auch wieder Strom. Ganz ohne Benzin.«

Fabiu staunte nicht schlecht.

»Aber sag den anderen nichts«, fügte Isaac hastig hinzu.

»Quatsch, keine Sorge! Das musst du ihnen, wenn, dann eh selbst sagen. Und mit der Stimme gehst du auch locker noch als Junge –«

»Nicht das«, antwortete Isaac ernst. »Also auch, aber ich meinte, dass ich am Stromnetz arbeite.«

»Wieso nicht?« Fabiu schaute irritiert. »Ich meine, Joshua spielt doch die ganze Zeit schon Detektiv. Warum willst du dich noch extra verdächtig machen?«

»Musst du das ernsthaft fragen?«

Isaac schaute Fabiu eindringlich an, als dieser verstand.

»Du hast keine Lust, dass sie dich so ansehen wie mich.«

»Es tut mir leid.«

»Nein, ich verstehe das. Es ist nicht das coolste Gefühl, wenn du weißt, auf deinen Schultern liegt die Verantwortung für die gesamte Gruppe.«

Isaac schaute schuldbewusst zu Boden. Auch wenn es nicht Fabius Ziel gewesen war, ihm ein schlechtes Gewissen zu machen, ertappte er sich dabei, dass ihm der Gedanke gefiel, nicht mehr der Einzige zu sein, auf dem alle Augen und Erwartungen lasteten.

Aus dem Augenwinkel sah Fabiu, dass Isaac sich fertig abgebunden hatte, also wandte er sich dem goldhaarigen Strubbelkopf wieder zu:

»Woher weißt du das eigentlich alles? Also den technischen Kram?«

Isaacs Züge erweichten und er lächelte.

»Mein Dad.« Er griff nach seinem Shirt und zog es sich über den Kopf. »Er unterrichtet Physik und hat mir geholfen, die Elektrik in meinem Baumhaus zu verlegen.« Isaac stand auf, ging zwei Schritte zur anderen Seite des kleinen Raums und hob den Schraubenzieher wieder auf. »Außerdem wurde mir das mitgegeben.« Er klopfte sich auf seine schwarze Gürteltasche, wie jeder der Jungen eine trug. »Nicht, dass ein Schraubenzieher dafür genug wäre«, lachte Isaac. »Da im Schrank befindet sich allerlei technischer Kleinkram – von Generator-Ersatzteilen bis hin zu Lötkolben und Schaltdrähten.«

Er deutete auf das kleine Schränkchen neben dem Eingang, doch

Fabius Augen blieben an dem Schraubenzieher hängen, den Isaac gerade zurück in seine Gürteltasche stecken wollte. Als er Fabius Blick bemerkte, zog er ihn halb stolz, halb verlegen wieder hervor.

»Oh, und da ist auch Platz für meine Notizen, siehst du?« Isaac hob den halb transparenten Schraubenzieher hoch. Durch das rote Plastik konnte Fabiu tatsächlich zusammengefaltetes Papier im Inneren des Werkzeugs erkennen.

»Eigentlich gar nicht so schlecht und nutzlos«, nuschelte Isaac verlegen und schob den Schraubenzieher dann doch seltsam peinlich berührt zurück in die Bauchtasche.

Fabiu fragte sich, welchen analytischen Zweck die Gegenstände für die SEED-Simulation haben sollten – und weshalb er keinen bekommen hatte. Wollten sie so vielleicht testen, ob es tatsächlich Sinn ergab, jedes Kind im Notfall eine Habseligkeit mitnehmen zu lassen? Vielleicht interessierten sie sich für die emotionale Auswirkung –

»Was war eigentlich in deiner Tasche?«, fragte Isaac verdutzt. Anscheinend fiel ihm jetzt erst auf, dass er gar nicht wusste, was der andere bei sich trug.

Fabiu wurde bewusst, wie dämlich er wohl aussehen musste – nur in Boxershorts und Shirt, aber mit seiner Hüfttasche.

»Nichts«, antwortete Fabiu enttäuschter, als er sich anmerken lassen wollte, und fragte sich, warum er das Teil nicht schon am ersten Tag abgelegt hatte.

»Wie *nichts*? Warum sollten sie dir eine leere Tasche geben? Würde dann nicht *gar keine Tasche* mehr Sinn machen?«

»Was weiß ich, was *die* sich denken«, nörgelte Fabiu und öffnete demonstrativ den Reißverschluss des kleinen Beutels an seiner Seite. Leer.

»Und hinten?«

Fabiu wusste nicht, was Isaac meinte, und löste den Plastikverschluss des Gürtels. Er untersuchte die Tasche nun gründlich und merkte, dass sich an der Rückseite ein weiterer Reißverschluss befand. Mit einer hochgezogenen Augenbraue öffnete er ihn und tatsächlich – da war etwas! Ein kleines, durchnässtes Stück Papier. Er zog es aus der Tasche und studierte die verwaschenen Buchstaben.

Freiheit ist nichts wert,
wenn dein Geist gefangen bleibt

»Wer ist das?«, fragte Isaac zögernd.

Fabiu verstand erst nicht, was er meinte. Er flüsterte die eben gelesenen Worte vor sich hin, dann drehte er das Stück Papier um. Sein Herz fühlte sich an, als würde es sich auf die Größe einer Walnuss zusammenziehen, und sein Schädel schmerzte so sehr wie schon seit dem ersten Betreten des SEEDs nicht mehr. Er fiel auf die Knie und begann zu würgen, doch nur saure Galle sammelte sich in seinem Mund. Ein heftiger trockener Husten folgte.

»Was ist, Fabiu? Bist du – kann ich was tun?«

»Ich kannte sie.« Fabius Blick fiel auf die Vorderseite des Polaroidfotos, das ein Mädchen mit zwei langen Zöpfen zeigte. Er presste seine Augenlider zusammen, um den Druck in seinem Kopf zu kompensieren. Dann schaute er in Isaacs dunkelbraune Augen.

»Isaac, ich kann mich erinnern.«

Verdutzt starrte ihn der andere an. »Woran erinnern?«

»An den Tag, an dem ich entführt wurde, an Berlin ... und warum mich Hugo Gregory, der alte Mann, mit nach London genommen hat.«

Fabiu stemmte sich mit seinen Händen vom Boden auf, sodass er nun vor Isaac kniete. In seinen Augen stand purer Terror und sein Herz schlug wie wild.

»Isaac, ich muss dir etwas verraten – etwas, was ich niemandem sonst erzählen kann. Ich habe etwas Schreckliches getan!«

Fabius Blick schien beinahe wahnsinnig, als Isaac sich hastig zu ihm niederkniete und seine Schultern ergriff.

»Nein, Fabiu. Schau mich an. Beruhige dich.« Er musste Fabius Angst förmlich spüren können.

»Ich habe etwas ... ich hab –«

Doch Isaac schüttelte Fabiu einmal kräftig, als er ihn wütend anschrie: »Nein!«

Fabiu kam wieder zu sich. Seine Atmung verlangsamte sich, als seine Augen sich mit Tränen füllten.

»Wieso willst du mir nicht zuhören?«, fragte er verzweifelt.

»Weil du frei bist, solange niemand deine Geheimnisse kennt.«

»Was?«

»Geheimnisse sind etwas Gutes. Jeder hat seine eigenen.« Isaac berührte seine nun wieder flache Brust. »Und sie schützen uns vor anderen – vor ihren Meinungen, ihrem Urteil. Lass mich dir eine Frage stellen, okay?«

Fabiu nickte wie ein kleiner Junge, dem die Mutter einen Lolli verspricht, wenn er aufhörte zu weinen.

»Hast du uns hier runtergebracht oder irgendetwas damit zu tun, dass wir im Untergrund festsitzen?«

Fabiu schüttelte vehement den Kopf.

»Dann gibt es nichts, was du mir erklären musst. Du brauchst weder meinen Segen noch mein Urteil.«

Plötzlich hörten beide ein lautes Poltern und Stimmen auf sie zukommen.

»Vorwärts! Du bist ja langsamer als meine Uroma – und das mag was heißen! Hast du schon mal 'ne asiatische Uroma gesehen?«

Fabiu drehte seinen Kopf und sah Ed, den Joshua vor sich die Treppe hochtrieb. Fabiu griff nach dem Polaroid am Boden und schob es hastig zurück in seine Tasche. Dann wischte er sich schnell die Augen trocken.

»Ich mach ja schon. Isaac!«, rief der kleine Rothaarige mit der Brille. »Wir haben das *PHONE* dabei. Meinst du echt, du kriegst da wieder Saft drauf? Los, Joshua, gib es ihm!«

Joshua grummelte und griff in seine Gürteltasche.

»Warum trägst du das Teil?«, fragte Isaac überrascht.

»Na ja, Ed ist nicht gerade der ... Geschickteste. Habt ihr nicht gesehen, wie er die Treppe hochgestolpert ist?«

Isaac rollte mit den Augen. »Vielleicht lag es auch daran, dass du ihn hier halb hochgeschubst hast.«

Joshua zog verteidigend eine Grimasse, fuhr dann aber fort: »Wie auch immer. Wir können es uns nicht erlauben, dass Ed stolpert und das Smartphone im Wasser versenkt – also habe ich ihn eskortiert.«

Fabiu war sich sicher, dass Joshua schlichtweg vor Langeweile verrückt wurde und daher jede Chance ergriff, um *irgendetwas* seiner Meinung nach Produktives zu machen.

»Aber interessant zu sehen, dass hier anscheinend geheime Treffen stattfinden.« Joshua musterte Isaac und Fabiu mit seinem überzogenen Detektiv-Gehabe.

Fabiu meinte, einen Hauch von Eifersucht in Joshuas Worten zu hören, doch er wusste nicht, warum oder auf wen. Er wollte gerade protestieren, als Joshua fortfuhr.

»Werdet nicht zu kuschelig miteinander, klar? Trauen kann man hier unten nämlich *niemandem* hundertprozentig, *Brat'ya*!«

Während er Fabiu und Isaac mit seinem Blick fixierte, warf er das *PHONE* lässig zu Ed, der es beinahe fallen ließ.

»Hey! Pass doch auf!«

Doch Joshua drehte sich ohne einen weiteren Kommentar um, joggte die Treppen hinab und schloss die Metalltür geräuschvoll hinter sich.

»Was hat den denn gebissen?«, fragte Fabiu in die Runde. Er wünschte sich, auch Ed wäre wieder gegangen, denn er hätte gerne sein Gespräch mit Isaac fortgeführt.

»Keine Ahnung«, seufzte Isaac. Dann wandte er sich voller Tatendrang an Ed. »So, dann zeig mal her, das Teil.«

Anscheinend war Fabiu der Einzige, der so empfand.

KAPITEL 8

PLAN B

Joshua stampfte langsamer, als er es gerne gewollt hätte, durch den überfluteten Bahnsteig zurück zum Schlafraum. Hinter sich hörte er das stetige Plätschern des Wassers, das durch das Flood Gate ins Innere des SEEDs floss. Er knirschte angespannt mit den Zähnen. Ihnen lief die Zeit davon und er war es leid, mit einem verständnisvollen Lächeln darauf zu warten, dass etwas passierte.

Was sollte denn auch schon passieren? Als würden Fabiu oder Lucas eines Tages aufwachen, an einen beliebigen Ort im SEED marschieren, den Staub von der Wand pusten und sagen: »Hey, Leute, endlich ist es mir eingefallen! Hier war die ganze Zeit eine Tür versteckt! Kommt, raus in die Freiheit!«

Mit Sicherheit nicht. Er hatte es satt, dass niemand über das Offensichtliche sprechen wollte – dass ihnen nur noch wenige Tage blieben, bis sie hier jämmerlich ertrinken würden wie die Katze in der Regentonne.

Während er die Treppe hinaufstapfte, fasste Joshua einen Entschluss. Einen Entschluss, wie ihn nur ein Anführer fassen konnte. Er hatte einen Plan, der sie hier rausbringen könnte. Doch alleine würde er ihn nicht umsetzen können. Aber er wusste genau, wen er dazu brauchte.

»Zakir!«, rief er durch den gesamten Raum.

Der große Junge erhob sich von seinem Bett und schob eine Muschel des Kopfhörers von seinem Ohr.

»Was gibt's?«

»Mitkommen!«

Ohne Proteste erhob sich Zakir. Das verwunderte selbst Joshua – allerdings nur für einen Moment. Sie alle warteten gefühlt seit einer Ewigkeit darauf, dass etwas passierte. *Irgendwas.* Zakir schien beinahe erleichtert und voller Tatendrang bei Joshuas Anweisung.

Beide verließen den Raum über die Treppe, doch statt zu Fabiu und den anderen beiden nach links abzubiegen, gingen sie nach rechts. Joshua zog Zakir in die Seitengasse, wo sich der Eingang zu den Toiletten befand.

In einem energischen Flüsterton zischte Joshua: »Wir können nicht länger warten.«

»Da stimme ich dir zu.«

Gut, dachte Joshua, *das ging leichter als erwartet.*

Er musterte den Riesen vor sich genau – suchte in seinem Gesicht irgendetwas, was Joshua zweifeln lassen würde –, doch er fand nichts. Also fuhr er fort.

»Brüder hin oder her – wenn ein Teil des Körpers zu faulen beginnt, schneidet man ihn ab, um sich selbst zu retten.«

173

Zakir zog unbeeindruckt die Augenbrauen hoch. »Lebendige Bildsprache, Alter. Das heißt ...«

»Wir werden den Verräter finden. Uns bleibt gar keine Wahl, wenn wir nicht hoffen wollen, dass irgendein Traum uns rettet. Sobald wir herausgefunden haben, wer der Maulwurf ist, zwingen wir ihn, uns zu verraten, warum wir hier sind – und vor allem, wie wir wieder rauskommen!«

Zakir wandte seinen Blick grübelnd ab, was Joshua dazu brachte, seine Wortwahl zu überdenken. Er selbst wusste nicht genau, wie dieses *Zwingen* aussehen sollte. Vermutlich zögerte Zakir, weil er an Folter oder Ähnliches dachte.

Das meinte Joshua natürlich nicht. Oder? Bisher hatte er sich noch keine Gedanken darüber gemacht. Vielleicht ein paar Schläge. Aber was, wenn das nicht reichte? Wie weit könnten ... *müssten* sie gehen?

Doch dann murmelte Zakir: »Ja. Ja, ich denke, uns bleibt keine andere Möglichkeit.« Sein langer Arm schwang durch das Nass, das ihm bis zum Oberschenkel reichte, und spritzte Joshua provokant Wasser ins Gesicht. »Es sei denn, du willst uns zu deiner neuen Kraultruppe ausbilden.«

Joshua wünschte sich, er hätte Zakir nie erzählt, dass er Captain des Schwimmteams an seiner Schule war. Doch selbst wenn nicht, hätte der Halbägypter bestimmt etwas anderes gefunden, womit er ihn aufziehen konnte. Die Langeweile ließ Zakir beinahe nach Unruhe jeder Art suchen. Diese Genugtuung wollte Joshua ihm aber nicht geben. Er verzog keine Miene, während ihm das Wasser das Gesicht hinablief, was Zakir nur noch mehr belustigte.

»Sorry, aber eins noch – woher weißt du, dass *ich* nicht der Verräter bin?«

Joshua konnte ihm keine Antwort darauf geben. Es war ein Gefühl. Er schien einen sechsten Sinn zu haben, wenn es darum ging, Menschen einzuschätzen. Und Zakir war nicht die Art von Mensch, die sich instrumentalisieren lässt. Er war zu ehrlich, zu neugierig und vor allem zu impulsiv, als dass er verdeckt agieren könnte. Jedenfalls versuchte Joshua, sich das selbst einzureden.

»Wer sagt, dass ich *nicht* denke, dass du der Verräter bist?«

Zakir schaute ihn beinahe verletzt an, bevor er sich wieder hinter einem Grinsen versteckte. Er lehnte sich zu Joshua vor, denn er wusste mittlerweile, wie unangenehm ihm Nähe jeglicher Art war, und hauchte ihm ins Ohr: »Aber du vertraust mir.«

Joshua stieß Zakir so bestimmt von sich, dass dieser gegen die Wand hinter ihm stieß.

»Nein, tu ich nicht – aber du bist der Einzige, der mir dabei helfen kann, den Verräter zu schnappen.«

Als Joshuas Blick auf den Bahnsteig fiel, meinte er für einen Moment, Wellen im Wasser zu entdecken. Kurz hielt er inne, dann, mit einem Satz, sprang er aus dem Seitengang – doch niemand war zu sehen.

Wurde er schon paranoid? Er drehte sich zurück zu Zakir, griff nach seinem breiten Oberarm und zog ihn hinter sich die Treppe hinauf aufs Männerklo.

»Komm, uns muss nicht der halbe SEED hören.«

Als Joshua oben die Tür hinter sich schloss, konnte er nicht mehr

sehen, wie ein Kopf aus den Tiefen des Gleisbettes auftauchte und die Oberfläche des Wassers erneut mit unruhigen Wellen übersäte, die größer und größer wurden und sich weiter im SEED ausbreiteten.

Es war zwecklos, mit Lucas reden zu wollen. Jedes Mal wenn Fabiu auf ihn zuging, gab er entweder vor zu schlafen, schob mit einem gehässigen Lächeln Kopfschmerzen vor oder behauptete, sich an absolut nichts zu erinnern. Wie Lucas nicht durchdrehte, komplett auf sich gestellt, ohne jemanden zum Reden zu haben, war für Fabiu ein Rätsel.

Generell war Lucas ein Rätsel. Hätte er es nicht besser gewusst, hätte Fabiu gesagt, er vermisste Lucas fast ein wenig. Er hatte das Gefühl, er brauchte ihn gerade jetzt, um einen Sinn in alldem zu finden, was er sah. Und um zu wissen, ob der andere dasselbe wie er gesehen hatte ... und immer noch sah.

»10 Uhr abends!«, schallte es durch den Schlafraum.

Es war Ed, der, gefolgt von Isaac, die Treppe hinaufkam. Der Lockenkopf war nass bis über den Bauchnabel, was zum einen an seiner zwergenhaften Größe lag, aber zum anderen auch daran, dass das Wasser weiterhin anstieg.

»Ihr habt das Teil wieder zum Laufen gebracht?«, fragte Zakir euphorisch.

»Ja!«, rief Ed begeistert. »Isaac hat über so kleine Metallplättchen einen Weg gefunden, das *PHONE* über den USB-Port aufzuladen!«

»Genial«, freute sich Zakir. »Dann kannst du ja hiermit gleich weitermachen!«

Gerade als er Isaac seine Kopfhörer zuwerfen wollte, trat dieser hinter Ed hervor und hob fünf Büchsen samt Löffel in die Luft.

»Keine Hand frei!«

Irgendwie fiel es Fabiu seit ihrem Gespräch viel schwerer, Isaacs sanfte Züge als die eines Jungen zu deuten, und er verstand nicht, wie die anderen nicht von selbst auf sein Geheimnis kommen konnten – obwohl Fabiu ja auch keine Ahnung gehabt hatte.

Er schaute auf die flache, unter dem T-Shirt abgebundene Brust des anderen und ertappte sich dabei, wie er Isaac nun plötzlich mit anderen Augen sah. Dann schüttelte er beschämt den Kopf. Er war doch noch immer die Person, die ihn am besten hier verstand und die ihm immer den Rücken freihielt. Isaac war noch immer dieselbe Person! Was spielte das also für eine Rolle?

Kurz trafen sich ihre Blicke, bevor der Goldhaarige grinsend verkündete: »Essen im Anmarsch!«

Als wäre das eine Art Beschwörungsformel, tauchte Aziz flink wie aus dem Nichts neben Isaac auf und nahm ihm eine der Dosen ab.

»Endlich, ich verhungere gleich!«

»Dann übertreib's halt nicht mit dem Training«, warf Joshua nüchtern ein. »Du machst ja auch den ganzen Tag nichts anderes. Also kein Wunder.«

Aziz sah das nicht als Kritik, sondern als Lob an. Er grinste breit und schob sich dann den halben Inhalt der Dose mit einem Mal in den Mund.

Fabiu schaute sich nervös um – alle waren da. Dann fasste er allen Mut zusammen.

»Ich muss euch etwas sagen.«

Isaacs Blick traf auf seinen. Durch Eds Auftreten hatte Fabiu keine Gelegenheit mehr gehabt, Isaac zu erzählen, was er gesehen hatte – was das Polaroid in ihm ausgelöst hatte.

Isaac schaute fragend, doch machte keine Anstalten, Fabiu aufzuhalten. Im Gegenteil. Isaacs Blick beruhigte ihn.

»Mein Gehirn beginnt, sich zu sortieren, und zwar ... deswegen!«

Fabiu holte das Polaroid aus seiner Tasche hervor und zeigte es in die Runde – bemüht, es nicht selbst anzuschauen. »Das ist Mika. Sie lebte in derselben Wohnung wie meine Familie und ich in Berlin. Wir kannten uns, seit ich denken kann. Mika war meine erste Freundin in Deutschland. Aber dann kam der Krieg.«

Als Joshua Luft holte, um ihn zu unterbrechen, starrte ihm Fabiu vernichtend in die Augen.

»Dann kam der Krieg! Ich hab alles verloren, was ich hatte. Sie ... meine Familie ... alle. Aber in den Trümmern von Berlin entdeckte mich der alte Mann – Mister Gregory. Er kam aus Großbritannien, um seine Familie zu sich zu holen. Doch er fand nur mich. Wir beide hatten alles verloren und so beschloss er, mich mitzunehmen. Zurück nach London, um mich zu unterrichten ... Mir ein neues Leben zu geben.«

Ed wurde plötzlich ganz bleich. »Das heißt, der Mann war keine Vision, sondern ... eine Erinnerung?«

»Korrekt. Er wird nicht kommen und uns hier rausholen.«

»Blödsinn. Wir alle müssten etwas vom Krieg mitbekommen haben. Wenn ganz Berlin zerstört wird, ist das 'ne Sache, die man hier mitbekommt, oder?« Joshua blickte sich Hilfe suchend um. »Als Vision hätte ich dir das noch abgekauft, aber –«

»Der Krieg ist bereits in vollem Gange«, antwortete Fabiu. »Und dass ich eure Sprache so gut spreche, ist der Beweis dafür.«

Joshuas entsetztes Schweigen zeigte, dass er verstanden hatte. Die Tatsache, dass Fabiu fließend Englisch sprach, bedeutete, dass er schon eine Weile in Großbritannien gelebt haben musste und intensiv unterrichtet worden war. Die Geschichte, die Fabiu erzählt hatte – sie musste in der Vergangenheit liegen.

Mit ruhiger Stimme fuhr der schmächtige Junge mit dem Akzent fort: »Leute, glaubt mir. Ich habe das alles auch erst verstanden, als ich das Bild gesehen habe.«

Da unterbrach ihn Joshua erneut. »Als du das Bild gesehen hast?«

»Ja. Als ich das Bild gesehen hab.«

»Ha!«

»Was?«

Joshua atmete erleichtert aus und schloss ruhig und selbstsicher die Augen. »Das klingt doch nach einer typischen Gehirnwäsche. Einen ›Trigger‹ nennt man so was. Durch einen Laut, ein Wort oder eben ein Bild wird etwas in dir aktiviert, was dir vorher eingetrichtert worden ist und –«

Fabiu sah Joshua beinahe mitleidig an. Er verstand, dass der Asiate nach einer Wahrheit suchte, die ihm Sicherheit gab. Taten sie das nicht alle? Doch Fabius Wahrheit gab ihm selbst keine Sicherheit. Genau deswegen war Fabiu überzeugt davon, dass es sich dabei um die Wirklichkeit handelte. Denn auch in der Wirklichkeit gibt es keine wahre Sicherheit. Nur den Anschein von ihr.

»Joshua«, unterbrach er den anderen, »was hältst du für realistischer – und sei bitte ganz ehrlich zu dir selbst –, dass man mir ein gesamtes ausgedachtes Leben eingetrichtert hat, mit Erinnerungen an Menschen, Gespräche, Ereignisse und allem Drum und Dran –«

Joshua schluckte und es war offensichtlich, wie lächerlich dieses Szenario laut ausgesprochen klang.

»Oder?«, fragte Joshua.

»Oder, dass man euch den Krieg hat vergessen lassen. Du hast selbst gesagt – du hast keine Ahnung, wie du hierhergekommen bist. Kannst du also tatsächlich sagen, wie viel Zeit zwischen deiner Entführung und deinem Aufwachen hier lag?«

Verunsichert begann einer nach dem anderen, in seiner Erinnerung zu suchen – nach fehlenden Fragmenten oder Verknüpfungen – und Fabiu fühlte sich plötzlich nicht mehr so allein.

Als die Jungen unruhiger wurden und ihr Unwohlsein offensichtlich, ergriff Isaac das Wort.

»Was hast du dann in deinen Visionen gesehen?«

»Wie bitte?« Fabiu traf die Frage irgendwie unerwartet, obwohl sie alles andere als das war.

»Stimmt«, schluckte Zakir erstaunt. »Hast du nicht gesagt, dass du den alten Mann in deinen Visionen gesehen hast? Also waren das die ganze Zeit doch nur Erinnerungen und es gab nie Visionen, hm?«

Zufrieden grinste er zu Aziz hinüber, der ihn gekonnt ignorierte.

Fabiu dachte an die Bilder, die er gesehen hatte. An das Kribbeln und die Ameisen. Und als sein Blick zu Lucas wanderte, gab es für ihn keinen Zweifel, dass die Visionen wirklich existierten.

»Ich habe den alten Mann in meinen Visionen gesehen.« Seine Stimme brach weg und er räusperte sich, bevor er fortfuhr: »Ich habe gesehen, wie Mister Hugo Gregory starb.«

Er spürte ein Stechen in seinem Herzen. Es tat weh. Es tat weh, obwohl er bis vor wenigen Stunden nicht mal mehr von der Existenz des Mannes gewusst hatte, der ihn gerettet und wie einen Sohn aufgezogen hatte. Doch vor dem nächsten Teil hatte Fabiu noch viel mehr Angst.

»Aber das ist nicht alles. Ich habe einen Berg gesehen – inmitten einer zerstörten Stadt, von Menschen gebaut. Die Stadt war nicht Berlin, es war ... London.«

Das Atmen der Jungen schien laut wie Orkane, da kein anderes Geräusch zu vernehmen war. Fabiu wusste, was das für die meisten bedeutete.

Zum ersten Mal hörte Fabiu pure Angst in Zakirs Stimme. »Das heißt, unsere Familien, unsere Freunde ... Sie werden alle sterben?«

»Oder sie sind schon tot«, flüsterte Isaac mehr zu sich selbst.

»Mehr!«, rief Joshua. »Wir brauchen mehr Infos, Fabiu!«

Wieder spürte Fabiu, wie sich seine Schultern verkrampften, als lastete ein enormer Druck von mehreren Tonnen auf ihnen. Doch es waren nur Fragmente in seinem Kopf, Bildfetzen. Plötzlich wurde er wütend. Was sollte das überhaupt? Er war doch kein Jahrmarkts-

Orakel! Bis eben war er sehr zufrieden damit gewesen, dass er so weit gekommen war. Dass er nun wusste, wo er herkam. Dass er nicht mehr so verloren im Verlorensein war.

»Ich kann dir nicht mehr sagen, weil ich nicht mehr weiß, klar?«

Aber auch das war nicht ganz die Wahrheit. Er hatte vieles gesehen. Doch nichts davon ergab einen Sinn für ihn. Manchmal waren es einfach nur Gesichter oder Gefühle zu den Gesichtern, die nicht seine eigenen sein konnten, da er sich sicher war, diese Personen noch nie zuvor gesehen zu haben. Es war schwierig zu erklären und daher ließ er es. Das Erlebnis heute hatte ihn darin bestärkt zu warten, denn die Antwort kam irgendwann von ganz allein zu ihm.

Doch eine Frage brannte ihm auf der Seele – etwas, von dem er sich sicher war, dass er nicht alleine damit war.

»Eines ist mir noch aufgefallen … Meine Erinnerungen sind zurück und ich weiß, wo ich herkomme, wie alt ich bin. Klar.« Er bemühte sich, die Reaktion aller Jungen im Blick zu haben, bevor er weitersprach. »Aber ich habe keine Ahnung, wann ich geboren wurde.«

Wie erwartet, sah er unangenehm berührte Gesichter im gesamten Raum. Dann sprang Aziz plötzlich auf, um sich zu übergeben. Auch Zakir und Isaac schienen mit sich ringen zu müssen. Das bestätigte die Theorie, die Fabiu schon seit einer Weile hatte.

»Scheint so, als wäre ich nicht der Einzige, hm? Anscheinend wurden gezielt Informationen aus unserem Gedächtnis gestrichen und je mehr wir uns bemühen, uns zu erinnern –« Fabiu deutete zu Aziz, der sich an der Wand abstützte. »Tadah! Bei mir sind es Zahlen …

beinahe aller Art. Das Lesen ist kein Problem, aber kommt's aus meinem Speicher«, er tippte sich an die Schläfe, »Kotzalarm. Das Gleiche gilt für bestimmte Erinnerungen.«

Dann hielt Fabiu inne und schaute zu Isaac. Mehr mussten die anderen nicht wissen.

Keiner widersprach, was Fabius These bestätigte – sie wussten weder, wer sie *wo* gefangen hielt, noch hatten sie einen Schimmer, *wann*.

Plötzlich raunte Lucas von seinem Bett aus: »Was ist mit dem *PHONE* von Fat Ed?«

Dass er da nicht selbst draufgekommen war! Aufgeregt schaute Fabiu zu Ed, der sein Smartphone hochhob und einen Knopf an der Seite betätigte, sodass der Sperrbildschirm zu sehen war.

Sonntag, 03. Januar 2020

»Standardeinstellung, weil das Ding vorgestern hier unten ohne Netz gestartet wurde. Bringt uns also überhaupt nicht weiter.«

Den Schluss des Satzes rief er etwas lauter in Lucas' Richtung, den das nicht mehr wirklich zu interessieren schien.

Doch Isaac murmelte: »Das Teil sieht recht modern aus. Im Normalfall springt das Datum immer auf das Herstellungsjahr des Modells ...«

Nun wurde alles still. Jeder war stark mit sich beschäftigt und Fabiu bekam einen kurzen Eindruck, wie er wohl die letzten beiden Tage auf die anderen gewirkt haben musste. Er kannte diese Mischung aus Wut und Verzweiflung, die er jetzt in so vielen ihrer Gesichter sehen konnte, nur zu gut.

Dann erhob sich Isaac langsam.

»Zakir, willst du mir deine Kopfhörer geben? Ich kann mich darum kümmern.«

Doch es war Joshua, der antwortete.

»Wir kriegen das schon selbst hin, oder? Du bist doch selbst so 'n Technik-Freak.«

Er pikste Zakir mit dem Ellbogen in die Seite, der nur mit einem »Hm?« antwortete.

»Du bleibst mal schön hier, Isaac. Dann kannst du ein bisschen trainieren. Zum einen gut für deine dünnen Ärmchen, zum anderen macht dich das so richtig müde.« Er grinste wissend, als er für alle gut hörbar weitersprach: »Dann schläfst du mal durch und musst nicht nachts durch den SEED geistern, hm?«

Fabiu spürte Wut auf Joshua in sich aufkommen. Er hatte doch keine Ahnung und seine ständigen Verdächtigungen machten die Situation alles andere als erträglicher hier unten.

Doch Isaac ließ sich nicht aus der Fassung bringen. »Klar, danke. Sehr aufmerksam von dir. Aziz, hilfst du mir mit den Gewichten?«

Der Türke grinste breit. »Klar, Mann, dich transformieren wir zum Berserker!«

Da musste selbst Isaac kichern.

»Mann!«, fluchte Zakir, als er mit seinen großen Händen versuchte, das provisorisch zusammengebastelte Ladekabel in seine Kopfhörer zu bekommen. »Warum hast du das nicht einfach Isaac überlassen?«

Im Schneidersitz und mit krummem Rücken war er angestrengt über seine Kopfhörer gebeugt.

»Keine Ahnung. Ich habe kein gutes Gefühl dabei, wenn sich jemand so von der Gruppe abkapselt.«

»Du meinst, so wie wir beide gerade, hm?«

Zakir grinste schief, doch Joshua lehnte sich nur schmollend zurück gegen den kleinen Werkzeugschrank.

Mit dem Blick an die Decke fragte er ruhig: »Wer, glaubst du, ist es?«

Zakir schaute rüber zu Joshua und zog eine Augenbraue hoch. »Ist das 'ne ernst gemeinte Frage? Aziz natürlich.«

Joshua schnaubte einmal kurz belustigt, woraufhin Zakir sich verteidigte: »Was? Überleg doch mal. Die ganze Geschichte mit dem Krieg? Erst weiß er davon, dann plötzlich nicht mehr – dann stellt sich heraus, dass er anscheinend doch gelogen hat? Außerdem hat er doch selbst behauptet, dass seine Familie die Untergrundtunnel kontrolliert. Was meinst du, wer sonst die Möglichkeiten und noch dazu so wenig Skrupel hat, so was wie das hier durchzuziehen?«

»Aziz ist viel zu dämlich, als dass einer seiner Gangster-Onkel ihm so viel Verantwortung geben würde«, murmelte Joshua amüsiert.

Einen Moment war Stille, dann fragte er nachdenklich: »Glaubst du nach heute immer noch, das Ganze hier ist ein *SEED*-Test für den Notfall?«

»Ich weiß es nicht, Mann.« Zakir dachte kurz nach. »Wenn der Krieg schon begonnen hat, ergibt ein Test eigentlich keinen Sinn, oder? Aber ganz ehrlich – ich hab keine Ahnung. Alle paar Stunden zieht man uns hier gehörig den Teppich unter den Füßen weg. Das nervt ... Genau wie Aziz.«

Joshua gluckste kurz. Dann stellte er mit provokanter Stimme fest: »Du *willst*, dass er es ist, weil er dir auf's Maul gehauen hat.«

Nun lachte Zakir laut auf. »Ha, als ob. Na dann lass mich doch mal raten, wen du verdächtigst. Lucas?«

»Lucas«, sagte Joshua selbstsicher grinsend fast zeitgleich mit Zakir. »Aus gutem Grund. Er wusste vom Giftgas.«

»Das hätte auch Zufall sein können.«

»Vielleicht. Oder sie haben ihn gewisse Dinge vergessen lassen, damit er hier unten nicht so leicht auffliegt.«

»Du bist witzig. Wie soll er denn dann seine Aufgabe erfüllen?«

»Vielleicht gibt's einen Trigger wie bei Fabiu. Aber ernsthaft, er lügt offensichtlich und will uns mit Absicht nicht helfen. Außerdem ist er der Einzige, der sich überall raushält.«

Zakir prustete los. »Ja, natürlich tut er das! Weil er ein verdammter kleiner kack Rassist ist. Hast du dir unsere Gruppe mal angeschaut? Ein Türke, 'n Chinese, Rumäne – nicht unbedingt ein Nazi-Paradies, würde ich mal sagen, hm?«

Joshua schüttelte nachdenklich den Kopf.

»Was ist mit Ed?«, fragte Zakir dann.

»Was *ist* mit Ed?«

»Na ja, schon ziemlich seltsam, dass gerade er das coolste Gadget dabeihat, oder?«

Joshua schmunzelte. »Bist du neidisch?«

»Nein, aber ernsthaft. Isaac hat 'nen Schraubenzieher, Fabiu nur 'n verdammtes Foto – und er? Er bekommt ein Smartphone. Schon seltsam, oder?«

»Du hast Kopfhörer, in denen 'ne künstliche Intelligenz lebt«, sagte Joshua. »Mindestens genauso verdächtig.«

Gerade als Zakir protestieren wollte, sah er in Joshuas Augen, dass dieser ihn nur aufziehen wollte, und schüttelte den Kopf.

»Was hast *du* eigentlich in deiner Tasche?«

Joshua zögerte kurz. Dann griff er in die Gürteltasche und zeigte Zakir einen Bund voll dünner Stäbe, die mit einem Gummi zusammengehalten wurden.

»*Mikado.*«

»Ein Spielzeug?«, fragte der Junge mit der Mütze.

»Ja.«

Joshua fühlte sich unwohl. Das musste lächerlich aussehen – er, als Anführer, mit einem Holzspielzeug? Schnell wechselte er das Thema:

»Was hältst du von Isaac?«, fragte er mit ernster Stimme.

»Wie du vorhin gesagt hast«, raunte Zakir, als er zwei kleine Kabel spitz zusammendrehte, »schon ziemlich zwielichtig, dass er sich dauernd davonstiehlt. Aber ansonsten ist er okay, oder?«

Joshua wusste nicht so recht. Er spürte, dass Isaac ein Geheimnis hatte, doch irgendwie sagte ihm sein Bauchgefühl, dass es wenig mit den anderen zu tun hatte.

»Vielleicht schleicht er sich auch nur zum Wichsen weg«, lachte Zakir und Joshua wurde knallrot. Das amüsierte den großen Jungen mit den dunklen Augen noch mehr. »Ernsthaft! Er ist 13! Wahrscheinlich entdeckt er gerade erst, wie bei ihm alles funktioniert. Ist doch ganz natürlich.«

Zakir griff nach einem kleinen Handtuch neben sich und warf es nach Joshua, der angespannt zu Boden schaute. »Was ist? Erzähl mir nicht, du hast dir hier noch keinen auf'm Klo runtergeholt! Warte – denkst du echt, die anderen Jungs müssen wirklich andauernd auf Toilette?«

Zakir brach in ein lautes Gelächter aus und zeigte auf die Kopfhörer in seinem Schoß. »Ganz ehrlich, dann weiß ich nicht mal, warum du so viel Schiss hast, die Teile aufzusetzen. 'nen Porno-Verlauf wird man bei dir ja wohl dann eher nicht finden.«

»Es geht generell darum, dass keiner das Recht hat, in die Privatsphäre von anderen einzudringen!«, protestierte Joshua steif.

Zakir zog seine Augenbrauen hoch und schaute Joshua an wie ein Vater, der sein Kind beim Lügen erwischt hatte.

»Ziemlich noble Worte für jemanden, der –«

»Pssst! Willst du, dass jeder unseren Plan hören kann?«, unterbrach ihn Joshua panisch und drehte sich zur Seite, um einen Blick die Treppe hinabzuwerfen.

Niemand war zu sehen, die Tür fest verschlossen.

Joshua begann zu flüstern: »Außerdem ist das was anderes!«

»Ist es das, ja?«, grinste Zakir.

»Wir zapfen unseren Hauptverdächtigen mit Kassi nur an, um den Verräter ausfindig zu machen und Beweise liefern zu können. Wenn Kassi wirklich sein gesamtes *TuneSpot*-Profil auslesen kann, ist das beinahe, als wären wir in seinem Kopf, oder?«

»Klar, dadurch, dass auf einem Account alle Daten von zum Beispiel deinem *PHONE*, deinen *HEADS* und deiner *WATCH* zusammenlaufen, wird somit praktisch fast alles von dir dort aufgezeichnet. Man kann da also schon fast von Gedankendiebstahl reden.«

Joshua fand es befremdlich, wie stolz Zakir auf so etwas Illegales sein konnte. Doch sie hatten keine Wahl.

Dann verfinsterten sich Zakirs Züge. »Und unser Hauptverdächtiger ist – lass mich raten – Lucas?«

»Natürlich.«

Zakir verdrehte die Augen, doch Joshua ließ sich nicht beirren.

»Er ist ein verwöhnter Schnösel! Bei ihm können wir uns zu 99 Prozent sicher sein, dass er die *TuneSpot HEADS* besitzt und sich registriert hat. Nur so kann Kassi jemanden in ihrer Datenbank findet, oder?«

»Und Aziz?«

Joshua warf Zakir einen *Echt-Jetzt?*-Blick zu.

»Was?«, fragte der empört. »Seine Familie sind Mafiosi. Wenn der keine *HEADS* hat, fress ich 'nen Besen.«

Joshua schien mit sich zu ringen, doch beschloss dann: »Zu riskant. Aziz ist gefährlich. Lass uns erst mal Lucas checken, dann sehen wir weiter.«

»Warum −?«

»Weil ich der Anführer bin. Darum.«

Unbeeindruckt schüttelte Zakir den Kopf. Während er mit einem Ruckeln seiner Hand eine wirre Kabelkonstruktion in die Kopfhörer steckte, murmelte er: »Häuptling Joshua hat gesprochen. Wer nicht gehorcht, der −«

Plötzlich hörten sie ein akustisches Feedback aus den Kopfhörern in seinem Schoß und eine Stimme sagte:

»Ich bin Kassi. Danke für den Saft.«

Zakir sprang freudig auf. »Ja, Mann! Sie lädt!«

Isaac lag nach dem Training kaputt auf seiner Matratze, Lucas hatte sich den gesamten Tag noch nicht ein Mal aus seinem Bett erhoben und Ed saß nahe der Treppe mit einem Buch in der Hand und studierte die Anatomie des menschlichen Körpers.

Warum auch nicht?, dachte sich Fabiu. Er hingegen langweilte sich zu Tode, denn auch Joshua und Zakir waren noch immer nicht zurück. Wahrscheinlich sollte er einfach zu Bett gehen. Schlafen war immerhin das Produktivste, was er für die Gruppe tun konnte − schließlich war noch völlig offen, wohin ihn der Flickenteppich aus Visionen führen würde. Und an neue Flicken kam er am besten, wenn er schlief.

Ein leises, gut gelauntes Pfeifen riss ihn aus seinen Gedanken.

Es kam aus Aziz' Ecke. Der hatte sich so weit wie nur möglich von allen abgeschirmt: Hinter den Laufbändern und den Trennwänden, die die Operationsliege abschirmten, bildete sich ein abgetrennter

Raum in der hintersten linken Ecke. Dort war sein selbsterklärtes Reich.

Fabiu überlegte kurz, ob er sich tatsächlich der Höhle des Löwen nähern sollte. Dann dachte er wiederum, dass Aziz ihm gegenüber in letzter Zeit keineswegs aggressiv gewesen war, sondern schon beinahe – ja – freundlich.

Er schaute sich kurz um, doch Ed schien das Pfeifen nicht bemerkt zu haben – oder ignorierte es, um jede mögliche Interaktion mit Aziz zu vermeiden. Neugierig, was das fröhliche Pfeifen wohl zu bedeuten hatte, schlich Fabiu langsam auf leisen Sohlen auf die Quelle des Geräusches zu.

Als er die Trainingsgeräte erreichte, konnte er einen Blick hinter die Trennwand werfen und sah Aziz pfeifend auf seiner Matratze rhythmisch hin- und herwippen. Gerade als Fabiu sich seufzend auf das letzte Laufband setzen wollte, um ein Gespräch zu eröffnen, sprang der kräftige Junge mit den finsteren Augen reflexartig auf ihn zu und packte Fabiu bei seinem löchrigen T-Shirt.

Als er erkannte, dass es der federleichte Rumäne war, löste sich sein Griff.

»Ach, du bist es. Ich dachte, einer der anderen *Piccos* will spionieren.«

Aziz ging einen Schritt zurück und musterte ihn von Kopf bis Fuß. Fabiu war das sichtlich unangenehm – besonders, wenn er vor so einem durchtrainierten Jungen stand. Er wusste, dass er selbst eher schmächtig und dünn war, was ihn in einer solchen Situation mehr verunsicherte als sonst.

»Ich verstehe nicht, wieso er dich ausgewählt hat und nicht mich.«

Fabiu wusste nicht, was Aziz meinte. Dann fielen ihm die Worte des anderen wieder ein. Er musste von seinem Gott sprechen.

»Meinst du die Visionen? Ich weiß nicht. Es fühlt sich eher an wie ein Unfall.«

Aziz schüttelte mit geschlossenen Augen den Kopf. »So etwas passiert nicht durch Zufall, *Ian*.«

Fabiu schaute sich in dem kleinen Zimmer um – denn ja, es wirkte tatsächlich wie ein eigenes kleines Zimmer. Es war kahl, leer und doch erhielt es die Illusion von einem Rückzugsort aufrecht – etwas, was nur einem selbst gehörte hier unten. Etwas, was einen von dem Rest abschotten sollte.

»Wo siehst du dich eigentlich in unserer Gruppe? Ich meine, Joshua ist der Anführer, Isaac versucht, irgendwie jeden zu verstehen ... Wer bist *du*?«, fragte Fabiu vorsichtig, aber doch forsch genug, um sein ehrliches Interesse zu betonen.

Aziz lachte selbstgefällig. »Bin ein Einzelgänger. Ich brauch keine Gruppe, sorry. Ich wurde in 'ne Gruppe hineingeboren – meine Familie, *Habibi*. Und solange die nicht hier ist, bin und bleibe ich allein.«

»Und ...«, Fabiu zögerte, doch dann dachte er, das gerade war vermutlich das beste Gespräch, was bisher *irgendwer* aus der Gruppe mit Aziz geführt hatte. Also warum sollte er sich zurückhalten? »Und was macht dich so fröhlich? Ich mein, dein Pfeifen –«

Doch dann, ohne Vorwarnung, griff der kräftige Junge Fabiu und zog ihn tiefer in den Raum hinein. Beinahe stolperte Fabiu über die Matratze, als Aziz ihn bis in die äußerste Ecke hinter sich herschleifte.

Aziz thronte über ihm, als er Fabiu ins Ohr flüsterte: »Ich weiß mehr Dinge, genau wie du! Mehr als die anderen.«

Erstaunt riss Fabiu die Augen auf, doch bevor er etwas sagen konnte, presste Aziz seine große Hand auf seinen Mund.

»Ich weiß von dem Krieg. Außerhalb von Berlin – er ist überall! Sie nennen ihn ja nicht umsonst Weltkrieg Numero drei! Ich kenne die Strukturen, klar?«

Fabiu verstand kein Wort, doch sein verwirrter Gesichtsausdruck löste bei Aziz ein wissendes Lächeln aus.

»Ich weiß, was du versuchst – schön auf dumm stellen, um dir 'nen Vorteil zu verschaffen. Kein Ding, das tu ich auch. Aber ich hab keine Visionen, die hast nur du! Allah hat dich ausgewählt – so ein Geschenk darf man nicht für sich behalten, *vallah*!«

Mit einer kräftigen Bewegung drehte Aziz sich weg von Fabiu und mit seinen Händen an seinem Hinterkopf setzte er leise sein amüsiertes Pfeiflied fort.

Fabiu schossen tausend Fragen durch den Kopf. Dritter Weltkrieg? Waren vielleicht sogar Fabiu selbst weitere Erinnerungen gestohlen worden, die Aziz noch besaß? Hatte man Fabiu im frühen Stadium des Krieges schon für das Experiment aufgegriffen und er erinnerte sich darum nicht an mehr?

In Berlin hatte er sich nie für Politik interessiert – da war es wichtiger gewesen, nicht zu verhungern. Doch seit er in London war, hatte er eine Menge über das Weltgeschehen lernen müssen.

Es ist keine Option, sich davor zu verschließen, da man sonst die Kontrolle über sein eigenes Leben verschenkt, hatte Mister Hugo Gregory immer wieder betont.

An einen Dritten Weltkrieg konnte sich Fabiu aber nicht erinnern.

Bis jetzt!

Aziz' Worte legten sich wie eine Blaupause über die losen Fetzen von Informationen in Fabius Kopf: Das zerbombte Berlin, London in Trümmern, der Tod von Mister Gregory – die einzelnen Teile fügten sich zu einem Bild zusammen. Wusste Aziz noch mehr?

»Was genau meinst du damit?«

Doch der starke Türke warf ihm einen finsteren Blick über die Schulter zu.

»Ich hab dir gesagt, was ich dir sagen wollte. Ich weiß, was du weißt, aber Visionen – die behält man nicht für sich. Sie sind ein Geschenk.« Er ließ sich im Schneidersitz auf seine Matratze sinken. »Du kannst jetzt gehen.«

Noch während Fabiu mit wackligen Knien in der Ecke stand und versuchte zu verstehen, was Aziz gerade gesagt hatte, sah er plötzlich Isaac hinter der Klappwand auftauchen.

»Alles klar bei euch?«

Aziz setzte eine Unschuldsmiene auf. »Sicher. Alles in Ordnung, stimmt's, Fabiu?«

»Alles bestens.«

Fabiu traf Isaacs besorgten Blick, doch er versuchte, sich nichts anmerken zu lassen.

Hat Aziz recht?, fragte er sich. Behielt er die Bruchstücke seiner

Vision tatsächlich für sich, um sich selbst einen Vorteil zu verschaffen?

»Komm, Fabiu, es ist Zeit zum Schlafengehen.« Isaac streckte Fabiu seine Hand entgegen und dieser lief wie in Trance an Aziz vorbei auf den blonden Jungen zu.

Es verging noch eine ganze Weile, bis Fabius Gedanken ihn losließen. Joshua und Zakir kamen zurück und legten sich zur Ruhe. Als alle anderen schliefen und Isaac auf Zehenspitzen den Raum verließ, nickten sich die beiden wachen Jungs noch einmal wissend zu.

Warum Aziz und er? Weshalb waren sie die Einzigen, die sich an den Krieg in Berlin erinnerten? Und warum wusste Aziz mehr als er?

Als Fabiu endlich in den Schlaf glitt, begannen die unsichtbaren Ameisen zu krabbeln und in seinem Hirn erschienen Bilder einer Welt, die selbst Aziz nicht kannte – einer Welt *nach* dem Krieg. Und das erste Mal, seitdem er diese Visionen hatte, entdeckte Fabiu in ihnen ein Gesicht, das er auf Anhieb erkannte.

Als er in die eisblauen Augen starrte, während sie stolz und ohne einen Funken von Reue erzählten, was sie getan hatten, wurde ihm übel. Nicht aus Verachtung, sondern aus der widersprüchlichen Bewunderung, die er empfand, während er sich selbst für dieses Gefühl zu hassen begann. Diese Vision machte ihm Angst vor der Zukunft. Angst davor, jemals so etwas zu empfinden: Bewunderung für das Abscheuliche.

KAPITEL 9

MENSCH VS. NATUR

Joshua saß im Schneidersitz auf der Operationsliege. Am Vortag hatte sich Isaac endlich erbarmt und sie von Lucas' Blutflecken gereinigt, nachdem alle Jungs sich tagelang bemüht hatten, die angefallene Arbeit zu übersehen. Generell sah es endlich, nachdem Isaac den Abend zwangsweise im Schlafraum verbracht hatte, relativ sauber und aufgeräumt aus.

Und doch ärgerte es Joshua, dass der goldhaarige Junge heute Morgen schon wieder nicht in seinem Bett gelegen hatte.

Was Isaac wohl im Schilde führt?, fragte er sich, als er mit ruhiger Hand eines der Holzstäbchen vom großen Haufen nahm, ohne dass sich ein anderes auch nur rührte.

Er legte es exakt parallel zu den anderen bereits gewonnenen Stäbchen.

»Warum bist du so besessen von diesem Spiel?«, raunte Zakir, der auf dem Metallstuhl neben der Liege saß und in *Anatomie und Chirurgische Grundlagen* blätterte.

»Ich hab's von meinen Eltern. Es schult die Geschicklichkeit. So trainiert man sich 'ne ruhige Hand und 'nen ruhigen Verstand an.« Aufmerksam studierte Joshua die Stäbe vor sich, um seinen nächsten Zug zu planen.

»Wo bleibt denn Fabiu?«, raunte er dann genervt. »Wie lang braucht der bitte auf dem Klo?«

Zakir warf Joshua mit einem breiten Grinsen und wackelnden Augenbrauen einen dreckigen Blick zu. »Der schult sicher gerade *nicht* seine ruhige Hand.«

Als Joshua an ihr Gespräch vom Vorabend dachte, schauderte es ihn. »Bah, Mann! Du bist so eklig!«

»Der Körper braucht, was der Körper braucht, Joshi.«

Schmunzelnd zuckte Zakir mit den Schultern. Dann schaute er sich im medizinischen Separee um – die Trennwände schirmten sie vom Rest des Raumes ab und erlaubten lediglich einen Blick auf die breite Treppe, die hinab in den überfluteten SEED führte.

»Sag mal, wo sind die anderen alle? HALLO? KEINER DA?«

Joshua zuckte erschrocken zusammen, was ihn beinahe dazu brachte, den Stab, den er vorsichtig am hinteren Ende anhob, fallen zu lassen und so sein Spiel gegen sich selbst zu verlieren.

»Brüll hier nicht so rum! Du machst meine Konzentration zunichte!«, motzte er genervt. »Isaac ist in der Küche und Ed wollte ihn irgendwas wegen seines *PHONEs* fragen.«

»Und Aziz?«

Zakir sprang von seinem Hocker und ging zur hinteren Trennwand, die sie von Aziz' selbst ernanntem Reich trennte. Er schob sie unbekümmert zur Seite, um einen Blick dahinterzuwerfen.

»Keiner da«, sagte er schmollend.

Joshua wusste, wie sehr Zakir darauf gehofft hatte, einen Streit mit Aziz zu provozieren.

»Tja, dumm gelaufen«, antwortete Joshua hämisch.

»Und wo ist Milkyboy?«

»Meinst du Lucas? Fressdienst, also wahrscheinlich mit in der Küche, Essen machen.«

Zakir tauchte plötzlich hinter dem Asiaten auf, fuhr mit seinen großen Händen Joshuas Arme hinab und feixte mit verstellt schmalziger Stimme ganz nah in sein Ohr: »Vermisst du schon, wie er dich zärtlich ›Chinatown‹ nennt?«

Es schüttelte Joshua am gesamten Körper vor Ekel. Dann warf er sich nach hinten, um Zakir von sich zu stoßen. Der wiederum begann, heftig zu lachen, und auch Joshua konnte sich ein amüsiertes Kopfschütteln nicht verkneifen.

So ein Idiot, dachte er sich.

»Als ob mich so was kümmern würde.«

Tatsächlich hatte Joshua es geschafft, bei alledem kein einziges Stäbchen zu verwackeln. Er lehnte sich langsam vor und griff nach dem nächsten.

Nach einer kurzen Stille, in der sich Zakir kichernd wieder auf seinem Stuhl niedergelassen hatte, setzte Joshua nach – so wollte er es nicht stehen lassen:

»Der Pfosten hat doch keinen Plan. Meine Eltern sind beide Ärzte und wir leben in Kensington. Von wegen Chinatown.«

Zakir schaute kurz zu Joshua, der noch immer konzentriert in sein Spiel vertieft war. Nach einer kurzen Weile, als nichts weiter kam, griff er nach seinem Buch und versuchte, die Seite wiederzufinden, auf der er aufgehört hatte zu lesen.

»Darum hasse ich es, mich als Chinese vorzustellen, weißt du?«

Zakir erkannte anscheinend, dass das noch nicht das Ende war. »Da hat jemand aber heute erstaunlich viel zu sagen, hm? Schieß los.«

»Ach, keine Ahnung«, wand sich Joshua. »Bist du Japaner, kommen alle mit ›Oh cool, Anime!‹ und bei Koreanern: ›Oh, geile Musik!‹ Aber sobald es heißt, du bist Chinese und aus London, fragen sie dich: ›Welches Restaurant?‹ Das ist einfach bescheuert.«

»Wem sagst du das?«, schnaubte Zakir lachend. »Mein Opa kam damals aus der Türkei nach London, mein Vater wurde schon hier geboren. Also ist er Brite. Im Urlaub lernte er meine Mum kennen und nahm sie aus Ägypten mit hierher. Heirat, Family, ich kam. Alle happy.« Seine Miene verfinsterte sich. »Dann hieß es plötzlich überall: ›Türken sind gefährlich, Araber auch, Syrer erst recht!‹ Klar, erst nur in Amerika, aber irgendwann auch hier bei uns. Hast du ja sicher auch mitbekommen.«

Joshua nickte kurz, dann fuhr Zakir fort und seine Unterlippe schob sich bei jedem Wort nach vorn: »Mein Vater wollte das aber nicht hinnehmen – wie so viele nicht –, also haben sie gegen die ganzen Rassisten in der Regierung protestiert. Dann kamen *die* aber an die Macht. Meine Mum wurde ausgewiesen und meinem Vater und mir wurde Reiseverbot erteilt ... wie allen Muslimen und denen, die nur so aussahen. Seit dem Tag hab ich meine Mum nicht mehr gesehen.«

Joshua war wie versteinert – das Stäbchen in seiner Hand schwebte über den anderen und bewegte sich keinen Millimeter.

»Ist das der Grund, warum du so ... allergisch auf Religion reagierst? Hast du Angst vor Vorurteilen?«

Zakir lachte kurz trocken auf.

»Nein, die sind mir egal. Ich hasse den Glauben, weil er Menschen lähmt. Mein Vater hat nichts getan und sie einfach gewinnen lassen. Er hat den Kebab-Laden meines Opas übernommen, ein Restaurant daraus gemacht und ist jetzt der liebe, tolerante Vorzeige-Türke von nebenan. Und jeden verdammten Abend betet er zu Allah, damit er meine Mum wiederbringt, zu feige, um an sich zu glauben und selbst Verantwortung für sein Leben zu übernehmen.« Sein Blick traf Joshuas. »Wenn Leute dich fragen, welches Restaurant deinen Eltern gehört, kannst du sagen: ›Leute, meine Eltern sind Ärzte.‹ Fragen sie mich, zeige ich zur anderen Straßenseite und sage: ›Das da.‹«

Joshua dachte kurz nach. Dann warf er dem anderen grinsend das Stäbchen in seiner Hand wie einen Pfeil an die Schulter.

»Aber wenn ich sage, dass meine Eltern Ärzte sind, kommt bloß: ›Oh, dann halt das.‹«

Zakir grinste müde. »Klischees. Als gäbe es nur die beiden Möglichkeiten für euch Chinesen. Was ist aus dem guten, alten asiatischen Computer-Nerd geworden?«

Beide kicherten über die Dummheit in dieser Welt.

»Mein Dad will, dass ich mit ins Familienunternehmen einsteige und das Restaurant übernehme. Aber ich wollte schon immer alles anders machen«, raunte Zakir mit seiner tiefen Stimme zufrieden. »Kassi ist nur der Anfang. Irgendwann werde ich der Welt beweisen, dass es keinen Gott gibt – keinen Gott geben kann –, und dann müssen endlich alle selbst wieder ihren Arsch hochkriegen, wenn sie Veränderungen in der Welt sehen wollen. Und falls sie trotzdem zu faul sind ... falls sie trotzdem einen Gott wollen, programmiere ich ihnen einen und werd damit reich – und vor allem verdammt mächtig. Stell dir vor, du besitzt *Gott*.«

Joshua grinste bei der Vorstellung, wie sich jemand seinen »Gott« als App auf's *PHONE* lädt.

»Was ist mit dir?«, fragte Zakir.

»Mir?«

»Ja. Was sind deine Pläne?«

Joshua war die Antwort sichtlich unangenehm. »Auch Arzt werden.«

Zakirs Blick fiel auf Joshuas ruhige Hand, die eines der letzten verbleibenden Stäbchen behutsam aufnahm.

»Ich weiß, es ist das übelste Klischee. Aber meine Mum ist Chirurgin und mein Dad Kinderarzt. Sie verdienen ganz ordentlich, also über Geld muss man sich da keine Gedanken machen.«

»Ist es das, was du willst? Klingst jetzt nicht unbedingt so super überzeugend.«

Joshua legte das Stäbchen vor sich ab und schüttelte verärgert den Kopf. Was für eine dumme Wendung das Gespräch genommen hatte. Es war doch *seine* Sache, was er mit seinem Leben anstellte. Nicht jeder musste Ziele wie die Erschaffung eines Gottes haben, oder?

»Was ist daran verkehrt, Menschen helfen zu wollen?«

»Gar nichts.«

»Außerdem haben mir meine Eltern so viel ermöglicht – mich auf die beste Schule geschickt, mir alles gegeben, was ich wollte. Ich bin stolz darauf und mach das gerne für sie.«

Zakir lehnte sich langsam vor und schaute Joshua durchdringend an, um sicherzustellen, dass er auch verstand, was er ihm zu sagen hatte.

»Etwas gerne für jemanden tun ist nicht dasselbe wie etwas *gerne* tun, Joshi. Ich sag ja gar nicht: Hör nicht auf deine Eltern oder widersetz dich, nur um etwas anderes zu machen. Aber frag dich – wenigstens *ein* Mal aufrichtig und ehrlich –, ist es das, was *dich* glücklich macht? Denn du bist mehr als nur das Vermächtnis deiner Eltern.«

Joshua hielt Zakirs intensivem Blick stand und antwortete, ohne zu zögern: »Ja, das ist das, was mich glücklich macht.«

Für einen kurzen Moment schien die Luft wie elektrisiert. Ohne den Blickkontakt zu brechen, griff Joshua vor sich und mischte alle Stäbchen wieder zu einem Haufen.

Dann griff Zakir erneut nach dem Buch. Gleichgültig zuckte er mit den Schultern und murmelte: »Na gut. Wenn das so ist.«

Ein Plätschern ließ beide aufschauen.

Dann hörten sie Fabius Stimme: »Hey, Ed! Was machst du da? Warum stehst du hier rum?«

»Ich? Nichts. Ich war gerade bei Isaac. Da gab's noch ein Problem mit meinem *PHONE*, das er behoben hat.«

»War Lucas auch da? Ich suche ihn schon die ganze –«

Als Fabiu und Ed aus dem Gang auf die Treppe traten, sah Joshua, dass Fabiu erleichtert an ihnen vorbeischaute.

»Da bist du ja, Lucas!«

Und tatsächlich, sie hörten ein Rascheln hinter der Trennwand und sahen Lucas in ihr Sichtfeld treten. Erschrocken schauten sich Joshua und Zakir an.

»Er war die ganze Zeit hier?«, murmelte Zakir.

»Scheint so«, antwortete Joshua mit feindseligem Blick auf Lucas.

Zakir hatte sich zwar versichert, dass niemand in Aziz' Bereich war, doch einen Blick hinter den Aufsteller, der sie von der Seite abschirmte, wo die Matratzen lagen, hatte keiner von ihnen geworfen.

Lucas grinste Joshua verschmitzt an, während er auf Fabiu zulief und einen Arm um die Schulter des Rumänen legte. »Komm, Fabiu, wir gehen. Uns muss ja nicht jeder hier ... belauschen, hm?«

Sein Blick lag noch immer fest auf Joshua, der vor Wut seine Kiefer aufeinanderpresste. Fabiu schaute perplex zwischen den beiden hin und her, doch folgte dann Lucas hinab ins bereits brusthohe Wasser.

Als sie um die Ecke verschwunden waren, kam Ed auf Zakir und Joshua zu.

»Sorry, Leute, ich wollte nicht spionieren ...«

»Hast du aber.« Joshuas Stimme klang kühl.

Aus den Gesprächsfetzen mit Fabiu konnte er ohne Weiteres schlussfolgern, dass Ed schon eine ganze Weile außerhalb ihres Sichtfeldes im Gang zum Bahnsteig gestanden haben musste, während Zakir und er sich unterhalten hatten. Joshua wusste nicht, wie er Ed einschätzen sollte. Es fiel ihm immer noch schwer, ihn einzusortieren.

»Das, was du vorhin gesagt hast, Joshua – ich kann dir nur zustimmen.«

Joshua hob wortlos seinen düsteren Blick. Er war nicht der Typ, der gern über sich redete, und nun, wo er sich Zakir anvertraut hatte, war er nicht nur von Lucas, sondern auch noch von Ed belauscht worden. Da war ihm völlig egal, ob Ed ihm zustimmte oder nicht – bei was auch immer.

»Ich meine«, setzte Ed fort, »die Sache mit deinen Eltern. Ich habe viel nachgedacht.«

»Wow, Ed, da bist du sicher der Einzige«, raunte Zakir, doch Joshua wollte hören, was er zu sagen hatte.

»Lass ihn. Worüber hast du nachgedacht, Ed?«

Entschlossen schaute Ed Joshua in die Augen, doch konnte seinem Blick nicht standhalten.

»Kurz bevor ich hier aufgewacht bin – bevor sie mich entführt haben –, haben sie meinen Vater geholt. Ich weiß nicht, ob ihr es mitbekommen habt, es war auf einigen Blogs und unautorisierten News-Seiten zu lesen. Er hat sich in seiner Zeitung *Licht auf London* fast ausschließlich kritisch über die Regierung geäußert.« Hastig wandte er sich an Zakir. »Auch gegen die Verfolgung und Dämonisierung von Minderheiten.«

»Moment«, widersprach Zakir, »ich dachte, du arbeitest mit der Regierung zusammen? Stellen die nicht die Redaktion für deinen Blog? Das hat deinem Vater sicher super gefallen.«

Ed ließ traurig seinen Kopf sinken. »Er hat es gehasst. Aber es war ein nettes Taschengeld und damals wusste ich auch noch nicht, wozu die in der Lage sind. Sie haben ihn gekidnappt und umgebracht.«

»Wer *sie*? Die Regierung?«, fragte Joshua kritisch.

»Ich weiß, das klingt bescheuert, aber es stimmt. Nachdem ich gesehen habe, wozu sie fähig sind, habe ich mich einfach nicht getraut, mich von meiner Redaktion zu distanzieren.« Ed schaute Joshua tief in die Augen. »Mein Vater hat gegen Unrecht und Machtmissbrauch gekämpft und das, was hier geschieht, kann man wohl nicht anders bezeichnen.«

Joshua spiegelte sich in den Brillengläsern des entschlossen dreinschauenden Jungen.

Es muss schrecklich sein, dachte Joshua, *seine Eltern enttäuscht zu haben und keine Chance auf Wiedergutmachung zu haben.*

Ed tat ihm irgendwie leid.

»Ich möchte das Erbe meines Vaters antreten und seine Ideen nicht sterben lassen!«, platzte es aus Ed heraus. »Ich will dafür kämpfen, wofür er gekämpft hat, bis wir alle … bis *jeder* Mensch frei sein kann! Ich will, dass mein Dad stolz auf mich wäre. Und darum will ich euch bei eurem Vorhaben helfen.«

Zakir und Joshua warfen sich erschrockene Blicke zu.

»Woher –?«

»Was weißt du?«, unterbrach Joshua Zakir.

Ed schaute verschmitzt zu den beiden hinauf.

»Eigentlich gar nichts«, gestand er, »aber ich bin nicht dumm. Ich weiß, dass ihr etwas ausheckt. Und alles, was ich sagen will, ist, falls ihr mich braucht, könnt ihr auf mich zählen. Ich halte dicht.«

Joshua musterte Ed mit einem Anflug von Anerkennung.

Ein Idealist, dachte Joshua, zufrieden, dass er endlich ein Bild des bisher unscheinbaren Ed in seinem Kopf hatte – kategorisiert und einsortiert.

»Was gibt's?«, fragte Lucas gleichgültig.

Fabiu war nicht entgangen, dass der Blonde das Ganze nur so lange spannend fand, wie er Joshua provozieren konnte. Doch seit sie hinter der Toilettentür die Treppe hinauf verschwunden waren und somit weit außer Sicht- und Hörweite der anderen, spielte Lucas wieder den Unnahbaren.

Nicht dieses Mal!, dachte Fabiu. Er würde Lucas keine Chance geben, sich wieder der Situation zu entziehen. Nach seiner letzten Vision brauchte Fabiu klare Antworten von ihm.

»Sag mir, was du siehst!«

»Hab ich doch schon«, quakte der bleiche Junge genervt. »Dies, das – im Grunde dasselbe, was du siehst.« Ein freches Blitzen trat in Lucas' Blick. »Und vielleicht ja sogar noch mehr. Wer weiß?«

Lucas ließ sich auf eine der höchsten Treppenstufen sinken. Nur wenige waren tatsächlich noch trocken und nicht vom eindringenden Grundwasser überflutet.

»Wenn du wirklich mehr weißt, musst du mit uns reden, Lucas!« Fabiu dachte an Aziz' Worte – dass die Visionen ein Geschenk waren, das man nicht für sich behalten durfte. »Wenn du es nicht tust, gehen wir alle drauf!«

Lucas schnaubte belustigt. »Oder nur die, die ich nicht retten will.«

Das war genau das, was Fabiu hatte kommen sehen. Dieser Funke in Lucas' Augen, den Zakir durch die Demütigung des Blonden entfacht hatte, loderte immer wieder gefährlich auf. Statt einer detonierenden Bombe bekamen sie einen nicht enden wollenden Flächenbrand – und als Fabiu an die Vision von letzter Nacht dachte, wusste er, dass dieses gefährliche Feuer wohl nie wieder vollständig erlöschen würde.

»Also ist es dir egal, wenn Menschen deinetwegen sterben.«

Kurz und knapp antwortete Lucas »Jap« und starrte Fabiu intensiv an.

Als er in die eisblauen Augen blickte, hoffte Fabiu, dass dieser Keim der Bewunderung für ihn bloß ein Überbleibsel von letzter Nacht war.

Er stieß jede andere Möglichkeit beiseite und antwortete aufgebracht: »Wäre es dir auch egal, wenn ich sterbe?«

Bei diesen Worten zog er an Lucas' Hosenträger und ließ ihn zurück an seine Brust schnappen.

Der Blonde hielt kurz inne, bevor er antwortete: »Es ist egal, wer stirbt. Die anderen, du, ich ... Das gehört nun mal dazu. Leute sollten wieder lernen zu sterben.«

Das klang so befremdlich in Fabius Kopf, dass er sich keinen Reim darauf machen konnte. »Wie meinst du das?«

»Jeder ist dermaßen besorgt und liebreizend bemüht, alle Menschen am Leben zu erhalten, dass niemand merkt, wie unsere Moral und unser Gutwille unsere gesamte Spezies ausrottet. Wir werden immer älter und älter und mehr und mehr, was nur bedeutet, dass dann noch mehr Menschen noch mehr Zeit bekommen, die Welt noch ein bisschen mehr zuzumüllen und zugrunde zu richten.«

In Lucas' Gesicht spiegelte sich wahrer Ekel. »Medizin für Menschen ist eine Selbstverständlichkeit geworden. Medizin für den Planeten gibt es aber keine. Im Gegenteil – die Erde versucht, sich vehement gegen uns zu wehren, weil sie genau merkt, dass wir der Parasit sind, der sie aussaugt und zerstört. Darum schickt sie uns Seuchen wie die Pest, erschafft Schwule und Lesben, damit wir uns nicht noch schneller fortpflanzen. In der Biologie nennen wir das ›Populationsregulation‹ – eine Antwort der Natur, um das ökologische Gleichgewicht wiederherzustellen. Aber was tut der Mensch? Er findet Heilmittel gegen Pocken, gegen Aids, gegen Krebs – er legalisiert Leihmutterschaft und gerade forschen sie sogar an Brutkästen, in denen Eltern sich ihr perfektes Baby aus ihrem Erbgut zusammenbasteln können.«

Er spuckte dramatisch in das Wasser zu seinen Füßen. »Die Welt gerät mehr und mehr aus dem Gleichgewicht, weil der Mensch sich immer weiter über die Natur hinwegsetzt und sich anmaßt, es besser zu wissen.«

»Nur weil etwas natürlich ist, ist es noch lange nicht gut, Lucas«, sagte Fabiu ruhig.

»Und genau da liegst du falsch.« Lucas stand auf und trat das Wasser, um den schwimmenden Speichel zu verwirbeln. »Die Natur hat es bereits Millionen von Jahren vor uns gegeben und sie wird es noch Millionen Jahre nach uns geben. Denn auch die Evolution ist natürlich. Dass wir uns über die Natur hinwegsetzen konnten, kam mit der Entwicklung unseres Gehirns. Dem Gehirn, das sich später dann auch Atomwaffen, Wasserstoffbomben und Kriege ausgedacht hat. Verstehst du, was ich meine?«

Fabiu nickte. »Du meinst, dass wir uns eines Tages selbst auslöschen, ist nur die nächste, drastischere Form der Populationsregulation, um das Gleichgewicht wiederherzustellen, oder?«

Lucas ging einige Treppenstufen hinab, bis er knietief im Wasser stand. Ohne sich umzudrehen, sprach er weiter: »Die Natur findet immer einen Weg. Egal, was wir tun – sie wird uns überleben. Aber würden wir wieder lernen zu sterben – loszulassen –, wären die Konsequenzen vielleicht nicht so groß.«

»Wie meinst du das?«, fragte Fabiu.

»Weniger Menschen, also eine geringere Populationsdichte, heißt weniger Kriege, weil weniger Ressourcen benötigt werden. Das wiederum bedeutet eine faire Umverteilung aller Güter auf die Übrigen und damit eine geringere Ausbeutung der Erde. Weniger Abgase, weniger zerstörte Ökosysteme ...«

Wie Fabiu Lucas so reden hörte, war er beeindruckt – seine Argumente waren logisch und alles ergab einen Sinn. Es ergab so lange einen Sinn, bis man sich in den Kopf rief, dass diese Worte von jemandem kamen, der vermutlich noch nie hatte hungern müssen, der nicht wusste, was es bedeutete zu verzichten, dessen Familie immer genug gehabt hatte und der von all der Ausbeute am meisten profitierte und vermutlich der Letzte wäre, der zum Aufgeben seines Wohlstandes, seiner Medizin, seines Lebens gezwungen werden würde.

Es waren die Armen, die bereits früh starben. Die Realität, die Lucas beschrieb, war eine, von der Fabiu kein Teil war. Er wäre wohl Teil der Masse, die zum »Wohle der Menschheit« in Lucas' Augen am entbehrlichsten wäre. Das hatte rein gar nichts mit Fairness zu tun.

Aber, fragte sich Fabiu, *steckt nicht doch ein Körnchen Wahrheit in Lucas' Worten?*

Er stellte sich vor, wie einfach die Welt sein musste, wenn man sich nicht verantwortlich für die Menschen um sich fühlte, nicht besorgt um ihr Wohlbefinden wäre.

»Manchmal denke ich, ich wäre gern mehr wie du«, nuschelte Fabiu.

Plötzlich durchfuhr es ihn – er wusste, wie er Lucas zum Reden bringen konnte, ohne dass er *tatsächlich* reden musste. Deutlich und bestimmt sprach Fabiu: »Aber im Endeffekt sind das nur Worte, stimmt's? Ich glaube, so weit würdest du eh nie gehen.«

Lucas drehte sich langsam um und funkelte Fabiu an. »Du kennst mich nicht, Fabiu! Du hast keine Ahnung, wie weit ich gehen würde.«

Lucas' Gesicht verriet, dass er mit allem, aber nicht mit einem triumphierenden Lächeln seines Gegenübers gerechnet hatte.

Bemüht gelassen, doch offensichtlich verärgert, murmelte Lucas »Wie auch immer«, als er die Treppe hinab und um die Ecke verschwand.

Fabiu war zufrieden mit sich. Lucas schien es nicht zu wissen, doch er hatte ihm etwas sehr Wichtiges verraten, ohne dass er es wollte.

Der blonde Junge hatte keine Ahnung von ihrem Treffen in der Zukunft und davon, dass er Fabiu stolz und im Detail erzählen würde, zu welchen widerwärtigen Taten er in der Lage war. Fabiu wusste nun, dass Lucas zwar Visionen haben mochte, aber er selbst sah die Dinge früher.

Er wusste mehr als Lucas und egal, was dieser plante – Fabiu war ihm einen Schritt voraus.

KAPITEL 10

DIE SAAT DER MENSCHHEIT

Als Fabiu zurück in den Schlafraum kam, waren alle Jungen versammelt und aßen bereits. Zu seiner Verwunderung saß Lucas nicht wie sonst auf seiner Matratze nahe der Trainingsecke. Alle vermuteten, dass er seinen Schlafplatz dicht bei den Gewichten gewählt hatte, um bei einem Angriff auf ihn schnell etwas greifbar zu haben, das er als Waffe nutzen konnte. Sie hielten ihn für einen paranoiden Feigling.

Fabius Theorie: Er schlief dort, weil er da so weit von den anderen Jungs entfernt war wie nur möglich. Doch nun saß er zwischen Isaac und Aziz.

Fabiu wusste sofort, dass er etwas im Schilde führte. Lucas' gesamtes Auftreten war nicht passiv wie in den Tagen zuvor. Im Gegenteil, sein Lächeln war provokant, sein Blick lauernd. Ob er Fabius Grinsen vorhin als Herausforderung angesehen hatte?

Egal, darüber wollte und konnte sich Fabiu nicht den Kopf zerbrechen. Er wusste, dass das Frühstück kein romantisiertes Ritual war, um ihre Bruderschaft zu feiern. Sie warteten auf ihn. Oder viel eher auf das, was er ihnen zu berichten hatte.

Als er klitschnass auf die anderen zukam, begrüßte ihn Joshua zuerst.

»Endlich! Wir warten gefühlt schon seit 'ner Ewigkeit auf dich! Und da Lucas seine Kauleiste ja nur zum Essen öffnet, tappen wir im Dunkeln. Also – was hast du gesehen, das du zuerst mit ihm besprechen musstest?«

Joshua nickte abfällig zu Lucas, der belustigt den Mund verzog.

Fabiu ließ sich zwischen Zakir und Ed nieder. Er musste vorsichtig sein, denn wenn er zu viel verriet, könnte die gesamte Situation eskalieren. Also wählte er seine Worte mit Bedacht.

»Ich habe tatsächlich das erste Mal etwas gesehen, was uns weiterbringen könnte –«

Noch ehe er zu Ende gesprochen hatte, fuhr ihm Lucas dazwischen.

»Ich auch«, meldete er sich zu Wort. »Ich habe den Ausbruch des Dritten Weltkrieges gesehen und ich bin mir sicher, dass Fabiu diese Information mit Absicht verheimlicht hat.«

Fabiu war wie versteinert. Was hatte Lucas da eben gesagt? Der Ausbruch des Dritten Weltkriegs war Teil von Lucas' Vision gewesen?

Er konnte es nicht fassen. Fabiu selbst hatte nur vage Erinnerungen an einen Weltkrieg – ausgelöst durch Aziz, der ihm davon erzählt hatte. Und der wiederum behauptete, sich ohne Visionen daran erinnern zu können. Nun war Fabiu völlig verwirrt. Hilfe suchend schaute er zu dem muskulösen Türken neben Lucas, der nur erstaunt grinsend die Augenbrauen hob.

Das entging Lucas nicht und er pokerte: »Außerdem weiß Aziz ebenfalls davon!«

Aziz' Lächeln gefror und Fabiu erhob seine Stimme.

»Meine Erinnerungen kommen nur gestückelt zurück.«

»Also gibst du zu, dass du davon wusstest?«, zischte Lucas, die Augen zu Schlitzen verengt.

Die anderen Jungs sahen aufgewühlt von Aziz zu Lucas, dann wieder zu Fabiu.

»Ich hab doch gestern schon erzählt, dass ich in meiner Vision ein zerstörtes London gesehen habe.«

»Nicht ganz dasselbe, hm? Also behältst du vorsätzlich Informationen für dich?« Er schaute wie ein Ankläger in die Gesichter der anderen Jungen. »Haben das alle gehört, ja?«

Langsam platzte Fabiu der Kragen. »Sei du mal ganz still, Lucas! Wo warst du eigentlich bei den letzten Meetings? Wo warst du da mit deinem großen Maul, hm? Ach ja, ich erinnere mich! Zusammengerollt in deiner Decke wie ein elendes Würmchen, das sich bei Regen vorm Ertrinken fürchtet!«

Als Lucas ihn böse anfunkelte, wusste Fabiu, was los war: Sein selbstsicheres Grinsen vorhin musste Lucas verraten haben, dass er aus Versehen etwas Wichtiges preisgegeben hatte. Und statt zu warten, bis Fabiu es gegen ihn verwenden würde – was überhaupt nicht seine Absicht war –, ging Lucas direkt auf Konfrontation, um Fabius Glaubwürdigkeit zu untergraben.

»Im Grunde«, richtete sich Lucas nun verschwörerisch an die gesamte Gruppe, »könnte der Guppy uns hier alles Mögliche erzählen, um uns zu manipulieren.«

»Aber er sagt ja nichts!«, warf Zakir abgeklärt ein. »Das ist doch das ganze Problem – dass er mit keiner brauchbaren Info um die Ecke kommt.«

Doch Lucas ließ sich nicht aus der Bahn werfen. Er stand auf und zeigte auf Fabiu.

»Eben! Weil er Geheimnisse hat und die wichtigen Sachen für sich behält! Keiner von uns kann überprüfen, was er sagt, und deswegen bin ich der Annahme, dass Fabiu der Verräter ist, der uns hier reingebracht hat!«

Dem vor Wut zitternden Rumänen blieb die Luft im Halse stecken und er hörte seinen eigenen Herzschlag wild pochen. Doch als er es wagte, sich umzuschauen, entdeckte er in den Gesichtern der anderen nur ungläubige Blicke, die sie sich langsam untereinander zuwarfen.

Fabiu nahm einen tiefen Atemzug. Als Isaac ihn anblickte und mit einer hochgezogenen Augenbraue leicht den Kopf schüttelte, fing Fabiu sich wieder. Erleichtert, dass die anderen hinter ihm zu stehen schienen, tat er das Einzige, was Lucas noch mehr verletzen konnte als die Tatsache, dass ihm nicht einer glauben wollte – Fabiu wandte sich offen und vor allen anderen gegen ihn:

»Du willst also, dass ich rede?«, fragte der Dunkelhaarige drohend, woraufhin Lucas' Selbstsicherheit weiter zu bröckeln schien. »Gut. Kannst du haben.«

Fabiu stand auf und sprach mit donnernder Stimme: »Wir sind wegen Lucas hier unten – und wir sind hier, um zu sterben!«

Keiner sagte einen Ton und Lucas starrte entsetzt in Fabius Augen – doch der verzog keine Miene. Finster durchdrang sein Blick den wie versteinerten blonden Jungen, der es nicht wagte zu atmen. Fabiu hatte es für sich behalten wollen, doch Lucas ließ ihm keine Wahl.

»Er war in meiner Vision heute Nacht.«

»Was genau hast du gesehen? Erzähl schon!«, rief Joshua ungeduldig.

Fabiu atmete tief ein. Als er Lucas in die Augen schaute, kribbelte es überall an seinem Körper und er sah den älteren Lucas aus seiner Vision vor seinem inneren Auge – noch immer sehr jung, doch seine Wangenknochen waren schärfer, sein Kiefer markanter. Ihn überkamen dieselben Empfindungen und Gedanken von letzter Nacht.

»Lucas und ich werden zusammen für eine Firma arbeiten – vielleicht in fünf oder sechs Jahren. Es ist eine große Organisation, sie heißt ONE, glaube ich. Wir sind beide noch relativ neu dort, aber Lucas steht über mir. Vermutlich weil er besser ausgebildet ist oder was weiß ich. Aber es stört mich gar nicht. Ich … ich schaue zu ihm auf. Er kommt gerade aus einem wichtigen Meeting und ist stolz, denn er erzählt mir, dass sie endlich eine Lösung gefunden hätten.«

Fabiu schluckte kurz.

»Eine Lösung wofür?«, drängte ihn Joshua.

Er sah in die gespannten Gesichter der anderen, dann zurück in das fassungslose Gesicht von Lucas.

»Er sagt, sie hätten endlich eine Lösung gefunden, die Hemm-schwelle im Krieg zu senken, um schneller mehr Menschen zu töten.«

»Lüge!«, rief Lucas. »Das denkt er sich nur aus wegen unseres Gesprächs vorhin!«

Fabiu sah, wie verletzt Lucas war – wie verraten er sich fühlte –, und das bestätigte seine Theorie: Fabius Erinnerungen waren viel-leicht noch verworren, aber seine Visionen waren bereits um einiges weiter fortgeschritten als Lucas'. In einer seltsam verdrehten Art und Weise tat Lucas ihm beinahe leid.

»Lucas sagt, ONE habe die Regierungspläne für die Operation *SEED* in die Hände bekommen – eine geheime Evakuierungsmaß-nahme, die Kinder in den Großstädten der USE zum Schutz in den Untergrund schicken soll. Sie wäre bisher nicht zur Anwendung ge-kommen, weil europäische Verbündete, und somit Mitwisser, die Seiten im Krieg gewechselt hätten. Doch der ONE-Vorstand werde die Regierung überzeugen, das Programm trotzdem umgehend um-zusetzen. Man hätte da Mittel und Wege. Denn wenn die Kinder in Sicherheit sind, ist die Angst vor zivilen Opfern und die moralische Verantwortung im Krieg auf beiden Seiten um einiges geringer. Sobald die Kinder dann aber im Untergrund angekommen sind, würde man die SEEDs versiegeln ... und alle darin Gefangenen ver-gasen.«

Lucas ging verzweifelt und kopfschüttelnd einen Schritt zurück, wobei er hinfiel. »Du lügst! Du bastelst aus allem, was ich gesagt habe, etwas komplett Abstruses zusammen, um mich als Verräter darzustellen!«

»Sei still, Lucas!«, befahl Zakir ohne jede Spur der Gelassenheit, die sonst in jedem seiner Sätze mitschwang.

»Gas«, fuhr Fabiu trocken fort, »sei die sauberste Form, die Saat der Menschheit im Keim zu ersticken, ohne weitere bleibende Schäden am Ökosystem zu hinterlassen. Das hätten Tests in der Vergangenheit gezeigt.«

Fabiu trat in die Mitte des Kreises. »*Brat'ya*, ich befürchte, wir sind einer dieser Tests!«

Lucas protestierte vehement: »Du warst auch da! Bei ONE! Das hast du selbst gesagt! Du wirst für dieselbe Firma arbeiten, die Menschen – die Kinder – töten will!«

Fabiu verzog keine Miene. Alles, was er gestern Nacht gefühlt hatte, stieg wieder in ihm auf, doch dieses Mal wurde ihm einiges klar: Ja, es stimmte – er war Teil von ONE und er bewunderte Lucas für das, was er erreicht hatte oder ... erreichen würde?

Doch er spürte ebenfalls ein Feuer in seiner Brust, das ihm sagte, er müsse ONE aufhalten. Und dieses Gefühl kam nicht von hier, aus dieser Zeit. Es kam von seinem Ich, das Lucas in fünf, vielleicht sechs Jahren gegenüberstehen und verstehen würde: Es brauchte Mut, skrupellos zu sein – aber es brauchte weit mehr Mut, in einer Welt, die dem Untergang geweiht war, an das Gute zu glauben und eine hellere Zukunft zu sehen. Nicht für sich selbst, sondern für die gesamte Menschheit.

Und die Tatsache, dass er diese Erkenntnis bereits jetzt hatte – fünf oder sechs Jahre, bevor er sie haben sollte –, entfachte in ihm eine Sicherheit, dass er diese Vision nicht Realität werden lassen würde. Er war Lucas voraus – jetzt vielleicht sogar fünf oder sechs Jahre.

Isaac sprang auf. »Ich denke, das reicht! Hatten wir nicht darüber gesprochen, dass uns Streit in dieser Situation nicht weiterbringt?«

Joshua hatte sichtlich mit sich zu ringen, um nicht zu widersprechen. Lucas hingegen schnaubte noch immer aufgebracht und der letzte Tropfen Blut schien sein kalkweißes Gesicht verlassen zu haben.

»Fabiu«, richtete sich Isaac an ihn, »danke, dass du deine Vision mit uns geteilt hast. Aber ich denke, für Anschuldigungen ist es zu früh. Ich meine, wenn Lucas in deiner Vision tatsächlich von diesen Tests aus der Vergangenheit spricht, wieso erwähnt er dann nicht, dass er selbst an einem teilgenommen hat?«

»Vielleicht geht er später zu dieser Organisation, *weil* er hier unten war«, warf Joshua ein, doch Fabiu wusste bereits, dass noch mehr nicht zusammenpasste.

Wieso konnten sich Lucas und er in seiner Vision nicht an ihre gemeinsame Zeit im SEED erinnern? Er dachte erneut an die ausgelöschten Erinnerungen der anderen an den Krieg und fragte sich, ob das zu bedeuten hatte, dass er erneut Dinge vergessen würde.

Das würde er nicht zulassen! Zu hart hatte er hier unten dafür gekämpft, Herr über seine eigenen Gedanken zu werden – seine Erinnerungen würde er nie wieder hergeben!

»Es ist völlig egal«, unterbrach Isaac, »wer was in der Zukunft machen wird, denn wenn wir hier unten nicht zusammenhalten, gibt es für keinen von uns eine Zukunft! Für uns ist das Hier und

Jetzt überlebenswichtig! Aber immerhin wissen wir nun endlich eines mit Sicherheit: wer uns hier runtergebracht hat! Eine Organisation namens ONE, die die SEEDs der Regierung für Tests nutzt, um sie zu Vernichtungsfallen umzubauen.«

»Mich würde nicht wundern, wenn bestimmte Teile der Regierung da mit drinhängen würden«, zischte Ed verschwörerisch und warf Lucas einen vorwurfsvollen Blick zu.

Der schien noch immer zu perplex, um sich zu wehren, was der Rothaarige sichtlich genoss. Fabiu war sich nicht sicher, ob Ed tatsächlich die Regierung verdächtigte oder nur die nächstbeste Gelegenheit ergriff, Lucas' Senatoren-Mum anzugreifen. Schließlich wusste jeder, dass die Rechten weltweit vernetzt waren – egal ob in Amerika oder Europa.

»Spekulieren bringt nichts«, wiederholte sich Isaac offensichtlich genervt, als er sich an Ed richtete. »Wir sind eine Familie hier unten, habt ihr das alle schon vergessen?«

Ed lehnte sich schmollend zurück. Die Situation war festgefahren. Hier kamen sie nicht weiter.

»Fabiu, kannst du uns noch mehr über diese Firma erzählen?«, fragte Joshua, der sich nun erhoben hatte.

Fabiu überlegte kurz. »Dort war alles weiß und aus Glas.«

»Natürlich«, raunte Zakir. »Warum operieren große, böse Organisationen immer aus geheimen weißen Laboren mit viel Glas? Das ist so ziemlich das ausgelutschteste Klischee aus jedem Endzeitfilm.«

Fabiu merkte sehr wohl, dass Zakir ihm mit seinem sarkastischen

Unterton indirekt unterstellen wollte, dass seine Fantasie etwas aus Filmen zusammengebastelt hatte.

Doch er wusste es besser – diese Visionen waren mehr als das. Außerdem hatte er Endzeitfilme schon immer dämlich und überdramatisiert gefunden. Ginge die Welt vor die Hunde, täte sie das vermutlich langsam, schleichend und qualvoll – nicht in anderthalb Stunden mit so vielen Explosionen, Zombies und halb nackten, bewaffneten Frauen wie nur möglich.

»Ich meinte, wer oder was ist ONE? Wofür stehen sie? Was sind ihre Ziele?«, hakte Joshua nach.

Fabiu grübelte angestrengt, doch er konnte es nicht genau in Worte fassen. Es war eher ein Haufen unsortierter Emotionen, die ihm ein Verständnis dafür gaben, was ONE war und wie er in Hinsicht auf ONE fühlte, doch er konnte es nicht benennen.

Je länger er versuchte, sich zu finden, desto schwerer wurden die Blicke auf ihm, bis Joshua mit ungewohntem Verständnis sprach: »Ich denke, wir sollten ihm etwas Zeit geben, oder?«

Fabiu schaute in die dunklen Augen des Asiaten, der ihn zu seiner Überraschung freundlich anlächelte. Zum ersten Mal war Fabiu beinahe überzeugt, dass Joshua die Gruppe tatsächlich einigen konnte.

Fabiu nickte leicht und hätte schwören können, dabei doch einen Hauch Enttäuschung in Joshuas Blick gesehen zu haben.

»Gut, Leute, dann beruhigen wir uns jetzt mal alle.« Joshua blickte insbesondere zu Lucas. »Du hast, wie ich dich kenne, sicher auch nichts mehr hinzuzufügen, hm?«

Jeder konnte in Lucas' Gesicht sehen, dass er hastig versuchte, etwas zu finden, was ihn von Fabius Vorwürfen freisprechen oder wenigstens entlasten würde.

Doch kopfschüttelnd fuhr Joshua fort: »Dachte ich mir. Dann löse ich die Versammlung hiermit offiziell auf.«

Diese Worte schienen wie eine Erlösung für Lucas, denn alle Anspannung entwich seinem Körper.

Als Fabiu mitleidig zu ihm hinüberschaute, erwartete er eigentlich einen vernichtenden Blick, doch alles, was er im Gesicht des anderen sah, war Verwirrung, Demütigung und – ja, Fabiu war sich ziemlich sicher – Angst.

Seit diesem Frühstück hatte niemand mehr Lucas gesehen. Er war wie vom Erdboden verschluckt. Fabiu wunderte sich, wohin er verschwunden war – nicht, dass er es ihm verübelte, nach alldem das Weite gesucht zu haben –, doch der SEED war überschaubar.

Fabiu machte keine Anstalten, Lucas zu suchen. Was hätten sie sich auch zu sagen? Bei diesem Gedanken spürte Fabiu erst wirklich, wie schlecht es ihm damit ging, Lucas verraten zu haben. Er erinnerte sich, dass sie auf der Suche nach der Station, wo sie aufeinander angewiesen gewesen waren, für eine kurze Weile so etwas wie Vertrauen füreinander empfunden haben mussten. All das schien nun schon so endlos lange her, dabei war es gerade mal eine halbe Woche.

Aber im Endeffekt, dachte sich Fabiu, *ist es Lucas' eigene Schuld.* Hätte er nicht versucht, Fabiu vor allen bloßzustellen, wäre das

Ganze auch nicht auf ihn selbst zurückgefeuert. Fabiu hatte ihn nicht verraten wollen. Auch wenn genau das ihm endlich die ersehnte Anerkennung und Wertschätzung der anderen gebracht hatte. Selbst Joshua schien nach diesem kleinen Erfolg viel optimistischer und weniger streng mit ihm zu sein.

Was Fabiu allerdings bemerkt hatte: Niemand war auf den Hinweis mit Aziz angesprungen. Lucas hatte vorhin erwähnt, dass Aziz von dem Dritten Weltkrieg wusste. Doch bisher hatte keiner ihn darauf angesprochen.

Vermutlich hielten es alle für einen Bluff, da niemand Lucas wirklich glaubte. Er hatte Zakir sogar etwas zu laut zu Joshua flüstern hören, dass er daran zweifelte, dass Lucas überhaupt etwas Ähnliches wie Fabiu sehen konnte. Seiner Meinung nach hatte Lucas sich das nur ausgedacht, um sich wichtig zu machen und sich so selbst vor der Gruppe zu schützen.

Blödsinn, dachte Fabiu. Schließlich wusste Lucas von seinen Visionen, ohne dass er ihm davon erzählt hatte, und vom Dritten Weltkrieg, von dem auch Aziz gesprochen hatte. Als Joshua gemerkt hatte, dass Fabiu sie hören konnte, erhoben sich Zakir und er und schoben die Toilette als offensichtlichen Vorwand vor, um den Raum zu verlassen. Kurze Zeit später folgte auch Ed.

Die andere Möglichkeit ist, dachte Fabiu, *dass die Jungs Aziz schlichtweg für zu dumm halten.*

Bei Joshua war Fabiu sich ziemlich sicher, dass sein Ego zu groß war, um sich auch nur eingestehen zu können, dass Aziz mehr wusste und wichtiger als er selbst sein könnte.

Fabiu hatte heute besonders Aziz im Auge. Er wollte beobachten, wer und ob jemand mit ihm reden würde. Dabei fiel ihm jedoch noch etwas ganz anderes auf. Aziz trainierte nicht wie die anderen schlicht aus Langeweile. Er bereitete sich vor, als würde ein Krieg bevorstehen, für den er gewappnet sein musste. Fabiu fragte sich, ob Aziz nicht noch mehr wusste, als er ihm bereits erzählt hatte, und dachte an seine Worte – dass sie beide Dinge für sich behielten, um sich einen Vorteil zu verschaffen. Doch immer wenn sich ihre Blicke trafen, war da nur das vielsagende, breite Grinsen im verschwitzten Gesicht des türkischen Jungen.

Als Fabiu, schon fast wütend über diese Provokation, seine Stimme erhob und ihn fragte, was das den ganzen Tag sollte, rief ihm Aziz feixend und noch breiter grinsend zu: »Du wirst schon sehen. Ich mache meine Familie stolz, *Habibi*.«

Fabiu war sich erst nicht sicher, welche Familie er meinte – seine tatsächliche oder die hier unten. Dann fühlte er sich dumm.

Doch seine Frage schien etwas ausgelöst zu haben, denn Aziz legte die Eisenstange mit den Gewichten zur Seite, bei der sich Fabiu sicher war, diese nicht mal anheben zu können. Pfeifend schlenderte der aufgepumpte Junge zur Treppe, kickte die Hose von seinen muskulösen Beinen auf den bereits dort liegenden Haufen Klamotten und sprang beinahe in das Wasser, um Fabius Blicken zu entkommen.

Der seufzte laut. Wenigstens waren Isaac und er nun ungestört. Doch als Fabiu seinen Kopf suchend umdrehte, konnte er ihn nirgends entdecken. Er stand auf und schaute in jede Ecke, hinter

jede Trennwand, doch Isaac musste sich unbemerkt davonge-
schlichen haben. Fabiu war völlig allein in dem großen Raum. Zufrieden atmete er einmal tief ein und genoss die Stille, als er sich in
sein Bett fallen ließ. Als der muffige Geruch der klammen Matratze
in seine Nase stieg, verschwand das Lächeln plötzlich von seinem
Gesicht. Es war nicht die Zeit für sich alleine, die er vermisste ... Es
war das Gefühl von Freiheit, das er sich nicht einmal mehr ins Gedächtnis rufen konnte, wenn er die Augen schloss, da der muffige
Geruch von Tod in der Luft hing. Er musste hier raus! So schnell wie
möglich!

Es stank, es war eng und das Wasser war bereits bis zu ihren Knö-
cheln hochgestiegen, doch das kümmerte die drei nicht. Sie hatten
Wichtiges zu besprechen!

»Und du bist sicher, dass du das hinbekommst?«, fragte Ed zaghaft, als er Zakir sein *PHONE* überreichte.

»Tehehe, hab ich Kassi geschrieben oder was? Dann werd ich sie
wohl auch easy umprogrammieren können«, antwortete der Riese
belustigt.

»Und dazu reicht dir eine Bluetooth-Verbindung?«, fragte Ed
misstrauisch.

»Nun lass ihn mal machen«, unterbrach ihn Joshua, »der weiß
schon, was er tut.«

Die drei standen enger, als Joshua lieb war, am oberen Ende der
Treppe, die zu den Toiletten führte. Er hielt die Kopfhörer, während
Zakir auf Eds Smartphone herumtippte. Mit einer zackigen, kreis-

förmigen Bewegung wischte Zakir mit dem Mittelfinger über die Ohrmuschel des Kopfhörers und tippte zweimal kurz in die Mitte des imaginären Kreises.

Daraufhin piepste das *PHONE* in Zakirs Hand zweimal auf und begann zu vibrieren.

Zakir grinste zufrieden. »Alles klar, sobald die Einrichtung beendet ist, kann ich loslegen.«

»Und was genau wollt ihr damit anstellen? Was ist der Plan?«

Zakir zögerte und warf Joshua einen fragenden Blick zu. Der schüttelte heftig den Kopf.

»Jetzt reicht's aber!«, platzte es aus Ed. »In dem Moment, wo ihr meine Technik benutzt, bin ich automatisch auch Teil des Teams, klar?«

»Ist das irgendwie 'ne feste Regel?«, lachte Zakir amüsiert.

Ed starrte ihn verdutzt an. »Was?«

»Na ja, du sagst das so, als stünde das in jedem Gesetzbuch: Wer die Technik eines anderen benutzt, muss diesen in sein Team –«

»Ja, ja, sehr witzig. Also?«

Fordernd starrte Ed nun Joshua an und ignorierte Zakir. Joshua sah sich dadurch in seiner Rolle als Anführer respektiert und er lenkte ein.

»Na gut«, grinste er. »Zakir kann mit Kassi durch die *HEADS* jeden registrieren und dadurch ihren *TuneSpot*-Account auslesen.«

»Das ist illegal!«

»Ich weiß«, grinste Zakir, als er seinen Kopf zwischen die anderen beiden schob.

Joshua legte seine gesamte Handfläche auf Zakirs Visage und drückte ihn kraftvoll zurück auf Abstand. Er hatte sich mittlerweile daran gewöhnt, dass Zakir Nähe als eine Art Provokation zu seiner eigenen Belustigung nutzte.

»Du kennst doch *SmartThink*, oder?«, fragte Joshua.

»Ich habe zwar schon davon gehört, aber ich benutze nichts von *TuneSpot*. Aus Prinzip.« Ed blickte schmollend zu Zakir. »War wohl auch die richtige Entscheidung, wenn deren Sicherheitssystem von einem Kind gehackt werden kann!«

»Alter, seh ich wie ein *Kind* für dich aus?« Zakir presste grinsend seine Handflächen aufeinander, wodurch sein Bizeps und seine

Brust- und Halsmuskulatur anschwollen – ein Anblick, der Ed beschämt zu Boden sehen ließ.

»*SmartThink* ist ein Programm, das dir bei Entscheidungen hilft, weil es dich besser kennt als du dich selbst«, erklärte Joshua beinahe schon leidenschaftlich, was untypisch für ihn war.

Das bemerkte auch Zakir. »*TuneSpot*-Fanboy«, seufzte er. »Das war doch eins zu eins der Text aus der Werbung, oder?«

Joshua wurde rot und blickte zur Seite.

Selbstgefällig lächelnd fuhr Zakir fort: »Im Grunde hat *TuneSpot* 'nen Algorithmus entwickelt, der alle Daten, die in deinem Account gespeichert werden, nutzt, um eine Vorhersage basierend auf deinem bisherigen Verhalten zu treffen. Fanboys feiern es als mystisches Feature, im Grunde zeigt es aber nur, wie beängstigend viel *Tune-Spot* über dich weiß. Im Grunde hat mir dieser Algorithmus sogar die Inspiration für Kassi gegeben– dadurch kenne ich jede Codezeile beinahe auswendig.«

Zakir schaute sich nach Bewunderung suchend um, fand jedoch keine. Da niemand sein Genie zu schätzen schien, fuhr er etwas mürrischer fort: »*SmartThink* wertet aus, ob du der vorhergesagten Empfehlung folgst, und wenn du das tust, bestätigst du dadurch den Algorithmus und machst ihn so noch schlauer. Ein Beispiel: Wenn du ein neues Game kaufen willst, dir aber unsicher bist, fragst du *SmartThink* und das Programm sagt dir: ›Ja, kauf es‹ oder ›Nein, kauf lieber das‹.«

Ed schaute noch kritischer als zuvor. »Was es dir nur wahrscheinlich niemals sagen wird, ist: ›Kauf lieber gar nichts‹, oder? Und woran misst der Algorithmus mein tiefes Verlangen nach diesem Spiel?«

Zakir gluckste. »Auf Basis deines Spielverhaltens und deiner Spielstände. Kaufst du dauernd Spiele, aber spielst sie nie zu Ende? Dann kauf lieber was anderes, was Kürzeres. Vielleicht ein App-Game. Auch deine Interessen werden mit denen anderer Spieler abgeglichen, um sicherzustellen, dass dir das Spiel wirklich gefallen wird. Dein Einkommen spielt auch 'ne Rolle und ob Freunde von dir das Spiel besitzen – also ob du dich mit ihnen darüber austauschen kannst. Soziale Bindungen sind somit auch ein Kriterium.«

»Und lass mich raten – welcher Spielhersteller gerade das meiste Geld bei *TuneSpot* investiert hat, spielt auch eine Rolle, welches Spiel dir vorgeschlagen wird, hm?«, fragte Ed mit gerunzelter Stirn.

»Die größte«, grinste Zakir und puffte Joshua in die Seite. »Der Kleine ist echt nicht dumm!«

Ed strahlte und hakte kritisch nach, um sich zu beweisen: »Also ist euer Plan, einen Verdächtigen –«

»Aziz«, warf Zakir ein, woraufhin er nur einen zweifelnden Blick von Ed kassierte.

»Siehst du!!«, rief Joshua beinahe triumphierend. »Lucas ist unser Hauptverdächtiger.«

Zakir rollte nur mit den Augen, woraufhin Ed fortfuhr: »Hab ich mir gedacht. Okay, also wollt ihr Lucas anzapfen und seine Daten mithilfe des Programms auswerten. Aber was dann? Was genau soll euch das *TuneSpot*-Profil verraten können?«

Joshua grinste siegessicher. »Alles. Das Profil ist wertvoller, umfangreicher und zuverlässiger als jedes Gehirn. Es weiß, wann du was in welcher Situation gemacht, notiert, gepostet, gesucht oder gesagt hast, und ist sogar in der Lage, all diese Informationen zusammenzufügen und zu interpretieren, um einen nahezu perfekten Spiegel deines Lebens zu erstellen. Die *SmartThink*-Software ist praktisch unser Guide, der uns durch dieses digitale Abbild von Lucas' Leben führen wird.«

»Das einzige Problem zurzeit ist: Es gibt eine Sperre im Datenspeicher des *TuneSpot*-Accounts, eine Art Safe-Zone, die den Nutzer eigentlich davor schützen soll, dass das Programm zum Beispiel vor Freunden deine sensiblen Daten ausspuckt – also dir nicht empfiehlt, statt des Party-Games lieber 'ne Taschenmuschi zu kaufen, weil du letzte Woche schon dreimal die Sexshop-Seite besucht hast.«

Bei dem Gedanken schluckte Ed und Joshua rollte die Augen, da Zakir ihm dieses Problem an exakt demselben vulgären Beispiel deutlich gemacht hatte.

»Diese Sperre will ich mit deinem *PHONE* aushebeln, bevor wir die Account-Daten auslesen.«

»Warum?«, fragte Ed und Joshua grinste wissend, denn er ahnte, was Zakir antworten würde.

»So bekommen wir zuverlässigere Antworten aus dem Programm heraus und gehen sicher, dass Lucas nichts Geheimes in der Safe-Zone versteckt hat. Und sollten wir keine brauchbaren Infos via *SmartThink* bekommen ... haben wir immerhin alles Schmutzige in der Hand, was ihm je durch den Kopf gegangen ist, und du glaubst nicht, wie wertvoll das sein kann.«

KAPITEL 11

WIE DIE KINDER

Fabiu erschrak, als er im überfluteten Gleisbett schwamm, denn plötzlich war alles stockduster und still – die Glühbirnen der Lichterketten erloschen, das Raunen des Notstromaggregats verstummte. Nur der leise Widerhall hing noch in den Wänden des SEEDs.

»Hallo?«

Nach einer kurzen Weile in der stillen Dunkelheit vernahm Fabiu verwundert ein sehr schwaches Licht vor sich am Ende des Tunnels. Er schwamm auf den Schein zu. Sollte seine Orientierung ihn nicht vollkommen im Stich gelassen haben, kam das Licht durch die Tür, die hinauf zum Generatorenraum führte.

Vorsichtig nahm er eine Stufe nach der nächsten und konnte flackernde Kerzen am Boden des Raumes entdecken. Dann sah er eine Gestalt: Mit einer Kerze in der einen und einem Schraubenzieher in der anderen Hand werkelte sie am kleinen Metallkasten hinter dem Generator herum, als es plötzlich ein lautes Klicken, gefolgt von einem wummernden Surren gab und die Lichter an der Wand wieder angingen. Das Notstromaggregat hingegen blieb stumm.

Euphorisch rief Fabiu: »Du hast es geschafft!«, als die Gestalt sich umdrehte und er in Isaacs verschwitztes Gesicht schaute.

Isaac strahlte triumphierend. »Die Stromversorgung steht! Wir sind wieder am Netz!«

Fabius Augen leuchteten, denn das bedeutete noch etwas anderes: »Also *gibt* es da oben immer noch ein Netz!«

Breit grinsend suchte Fabiu den kleinen Raum nach der Drahttrommel ab, auf der er das letzte Mal gesessen hatte, doch als er sie nicht finden konnte, ließ er sich neben der Treppe zu Boden gleiten.

Keiner der beiden sagte einen Ton. Immer, wenn sich ihre Blicke trafen, mussten sie nur bis über beide Ohren grinsen.

Es wird!, dachte Fabiu.

»Wie schaut's bei dir aus? Alles okay im Schlafraum?«

Fabiu versuchte, abfällig zu lachen, doch dazu war er viel zu glücklich.

»Da ist keiner. Alle scheinen voreinander zu fliehen, um mal ihre Ruhe zu haben. Verständlich, wenn man hier Tag für Tag nur rumgammelt.«

»Rumgammeln?« Isaac deutete gespielt empört auf den Generator, der keinen Mucks mehr von sich gab, und Fabiu lachte.

»Ja, alle außer dir! Was kommt als Nächstes? Baust du 'ne Riesenpumpe, um uns vorm Ersaufen zu retten, oder so?«

Doch sobald Fabiu die Frage ausgesprochen hatte, bereute er es, denn Isaac zögerte. Isaac musste sich fühlen wie Fabiu gestern, nachdem er so stolz gewesen war, sich endlich an etwas Brauchbares erinnern zu können. Doch als dann Joshua mit seinen Fragen nach mehr Infos kam, hatte er sich gleich wieder nutzlos gefühlt.

Als sich ihre Blicke trafen, grinste Isaac und ließ sich nichts weiter anmerken.

»Hey«, rief er, »ich bin kein Zauberer – aber beinahe!« Isaac hielt eine kleine Apparatur hoch. »Ich arbeite tatsächlich gerade an etwas.«

Für Fabiu sah das Teil aus wie gewöhnlicher Elektroschrott.

»Was soll das sein? Versuchst du dich als Künstler?«, fragte er neckisch.

»Pass mal auf, sonst mach ich aus dir gleich 'n Kunstwerk, Bruder.«

Isaac griff lachend nach einem kleinen Hammer neben sich und schwang ihn in der Luft. Beide mussten so heftig lachen, dass Fabiu zur Seite umkippte. Nicht, weil das der beste Witz aller Zeiten gewesen war, sondern weil sie das Lachen selbst so sehr vermisst hatten und es nun gemeinsam wiederentdeckten. Mit einer Vertrautheit, die Fabiu noch nie mit jemandem gefühlt hatte.

Er hörte auf zu feixen und hielt kurz inne.

»Warst du schon mal verliebt, Isaac?« Die Worte kamen über seine Lippen, bevor er darüber nachdenken konnte.

Isaac hörte ebenfalls auf zu lachen. Er legte den Hammer und das metallische Etwas neben sich ab und richtete sich auf.

»Ja.«

»In einen Jungen oder ein Mädchen?«

Beide schauten sich tief in die Augen und Isaac fiel es schwer, den Blick zu halten.

»In ein Mädchen. Natürlich. Ich mein –«

»Du bist ein Junge. Ich weiß.«

Ihre Augen ließen einander los und Fabius Blick sank zu Boden.

»Und du?«, fragte Isaac sanft.

»Was *ich*?«

»Warst du schon mal verliebt?«

Fabius Herz zog sich zusammen. »Ja.«

»In einen Jungen oder ein Mädchen?«, grinste Isaac.

»Was?«, fragte Fabiu überrascht und etwas aus der Bahn geworfen.

»Dumme Frage, hm?« Isaac grinste ihn an. »Das Mädchen auf dem Polaroid, oder?«

Seine Stimme klang verunsichert und etwas zu vorsichtig.

Fabiu nickte. »Mika war meine erste große Liebe. Ich weiß, wir waren superjung – gerade mal 13 –, aber ich hätte alles für sie getan.«

»Ich verstehe.«

Keiner hat das je verstanden, dachte Fabiu.

Wenn er in seinem Alter von Liebe sprach, belächelten ihn nur alle. Seine Eltern hatten mal gesagt, er könnte noch gar nicht wissen, was Liebe überhaupt sei. Doch er wusste es. Er wusste es in dem Moment, als er sie verlor.

»Es war nicht der Krieg, der sie getötet hat, so wie ich es erzählt habe.«

Isaac verlagerte nervös immer wieder sein Gewicht von einem Fuß auf den anderen.

»Fabiu, ich hab dir gesagt, deine Geheimnisse gehören dir und –«

»Sie wurde umgebracht. Die Leute, bei denen wir gewohnt haben – sie haben Männer mitgebracht, mit denen sie Sex haben musste. Verstehst du? Sie *musste*! Sie hatte keine Wahl. Als ich eines Tages nach Hause kam, habe ich sie entdeckt. Diese Männer haben gesehen, wie wütend ich war, und haben sich einen Spaß draus gemacht, mich im Nebenzimmer einzusperren. Während ich versuchte, die Tür aufzubekommen, musste ich alles mit anhören. Ich hörte, wie sie vor Schmerzen schrie. Lauter, immer lauter. Ich hörte, wie sie sie würgten. Irgendwann kam kein Ton mehr von ihr. Als wären ihre Stimmbänder gerissen. Kein Schrei, kein Wort … kein Atmen. Nie wieder.«

Fabiu wusste nicht, was er tat. Sein Gehirn schien auf Pause zu stehen und sein Mund redete einfach weiter. Er hörte sich selbst das erste Mal sagen, was er noch nie gewagt hatte auszusprechen. Er hatte sich geschworen, nicht einmal mehr daran zu *denken*.

Fabiu blickte in Isaacs glasige Augen, der seine kleine, zierliche Hand vor den Mund gepresst hatte.

»Ich hab sie umgebracht.«

»Es war nicht deine Schuld.«

»Du verstehst nicht! Ich hab sie umgebracht. Ich hab die Typen, als sie sich wieder anziehen wollten, umgebracht – aus dem Fenster gestoßen. Ich hab keine Ahnung, wie. Es stand offen, ich hatte die Tür endlich aufbekommen und …«

Den Blick zu Boden, begann Fabius Nase zu laufen und er wischte sie schniefend an seinem Ärmel ab. Als er seinen Kopf hob, stand Isaac vor ihm. Ohne ein weiteres Wort nahm er ihn in den Arm.

Fabiu drückte Isaac fest an sich, als der Dreizehnjährige flüsternd wiederholte: »Es war nicht deine Schuld.«

Auch die kleinen Siege muss man feiern – das meinte zumindest Zakir. Deswegen drehte er seine Kopfhörer auf volle Lautstärke – was zugegebenermaßen nicht sonderlich laut war –, nachdem Isaac stolz verkündet hatte, dass der Strom wieder da war. Der Halbägypter begann, sich seltsam rhythmisch zu den smoothen R-'n'-B-Sounds zu bewegen. Fabiu und Isaac schlossen sich Zakir lachend an, der versuchte, den beiden seine merkwürdigen erfundenen Tanzschritte beizubringen. Selbst Aziz kam aus seiner Höhle und nickte zufrieden im Takt der Musik, während er sein Abendessen in sich reinschaufelte. Lucas war nirgends zu sehen, doch das schien auch niemanden so recht zu kümmern – im Gegenteil.

Joshua nutzte die ausgelassene Stimmung, um Ed unauffällig sein *PHONE* wieder zuzustecken. Darauf hatten sie sich geeinigt: Um so wenig Aufmerksamkeit wie möglich zu erzeugen, musste Ed zumindest abends und morgens weiterhin die Zeit ansagen, und dafür brauchte er das Gerät. Den Wecker jede drei Stunden hatte eh schon lange niemand mehr auf dem Schirm, da sie ständig alle im SEED verteilt unterwegs waren.

»Und?«, flüsterte Ed.

»Alles erledigt«, erwiderte Joshua knapp, woraufhin Ed verblüfft über den schnellen Fortschritt der beiden anderen die Augenbrauen hochzog.

»Also heute Nacht?«

Joshua nickte nur knapp und ging dann auf Zakir zu, wobei er sich ein Lächeln aufzwang. Der große Halbägypter legte einen Arm um Joshuas Schulter und zog ihn mit zu den tanzenden Jungen. Joshua versuchte nicht einmal zu protestieren, da es ohnehin zwecklos gewesen wäre.

Warum eigentlich nicht?, dachte er. *Ein wenig Spaß mit den anderen wird schon nicht schaden.*

Tief im Inneren wusste er, dass er sich selbst nicht glaubte. Er mochte diese leichten Momente nicht, da er sie nicht genießen konnte. Hatte er noch nie gekonnt. Erst recht jetzt nicht, während das Wasser stieg und ihre wichtige Geheimmission heute Nacht bevorstand.

Doch Zakir griff ihm unter die Arme und hob ihn, als wäre er leicht wie eine Feder, hoch.

»Schmollen kannst du, wenn du alt bist, Joshi!«, lachte Zakir mit zusammengepressten Augen, als er ihn im Kreis wirbelte.

Joshua war völlig perplex und wusste nicht, wie er angemessen reagieren sollte, doch ehe er zu einem Entschluss kommen konnte, lachte er bereits. Aufrichtig und aus vollem Leib. Er war nie der Junge gewesen, der rumalberte. Doch hier, für einen kurzen Moment, fühlte er sich, wie sich ganz normale Jungen fühlen mussten. Jungen, die sein und machen konnten, was sie wollten.

Nach all den aufgeladenen Reibereien schienen alle erleichtert, dass sie mehr miteinander teilen konnten als nur diesen düsteren Kampf ums Überleben.

Als Ed das letzte Mal die Zeit ansagte, ließ sich einer nach dem anderen erschöpft auf den Matratzen nieder und es spielte keine Rolle, wer auf wessen Bett lag. So gut wie alle waren bereits eingeschlafen, die letzten Unterhaltungen verstummt, als Joshua sich noch immer hellwach auf seine übliche Matratze in die vorderste Ecke fläzte. Doch neben ihm lag nicht wie gewohnt Zakir – der war neben Isaac, alle viere von sich gestreckt, weggepennt –, sondern Fabiu.

Der schaute Joshua mit müden Augen an und sprach gedämpft: »Es tut mir leid.«

Joshua wusste nicht so recht, was er sagen sollte. »Was meinst du?«

»Ich meine, die Visionen. Ich gebe mir alle Mühe, aber es ist einfach nicht so leicht, weißt du.« Fabiu schien schon im Halbschlaf, weshalb er nuschelte.

Joshua musste grinsen, da er ihn an ein kleines Kind erinnerte. »Ist nicht so wild, du machst das ja nicht mit Absicht.«

Unruhig beugte sich Joshua nach vorn und schaute Richtung Treppe. Lucas war noch immer nicht zurück.

»Ich wollte dir nur sagen, dass du ein toller Anführer bist. Ich weiß, was das heißt.«

»Wie meinst du das?«

»Ich musste immer auf all meine kleineren Geschwister aufpassen. Und *das* war schon schwer. Ich kann mir gar nicht vorstellen, wie hart es sein muss, gleichaltrige Jungs beisammenzuhalten – vor allem uns.«

Joshua schnaubte, als hätte er gerade Aziz' schwerste Hantelstange abgelegt.

»Du hast ja keine Ahnung«, seufzte er dankbar. »Ich meine ... Ach egal.«

»Was?«, fragte Fabiu mit kindlicher Stimme.

Joshua dachte unfreiwillig an seine Eltern und sein Zuhause. Dann sah er Fabiu, der mit geschlossenen Augen auf der Matratze zu seinen Füßen lag. In seinen kaputten Hosen, die schon zerschlissen gewesen waren, bevor sie sich durch Feuer, Rauch und Wasser hatten kämpfen müssen.

»Eigentlich bin ich ja nicht derjenige, der jammern sollte. Ich meine, ich hatte schließlich immer alles – du bist derjenige, der sich beschweren könnte, nicht ich.«

Joshua fühlte sich schlecht. Er hatte beinahe tatsächlich einem Jungen von der Straße erzählen wollen, wie hart sein eigenes Leben war.

Doch Fabiu nuschelte: »Nur, weil man alles hat, heißt das nicht, dass einem nicht trotzdem etwas fehlen kann. Weißt du, was ich meine? Glück ist für jeden etwas anderes. Lässt sich halt nicht an Geld messen.«

Joshua dachte nach und kam zu einer für ihn selbst überraschenden Erkenntnis: Nichts hatte ihn bisher so glücklich gemacht wie dieser Abend heute – hier unten im Untergrund, wo keiner mehr besaß als der andere.

»Wobei ein, zwei Millionen nicht schaden würden«, grinste Fabiu. »Mit ein, zwei Millionen fällt es sicher leichter, seine Ziele zu erreichen und glücklich zu sein.«

Joshua schnaubte kurz belustigt. »Ja. Da hast du sicher recht.«

Fabiu antwortete nicht mehr. Vermutlich war nun auch er eingeschlafen.

Joshua kämpfte mit seiner Müdigkeit. Seine Augen brannten wie am ersten Tag, als die Tunnelluft mit beißendem Rauch erfüllt gewesen war. Doch konnte er sich nicht erlauben, sie auch nur für wenige Sekunden zu schließen. Dann hätte er den Kampf gegen den Schlaf verloren.

Nach einer ganzen Weile hörte er plötzlich ein leichtes Plätschern.

Nasse Schritte schleppten sich tropfend die Treppe hinauf. Es war Lucas. Joshua kniff die Augen zusammen und gab vor, wie der Rest zu schlafen. Lucas' leerer Blick wanderte über die wahllos verteilten Jungen, als er beinahe geräuschlos auf seine Matratze zuschwebte, neben der schnarchend Aziz lag.

Ein zufriedener Ausdruck breitete sich auf Joshuas Gesicht aus, als er sich endlich erlaubte, entspannt seine Augenlider ruhen zu lassen, und innerhalb weniger Sekunden einschlief.

Eine große Pranke über seinem Mund ließ Joshua geräuschlos aufschrecken. Er starrte in Zakirs schwarz umrandete Augen, der einen Finger auf seine Lippen legte.

Das hieß, es war so weit!

Ed stand daneben. Das bedeutete, der Vibrationsalarm des Weckers hatte Ed geweckt und er dann Zakir – wie abgesprochen. Alles verlief nach Plan.

Geräuschlos erhob sich Joshua und machte auf Zehenspitzen einen Satz über den schlafenden Fabiu. Perfekt. Joshua nickte kurz zur letzten Matratze, auf der sich Lucas niedergelassen hatte. Zakir verstand auf Anhieb und gefolgt von Ed schlichen sie los.

Joshua hatte Angst, Eds schwere Plattfüße würden die anderen aufwecken. Er war von vornherein dagegen gewesen, dass Ed Teil der ausführenden Mission wurde. Zwei Personen waren mehr als ausreichend, um einem schlafenden Jungen einen Kopfhörer aufzusetzen. Aber Ed bestand darauf, wenn sie seinen Wecker benutzen wollten.

Im Endeffekt stellte sich heraus, dass Ed sehr wohl geräuschlos schleichen konnte, und doch hatte Joshua noch immer ein seltsames Gefühl. Es war eher die Energie, die er als Gefahr sah. Zakir hätte ihn vermutlich angeschaut, als wäre er völlig durchgeknallt, aber Joshua war sich sicher, dass Menschen unruhiger schliefen, je mehr andere Individuen aus ihrem Rudel wach waren. Er konnte es nicht wissenschaftlich erklären, doch Joshua war überzeugt, dass das etwas mit den Urinstinkten zu tun hatte, die jedes Lebewesen vor Gefahren schützen sollten. So wie man spüren kann, wenn Blicke auf einem liegen.

Lautlos schlichen sie nun an Fabiu, Isaac und letztendlich an Aziz vorbei, bis sie vor dem schlafenden Lucas standen. Dieser atmete unruhig und sein Kopf zuckte hektisch von einer zur anderen Seite. Joshua merkte, als er zu Zakir sah, dass der sich nicht mehr so sicher war, ob sich Lucas die Sache mit den Visionen tatsächlich nur ausgedacht hatte.

Am Kopfende des improvisierten Bettes forderte Joshua nun schweigend die modifizierten Kopfhörer von Zakir ein. Der nahm die Teile, die um seinen Hals lagen, und reichte sie mit ruhiger Hand dem jungen Asiaten.

»Das wird schwierig, wenn er so zappelt«, flüsterte Ed und sofort bereute es Joshua, Ed nachgegeben zu haben.

Sie hatten sich geeinigt, die Klappe zu halten, und Ed mehrfach darauf eingeschworen.

Will der Idiot erwischt werden?, fragte sich Joshua wütend.

Zakir warf Ed einen vernichtenden Blick zu, woraufhin dieser seinen Fehltritt bemerkte und seine Hände blitzschnell auf seinen Mund presste.

Als ob Joshua nicht selbst wusste, dass ihr Vorhaben bei Lucas' Zuckungen schwer werden würde. Er zog die Kopfhörer über Lucas' Kopf so weit auseinander, dass er fast Angst hatte, der flexible Bügel könnte brechen, und senkte sie wenige Zentimeter über dem blonden Schopf vor sich. Joshuas Herz schlug wie verrückt und er hatte einen dicken Kloß im Hals, der ihn am Schlucken hinderte.

Drei Sekunden, dachte Joshua. *Drei Sekunden sind genug.*

Immer wieder wiederholte er in seinem Kopf diese Worte der charmanten Frauenstimme in der *TuneSpot*-Werbung über die *HEADS*-Registrierung via Ohrmuschel. Er hatte sie gefühlt Hunderte Male gesehen, bevor sie released worden waren.

Mit einem Ruck riss Lucas seine Augen auf.

Entsetzt schrak Joshua zurück – doch keine weitere Regung von Lucas. Nur ein schweres Hecheln.

Ob das Teil der ganzen Vision-Sache ist?, fragte sich Joshua.

Er drehte sich zu Zakir um, der bestimmt nickte. Erneut beugte sich Joshua über den erstarrten Lucas. Es war wirklich unheimlich, wie seine eiskalten Augen ziellos ins Leere starrten. Doch es half alles nichts – jetzt oder nie!

Joshua holte einmal tief Luft und setzte dann mit angehaltenem Atem die Kopfhörer behutsam auf Lucas' Kopf ab. Die schwarzen Plastikschalen bedeckten die Ohren des Blonden und die Luft war wie geladen vor Spannung.

Leise begann Joshua zu zählen und die Sekunden zogen sich wie ein zäher Kaugummi.

Einundzwanzig, zweiundzwanzig –

Plötzlich sah Joshua, wie Lucas eine Träne aus dem Augenwinkel hinab auf die Kopfhörer lief und reiner Terror in seinen leeren, angsterfüllten Blick trat.

Paralysiert hielt Joshua kurz inne, bis er eine Hand auf seiner Schulter spürte. Hastig drehte er sich um und blickte in Zakirs fragendes Gesicht. Er verstand, sie mussten sich beeilen! Ohne jede Bewegung schüttelte Joshua den Schauder von seinem Körper, griff die Kopfhörer und zog sie behutsam auseinander, weg von Lucas' Ohren. Er reichte sie Zakir und warf noch einmal einen Blick auf Lucas.

Was hatte der verschlossene Junge wohl gesehen? Joshua ertappte sich dabei, wie er sich wünschte, dass Lucas sähe, wie ihm etwas Schreckliches widerfahren würde. Doch dann, als sich die Unterlippe des Blonden zitternd hervorschob, wie bei jemandem, der einen geliebten Menschen verloren hatte, empfand er etwas wie Mitleid für den Jungen, der selbst im Schlaf nicht zur Ruhe kommen konnte.

Als Joshua sich umdrehte, blieb ihm beinahe der Atem stehen. Der winzige Ed zerrte an Zakirs breiter Schulter, um ihn aufzuhalten, doch er hatte keine Chance. Der hünenhafte Junge hockte über das Kopfende der Matratze des schlafenden Aziz gebeugt und war gerade dabei, die Kopfhörer auf dessen Haupt zu senken.

Dann ging alles ganz schnell: Aziz' Augen schossen auf. Doch

Zakir fuhr fort, vermutlich in der Annahme, dasselbe Phänomen wie bei Lucas zu beobachten. Aber Joshua wusste, da lief etwas gehörig aus dem Ruder. Bevor er handeln konnte, griffen Aziz' kräftige Hände nach Zakirs Hals und zogen ihn hinab zu seinen Füßen, mit denen er nun wie ein Affe Zakirs Kopf griff und ihn zwischen seinen Beinen auf den Boden presste.

Zakirs gesamter Körper fiel auf Aziz, der nun in seine Hosentasche griff. Mit verzerrtem Gesicht stach er mit der angespitzten Stielseite eines großen Esslöffels auf Zakir ein. Zakirs zerreißende Schreie mischten sich mit denen von Aziz und weckten alle Jungen.

Joshua sprang auf und trat mit voller Wucht gegen Aziz' seltsam zuckenden Kopf, sodass dieser von seinem Angriff abließ. Ed nutzte den Moment und warf eine der Gewichtscheiben auf Aziz. Als dieser mit einem Schmerzensschrei seine Waffe fallen ließ, kickte Ed den metallischen Gegenstand klirrend außer Reichweite. Joshua griff nach einer Eisenstange, schob sie unter Zakirs Körper und presste sie auf Aziz' Luftröhre.

»Lass ihn los!«, zischte Joshua und drückte noch fester.

Aziz hatte Zakirs Kopf noch immer mit den Füßen am Boden fixiert und seine Augen zuckten unkontrolliert, als ihm Speichel aus dem Mundwinkel lief. Nun standen auch Isaac und Fabiu jeweils auf einer Seite der Kämpfenden und zogen an Zakir, bis Aziz endlich nachgab und ihn freiließ.

Unter großer Anstrengung zerrten die Jungs den blutigen, schweren Körper von dem Türken.

»Zum OP-Tisch mit ihm!«, befahl Joshua.

Aziz grinste mit schmerzverzerrter Miene provokant zu ihm hinauf. Mit pfeifender Atmung presste er hervor: »Dumm gelaufen, was, *Picco*?«

Wutentbrannt holte Joshua aus und mit einem heftigen Schlag ins Gesicht knockte er den Jungen unter sich aus.

Keiner schlief in dieser Nacht mehr, denn sie kämpften um Zakirs Leben. Joshua dirigierte Isaac, der ihm assistierte, um Zakirs tiefe Wunden zu verarzten.

Aziz lag noch immer bewusstlos am Boden. Eine lange Hantelstange, die beidseitig mit so vielen Gewichten bestückt war, dass selbst Aziz sie nicht ohne Weiteres hätte stemmen können, lag über seinem Hals und pinnte ihn so am Boden fest. Links und rechts saßen Ed und Fabiu für den Fall, dass er aufwachen und versuchen würde, sich zu befreien. Die beiden waren heilfroh, dass die Trennwände sie vor Zakirs Anblick auf dem OP-Tisch abschirmten, denn allein bei den markerschütternden Schmerzensschreien wurde Fabiu schlecht. Leise und durchgehend hörten sie Joshua ihm beruhigende Worte zuflüstern.

»Steckst du da auch mit drin?«, fragte Fabiu wütend an Ed gerichtet.

Der senkte den Kopf und das war Antwort genug für Fabiu. »Was habt ihr euch dabei gedacht? Wir haben uns doch ganz klar darauf geeinigt, dass −«

Plötzlich platzte es aus dem rothaarigen Jungen: »Dass wir alle abwarten und uns auf deine Träume verlassen? Toller Plan − wenn wir drei Jahre Zeit hätten. Dann könnten wir gern gemeinsam jeden Morgen frühstücken und dein Traumtagebuch diskutieren, Fabiu! Die haben wir aber nicht! Die Zeit läuft uns davon und wir brauchten einen Plan B!«

Fabiu ärgerte sich, weil er wusste, dass Ed recht hatte. Er war wütend darüber, was mit Zakir passiert war, und wollte es gern an jemandem auslassen – Ed, Joshua und Zakir selbst die Schuld geben –, aber es stimmte. Es blieb keine Zeit mehr, um auf Visionen zu warten!

Ein Knurren aus ihrer Mitte ließ beide hinabschauen.

»Dann auch mal über einen Plan B sprechen, statt im Geheimen zu tuscheln, oder ...? Hätte ich mich nicht im Wasser versteckt, um die *Keks* zu belauschen, wäre ihr dämlicher Plan vielleicht auch noch aufgegangen. Wer ist jetzt der Dumme, hm?«, zischte Aziz erstickt unter der Metallstange.

Er hatte keine Chance, sich zu befreien, solange Fabiu und Ed jeweils auf den Gewichten saßen, und versuchte es daher gar nicht erst. Aber jetzt, wo er wieder zu sich gekommen war, blieb er nicht stumm. Denn Worte waren jetzt seine einzige Waffe.

»Man hätte über 'nen Plan B abstimmen müssen, statt einfach die Gehirne von Brüdern im Schlaf anzuzapfen, du Pisser!«

»Du sollst unser *Bruder* sein? Oder Lucas? Ihr haltet euch doch die ganze Zeit aus allem raus«, konterte Ed mutiger, als er war, und schaute sich im Raum um. »Wo ist der überhaupt schon wieder?«

Erst jetzt bemerkte Fabiu, dass Lucas sich erneut davongemacht hatte.

»Darum geht es nicht, *lan*. Es geht darum, dass euer Anführer eine hinterhältige *Snitch* ist und seine eigenen Leute hintergeht!«

In diesem Moment kam Zakir von Joshua und Isaac gestützt hinter der Trennwand hervor. Sein Oberkörper war mit Bandagen verbunden. Fabiu musste zwangsläufig an Isaac denken und fragte sich, was wohl passiert wäre, hätten sie ihn am nackten Oberkörper behandeln müssen.

Als Zakir schmerzerfüllt Luft durch die Zähne presste, grinste Aziz provokant.

»Ach guck mal an, das Täubchen singt ja immer noch.«

Der große Junge schaute mit verzerrter Miene hinab zu Aziz und lächelte zu Fabius Überraschung zurück.

»Ich bin hier oben. Du liegst da unten. Wer ist wohl in der besseren Position?«

»Tze, lach nur, solange du noch kannst, mit deiner China-Freundin. Eure Zeit ist vorbei!«

»Ziemlich ungünstige Situation, um zu drohen«, meinte Joshua gelassen, doch das Feuer in seinen Augen loderte.

»*Siktir lan*, ich will einen Machtwechsel!«

Alle schienen überrascht und auch Fabiu verstand nicht auf Anhieb.

»Was meinst du mit *Machtwechsel*?«, fragte er verwundert.

Klar, Joshua war zwar der von ihnen gewählte Anführer, aber für Fabiu hatte das bisher eher symbolischen Charakter gehabt und etwas von Struktur in einer Gruppe, die verzweifelt nach irgendetwas suchte, an dem sie sich festhalten konnte.

Anscheinend sah Joshua selbst das komplett anders, denn wütend stampfte er so heftig auf, dass Zakir, den er noch immer stützte, scharf ausatmete.

»*Ich* bin der Anführer!«

»Warum, *lan*? Nach der Aktion kannst du das vergessen!«

Isaac führte Zakir und Joshua unter großer Anstrengung zur nächsten Matratze, auf die sie den Schwerverletzten niederließen.

»An wen hast du gedacht?«, richtete sich Isaac an Aziz, woraufhin ihm Joshua einen fassungslosen Blick zuwarf.

»Bruder, was? Wieso fragst du so was überhaupt?«

Doch unbeeindruckt ignorierte Isaac Joshua.

»Na, an mich.« Doch als Aziz merkte, wie selbst Isaac sofort das Interesse verlor, setzte er hastig nach: »Natürlich nur ein Scherz, *vallah.*«

Mit funkelnden Augen wanderte Aziz' Blick vielsagend durch den Raum und stoppte zu seiner Rechten – ihre Blicke trafen sich.

»Fabiu!«

Dem schlanken Jungen wurde plötzlich ganz heiß. Das wollte er nicht!

»Nein!«

»Warum, *Habibi*? Du hast alle zusammengebracht, du bist fair zu allen – sogar zu mir und Lucas, wenn uns alle anderen wie Dreck behandeln! Isaac zwar auch, aber du bist der Ältere.«

»Das kommt überhaupt nicht infrage!«, protestierte Joshua halb wütend, halb verzweifelt.

»Er hat die Visionen Allahs. Und du?«

»Erfahrung!«

Aziz prustete spöttisch. »Erfahrung? Worin? Wie oft hattest du so eine Situation hier schon, hä, du *Picco*? Wenn's nach Erfahrung geht, sollte *ich* uns hier unten anführen! Nur weil du in deiner Schule die Head-Cheerleaderin warst, heißt das nicht, dass du hier unten unser Überleben sichern kannst!«

Joshua knirschte mit den Zähnen, doch die Tatsache, dass er stumm blieb, schrie lauter als jedes Wort, das er hätte sagen können. Aziz hatte ausgesprochen, womit Joshua offensichtlich schon die gesamte Zeit hier unten zu kämpfen hatte: Er war der Situation nicht gewachsen. Und sosehr er sich auch bemüht hatte vorzugeben, er wüsste, was zu tun ist, sah Fabiu nun das erste Mal in seinen verlorenen Augen, dass Joshua nur ein Kind war – wie sie alle hier.

»Du bist nichts«, spuckte Aziz Joshua entgegen, »aber Fabiu – er sieht in die Zukunft! Dadurch ist er Allah am nächsten. Ein Prophet!«

»Nun hör doch mal auf mit dem Scheiß«, raunte es plötzlich gedrückt durch den Raum. Es war Zakir, der unter Anstrengung sprach. »Wir haben keine Ahnung, was Fabiu sieht oder inwieweit uns das, was er zu sehen meint, weiterhelfen kann. Joshua hingegen hat 'nen klaren Verstand und versucht, praktische, reale Lösungen zu finden.«

Bei Zakirs Worten wurden die Augen des jungen Asiaten glasig und seine Kiefermuskeln traten angespannt nach außen, doch Joshua blieb stumm, weshalb Zakir angestrengt fortfuhr: »Ich meine,

Fabiu, erkennst du irgendein Muster in deinen Visionen, das uns helfen könnte? Chronologie? Wiederkehrendes?«

Fabiu begann zu grübeln. Durch den Trubel, der ihn aus dem Schlaf gerissen hatte, hatte es bisher noch keine Gelegenheit gegeben, seine Gedanken zu sortieren.

»Irgendwie ja, irgendwie nein.«

»Also die typische Fabiu-Antwort«, unterbrach ihn Zakir, woraufhin Fabiu kurz zuckte.

Doch dann sprach Joshua zu ihm: »Ich weiß, es ist nicht so einfach, Fabiu, aber kannst du uns nicht *irgendwie* helfen?«

In diesem Moment spürte der schmale Rumäne förmlich die Verzweiflung in Joshuas Blick. Da erkannte er, dass Joshua nicht der Anführer sein wollte, weil er es so sehr genoss. Er war es, weil er diese Verantwortung niemandem sonst zumuten wollte – um die anderen zu schützen.

Dieses Gefühl kannte Fabiu – aus seiner Vergangenheit, aber auch aus seiner Zukunft. Joshuas Blick erinnerte ihn an das, was er gesehen hatte, und erneut kribbelte es überall an seinem Körper. Er schloss die Augen und es schüttelte ihn kurz, bevor er die Kontrolle über sich zurückgewinnen konnte.

»Nicht alles, was ich sehe, ist chronologisch. Zum Beispiel war Lucas in meiner Vision älter, aber nicht viel älter. Joshua, du hingegen bist darin um einiges älter.«

Verblüfft weiteten sich Joshuas Augen. »Du hast mich gesehen?«

Der Verblüffung folgte Angst und Unsicherheit, was Fabiu verstehen konnte, nach dem, was er am Vortag über Lucas offenbart hatte. Doch er entschloss sich, nicht noch mehr Chaos in die bereits aufgewühlte Situation zu bringen, solange er nicht in der Lage war, die vielen kleinen Informationen für sich selbst zu etwas Sinnvollem zusammenzusetzen.

»Ja, einige von euch. Du warst da, Joshua. Lucas. Ed, du auch. Einige sehe ich wiederum nicht. Aziz, Isaac, Zakir ...«

»Vielleicht kommt das noch!«, rief Ed euphorisch. »Und dann ergibt sicher alles einen Sinn!«

Fabiu nickte zögerlich. »Aber gerade ist alles einfach wild verteilt in meinem Kopf. Mir fallen Dinge erst ein, wenn ich sie selbst erfrage. Ich bin verwirrt, was die zeitliche Einordnung angeht, und ich habe keine Ahnung, wie viel mir noch fehlt oder ob ich bereits viel mehr weiß, aber mir selbst nur noch nicht die richtigen Fragen gestellt habe.«

»Toller Gott«, zischte Zakir amüsiert von seiner Matratze aus, was Aziz zum lauten Fluchen veranlasste.

Fabiu wollte schon wieder in den Verteidigungsmodus gehen, da er sich bloßgestellt und nutzlos vorkam, aber Zakir war noch nicht fertig, weshalb er sich stimmlich über Aziz' Beleidigungen erhob.

»Aber wisst ihr was? Vielleicht habe ich da eine Lösung, die uns weiterbringen könnte. Unter einer Bedingung: Joshua bleibt Anführer.«

Aziz protestierte heftig, doch in Joshuas aufhellenden Augen sah Fabiu, wie gut Zakir seinen Freund mittlerweile kannte.

Der Anführer-Titel war nicht nur eine Last auf Joshuas Schultern, sondern auch eine Berufung, die ihm half, nicht den Verstand zu verlieren. Joshuas kontinuierliche Disziplin rührte von dem Verlangen her, seine Brüder hier unten in Sicherheit zu bringen. Nahm man ihm dieses Ziel, wäre Joshua vermutlich gebrochen – und das wusste Zakir.

»Was ist deine Lösung?«, fragte Isaac kritisch und ließ Aziz damit verstummen.

»Ich denke da schon eine Weile drüber nach, aber vielleicht sollten wir es einfach versuchen. Die meisten von euch haben sicher schon mal ein neues *TuneSpot*-Gerät in Betrieb genommen, oder? Habt ihr bereits einen Account, funktioniert ›*SmartThink*, das Vorhersage-Programm, das dich besser kennt, als du dich selbst‹, sofort, indem es auf alle gespeicherten Daten von deinem Account zugreift.«

Zakir warf Joshua bei dem Werbeslogan grinsend einen Blick zu, bevor er fortfuhr: »Für alle neuen Nutzer gibt es einen Einrichtungsassistenten, der einen mit Fragen löchert, um *SmartThink* so genau wie möglich auf den User abstimmen zu können. Wenn ich eine Möglichkeit finde, diesen Einrichtungsassistenten mit Kassi, meiner künstlichen Intelligenz, zu verbinden, wäre sie mit Sicherheit in der Lage, das aus Fabius Hirn zu locken, was wir benötigen. Denn das haben Algorithmen dem menschlichen Gehirn voraus – sie sind eindeutig und zuverlässiger. Und mit Kassis Hilfe sind wir sogar in der Lage, sinnvolle Verknüpfungen zu erstellen, die du selbst vielleicht nicht einmal sehen kannst, Fabiu.«

Zakir machte eine kleine Pause, um die Informationen sinken zu lassen, dann sah er, wie sich die Gesichter der Jungen eins nach dem anderen aufhellten.

»Doch dafür brauche ich weiterhin Ed und sein *PHONE* in meinem Team und Joshua als Anführer, der uns den Rücken freihält. Wer ist dafür?«

Zakir hob seine Hand mit zusammengebissenen Zähnen und auch Joshuas Arm bewegte sich nach oben. Ed nickte euphorisch und auch Isaac seufzte leise.

»Gut.«

Dann wandte sich Zakir an Fabiu. »Nichts für ungut, aber ich denke, auch du funktionierst besser ohne noch mehr Stress, der deine Synapsen zumüllt, oder?«

Fabiu nickte hastig. Er war von Anfang an nicht scharf auf diese Art von Verantwortung gewesen. *Nicht schon wieder.* Doch er würde lügen, wenn er sagte, der Gedanke, von einer künstlichen Intelligenz durchleuchtet zu werden und sich vor dieser geistig komplett nackt zu machen, würde ihn nicht mindestens genauso beunruhigen.

Zakir, dessen Schmerzen ihn nicht am Reden hindern konnten, schien euphorisch und voller Tatendrang.

»Jetzt wünsche ich mir beinahe selbst, dass irgendein Gott diese Visionen in deinen Kopf gepflanzt hat, Fabiu. Denn dann hätte ich endlich den Beweis dafür, dass Kassi besser ist als Gott und Wissenschaft am Ende *immer* siegt!«

KAPITEL 12

MONSTER IM MONSTER

Die Frage, was mit Aziz geschehen sollte, beschäftigte alle.

»Wir könnten ihn ja bewachen?«, schlug Fabiu vor, doch die Reaktionen der anderen fielen verhalten aus.

Auf der einen Seite konnte Fabiu sie verstehen – es blieben nur Isaac und er selbst für diesen Job übrig. Joshua, Zakir und Ed würden mit der Arbeit an Kassi beschäftigt sein. Auf der anderen Seite war Fabiu sich sicher, dass Aziz ihnen nichts tun würde, da er sich aus irgendeinem Grund von den beiden Jüngsten am wenigsten herausgefordert fühlte.

Aber wer konnte sich nach diesem brutalen Übergriff noch sicher sein? Fabiu beobachtete, wie sich durch die Eisenstange auf seinem Hals das Blut in Aziz' knallrotem Kopf sammelte.

»So liegen lassen können wir ihn aber auch nicht«, konterte er der Stille entgegen.

»Warum nicht?«, erwiderte Joshua schulterzuckend. »Er kriegt da seine Mahlzeiten eingelöffelt und gut ist.«

Isaac schüttelte den Kopf. »Das ist auf Dauer nicht umsetzbar. Dann müssten zwei von uns links und rechts auf den Gewichten sitzen bleiben. So ... für immer.«

Joshua schnaubte kurz. Dann schaute er zu Zakir, der die Augen geschlossen hatte und schwer atmete.

»Was sollen wir dann tun? Ihn einfach wieder freilassen? Damit er uns im Schlaf irgendwann alle umbringt?«

»Leute im Schlaf anzugehen, ist dein Fachbereich, nicht meiner!«, zischte Aziz grinsend.

»Dann müssen wir ihn halt zuerst umbringen«, kam es von Zakir.

Alle waren still.

Anhand seines heiseren Flüsterns war es schwer zu sagen, ob Zakir das ernst gemeint oder versucht hatte, auf makabre Art und Weise witzig zu sein. Doch das Schweigen aller weckte ein ungutes Kribbeln in Fabiu.

Wieso protestierte keiner?

Er schaute zu Isaac, der seine Mundwinkel auseinanderzog und vorsichtig abwiegend mit den Schultern zuckte.

Nun war selbst Aziz' breites Grinsen verschwunden. »*Vallah*, geht's euch noch gut?!«

»Wie Joshua schon sagte: Was sollen wir sonst machen, hm?«

Diesmal war es eindeutig, dass Zakir keinesfalls scherzte.

Joshua blickte seinen Freund stirnrunzelnd an. »Das hab ich nicht gemeint! Wir brauchen eine andere Lösung.«

»Ach ja? Woher weißt du, dass er beim nächsten Mal nicht kurzen Prozess macht, hm? Wenn keiner da ist, der ihn aufhält?

Es könnte jeden von uns treffen. Dich, mich, Isaac – uns alle! Willst du das?«

Joshua blickte in die verunsicherten Gesichter der anderen. Isaac schüttelte ängstlich den Kopf und auch Ed schien der Idee nicht abgeneigt. Allein in Fabius Gesicht fand er Rückhalt und somit Bestätigung, seinem Bauchgefühl zu folgen.

»Ich bin der Anführer, richtig? Also entscheide ich.«

Joshua ging langsam auf den am Boden festgesetzten Aziz zu. Leise hörte er dessen schnellen Atem, als er sich auf Aziz' Brustkorb fallen ließ.

Fabiu sah genau, wie der Gefangene mit sich kämpfen musste, um den Asiaten nicht mit seinen noch freien Armen von sich zu reißen. Jeder Muskel in Aziz' Körper schien unter Strom, doch er wusste scheinbar, dass auch nur eine falsche Bewegung Joshua zu seinem Henker statt zu seinem Erlöser machen würde.

Es war offensichtlich, dass Joshua diesen Moment auskostete. »Aziz, Aziz, Aziz, mein Freund ... was machen wir denn bloß mit dir?«

Die aufgesetzt kindliche Stimme war reine Provokation, die Joshua in vollen Zügen genoss, allerdings auch als notwendig empfand. Er musste einfach wissen, wie sehr sich der andere im Griff hatte.

»Fahrstuhlschacht«, drückte Aziz zwischen seinen zusammengepressten Zähnen hervor.

»Was?«, fragte Joshua, sichtlich überrascht, eine Antwort auf eine eher rhetorische Frage bekommen zu haben.

»Sperrt mich in einen Fahrstuhlschacht und zieht die Leiter raus. Da kann ich nicht abhauen.«

Joshua erhob sich und begann, um Aziz zu kreisen. »Fahrstuhl-schacht. Gar keine schlechte Idee. Der, in dem der Reis war, bietet sich an. Andernfalls frisst er uns entweder das Essen weg oder pisst uns ins Trinkwasser«, wand sich Joshua an den Rest der Gruppe.

»Nicht so schnell«, unterbrach ihn Isaac. Er deutete auf die Treppe. »So hoch, wie das Wasser bereits steht, wird es schwierig, irgendwen zu den Schächten zu eskortieren.«

»Als ob ich eine Eskorte bräuchte«, pfiff Aziz, doch Joshua stimm-te Isaac nickend zu.

»Gut«, grübelte er, »dann bleibt uns nichts anderes übrig, als ihn erst einmal hier festzusetzen, bis uns was Besseres einfällt.«

Schnaubend ließ sich Joshua neben Ed am Ende der langen Han-telstange nieder und beantwortete Zakirs Seufzen nur mit: »Und Mord ist nichts Besseres, verstanden?«

Die Angespanntheit blieb im Raum, so wie Aziz. Nachdem Zakir sich eine Weile ausgeruht hatte, schickte Joshua Ed zu ihm, um am Code zu arbeiten – was schwieriger schien als vermutet. Anfangs bediente Zakir das *PHONE* noch selbst, doch schon nach kurzer Zeit verkrampfte er und musste aufhören, um sich auszuruhen.

Daraufhin übernahm Ed und begann, Zakirs Befehle, die er mit geschlossenen Augen murmelte, in das Gerät zu tippen. Doch das ehrgeizige Treiben konnte nicht davon ablenken, dass es Zakir von Stunde zu Stunde schlechter ging. In regelmäßigen Abständen tauschte Joshua seinen Wachposten an Aziz' Seite mit Ed, sodass er Zakir untersuchen konnte. Er versorgte ihn mit Antibiotika aus dem

Medizinschrank, in der blinden Hoffnung, sie würden helfen, doch eine Besserung wollte sich nicht so recht einstellen.

Während sie zu beiden Seiten von ihm Wache hielten, grübelten Isaac und Ed angestrengt über einer Lösung für das Aziz-Problem, was dieser zähneknirschend über sich ergehen lassen musste. Auf Fabius Angebot, jemanden abzulösen, kamen weder Isaac noch Ed oder Joshua zurück.

Unzufrieden blickte Fabiu sich um. Da fiel ihm auf, dass Lucas noch immer fehlte. Er hatte ihn seit dem Vorfall heute Nacht nicht mehr gesehen. Er zögerte kurz, doch da er sich hier gerade überflüssig fühlte, entschloss er sich, Lucas suchen zu gehen.

Fabiu machte sich ernsthafte Sorgen um ihn. Nicht genug, dass Lucas vor allen bloßgestellt worden war, nun waren sie praktisch auch noch ungefragt in sein Hirn eingedrungen ... Er konnte sich nicht vorstellen, wie einsam Lucas sich fühlen musste.

Als er vor der Treppe stand, bemerkte er erst, wie hoch das Wasser mittlerweile tatsächlich war. Nur noch drei Stufen blieben trocken und je weiter er hinabging, desto mehr fürchtete er, nicht mehr auf den Bahnsteig zu kommen: Der Zugang am Fuße der Treppe war plötzlich über Nacht geflutet worden.

Mit einem Satz tauchte er die Treppe hinab. So tief unter der Oberfläche fühlte es sich an, als würde jemand seinen Schädel zusammendrücken. Als er den Zugang zum SEED durchschwamm, wurde er panisch.

Was, wenn auf der anderen Seite kein Raum mehr zum Atmen war? Aber als er auftauchte, stellte er fest, dass seine Sorge unbegründet war: Dank der Höhe des SEEDs hatte sich ein Luftpolster oberhalb der Wasseroberfläche, ein bis zwei Meter unterhalb der Decke, gebildet. Hier konnte man problemlos atmen. Auch wenn die Luft unglaublich schwül und erdrückend war.

Fabiu schaute sich um, doch Lucas war nirgends zu finden. Weder bei den Aufzugschächten, die Gott sei Dank durch das Wasseraufbereitungssystem trocken gehalten wurden, noch nahe den Toiletten, denen er sich nur noch im äußersten Notfall näherte. Bei dem beißenden Gestank von Verwesung, der aus dem Mädchenklo drang, wurde ihm übel. Heute war es besonders schlimm. Da das Wasser nun bis an den Rand des Zugangs stand, der hinauf zu den Toiletten führte, gab es für den Gestank keinen Weg mehr hinaus. Es war unerträglich. Sowohl der Geruch als auch die Vorstellung, wie Karims Leiche wohl nach vier Tagen aussehen würde.

Als Fabiu im eiskalten Wasser auf den Generatorenraum zuschwamm, nahm er plötzlich Wellen im Wasser wahr. Es gab Bewegung auf der Oberfläche. Hier war noch jemand!

Fabiu versuchte, den Ursprung der Wellen zu finden, und sein Blick wanderte zum Zug, dessen platte Nase nun nur noch aus dem Wasser ragte wie das Heck eines sinkenden Schiffes.

So geräuschlos wie möglich schwamm Fabiu am Seitengang vorbei, in dem sich die Tür befand, die in den Generator führte. Seitdem das metallische Biest ein Stück von sich selbst in Lucas' Schulter katapultiert hatte, behandelte Fabiu es mit Respekt und näherte sich ihm nur, so weit er musste, um in die Küche des Generatorenraums zu gelangen.

Doch nun umschwamm er das leidbringende Ungetüm, welches dafür verantwortlich war, dass das Wasser immer höher und höher stieg. Jetzt, wo er ihm so nahe war, fiel Fabiu auf, dass die Scheiben von innen beschlagen waren, was bedeutete ... es musste jemand dadrin sein – Lucas musste dadrin sein!

Bisher hatte Fabiu den porösen Zug nur von der Bahnsteig-Seite sehen können, doch als er nun um das Ungetüm herumschwamm, konnte er mit den Füßen unter Wasser eine Öffnung an der glatt-glitschigen Verkleidung der Bahn fühlen. Fabiu holte tief Luft, tauchte hinab und sah, dass es sich dabei um eine Tür handelte, die sich unter der Wasseroberfläche geöffnet hatte – oder geöffnet worden war. Er zog sich, gegen den Wasserwiderstand ankämpfend, ins Innere des Zuges und ließ sich behutsam nach oben treiben. Als sein Kopf die Oberfläche im Inneren der Bahn durchbrach, starrte er in die nassen Augen des blonden Jungen.

Lucas sah so anders aus als an dem Tag, an dem sie sich das erste Mal getroffen hatten. Seine Augen waren aufgequollen und rot, sein Haar war nicht mehr perfekt hoch gestylt, sondern klebte in nassen Strähnen an seiner Stirn. Wie Lucas so zusammengekauert auf dem schrägen Sitz hier im Zugabteil saß, erinnerte er an ein einsames Kind, allein im Krieg, Schutz suchend in einem Regen aus Bomben.

»Was willst du hier, *Hobo*?«

Seine krächzende Stimme brach beim Sprechen und unterstrich seine blitzenden Augen. Er musste geweint haben.

»Das könnte ich dich genauso gut fragen. Es ist gefährlich hier!

Hast du vergessen, was beim letzten Mal passiert ist, als du dich dem Ding genähert hast?« Fabiu tippte auf seine eigene Schulter, aber Lucas schluckte nur heftig.

Er verrenkte den Kopf seltsam, um seinen glasigen Blick vor Fabiu zu verstecken.

»Ist es wegen deiner Daten? Weil sie jetzt alles von dir ...?«

Lucas zog geräuschvoll Schleim aus seiner Nase in den Rachen und rotzte ihn gegen die beschlagene Glasscheibe auf der anderen Seite. »Pff, als ob. Ich nutze schon seit Ewigkeiten den Regierungsserver meiner Mom, um meine Daten zu verschlüsseln. Mein gesamter *TuneSpot*-Account ist leer – da können die sich dämlich suchen, wenn sie wollen.« Lucas schnaubte spöttisch. »Was ist dieser Ed eigentlich für 'n Vollidiot? Der hätte doch wissen müssen, dass jeder Nullachtfünfzehn-Publisher seine Daten verschlüsselt. Wahrscheinlich ist er nicht mal das, ein Nullachtfünfzehn-Publisher. Eher nur 'ne Null.«

Lucas redete zu viel. Das verriet ihn.

»Du hast sie gesehen, nicht wahr? Die Vision? Dich und mich?«

Fabius Stimme war vorsichtig, beinahe behutsam. Er hatte mit einer weiteren schlagfertigen Antwort gerechnet, umso mehr überraschte es ihn, als sich Lucas' Augen erneut mit Tränen füllten und seine Mundwinkel sich unkontrolliert nach außen zogen, als dieser verloren zu nicken begann.

»Hey, hey«, protestierte Fabiu und versuchte, näher auf den Blonden zuzugehen, was sich in dem halb senkrecht gestellten Zug als schwierig herausstellte.

Er kletterte an den Sitzen hinauf. »Es war nur eine Vision. Beruhig dich.«

Kurz bevor Fabiu Lucas erreichte, hob der seinen Fuß, um den Rumänen auf Abstand zu halten.

»Was hast du noch gesehen?«

»Was?«, fragte Fabiu überrascht.

»Du siehst doch mehr! Du bist weiter mit deinen Visionen als ich. Du kanntest den Plan der Vernichtungs-SEEDs schon, bevor ich ihn selbst gesehen habe!«

Bewusst wich Fabiu aus und hockte sich zwischen zwei Sitze, auf denen er Halt fand. Seinen Vorteil würde er aus Mitleid nicht aufgeben. Nicht für Lucas.

»Wieso stört es dich überhaupt? Du hast doch gesagt, es macht dir nichts aus. *Leute sollten wieder lernen zu sterben* – das waren deine Worte.«

Lucas senkte sein Bein und schnalzte genervt. »Als müsstest *du* das fragen. Du musst doch am besten verstehen können, dass es etwas anderes ist, etwas zu sagen ... und es dann tatsächlich in einer Vision zu tun. Zu fühlen. Zu erleben.«

Natürlich verstand Fabiu das. Auch seine Empfindungen hatten sich fremd angefühlt und ihn dazu gebracht, eine Furcht vor sich selbst zu entwickeln – und vor der Zukunft.

»Guck, ich verstehe, dass du Angst davor hast, tatsächlich zu dem zu werden, den du in deiner Vision gesehen hast.«

»Nein«, unterbrach ihn Lucas, »davor habe ich keine Angst. *Das* ist das, was mich so fertigmacht.«

Kurz hielt er inne und Fabiu sah, dass der Blonde sich fragte, ob er nicht schon zu viel gesagt hatte. Doch dann tat Lucas das, womit Fabiu am wenigsten gerechnet hätte – er schaute ihm tief in die Augen und fuhr fort.

»Ich bin nach dieser Vision sogar der festen Überzeugung, dass die Vernichtung der Menschheit der Preis ist, den wir zahlen müssen, um dieser Welt eine zweite Chance zu geben. Weil ich es bereits *gefühlt* habe, verstehst du? Was mich gestört hat, ist, dass die anderen mich nach deiner Story wie ein Monster angesehen haben. Ich dachte, ich würde so etwas nie tun – aber jetzt, nachdem ich meine Vision *erlebt* habe ... Ich glaube, ich werde dieses Monster werden, da ich es nun *verstehe* – und das macht mir unglaubliche Angst.«

Die Verbindung zwischen ihnen, die Fabiu gespürt hatte, als sie sich gemeinsam einen Weg in den SEED erkämpft hatten, schien wieder da zu sein, denn er wusste genau, wie Lucas sich fühlte.

»Ich weiß, was du meinst«, seufzte er. »Das Gefühl, diese Vision tatsächlich zu erleben, ist das Schlimmste und gleichzeitig Verwirrendste.«

»Versteh mich nicht falsch, ich weiß, dass es Opfer braucht, um frei zu sein ... Aber der zu sein, der Kinder ermordet, nur damit die Eltern sich noch erbarmungsloser niedermetzeln können – das macht mich kaputt, Fabiu.«

Fabiu nickte verständnisvoll.

Dann durchbrach ein gruseliges Grinsen Lucas' finstere Miene für einen kurzen Moment. »Meine Freundin musste ich auch erst loswerden, um zu sehen, wie viel freier ich ohne sie bin«, scherzte er –

vermutlich um die Stimmung aufzulockern, aber Fabius Bauch rumorte und er schaute verlegen umher.

Seine Freundin loswerden, um frei zu sein?

Traf das auch auf ihn selbst zu? Hatte Mika sterben müssen, um dieses Wutfeuer in ihm zu entfachen, das ihn um seine eigene Freiheit kämpfen ließ?

Als Lucas bemerkte, dass er wohl etwas gesagt hatte, was Fabiu zum Grübeln brachte, versuchte er einzulenken.

»So meinte ich das nicht«, schnaubte Lucas kurz belustigt. »Natürlich ist 'ne Trennung nicht das Gleiche wie die Entscheidung, Kinder in den Tod zu schicken. Ich sag nur, dass man manchmal Angst vor einem Opfer hat, aber dass es das dann am Ende vielleicht doch wert war, verstehst du?«

Fabiu verstand sehr genau. Lucas suchte einen Weg, um vor sich selbst zu rechtfertigen, was er eines Tages tun würde, und Fabiu wusste sofort: Das war der erste Schritt zu dem Lucas in fünf oder sechs Jahren, den er in seiner Vision gesehen hatte. Wenn er die gesamte Welt vor Lucas – und ihn vor sich selbst – retten wollte, musste er handeln!

»Ich habe meine gesamte Familie für meine Freiheit umgebracht und bereue es jeden Tag.«

»Was?«

Isaac hatte ihm davon abgeraten, seine Geheimnisse zu teilen, und dieses war eines, das er nicht einmal seinem besten Freund erzählen würde … Aber er hatte das Gefühl, das war seine einzige Chance. Vielleicht – ja nur vielleicht – war all das Leid am Ende doch für etwas gut gewesen. Und während er darüber nachdachte, fühlte er eine innige Verbundenheit zu Lucas, da er spürte, egal, was er ihm erzählte, er würde ihn nicht verurteilen. Wenn es jemand verstehen würde, dann Lucas.

»Du weißt, ich bin in Berlin groß geworden. Wir waren betteln – tagein, tagaus. Während alle anderen Kinder in die Schule gingen, lernten wir draußen zu überleben – meine kleinen Geschwister und ich. In der Bahn, auf dem Alex, in den Straßen. Alles, was wir einnahmen, mussten wir den Typen geben, die uns alle in eine kleine Wohnung gequetscht hatten. Es war immer noch besser, als draußen zu schlafen, weißt du?«

Lucas antwortete nicht.

»Na ja, wie auch immer – ich hab einmal gedacht, alles wird besser, wenn diese Kerle weg sind. Diese Zuhälter-Typen, die uns alles abnahmen, wofür wir den gesamten Tag gearbeitet hatten. Aber als sie nicht mehr da waren, änderte sich nichts. Das Geld ging dann eben an meine Eltern. Die waren froh, selbst nicht mehr raus auf die Straße zu müssen. Irgendwann, als ich älter wurde und die ersten Bomben fielen, hörte ich meinen Vater immer öfter sagen: ›Los, Fabiu, du musst deinen Teil beitragen. Du isst zu viel. Es gibt Soldaten, die zahlen gut für Jungen wie dich. Mit dem Geld ginge es allen besser. Tu es für uns. Tu es für deine Geschwister, ehe *sie* ranmüssen.‹«

Lucas schaute entgeistert hinab auf Fabiu, der seinen Blick mied. Zwar fürchtete er Lucas' Reaktion nicht, doch war er gerade lieber für sich – allein in seinem eigenen Kopf. Mit jedem Wort fühlte Fabiu, wie er leichter wurde.

»Eines Tages sagte ich mir: ›Ich muss hier weg.‹ Ich konnte nicht mehr. Ich wollte nur noch eins: frei sein! Nicht mehr für alle verantwortlich sein, sondern nur für mich selbst. Also stellte ich den Alarm ab.«

»Alarm?«, unterbrach ihn Lucas verdutzt.

»Oh, damit wir nicht abhauen konnten, gab es einen Alarm, der losging, wenn die Tür geöffnet wurde. Das schreckte die Jüngeren zwar ab, aber ich fand einen Weg: Ich kickte einfach die komplette Stromsicherung raus und damit hatte es sich erledigt. Ich schloss sogar die Tür ab und hinterließ einen Brief – ich schrieb, dass sie jetzt wissen, wie es ist, eingesperrt zu sein.«

»Tze«, grinste Lucas beeindruckt, doch als Fabiu seinen finsteren Blick hob, verstummte der Blonde sofort.

In Fabius Augen spiegelten sich Frust und Reue, als er traurig fortfuhr: »Ich war noch nicht mal außer Sichtweite, als ich die Sirenen des Bombenalarms hörte und die Flieger am Himmel sah. In diesem Moment wurde mir klar, dass ich sie alle umgebracht hatte. Ich weiß nicht, wie oft mich Bilder von meinen kleinen Geschwistern heimsuchen, die orientierungslos in der Dunkelheit herumrennen, bis sie die Tür finden und panisch bemerken, dass sie eingeschlossen sind.«

»Das Haus wurde zerbombt?«

»Schlimmer. Das Haus daneben, Ecke Kameruner Straße. Das Feuer ist dann übergesprungen auf das Hochhaus, in dem wir lebten. Es ist ausgebrannt. Langsam. Stockwerk für Stockwerk.«

Unter Tränen zuckte Fabiu lachend mit den Schultern. »Und dabei wollte ich doch nur frei sein. Von zu Hause abhauen, hm? Ist doch nichts dabei.«

Er schniefte heftig und schluckte, bevor er versuchte, sich das Gesicht an seinem nassen Arm abzuwischen. »Aber manchmal weißt du noch nicht, was du verlieren wirst, wenn du eine Entscheidung triffst. Manchmal ist die Angst da, um dich zu beschützen.«

Lucas wandte den Blick von Fabiu ab und schaute zum beschlagenen Fenster, an dem seine Spucke hinablief.

»Das tut mir leid für dich, Guppy. Wirklich.«

Er atmete lang und schwer aus und Fabiu war es leid, zu reden und zu reden, doch was blieb ihm anderes übrig? Hier unten hatten sie nicht mehr als Worte und ihre Geschichten einer vergangenen Zeit. Zumindest dachte er das, bevor er eine Hand auf seinem Kopf spürte, die sein Haar unbeholfen durchwuschelte.

Fabiu hob seinen Kopf und schaute Lucas, der sich zu ihm hinabgelehnt hatte, eindringlich an. »Ich kann meinen Fehler nicht mehr rückgängig machen. Ich muss jeden Tag mit den Konsequenzen leben. Du aber nicht. Für dich ist es noch nicht zu spät – denn es liegt an dir, ob sich deine Vision erfüllt oder nicht. Du entscheidest, ob du zum Monster wirst und Abertausende unschuldiger Kinder in den Tod schickst oder wir eine andere Lösung finden!«

Lucas wich seinem Blick nicht aus und da wusste Fabiu, dass der Blonde verstanden hatte, dass es hier eine Entscheidung gab. Sie mussten sich ihrem Schicksal nicht beugen. Und in Lucas' Augen glomm jetzt ein Funke von dem Feuer, das Fabiu in sich gespürt hatte, als er sich geschworen hatte, ONE zu bekämpfen und sich dem zu widersetzen, was dieses *Gottesgeschenk* für ihn vorherbestimmt hatte.

»Und was ist, wenn das nur der Anfang war? Wenn noch viel schlimmere Visionen auf mich zukommen, die mich überzeugen wollen, dass ich genau das werden soll, was ich sehe – und vor allem fühle?«, fragte Lucas und Fabiu spürte die bedrückende Furcht, die der Blonde versuchte zu verbergen. »Was ist, wenn mich mein Zukunfts-Ich überzeugt, dass es keine Alternative gibt?«

»Dann bin ich dir einen Schritt voraus, wie immer«, grinste Fabiu frech. »Dann werde ich da sein, wenn du aufwachst, und dir helfen, diesen Blödsinn aus deinem Kopf zu verscheuchen.«

»Wirklich?«

»Versprochen«, lächelte Fabiu.

Lucas schniefte einmal lächelnd und sah dabei beinahe niedlich aus – bis er erneut tief aus seinem Hals Schleim hochzog und an exakt dieselbe Stelle am Fenster spuckte.

Fabiu schüttelte sich angewidert, als Spucketropfen auf seinem Gesicht landeten. Als er mit seiner Handfläche sein Gesicht abwischte und die Hand an Lucas abschmierte, lachten beide.

Fabiu dachte über Isaacs Worte nach: *Du bist frei, solange niemand deine Geheimnisse kennt.*

Was er wohl dazu sagen würde, wenn er wüsste, dass er Lucas sein Innerstes anvertraut hatte? Wäre er enttäuscht? Würde er Fabiu für schwach halten?

Doch gerade war das Fabiu egal. Vielleicht hatte Isaac auch unrecht, denn was für ihn galt, musste nicht automatisch für Fabiu gelten. Er jedenfalls fühlte sich freier als zuvor. Er war nicht naiv und wusste, dass Lucas morgen oder in wenigen Stunden schon wieder die unsympathische Ätz-Version seiner selbst sein könnte und all das *natürlich* gegen Fabiu verwenden konnte – doch auch das war ihm egal.

Er hatte beschlossen, auf Mr Hugo Gregory zu hören, seinen Ziehvater – den Mann, der ihm einen Rat gegeben hatte, als er ihn allein in den Trümmern von Berlin gefunden hatte: *Freiheit ist nichts wert, wenn dein Geist gefangen ist.*

Plötzlich hörten sie etwas wie einen dumpfen Knall und das Metall des Zuges schrie leise knatschend. Erschrocken schauten sich beide an und sprangen an die beschlagene Scheibe. Fabiu wischte mit seiner Hand kreisförmig die Sicht des Fensters frei, sodass sie auf den Bahnsteig sehen konnten.

»Was ist da los?«, fragte Lucas hastig.

Es sah aus, als hätte man den Stöpsel einer Badewanne gezogen: Am anderen Ende des Tunnels – dort, wo sich zuvor der überflutete Zugang zum Schlafraum befunden hatte, durch den Fabiu vorhin noch getaucht war – flossen Massen an Wasser in einem Strudel abwärts. Durch den Druck rissen sogar Teile der Wandverkleidung ein und wurden durch den kleinen Durchgang gepresst.

Lucas und Fabiu konnten förmlich zusehen, wie das Wasser zu ihren Füßen absank. Wie kleine Affen hangelten sie sich in der schrägen Bahn hinab, die durch den Sog laut quietschte. Beide wagten es noch nicht, aus der offenen Zugtür zu treten, aus Angst, die Strömung würde ihnen die Beine wegziehen – und von Wasserabenteuern hatten sie, da waren sie sich beide einig, für ein Leben lang genug.

Als der Fluss nach wenigen Minuten nachließ, kämpften sie sich langsam nach draußen. Es war weitaus leichter gewesen, bei Hochwasser in den Zug hineinzutauchen, als nun wieder herauszukommen. Sie sprangen aus der offenen Tür hinab ins Gleisbett und erst jetzt bemerkte Fabiu, wie niedrig das Wasser nun tatsächlich stand.

Zwar war der Bahnsteig noch nicht zu sehen, aber an den Bettgestellen an der Wand konnte er erkennen, dass sie am Rand eigentlich wieder problemlos laufen können müssten. Die beiden kletterten aus dem Gleisbett und Fabius Annahme bestätigte sich: Hier ging das Wasser ihnen nur noch bis zu den Knien.

»Was ... was ist passiert?«, murmelte Lucas völlig verloren vor sich hin.

Auch Fabiu war ratlos und dachte an den kleinen, metallischen Apparat, den Isaac ihm im Generatorenraum gezeigt hatte. Ob es etwas damit zu tun hatte? Schließlich war es Isaac gewesen, der auch das Elektrizitätsproblem gelöst hatte. Vielleicht ja auch ...

Doch Eds Stimme riss ihn aus seinen Gedanken.

»Oh mein Gott, kommt alle schnell her!«

Fabiu konnte ihn nirgends entdecken.

Lucas und Fabiu schauten sich entschlossen an und beide stapften, so schnell sie konnten, durch das Wasser, vorbei am Gang zum Generatorenraum und am Abzweig zu den Fahrstühlen, bis sie endlich den Seitengang erreichten, der zur Treppe des Schlafraums führte. Doch als sie um die Ecke bogen, trauten sie ihren Augen nicht.

Die Wand, die das Ende des Gangs blockiert hatte, existierte nicht mehr! Nur an der Decke sahen sie noch Reste der massiven Steinbarriere, hinter der sie nichts außer Erde vermutet hatten. Links von ihnen kamen Joshua und Isaac plötzlich die Treppe hinuntergerannt, dicht gefolgt von Aziz. Sie alle schauten auf das große Loch in der Wand und ihre Augen begannen zu leuchten.

Fabiu und Lucas warfen sich vielsagende Blicke zu.

Das muss der Weg nach draußen sein!, dachte Fabiu sofort und ein aufgeregtes Kribbeln breitete sich in seiner Magengegend aus.

Aus dem Dunkel des Durchbruchs klang Eds Stimme.

»Ihr ... ihr werdet's nicht glauben! Moment, Leute!«

Doch Joshua hatte anscheinend keinen Moment, Isaac auch nicht. Sie stürmten ins Innere und verschwanden in der Tiefe der Dunkelheit, dicht gefolgt von Aziz, den nun offenkundig niemand mehr bewachte.

Plötzlich machte es einmal laut *klack!* und mit einem Surren erfüllte die Deckenbeleuchtung den Raum mit Licht. Vorsichtig betraten Lucas und Fabiu den neu freigelegten Raum und was sie sahen, ließ ihnen das Blut in den Adern gefrieren.

Sie standen auf einem riesigen Bahnsteig. Hierhin hatte sich das Wasser also ausgebreitet. Abfließen konnte es allerdings auch hier nicht. Beide Enden des Tunnels waren abgeriegelt durch große Flood Gates. Alles sah aus wie ein exakter Spiegel von ihrem SEED – nur viel älter, staubiger und heruntergekommener.

»Ein weiteres Testgelände ...«, stammelte Fabiu ungläubig vor sich hin.

Als er den Tunnel hinabsah, entdeckte er die anderen. Sie standen vor einem großen britischen Tube-Waggon vom selben Typ wie der zermalmte in ihrer Station. Weiß, blau, rot. Dieser hier war in der Mitte des SEEDs zum Stehen gekommen.

»Was zum ...?«, murmelte Fabiu.

Je näher er dem Zug kam, desto stärker fielen ihm die Korrosionen an der metallischen Verkleidung ins Auge. Das Weiß war bereits vergilbt und der Lack blätterte ab. Fabiu, der nun die große, platte Front des Zuges erreicht hatte, berührte das Metall mit seiner Hand und ließ Abdrücke im Staub zurück. Lucas, der eben noch hinter ihm gewesen war, zog seine Beine plätschernd durchs Wasser an Fabiu vorbei.

Plötzlich erstarrte er und schluckte merklich, bevor er heftig zu keuchen begann.

»Du klingst ja wie 'n Guppy an Land«, imitierte Fabiu den Blonden, als er drei kurze Schritte auf Lucas zutrat, um zu sehen, was mit ihm los war.

Keiner der anderen Jungen sprach auch nur ein Wort. Nicht einmal Aziz.

»Was ist denn los?«, fragte Fabiu schon fast genervt, als niemand reagierte.

Doch als er den Blicken der anderen ins Innere des Zuges folgte, lief es Fabiu eiskalt über den Rücken.

Es waren Leichen. Kinderleichen.

Lucas war apathisch erstarrt, als unkontrolliert Tränen seine Wange hinabliefen – vor allen Jungen. Gelähmt und in Schock konnte er sie nicht einmal wegwischen.

In diesem Moment wurde Fabiu klar: Der Schaden war angerichtet, der erste Stein für ONEs brutalen Plan, den Lucas in ihrer Vision so euphorisch unterstützt hatte, bereits gesetzt. Selbst wenn sie es hier lebendig rausschaffen würden, hätte das keine Bedeutung – diese Kinder waren tot, ihr Kampf bereits verloren.

Fabiu und die anderen Jungen waren nicht die ersten und vermutlich nicht die einzigen Testobjekte für dieses grauenvolle Projekt.

KAPITEL 13

EIN LICHT, DAS DICH FÜHRT

Fabiu musste heftig schlucken und drehte seinen Kopf zur Seite, als er merkte, wie ein bekanntes Kribbeln sich unter seiner Haut ausbreitete.

Lucas' blaugraue Augen hingegen blieben leer und ausdruckslos fixiert. Er blinzelte nicht mal. Sein Mund stand halb offen.

Fabiu wollte keinen zweiten Blick riskieren und doch wandte sich sein Kopf fast gegen seinen Willen langsam wieder der schmutzigen Glasscheibe zu.

Was er entdeckte, machte die ganze Situation nur noch unheimlicher und bizarrer: Es waren keine Leichen. Nicht mehr. Er wusste, wie Leichen aussahen. Er hatte mehr als genug für ein ganzes Leben in Berlin sehen müssen. Es waren Skelette und Kleidung. Kinderkleidung. Einige etwas größer, andere erschreckend klein.

Sofort musste er an den zermalmten Zug in ihrem SEED denken und ihm wurde unweigerlich bewusst, dass sie in einem Grab gesessen haben mussten. Vermutlich handelte es sich bei dem Zug, der in ihren SEED gespült worden war, als Lucas das Flood Gate geöffnet hatte, um einen weiteren Test.

Ob ONE die Tunnel absichtlich hatte fluten lassen, um zu testen, ob ertrinken wohl günstiger wäre als Giftgas? Bei dem Gedanken, dass das Fluttor vielleicht die letzten Überreste einiger Kinder beim Verschließen in dem Zug schlichtweg zertrümmert hatte, wurde ihm speiübel. Wahrscheinlich würden sie am Grund ihres Gleisbettes sogar weitere Kinderknochen entdecken.

»67«, flüsterte Lucas.

Fabiu verstand sofort. 67 Tote hatte er gezählt. Er war sich nicht sicher, ob Lucas die losen Schädel am Grund des Wassers unter den Sitzen mitgezählt hatte, aber es war auch völlig egal.

»Was soll die Scheiße?«, donnerte Joshua, der angestrengt versucht hatte, einen Sinn in alldem zu finden – vergebens.

»Der Wasserdruck muss zu hoch geworden sein, sodass die Wand einfach nachgegeben hat«, sagte Ed ruhig.

»Es geht mir nicht darum, *wie* wir hierhergekommen sind – WARUM gibt es das hier?« Er streckte die Arme aus und drehte sich einmal um seine eigene Achse. »Das ist doch Bullshit!«

»Bullshit ist nur«, merkte Aziz an, »die Geschichte mit dem Wasserdruck, *vallah*. Habt ihr nicht die Explosion gehört?«

Ed knetete nachdenklich sein rundes Kinn. »Wasser *kann* explosionsartigen Druck ausüben.«

»Ich bin doch nicht bescheuert!«, empörte sich Aziz und machte auf dem Absatz kehrt.

Erst jetzt bemerkte Joshua wirklich, dass Aziz wieder auf freiem Fuß war. Misstrauisch kniff Joshua die Augen zusammen und folgte dem Türken. Zakir lag allein oben im Schlafraum, weshalb Joshua ihn nicht aus den Augen lassen wollte. Doch Aziz blieb an der eingebrochenen Wand stehen und begann, sie bestimmt abzuklopfen.

»Es sieht aus wie ein zweites Testgelände«, stellte Isaac grübelnd fest. »ONE scheint erst dieses Gleis für einen früheren Test genutzt zu haben, bevor sie uns auf die andere Seite gesperrt haben.«

»Aber von hier aus kommt man doch überhaupt nicht an die Toiletten oder die Nahrungskammern«, warf Joshua ein. Er deutete auf die zugemauerten Seitengänge, die man nur von der anderen Seite – ihrem SEED – betreten konnte. »Die Kids aus dem ersten Test hatten so doch überhaupt keine Chance!«

»Ich glaube auch nicht, dass es darum ging«, flüsterte Isaac, als er seinen Blick zurück zum Zugabteil richtete.

Joshua fragte sich erst, was Isaac meinte, dann wurde es ihm mit einem Schlag klar: Keines der Kinder hatte die Tube je verlassen. Sie alle waren noch immer im Inneren, wo sie vermutlich elendig zugrunde gegangen waren. Anscheinend ging es hier einzig und allein darum, die Effizienz des Gifts zu testen. An so vielen Opfern wie möglich.

Plötzlich riss sie ein markerschütternder Schrei aus ihren Überlegungen. Joshua schaute sich um und sah Fabiu schmerzverzerrt am Boden liegen.

Unkontrolliert kratzte er sich am gesamten Körper. So tief, dass seine Arme bereits mit roten Striemen übersät waren. Lucas sank neben ihm auf die Knie und hielt Fabiu fest im Arm. Sehr fest. Was zuerst nach einer liebevollen Geste aussah, erkannte Joshua schnell als Maßnahme, um Fabiu daran zu hindern, sich weiterhin zu verletzen.

»Ist es eine Vision?«, fragte er Lucas, der nickte.

»Ja! Aber so heftig hat es ihn nicht mehr erwischt, seitdem wir das erste Mal den SEED betreten haben.«

»Nein!«, presste Fabiu zwischen seinen Zähnen hervor. »Es ist anders! Ich ...«

Plötzlich löste sich die Spannung aus Fabius Körper und er sackte erschöpft in Lucas' Armen zusammen. Es ging so schnell vorbei, wie es gekommen war. Isaac und Ed standen immer noch erstarrt da, mit Terror in ihren Augen. Fabiu sah Lucas mit feuchten Augen an. Auf Lucas' Frage, was er gesehen habe, schüttelte Fabiu nur den Kopf.

»Was ist los?«

»Ich glaube, mein Kopf platzt gleich«, stöhnte Fabiu, als er sich eine Hand über die Augen legte.

Joshua kniete sich vor Fabiu und nahm sein Gesicht in beide Hände. »Sieh mich an, Fabiu.«

»Mhm.«

»Was hast du gesehen?«

»Dich, denn ... wir sind ein Team!«

Joshua wusste nicht, was er sagen sollte. Gleichzeitig hatte er Angst, dass Fabiu, wenn sie zu lange warteten, vielleicht wieder zu viel vergessen oder durcheinanderbringen würde. Fabiu hatte selbst gesagt, er kannte oft die richtigen Fragen auf die vorhandenen Antworten nicht ... Joshua war klar: Sie mussten so schnell wie möglich handeln.

»Isaac, Aziz, ihr schaut euch hier um. Versucht, einen Weg nach draußen zu finden! Vielleicht haben wir hier mehr Glück!«

Isaac hatte es schon einmal geschafft, Aziz in Schach zu halten. Er hatte mehr Kraft, als man vermuten würde.

»Alles klar«, antwortete Isaac bestimmt und nickte Aziz am anderen Ende des Tunnels zu.

»Lucas und Ed, ihr nehmt Fabiu!«

»Was ist der Plan?«, fragte Lucas, als er zum ersten Mal ohne Widerworte ein Kommando von Joshua annahm.

»Wir müssen *jetzt* handeln! Hoch, zu Zakir! Wir brauchen Zugang zu Fabius Gehirn! Sofort!«

Es war beinahe lächerlich: Sie hatten Fabius Matratze auf den OP-Tisch gehievt, auf der er nun unter dem grellen Licht des Rundlichtes lag. Ed war an seiner Seite mit Zakirs Kopfhörern in der Hand, wie ein Assistenzarzt, der auf seinen Einsatz wartete.

Kopfschüttelnd fragte sich Joshua, was sie sich dabei gedacht hatten. Doch er kannte die Antwort: Zu viel Hoffnung und Wichtigkeit lag in dem, was sie vorhatten, als dass sie Fabiu einfach mit den Kopfhörern in irgendeine Ecke geschickt hätten, mit den Worten: »Komm zurück, wenn du fertig bist.«

Nein, es hatte beinahe etwas Rituelles.

»Bist du so weit?«, fragte Joshua nervös.

Fabiu nickte entschlossen.

»Gut. Vergiss nicht, dass du dir alle Zeit der Welt nehmen kannst – es ist nur wichtig, dass du jede Frage wirklich ehrlich und aufrichtig beantwortest.« Während Joshua sprach, glitt sein Blick zur grellen Leuchte über Fabius Kopf. »Sicher, dass dir das nicht zu hell ist? Wir können's auch ausmachen.«

Fabiu kicherte kurz. »Alles gut, Joshua. Mach dir keine Sorgen, das wird schon. Kümmere du dich nur gut um Zakir, okay?«

»Klar.«

»Wo ist Lucas?«

Zögerlich schaute Joshua von links nach rechts. »Ich denke, er treibt sich irgendwo rum.«

Fabiu schien enttäuscht über seine Antwort zu sein und Joshua begann, Lucas in seinem Kopf zu verfluchen.

Hoffentlich lenkt das Fabius Aufmerksamkeit nicht von den wichtigen Dingen ab, dachte er sich.

Doch Fabiu zog nur die Augenbrauen hoch und murmelte: »Was auch sonst, hm? Also. Los geht's!«

Fabiu wirkte verunsichert und Joshua gab sich selbst die Schuld daran. Er grinste aufmunternd.

»Hey, entspann dich. Im Endeffekt ist und bleibt es ein dämlicher Einrichtungsprozess für 'nen Personal Assistant.«

Fabiu schnaubte kurz mit einem stummen Lachen. »Du hast recht.«

Joshua und Ed schauten sich tief in die Augen und nickten sich entschlossen zu. Dann trat Ed vor, um die Kopfhörer auf Fabius Ohrmuscheln sinken zu lassen.

Ein grünes Licht leuchtete auf dem matten Schwarz der rechten Plastikmuschel auf, als Fabiu zu sprechen begann.

»Hallo. Hallo. Hallo. Okay.«

Während er sprach, wanderte sein Blick abwechselnd von Joshua zu Ed. Fragend schaute der Rothaarige durch seine dicken Brillengläser den Asiaten neben sich an.

»Chill. Alles läuft nach Plan. Das ist die Stimmenerkennung, die sich auf ihn einstellt.«

Joshua nickte Fabiu mit einem aufmunternden Lächeln zu und gab Ed anschließend zu verstehen, dass sie ihn nun besser allein ließen. Sie konnten die Fragen sowieso nicht hören und er war sich sicher, dass es Fabiu leichter fallen würde, ehrlich zu antworten, wenn er das Gefühl hatte, für sich zu sein.

Es trieb Joshua beinahe in den Wahnsinn zu warten. Die Einrichtung dauerte unglaublich lang. Als sie Fabiu nach drei Stunden immer noch einzelne abgehackte Wortgruppen sowie Jas und Neins murmeln hörten, wusste Joshua, das musste jetzt Kassi sein. Es war undenkbar, dass *TuneSpot* seinen Kunden so etwas für die Ersteinrichtung zumuten würde. Die künstliche Intelligenz musste bereits Zusammenhänge erkannt haben und jetzt ganz konkret nachhaken. Das war doch eigentlich etwas Gutes, oder?

In der Zwischenzeit waren Aziz und Isaac zurückgekehrt. Ein enttäuschender Bericht offenbarte, dass es keinerlei Auswege im neu entdeckten SEED gab. Alle Gänge waren zugemauert. Selbst wenn sie es nicht gewesen wären, hätten sie nur von der anderen Seite auf ihren Bahnsteig geführt. Nicht mehr. Es gab nicht einmal eine eigene Steuerapparatur für die Flood Gates, was ihre erste Annahme nur bestätigte – die Kinder sollten überhaupt keine Chance erhalten zu fliehen. Keines von ihnen hatte eine Gürteltasche mit einem mehr oder weniger nützlichen Gegenstand bekommen, so wie sie. Nachdem Aziz das Glas der Waggontür mit einem Stein eingeschlagen hatte, um das Innere zu untersuchen, mussten sie die Opferzahl korrigieren. Es waren nicht 67 Tote, wie Lucas anfänglich gezählt hatte. 75 Schädel. Allesamt zu klein, um einem Erwachsenen zu gehören.

Das hatte offensichtlich selbst den sonst so harten Aziz mitgenommen. Mit gesenktem Kopf trottete er wieder die Treppe des Schlafraums hinab ins kalte Wasser.

Joshua rief ihm nach: »Hey, du bist immer noch unter Arrest!«, bevor er sich die Hände über den Mund schlug und zu den Trennwänden schaute, hinter denen Fabiu sich noch immer hoch konzentriert den unendlichen Fragen eines digitalen Scheinwesens stellte.

»Lass ihn doch«, grummelte Isaac. »Wenn er nicht hier ist, kann er wenigstens keinen Schaden anrichten.«

Joshua musste ihm murrend zustimmen. Das Einzige, was besser war als ein bewachter Aziz, war, gar keinen Aziz um sich zu haben.

Seufzend ließ Joshua sich neben Zakir nieder, der hechelnd und schweißgebadet in einem Fiebertraum zu stecken schien. Kurz überlegte er, ihn zu wecken, aber war nicht selbst ein tiefer Albtraum erholsamer, als überhaupt nicht zu schlafen? Er wollte diese Entscheidung nicht treffen, also tat er nichts.

Der Schlafraum war so still, dass man nichts hörte außer Fabius brummende Antworten: »Ja. Nein. Nein. Ja. Wie? Nein. Ja. Ich weiß nicht.«

Auch Ed und Isaac schwiegen – doch Joshua fragte sich, weshalb. Aus Rücksicht auf Zakir und Fabiu? Aus Betroffenheit oder Trauer? Je mehr er darüber nachdachte, desto unangenehmer wurde die Stille.

Dann durchbrach Isaac sie, indem er plötzlich aufstand.

»Ich werd mich mal um den Abwasch kümmern gehen«, flüsterte er.

»Soll ich mitkommen?«, fragte Ed.

»Schon okay. Ich komme nachher mit dem Abendessen zurück.«

Isaac sammelte auf leisen Sohlen alle Dosen, Schüsseln und Teller zusammen und verschwand.

Als Ed und Joshua mit müden Augen die Beipackzettel der offenen Medikamentenverpackungen studierten, um etwas zu finden, das Zakir helfen konnte, ließ sie eine Stimme zusammenzucken.

»Ich bin fertig.« Fabiu stand neben der Trennwand, die ihn bisher vor den Blicken der anderen abgeschirmt hatte – in der Hand die Kopfhörer. »Sie ist echt 'ne Nette.«

Joshua bemerkte, dass er sich an Zakir gewandt hatte, der nun verschlafen, mit halb offenen Augen, breit grinste.

»Ich weiß, Mann.«

Als Ed aufsprang und auf Fabiu zulief, reichte Joshua Zakir eine Dose mit Wasser und zwei kleine Pillen.

»Hier, die vertragen sich mit dem Antibiotikum und sollten dein Fieber senken.«

Gehorsam warf Zakir sich die beiden Medikamente ein und spülte sie runter.

»Und?«, richtete sich der erschöpfte Junge nun, seine schmerzende Seite haltend, an Fabiu. »Hat's was gebracht?«

»Hm. Sagt ihr es mir.« Er übergab Ed die schweren Kopfhörer. »Hier ist alles drauf, was ich weiß. Jetzt liegt's an euch.«

Joshua versuchte, Fabius Züge zu lesen, doch er konnte nicht so recht sagen, ob er verstimmt, besorgt oder einfach nur erschöpft war. Deshalb beließ er es bei einem einfachen »Danke«.

Ed zückte sein Smartphone und ging auf Joshua und Zakir zu.

Der Verletzte fuchtelte mit seiner Hand ungeduldig in Eds Richtung. »Gib schon her!«

»Was?«

»Beides.« Sofort begann Zakir, auf den Geräten zu wischen und zu tippen.

Dann ertönte eine digitale Stimme. »Verbindung steht.«

Besorgt suchte Joshua Zakirs Blick. »Bist du sicher, dass du fit genug dafür bist?«

»Na, hör mal«, lachte der Große, »darauf warte ich gefühlt schon mein ganzes Leben lang.« Zakir zog seinen schweren Körper in eine gebeugte Sitzhaltung. »Das Problem mit Gottes Weisheit hast du ja schon selbst super zusammengefasst, Joshi: Die Antworten sind da, aber wir nutzen sie nicht. Aber das hier ist endlich unsere Chance, es besser zu machen! Dank Technik und Wissenschaft.«

Fabiu hob die Augenbrauen. Er stand immer noch neben der Trennwand, weit entfernt von den anderen drei Jungen.

»Dazu braucht ihr mich nicht, oder? Sonst würde ich ...«

Zakir hatte sich schon völlig in den Tiefen von Eds *PHONE* verloren.

»Was? Ja, nee. Alles gut, hau rein.« Er lachte euphorisch, als er doch noch mal seinen Kopf hob. »Falls du Isaac siehst – wir haben Hunger, stimmt's, Männer? Das wird eine laaaange Nacht!«

Die Tür quietschte leise hinter Fabiu, als er die Treppe zum Generatorenraum hochschlürfte.

»Yo, Isaac«, murmelte er, »die anderen fragen, wann es Essen gibt.«

Als er das Ende der schmalen Stufen erreichte, erblickte er Isaac inmitten von allerlei Werkzeug.

»Dann sollten die erst mal meine Ordnung akzeptieren«, grummelte Isaac genervt.

Das war das erste Mal, dass Fabiu ihn so sah. Sonst wirkte er immer so ausgeglichen und über den Dingen.

»Was ist denn passiert?«

»Ach, mir fehlt andauernd Zeugs.«

Er hob wütend einen Hammer und Fabiu duckte sich reflexartig und hob seine Hände schützend vor sich.

»Hey!«

Isaac rollte mit den Augen. »Davon hatte ich mal drei Stück hier. Das ist der Letzte, der noch übrig ist. Handschuhe fehlen – verdammt, mein ganzes Werkzeug löst sich anscheinend in Luft auf!«

»Nun krieg dich mal wieder ein.« Fabiu grinste. Dass ihn Unordnung so aus der Fassung brachte, passte irgendwie zu Isaac. »Meinst du deinen Schraubenzieher, oder was?«

Isaac sah erschrocken in Fabius Gesicht und der wunderte sich, was er so Entsetzliches gesagt hatte.

»Ja, der fehlt auch«, flüsterte Isaac. »Das war mein liebster.« Er schaute traurig auf das Chaos um ihn herum. »Alles geht verloren. Ist es denn zu viel verlangt, *das* bisschen Ordnung aufrechtzuerhalten, bei all dem Drunter und Drüber, das uns hier sowieso schon die Nerven raubt?«

»Nun reg dich nicht so auf«, versuchte Fabiu, ihn zu beschwichtigen.

Er fand es irgendwie niedlich, wie Isaac sich über so etwas mit voller Leidenschaft aufregen konnte, aber bei Streitereien in der Gruppe stets einen kühlen Kopf bewahrte. Gleichzeitig beruhigte es Fabiu, dass auch der sonst so perfekte Isaac seine kleinen Macken hatte und auch mal die Beherrschung verlor.

»Ich halte Augen und Ohren offen. Sobald mir was auffällt, lass ich es dich zuerst wissen. Ich ...«

»Was?«, fragte Isaac gereizt.

Fabiu sah, dass gerade jetzt vielleicht ein ungünstiger Moment war, aber er hoffte, mit einem charmanten Lächeln davonzukommen.

»Ich wollte eigentlich nur 'ne Kerze stibitzen.«

Isaac rollte mit den Augen. »Mach doch. Das schreibe ich gleich mit auf die Inventarliste.«

Er durchkramte kurz das Schränkchen hinter sich und reichte Fabiu dann ein Feuerzeug und eine weiße lange Wachskerze.

»Danke.« Fabiu steckte das Feuerzeug in seine Hosentasche.

»Was kam eigentlich bei deiner digitalen Befragung raus?«, fragte Isaac beiläufig.

Fabiu zuckte nur müde eine Schulter und fand, dass die Bezeichnung »digitale Befragung« ziemlich treffend war.

»Na ja, mal sehen, was Zakir daraus zusammenschustert.«

»Mhm«, entgegnete Fabiu ruhig.

Er drehte die lange Kerze gedankenverloren zwischen seinen Fingern. Er wusste weder, ob es der richtige Moment war, noch, warum Isaac hätte lügen sollen, doch die Frage brannte in seinem Kopf, seitdem Aziz die Explosion erwähnt hatte ...

»Was ist denn los?«, fragte ihn Isaac, der offensichtlich bemerkt hatte, dass Fabiu etwas beschäftigte.

»Hast du die Wand zum anderen Bahnsteig in die Luft gejagt, um uns zu retten?«

»Was?«, fragte Isaac erstaunt.

»Na ja, als du am Stromnetz gearbeitet hast, wolltest du den anderen ja auch nichts verraten, aus Angst vor dem Druck, unter den dich das setzen würde.«

»Ja. Korrekt. *Den anderen.* Dir habe ich es aber erzählt.«

Isaac schaute ihm tief in die Augen. Fabiu war klar, dass es blödsinnig war, und trotzdem wollte er es genauer wissen.

»Beim letzten Mal hast du mir diese kleine Apparatur gezeigt. Wofür ist die denn sonst gut?«

Isaac lachte. Er griff in die Tasche seiner einst hellen Kapuzenjacke mit den abgeschnittenen Ärmeln.

»Das Teil meinst du?« Er präsentierte das kleine metallene Etwas mit den vielen Kabeln. »Das ist eine Mini-Winz-Bombe, Fabiu. Damit sprenge ich mich hin und wieder durch den Londoner Untergrund.« Ein breites Grinsen zierte das hübsche Gesicht des Goldhaarigen. »Nein, ernsthaft. Hiermit will ich die Kontrolle über die Flood Gates wiedergewinnen. Ein neuer Schalter, der die zerstörten Verbindungen überbrücken soll. Mit etwas Geduld schaffe ich das. So schafft man nämlich fast alles«, grinste er, während Fabiu ihn ungläubig anstarrte. »Sobald sich das Giftgas aus den Tunneln verzogen hat, können wir hiermit dann das Wasser abfließen lassen und –«

»Nein!«, protestierte Fabiu schnell, ohne zu wissen, warum.

Isaacs verdutztes Zögern ließ seinem Hirn genügend Zeit, die Antwort zu finden: Die Kinderknochen am Grunde des Gleisbettes ihres SEEDs – die Vorstellung von Karims unterer Körperhälfte, die immer noch auf der anderen Seite der Schleuse im modrigen Wasser vor sich hin faulen musste ... Und auch Lucas' Geschichte über den Jungen, der seine Freundin retten wollte und durch das eintretende Gas alle umbrachte. Nein! Die Schleuse zu öffnen, wäre ein zu hohes Risiko.

»Versprich mir, dass du das nicht tust, Isaac. Es ist zu gefährlich!«

Der andere Junge nickte zwar, als er merkte, wie ernst es ihm war, aber Fabiu war sich nicht sicher, ob Isaac es tatsächlich verstand.

»Keine Sorge, ich verspreche es dir.«

Doch Isaacs Stimme verriet Fabiu, dass er log. Zum ersten Mal fühlte er eine Art Wut auf Isaac.

Aufgebracht schrie er: »Du verstehst nicht, das Giftgas und –«

Doch dann tat Isaac etwas, womit Fabiu nicht gerechnet hatte. Er ließ die kleine Apparatur fallen, griff nach dem Hammer neben sich und schlug einige Male kräftig auf sie ein, sodass winzige Einzelteile von ihr absprangen.

»Ich verspreche es«, wiederholte Isaac entschlossen und Fabiu fühlte sich, als hätte der Hammer ihn in der Magengegend getroffen.

Das war nicht das gewesen, was er gewollt hatte, und unvermittelt fühlte er sich schuldig dafür, dass sie hier unten eingesperrt waren. Hätte er bedenken müssen, dass Isaac so jung ist? So impulsiv? Und gerade jetzt so gereizt? Natürlich wollte Fabiu die Flood Gates nicht öffnen – nicht jetzt. Aber die Option gänzlich zerstört in allen Einzelteilen vor sich zu sehen, machte ihm schmerzhaft bewusst, dass er sie auch nicht komplett ausschließen wollte. Doch dafür war es nun zu spät.

»Isaac ...«

»Schon in Ordnung. Ich kümmere mich jetzt besser um das Essen.« Isaac klang betont fröhlich, als wollte er sich selbst aufmuntern. Doch seinen Frust konnte er nicht überspielen. »Sieh zu, dass alle beisammen sind. In einer halben Stunde im Schlafraum.«

Fabiu musste nicht suchen, um zu wissen, wo er Lucas finden würde. Er war von Anfang an sein Ziel gewesen und Isaac nur ein Zwischenstopp.

Leise und bedacht schritt Fabiu durch das knietiefe Wasser des neu entdeckten Bahnsteigs. Seine Hand ließ er an den kalten Kacheln der Wände entlangschleifen, als er sich dem Zug näherte. Erst jetzt hatte er wirklich Zeit, sich hier umzuschauen.

Der SEED unterschied sich schon ziemlich von ihrem. Das weiße Kunstlicht ließ die lange Tunnelhalle um einiges kälter wirken als ihre eigene – aber auch die Wände unterschieden sich, die Fußböden. Alles sah nicht ganz so kahl aus. Sogar die Rahmen für die Werbeplakate waren bereits an den großen Kacheln der Bahnsteigseite und auch an den Tunnelwänden hinter dem Gleisbett befestigt. Doch statt bunter Anzeigen waren schlichte schwarze Platzhalter eingespannt. Alles wirkte etwas weniger improvisiert als in ihrem SEED.

Als er die Tube erreichte und sein Blick suchend hineinfiel, lief ihm erneut ein Schauder über den Rücken.

Lucas saß auf einer Bank im Inneren des Zuges, deren Sitzfläche gerade so oberhalb des Wassers lag. Sein Blick war leer, seine Wangen feucht. Neben ihm saßen die menschlichen Überreste verstorbener Kinder und in ihren Reihen stach Lucas, ruhig und bewegungslos, nicht sonderlich hervor.

Fabiu schritt vorsichtig auf das eingeschlagene Glas der Zugtür zu und kletterte vorsichtig durch die Öffnung. Lucas' Blick blieb verloren im Nichts. Fabiu hatte Mühe, nicht in den Berg von Scherben am Grund des Wassers zu treten oder sich an der Scheibe zu schneiden.

»Hey.«

Keine Reaktion.

Fabiu hielt einen Moment inne und vergewisserte sich, dass sich

Lucas' Brustkorb noch langsam hob und senkte. Dann schaute er sich um. Direkt neben Lucas war noch etwas Platz. Er ließ sich zwischen ihm und dem Skelett eines kleinen Mädchens nieder, das noch immer ein violettes Kleidchen trug. Ihm war das Ganze alles andere als geheuer, doch er wusste, er musste jetzt für Lucas da sein. Er brauchte ihn – weit mehr noch, als sich der Blonde bisher vorstellen konnte.

»Fabiu ... du hast gesagt, es liegt an mir, ob ich zu dem Monster aus meinen Visionen werde ...« Lucas schaute ihn nicht an. Er schnaubte nur leise. »Tja, scheint, als hätte mir jemand diese Entscheidung abgenommen.«

Fabiu wusste nicht, was er darauf antworten sollte, und starrte nur an die Decke des Zuges. Dann zog er scharf Luft durch seine Zähne und hielt kurz inne – für einen Moment zweifelnd, ob er tatsächlich sprechen sollte. Doch er musste.

»Es wird noch schlimmer.«

Aus dem Augenwinkel sah er, wie Lucas seinen Kopf drehte, um ihn fragend anzusehen. Die Verzweiflung im Gesicht des Blonden konnte er nur erahnen. Er selbst schaute starr nach vorne.

»Aber ich werde da sein. Ich werde immer da sein«, flüsterte Fabiu.

Was eigentlich aufbauen sollte, klang laut ausgesprochen wie eine bittere Erkenntnis.

Er spürte, wie Lucas' Körper dicht neben ihm zu zittern begann, doch er konnte nichts tun. Nichts außer dem, wofür er gekommen war.

Schweigend entzündete Fabiu die Kerze in seiner Hand mit dem kleinen Feuerzeug, das er zuvor aus seiner Hosentasche gefischt hatte, und das warme Licht schien auf ihre Gesichter.

»Was ... was soll das?« Lucas schluckte.

»Eine Kerze für die Toten«, erklärte Fabiu ruhig.

Lucas schnaubte verächtlich, doch Fabiu fuhr fort: »Zu Hause haben wir das immer getan, wenn jemand gestorben ist. Die Kerze soll den Seelen das Licht ins Totenreich leuchten, damit sie sich nicht verirren.«

»Das ist doch bescheuert!«, protestierte Lucas, während er geräuschvoll Schleim zurück in seine Nase zog.

Das fanden Fabius Eltern zuletzt wohl auch. Sie hatten diesem Ritual schon lange nicht mehr beigewohnt. Um fair zu sein, gab es im Krieg aber auch nicht genügend Kerzen für jeden Menschen, den sie verloren hatten. Doch beim Tod von engen Freunden und Spielkameraden hatte er oft immer noch mit seinen jüngeren Geschwistern zusammengesessen und ihnen geholfen, so Abschied zu nehmen.

Nur an dem Tag, als Mika gestorben war, war er alleine gewesen. Weil er es so gewollt hatte. Er allein mit seiner Kerze, um ihr den Weg zu leuchten.

»Du zündest die Kerze an und wartest, bis sie niedergebrannt ist.«

»Wie dumm«, nuschelte Lucas.

Doch er stand nicht auf. Er blieb.

Hypnotisiert von der tanzenden Flamme, verloren sie gemeinsam jedes Gefühl für die Zeit. Isaacs fernen Aufruf zum Essen ignorierten sie. Danach war nichts mehr zu hören bis auf das leise Knistern des Feuers.

Da durch den Tumult um Aziz und Zakir keiner von ihnen viel Schlaf bekommen hatte, war nun die Müdigkeit ihr größter Feind. Als Fabius Augen sich also gegen seinen Willen für einen Moment zu lange schlossen und die Kerze seinem Griff fast entglitt, schnellte Lucas' Hand um seine und beschützte sie vor dem Fall.

Beinahe, dachte Fabiu, *fühlt es sich an wie zu Hause mit meinen Geschwistern.*

Lucas *war* sein Bruder und er wusste, er musste ihn beschützen. Doch er wusste nach dem Gespräch mit Kassi auch, dass es vielleicht unmöglich war.

Fabiu blickte zur Seite. Er sah Skelette von Kindern und Lucas, der an seiner Schulter eingeschlafen war.

Er spürte Lucas' Hand auf seiner und ein trauriges Gefühl von Abschied lag auf Fabius Brust.

Die Kerze in ihren Händen erlosch.

KAPITEL 14

EXIT

Joshua wurde durch ein unangenehmes Stoßen in die Rippen geweckt. Als er müde seine Augen öffnete, sah er, dass es ein Fuß war, der ihn unsanft in die Seite trat. Zakirs.

Der saß aufrecht und hatte seinen Finger verschwörerisch über seine Lippen gelegt. Er verstand und erhob sich geräuschlos. Es musste mitten in der Nacht oder früher Morgen sein. Joshua erinnerte sich, wie er vor Erschöpfung nach dem Essen eingeschlafen war, und den anderen Jungs schien es genauso ergangen zu sein – Isaac, Aziz, Ed. Auch Lucas und Fabiu waren zurück, nachdem sie das Abendessen verpasst hatten. Die beiden lagen nebeneinander in Lucas' Ecke bei den Gewichten und Metallstangen.

Zakir deutete zur Treppe und Joshua nickte kurz. Joshua stützte Zakir und bemüht, keinen Krach zu machen, schleppte er Zakir durch den Raum, die Treppe hinab und auf den Bahnsteig.

Hier begann er, leise zu flüstern: »Küche?«

Zakir schüttelte mit ernster Miene den Kopf. »Toilette.«

Joshua merkte sofort, wie ernst es Zakir war. In die Küche könnte sich jemand verirren – die Toilette mieden mittlerweile alle, so gut es eben ging. Unruhe lag in Zakirs Blicken und in jeder seiner Bewegungen, bis sie die Tür zum Männerklo hinter sich schließen konnten. Der beißende Gestank von Urin und Verwesung stieg ihnen in die Nase.

»Was ist los?«, drängte Joshua in dem Moment, als die Tür hinter ihnen ins Schloss fiel.

Zakir hingegen drehte ihm mit einer bestimmten Bewegung den Rücken zu, wodurch Joshua durch Zakirs Rückseite leicht nach hinten gegen die Tür der engen Kabine gedrängt wurde. Plötzlich hörte Joshua ein lautes Plätschern aus der Kloschüssel.

»Ernsthaft? Musstest du echt nur pissen? Dann hätte ich auch draußen warten können!«, schimpfte Joshua aufgebracht. Den gesamten Weg hier rauf hatte ihn die Spannung förmlich aufgefressen.

»Was denn? Ist doch schön kuschelig«, antwortete Zakir amüsiert und griff mit seiner freien Hand hinter sich, um Joshua an sich zu ziehen.

»Du bist ekelhaft, Mann.«

Zakir lachte laut auf. »Beruhig dich mal, Joshi.«

Das Plätschern wurde leiser, bis es ganz verstummte. Mit einer kurzen Bewegung richtete sich Zakir, bevor er sich wieder umdrehte. Er packte den Kopf des Kleineren, der angeekelt sein Gesicht verzog.

Doch bevor Joshua protestieren konnte, lehnte sich Zakir vor und flüsterte in sein Ohr: »Ich weiß, wer der Verräter ist, und ich habe Beweise.«

Joshuas Lektion übers Händewaschen blieb ihm unausgesprochen im Halse stecken. Konnte das wirklich sein?

»Wie ...?«, stammelte er, als Zakir sich zufrieden grinsend zurücklehnte.

Zakir zog das *PHONE* aus seiner Bomberweste und setzte sich auf einen Toilettendeckel.

»Beim Auswerten von Fabius Gespräch sind mir mehrere Ungereimtheiten aufgefallen. Dinge, die nicht passieren konnten, sind geschehen.«

»Was meinst du?«, drängte Joshua. Er hatte keine Geduld mehr für Spielchen. »Komm zum Punkt!«

Zakir tippte suchend auf dem Smartphone herum.

»Antworten auf Fragen, die es nicht hätte geben dürfen. Die ich nicht einprogrammiert habe und die auch nicht Teil vom *TuneSpot*-Fragekatalog sind.«

»Zum Beispiel?«

»Kassi hat ihn nach ONE gefragt.«

»Nach ONE? Der Organisation aus seinen Visionen?«

»Exakt«, antwortete Zakir ernst.

»Aber wie konnte Kassi davon wissen? Sie kann doch nicht *tatsächlich* in sein Hirn schauen – oder?«

»Nein, natürlich nicht.«

»Was hat sie denn gefragt?«

»Mehrere Dinge: ob er eine Organisation namens ONE kennt, ob er sich mit der Unternehmensethik von ONE identifizieren kann und ob er sich an ONEs Operation *SEED* aktiv beteiligen würde.«

Joshua konnte nicht glauben, was er da hörte.

»Kassi wusste auch von *SEED*? Moment – kann es nicht sein, dass sie einfach aufgeschnappt hat, was wir besprochen haben? Ist sie kein selbst lernender Algorithmus?«

»Doch, klar. Daher war das auch meine erste Vermutung ...« Zakir hielt inne.

»Nun spuck's schon aus!«, forderte Joshua lautstark.

Zakir atmete einmal tief durch. Im Normalfall hätte Joshua das als gewollte Provokation gedeutet, um ihn mit Absicht auf die Folter zu spannen. Doch Zakirs verlorener Blick verriet, dass er ernsthaft an diesem Rätsel zu knabbern hatte.

»Sie fragte, ob Fabiu ONEs Projekt *EXIT* befürwortet.«

»Was ist das?«

»Hatte Fabiu auch gefragt.« Zakirs Miene verfinsterte sich.

»Und?«

»Ziel von *EXIT* ist die Auslöschung der Menschheit.«

Joshua erstarrte. »Wa...w...was?« Er schüttelte den Kopf. »Bullshit.«

»Ja. Vermutlich.« Aber Zakirs Stimme ließ keinen Zweifel daran, dass er das glauben wollte, es jedoch keineswegs tat.

»Ich meine«, sprudelte es nun aus Joshua heraus. »Fabiu sagte ja selbst, er weiß nicht, was *EXIT* ist, oder? Wieso sollte jemand so etwas zum Ziel haben? *Die gesamte Menschheit auslöschen.* Das klingt nach dem Plan eines schlechten Bösewichts aus 'nem Kinder-Cartoon. Das ... das kann nicht stimmen. Oder?«

Es war viel eher ein Bitten als eine Frage.

Zakir starrte zurück in Joshuas verlorene Augen. »Kassi kann es jedenfalls nicht einfach aufgeschnappt haben, richtig? Das sagst du ja selbst – Fabiu wusste nichts von *EXIT*. Jedenfalls zum Zeitpunkt der Frage noch nicht. Was das bei ihm getriggert hat, kann nur er uns sagen ...« Zakir hob das *PHONE* hoch. »Oder Kassi, sobald sie mit der Analyse seiner Antworten komplett durch ist.«

Joshua nickte kurz.

»Und?«

Zakir zog die Augenbrauen hoch.

»Worauf willst du hinaus?«, fragte Joshua. »Du scheinst ja noch mehr erfahren zu haben. Das sehe ich dir doch an.«

Zakir grinste breit. Joshua kannte ihn mittlerweile zu gut.

»Du hast recht. Ich bin dem Ganzen also mal nachgegangen und hab etwas im Code gestöbert. Da fand ich ein weiteres Stichwort: *GLASHAUS* – noch ein Projekttitel.«

»Worum handelt es sich dabei?«

Zakir zuckte beiläufig mit den Schultern.

»Keine Ahnung. Worauf ich hinauswill: Jemand muss aktiv hinter meinem Rücken am Code geschrieben haben. Die Schlagwörter ONE, *EXIT*, *SEED* und *GLASHAUS* wurden jedenfalls nicht von mir ins System gespeist. Hier hört es aber noch nicht auf!«

Zakir sah, wie Joshuas Augen sich ungläubig weiteten. »Da ich für Kassis Analyse die komplette Rechenkraft des *PHONEs* brauche, hab ich mal versucht, ein wenig Platz auf dem Teil zu schaffen. Da fielen mir gleich zwei Dinge auf: Zum einen war weit weniger Speicher verfügbar, als es eigentlich der Fall hätte sein müssen. Zum anderen wurde laut Protokoll vorgestern Morgen eine nicht authentifizierte App entfernt.«

Joshua verstand nicht ganz. »Und?«

»Warum wurde nur diese eine spezielle App vom Handy entfernt? Und zwar genau kurz bevor Ed sich mit uns zusammentun wollte?«

»Hm ...«, grübelte nun auch Joshua.

»Also habe ich mich gestern Abend, als du und Ed endlich schlieft, auf die Suche nach dem blockierten Speicher gemacht. Ich bin ja nicht dumm: Wenn das System sagt, etwas belege die Kapazitäten, ich es aber nicht sehen kann, ist es vermutlich versteckt. Und wer was versteckt, hat was zu verbergen.«

»Offensichtlich.«

»Was?«

»Na wer was versteckt, hat *offensichtlich* was zu verbergen.«

»Hab ich doch eben gesagt ...?«

Joshua rollte die Augen. »Egal, mach weiter.«

»Gut. Also kratzte ich all mein Wissen über versteckte Partitionen zusammen und siehe da – das habe ich gefunden.«

Zakir zeigte Joshua das *PHONE*, auf dem er mit einem Wisch einen Ordner öffnete.

Joshua wusste nicht so recht, was er auf dem blendenden Display erkennen sollte, und nahm Zakir das Gerät aus den Händen. Es waren mehrere Dateien, einige mit kleinen Vorschaubildern, andere mit einem Schloss-Piktogramm auf weißem Hintergrund. Joshua tippte auf die erste, zugängliche Datei.

»Das ist ein Zeitungsausschnitt«, stellte er überrascht fest. »Völlig vergilbt. Moment.« Joshua begann laut zu lesen:

Licht auf London

4. November 2020

»Stellen Sie sich vor, ein Elektriker sitzt mit vier Steinzeitmenschen in einer Badewanne. Der Elektriker hält ein Starkstromkabel in die Höhe. Das stört die Steinzeitmenschen, denn sie verstehen nicht, was er da tut. Sie stimmen geschlossen dafür, dass er das Kabel loslassen soll. Er lässt los. Das Starkstromkabel fällt ins Wasser. Und so, liebe Leser, ist die Wiederwahl des Präsidenten – nach vier beschämenden Jahren inkompetenter Führung der USA – der Beweis für das Scheitern der Demokratie, so wie wir sie kennen.«

Joshua zoomte in die obere Ecke des Bildes. »*Licht auf London.* Das ist ein Kommentar zur US-Wahl vom 4. November 2020.«

Zakir antwortete nicht, sondern nickte einmal kurz zur Seite, um Joshua zu verstehen zu geben, dass er weiterwischen sollte.

Das nächste Bild zeigte eine verwüstete Stadt – Häuser, die in Schutt und Asche lagen – mit der Bildunterschrift *Bilder aus Berlin, 19. April 2025.*

Bilder aus Berlin, 19. April 2025

»Das heißt, Fabiu hat die ganze Zeit recht gehabt.«

Joshua fühlte sich unwohl, ihm so zugesetzt zu haben. Er blickte zu Zakir, doch wieder keine Antwort. Joshua verstand.

Als er seinen Finger erneut von rechts nach links über das Display zog, öffnete sich ein weiteres Bild. Zuerst hatte Joshua keine Ahnung, was das war. Es sah aus wie der Scan einer technischen Zeichnung. Er zoomte hinein, um die winzige Schrift entziffern zu können. Dann erstarrte er.

»Das kann nicht sein.«

Er blickte Zakir an, der ein Mal bestimmt nickte.

»Doch. Ein detaillierter Plan unserer Route, die wir hier unten zu gehen hatten. Schau!«

Zakir zog mit seinen Fingern einen anderen Bereich der Karte in den Fokus des Touchdisplays: die Tunnelmündung, an der ihr Zug verunglückt war. Joshua hatte Schwierigkeiten, die kleine Schrift zu entziffern.

»*Lok-Stopp.* Genau da hatte jemand die Kette um die Gleise gewickelt! Aber Moment – wie kann das sein? Wir haben doch schon festgestellt, dass es keine direkte Verbindung zwischen Tottenham Court Road und dem Piccadilly Circus gibt. Laut diesem Plan hier müssten wir genau im Leicester Square verunglückt sein, aber ...«

Zakir unterbrach ihn. »Genau so ist es auch. Unser Unglücksort *war* mal die Leicester Square Station. Guck, da steht alles.«

Zakir minimierte das Bild auf dem Smartphone wieder auf Normalgröße und wischte ein paarmal hin und her, bis er den passenden Artikel gefunden hatte. »Da.« Es war ein Fließtext wie aus einem Sachbuch.

»Im Grunde steht dadrin, dass es einen Terroranschlag gegeben hat, der die gesamte Station in Schutt und Asche gelegt hat. Statt sie also komplett neu aufzubauen, wurde sie zur Weiche, um die Piccadilly Line an Tottenham Court Road anzuknüpfen. So war es möglich, dass wir vom Piccadilly-SEED bequem zu Fuß zum Tottenham-Court-Road-SEED laufen konnten.«

Gedankenverloren wischte Joshua sich durch die restlichen Bilder. Mehr Texte, dann – ein Plan ihres SEEDs. Des *kompletten* SEEDs.

»Hier!« Er hielt Zakir das Smartphone entgegen. »Er wusste die ganze Zeit von der zweiten Plattform hinter der Mauer!«

Zakir nickte nur.

»Dann muss hier doch auch irgendwo ein Ausgang markiert sein!«

Hastig zoomte Joshua in das Bild hinein, doch nirgends ließ sich etwas entdecken, was sie nicht eh schon wussten. Ungeduldig strich er zur Seite, bis nur noch die weißen Seiten mit dem Vorhängeschloss-Symbol auftauchten.

»Die letzten hier sind echt schwierig zu knacken. Aber ja, es wäre möglich, dass uns eine der Dateien einen Ausweg liefert.«

Joshua war baff. Das konnte alles nicht wahr sein. Es fühlte sich unwirklich an, dem Ziel – ihrer Freiheit – plötzlich so nahe zu sein. Und doch mischte sich Wut und Fassungslosigkeit zu seiner Euphorie.

»Das heißt ... Ed hat die ganze Zeit gewusst, wo wir waren. Was da draußen los ist. Er wusste vom Krieg – und dass wir in diese Falle tappen werden.«

Zakir schaute sich grinsend in der engen Klokabine um.

»Ich denke nicht, dass er berechnen konnte, dass wir zwei nachts allein auf dem Männerklo landen würden. Und als Falle würde ich das jetzt auch nicht bezeichnen«, hauchte er, als er Joshua unangenehm nahe kam.

Der gab ihm eine leichte, aber bestimmte Kopfnuss.

»Ich meinte den SEED!«

Zakir rieb sich grinsend die Stirn, bevor er Joshua das *PHONE* aus der Hand nahm und es eine kurze Weile betrachtete. Seine Miene wurde wieder ernster.

»Ed war auch der Einzige mit Zugang hierzu und somit in der Lage, die Schlagwörter im Code zu verändern.«

»Ist er denn dazu in der Lage? Ich meine, er ist doch nur 'n kleiner Influencer. Kann der überhaupt programmieren?«, fragte Joshua nachdenklich.

»Keine Ahnung. Wir wissen nichts von ihm. Alles, was er uns erzählt hat, könnte eine Lüge gewesen sein.«

»Und was ist mit dieser App? Wozu hat er die benötigt?«

Zakir legte seine Stirn in Falten. »Keine Ahnung. Fest steht nur, dass er das Ding aus dem System geschmissen hat, bevor er sich uns angeschlossen hat. Um wirklich zu wissen, wer er ist, müssten wir in seinen Kopf gucken können.«

Beide schauten sich tief in die Augen, dann fiel Joshuas Blick hinab auf Zakirs Hals, um den seine Kopfhörer baumelten. Plötzlich wusste er, warum Zakir ihn hierhergeholt hatte. Es war mehr als nur ein Informationsgespräch – er brauchte ihn erneut als Verbündeten.

Verschmitzt begann Joshua zu lächeln. »Das heißt dann wohl, nächster Anlauf, hm?«

»Du kennst mich, Bruder«, grinste Zakir breit.

Joshua gab sich größte Mühe, seinen Freund so geräuschlos wie möglich in den Schlafraum zurückzuhieven, doch in dem Moment, als sie die kleine Halle betraten, wusste er sofort, dass etwas nicht stimmte.

Er konnte nicht recht sagen, was es war. Vielleicht nur die Aufregung. Vielleicht war es aber auch das schlechte Gefühl, seine Gruppe erneut zu hintergehen, und die Angst vor einem weiteren Desaster.

Eine Stimme sagte ihm, es wäre das Beste, Zakir direkt an der Treppe zurückzulassen. Er wollte ihn um jeden Preis von möglichen Gefahren fernhalten. Wer konnte schon wissen, was passieren würde? Zakir war alles andere als einverstanden, doch mit seinem verletzten Oberkörper war er nicht in der Lage, Forderungen oder Bedingungen zu stellen.

Joshua ließ ihn also an der Wand hinabgleiten und zog die robusten Kopfhörer von Zakirs breitem Hals. Beide nickten sich noch einmal entschlossen zu. Dann drehte sich Joshua um und auf Zehenspitzen schlich er vorbei an Isaac und auf den schlafenden Berg zu, der eindeutig Ed sein musste.

Am Ende von Eds Matratze angekommen, aktivierte er konzentriert die Kopfhörer in seiner Hand und zog den Bügel, so weit es ging, auseinander. Als sein Blick hinab auf Ed fiel, schrie Joshua aus voller Kehle.

Blankes Entsetzen durchfuhr den jungen Asiaten. Er sah in leere Augen. Dort, wo Eds Ohren hätten sein sollen, hingen nur blutige Fleischfetzen von dem runden, bleichen Gesicht.

»Ed!«, schrie Joshua fassungslos.

Doch keine Antwort kam mehr über die bläulich verfärbten Lippen.

»Was ist da los?«, rief Zakir panisch.

Joshua riss die Decke von dem leblosen Leib vor sich – unzählige Einstiche, genau wie bei Zakir. Alles war voller Blut.

»Er ... er ist tot.«

Joshuas Schrei riss Fabiu aus einem unruhigen Schlaf. Er hörte Worte, doch er reagierte nicht. Wie erstarrt blickte er an die Decke. Ein Lächeln breitete sich auf seinen Lippen aus, das in dieser bizarren Situation beinahe wahnsinnig wirkte. Es kümmerte ihn nicht mehr, was um ihn herum geschah, denn er erwachte mit einer Sicherheit.

Er wusste, wo der Ausgang war.

Während alle aufsprangen und sich panisch um Eds leblosen Körper versammelten, erhob sich Fabiu bedacht und lief schnurstracks auf die Treppe zu. Dort versuchte Zakir verzweifelt, sich hochzustemmen.

»Hilf mir, Fabiu!«

Ohne ein Wort kniete sich der schmächtige Junge neben ihn und half Zakir auf, um ihn zu den anderen zu geleiten. Als Joshua auf ihn zukam und Zakir entgegennahm, setzte Fabiu unbemerkt einen Fuß nach dem anderen zurück, bis er sich mit einem Mal umdrehte und die Treppe hinabhastete. Im Gang, außer Sicht, hielt er noch einmal kurz inne, um zu überprüfen, ob jemand sein Verschwinden bemerkt hatte.

Nichts. Alle redeten aufgeregt durcheinander und Fabiu fühlte sich sicher genug, um weiterzugehen.

Nicht in ihren eigenen SEED. Was sollte er da? So schnell er konnte, kämpfte er sich durch das knietiefe Wasser den Bahnsteig entlang, der ihm so befremdlich vorkam, da alles spiegelverkehrt zu den gewohnten Bildern in seinem Kopf war.

Als er den Bahnsteig erreichte, überlegte er nicht lange und sprang kopfüber in das kalte Nass des Gleisbettes. Kurz musste er daran denken, wie er sich an den Schienen des Gleisbettes in ihrem SEED geklammert und sich vorgestellt hatte, wie die Tiefen des kalten Wassers sie alle verschlingen würden, wenn er das Puzzle in seinem Kopf nicht lösen könnte.

Doch das hatte er! Was er nun am Grund des Gleisbettes finden würde, wäre Freiheit.

Fabiu tastete sich an der glitschigen Metallfront des Zuges hinab, zog sich tiefer und tiefer, bis er in den schmalen Spalt unter den Waggon tauchen konnte. Der Druck hatte hier eine winzige Luftkammer erzeugt – zu klein, um dort atmen zu können, doch groß genug, um als geschütztes Versteck zu dienen. Hier unten in der Finsternis konnte Fabiu nichts sehen, weshalb er vorsichtig umhertastete. Das dreckige Metall hinterließ einen schmierigen Film auf seinen Fingern und seinen Armen. Die Luft wurde knapp, doch er ließ sich nicht beirren.

Irgendwo hier musste es doch sein!

Fabiu zweifelte nicht daran. Dass er nun hier war, das Versteck gefunden hatte, war das Signal, dass die Visionen wahr waren und ihr Geheimnis endlich offenbarten.

Da! Er hatte ihn! Einen kleinen Schlüssel. An einem metallenen Ring hing er in einem verwinkelten Hohlraum, unberührt von Wasser und Korrosion. Strahlend presste er sich unter dem metallenen Monster hervor und tauchte an die Oberfläche.

Er hatte keine Zeit, das erlösende Gefühl von frischem Sauerstoff in seinen Lungen zu genießen – die anderen würden bald anfangen, nach ihm zu suchen. Er zog sich hinauf auf den Bahnsteig, als ihm etwas sagte, er sollte noch einmal zurück in den Waggon. Und als er einen Blick ins Innere warf, wusste er auch, weshalb: das Feuerzeug!

Es lag noch immer dort, wo er und Lucas es gestern Nacht zurückgelassen hatten – direkt neben der abgebrannten Kerze.

Sobald er es hatte, hastete er, so schnell er konnte, ohne zu viele Geräusche im Wasser zu machen, zurück. Vorbei an dem Zugang zu ihrem Schlafraum, aus dem er immer noch aufgeregte Stimmen vernahm, weiter bis an das Flood Gate.

Plötzlich fühlte er sich verloren – wie aus einem Traum gerissen. Als seine Finger ganz taub wurden, zwang er sich hastig, seine Augen zu schließen. Er musste sich sammeln.

Komm schon, komm schon!

Panisch begann er, sich heftig gegen den Kopf zu schlagen.

Dann riss er seine Augen auf.

Natürlich!

Fabiu trat vor, an die Wand neben dem Flood Gate. Er schaute nun auf eine große schwarze Fläche – einen der Platzhalter für die Werbung. Für gewöhnlich hingen in den metallenen Rahmen fast anderthalb Meter hohe Poster von Shows oder Musicals, manchmal auch von Kinofilmen. Fabiu musste grinsen, als er bemerkte, wie einfach es war.

Unglaublich, woran er sich plötzlich erinnern konnte, dachte er. Als wäre er aus einem langen Traum erwacht. Erst erinnert man sich nur an Fetzen, plötzlich kommt immer und immer mehr zurück, bis man den Traum in allen Einzelheiten klar vor sich sieht. Er fühlte sich wie in einem Rausch – als wäre er mit der fremden Hälfte seines Gehirns zu einem neuen Menschen verschmolzen. Er fühlte sich klüger, überlegener – gar nicht mehr schwach oder verunsichert.

Bestimmt drückte Fabiu auf die obere rechte Ecke des Rahmens und presste dabei das dünne Klarsichtplastik, welches das schwarze Blanko-Plakat dahinter beschützen sollte, in das Innere der Wand. Mit einer einzigen entschlossenen Bewegung zog er und ein großes Brett, bespannt mit schwarzem Papier, kam ihm samt Kunststofffolie entgegen. Als er das große Brett wie ein Puzzlestück aus der Wand nahm, offenbarte sich dahinter ein winziger schmaler Raum – gerade ein bis zwei Meter tief – mit einer schweren Metalltür an der gegenüberliegenden Wand.

Vorsichtig stieg Fabiu ins Innere der Geheimkammer und griff nach der großen Holzplatte, um den Eingang hinter sich zu verschließen. Er konnte nicht riskieren, dass ihm bei dem Tumult im Schlafraum jemand folgte und im Affekt falsche Schlüsse zog.

Mit einem leisen Ratschen zündete Fabiu das Feuerzeug an. Etwas unbeholfen versuchte er, mit seinen schmierigen Fingern das Schlüsselloch zu ertasten. Da war es! Mit einem Klacken entriegelte der kleine Schlüssel die Tür und Fabiu stieß sie vorsichtig auf.

Er stand in einem kleinen, breiten Flur. Links und rechts von ihm waren schwere Türen in die steinernen Wände eingelassen. Wenn er sich nicht irrte, führten sie direkt in den jeweiligen Tunnel hinter den Flood Gates. Reflexartig hielt Fabiu die Luft an, bei dem Gedanken, dass die massive Tür zu seiner Rechten die einzige Barriere war, die ihn vor Karims und Fritz' Überresten und dem giftverseuchten

Untergrund abschirmte. Doch diese zu öffnen war auch überhaupt nicht seine Absicht.

Im Zentrum des Raumes befand sich nämlich etwas viel Wichtigeres – ein Geländer, das an drei der vier Seiten ein quadratisches Loch umzäunte. Als Fabiu näher trat, erkannte er, dass es sich bei dem Loch nicht einfach nur um einen Abgrund handelte, sondern die offene Seite des Geländers den Weg auf eine Wendeltreppe freigab, die noch tiefer in den Untergrund führte. Er wusste, ihm sollte mulmig zumute sein, die Angst überhandnehmen und jeder Instinkt in ihm schreien, er sollte nicht hinuntergehen – doch er wusste es besser. Er musste es tun!

Die Wendeltreppe schien endlos in die Tiefe zu führen, doch er war zu aufgeregt, um seine Schritte zu zählen. Soweit es ihm möglich war, nahm er mehrere Stufen auf einmal, bis er endlich am Grund des engen Treppenschachtes angekommen war.

Fabiu stand vor einem gigantischen Eisentor. Anstatt einer Klinke war da ein schweres Rad in der Mitte des Tors, das Fabiu eher an die Tür eines U-Bootes erinnerte.

Plötzlich gab es einen kleinen Knall und Fabiu zischte: »Ahhh!«

Der Zündstein des Feuerzeugs musste zersprungen sein. Auf einmal war er verloren in der Dunkelheit. Mit ausgestreckten Armen setzte er zaghaft einen Fuß vor den anderen, bis er das kalte Rad der Tür in seinen Händen spürte.

Fabiu hielt kurz inne. Die Finsternis war so verschlingend, dass es keinen Unterschied machte, ob er seine Augen offen oder geschlossen hielt. Er wusste, hinter dieser Tür wartete seine Erlösung, doch er zögerte. Es schien, als zwänge ihn die Dunkelheit, das erste Mal seit gestern wirklich nachzudenken. Zu verarbeiten.

Seit seinem Gespräch mit Kassi hatte er alles von sich geschoben. Er flüchtete sich in sentimentale Rituale, in Träume, nur um seine Gedanken zu ersticken. War es nicht viel einfacher, die Tür zu öffnen und in die Freiheit zu marschieren? Weg von all dem, was er gesehen hatte? Von dem, was sie erlebt hatten? Gab es überhaupt eine Möglichkeit, davor zu fliehen?

Er biss seine Kiefer aufeinander. Es hatte keinen Sinn, sich den Kopf zu zerbrechen. Nicht jetzt. Mit aller Kraft setzte er das Rad in seinen Händen quietschend in Bewegung. Es war leichter, als es ausgesehen hatte. Er drehte und drehte, bis er plötzlich auf einen Widerstand stieß. Mit einem Klack ging die Tür auf und Fabiu zog mit aller Kraft daran. Kreischend öffnete sich das ungeölte Eisentor und Fabiu tastete sich blind ins Innere.

Ein Klickern, gefolgt von einem elektrischen Surren, ertönte und anscheinend ausgelöst durch einen Bewegungsmelder, erwachte eine grelle Deckenleuchte nach der anderen und erfüllte den Raum mit Licht.

Fabiu hatte Schwierigkeiten, sich an das beißende Weiß zu gewöhnen — so sehr, dass seine Augen zu tränen begannen. Er hielt sich die Hände vors Gesicht und versuchte, mit der Zeit seine Finger weiter und weiter auseinanderzuspreizen, um seinen Augen so eine Chance zu geben, sich den neuen Lichtverhältnissen anzupassen. Bisher sah er nur verschwommene Bilder, doch sie reichten, um eines festzustellen: Nichts sah aus wie in seiner Vision. Alles wirkte neuer, fertiger, weißer. Er fühlte sich beinahe fehl am Platz in seinen zerlumpten Klamotten und mit seinem dreckverschmierten Gesicht.

Fabiu stand in einer großen, achteckigen Halle. Als er auf die gegenüberliegende Seite des Raumes starrte, erblickte er sein Spiegelbild. In jede Wand des Raumes war eine große Tür aus dunkelblauem spiegelnden Glas eingelassen – über jeder prangten Wörter in goldenen Lettern. »Unterkünfte« las er auf der anderen Seite des Raumes.

Er griff sich an den Kopf, da ein seichtes Stechen in seiner Schläfe eingesetzt hatte, und folgte dem weißen Streifen zu seinen Füßen, der ihn in die Mitte des Raumes über den glatten Steinboden leitete. Von hier aus führten sieben weitere weiße Bahnen zu jeder der anderen Spiegelfronten.

Erneut schlug sich Fabiu unkontrolliert gegen den Kopf.

»Komm schon«, brummte er, als würde er sein Hirn auffordern. »Wo lang?«

Er drehte sich und merkte, wie er die Orientierung verlor. Von jeder Seite starrte er selbst aus den Glasflächen verloren zurück. Er versuchte, die Wörter über den Türen zu entziffern: WC, Küche, Leben.

Kurz blieb sein Blick auf den goldenen Buchstaben kleben. Dann fuhr er energisch rechts herum und las in großen Buchstaben »Glashaus« über einer der Türen. Daneben, über der nächsten Tür, dasselbe Wort in Großbuchstaben: GLASHAUS.

Sofort machte sich das wohlbekannte Kribbeln in seinem Körper breit, als er schwankend versuchte, dem weißen Streifen am Boden zu folgen, und auf sein eigenes Spiegelbild zutaumelte. Mit einem hydraulischen Zischen öffnete sich die elektrische Doppeltür in der Mitte wie die eines Supermarktes und er stand in einem weiteren großen Raum.

Es gab keine Leuchtröhren an der Decke – das einzige Licht kam von hohen, massiven Glassäulen, die eine klare blaue Flüssigkeit in sich trugen und von unten angestrahlt wurden. Die Säulen erstreckten sich bis an die Decke und formten – eine neben der nächsten – weitere Gänge.

Der mittlere Gang führte Fabiu quer durch den Raum direkt zu einer weiteren elektrischen Tür und plötzlich stand er in einem großen Labor. Er hatte keine Zeit, sich umzuschauen – er war aus einem Grund hier! Zielstrebig durchquerte er den Raum, vorbei an langen Tischen und Drehstühlen, hohen beschrifteten Schränken und metallischen Regalen, die alle aussahen, als wären sie noch nie benutzt worden.

Fabiu gelangte an die Tür am Ende des Raumes und er wusste, dass er endlich da war. Hierauf hatte er so lange warten müssen. Hierfür hatte er so viel ertragen müssen.

Er stand vor einer schweren grünen Eisentür mit einem verglasten Spalt in der Mitte. Auf der anderen Seite war es finster – nichts war zu erkennen. Entschlossen packte Fabiu den glatten Eisengriff und zog. Das Licht des Labors fiel in den kleinen Raum hinter der Tür und wurde von einer metallisch glänzenden Oberfläche zurückgeworfen.

Es war die Tür eines großen Aufzugs und Fabiu wusste, er würde ihn in die Freiheit bringen.

Langsam trat Fabiu vor und sein gesamter Kiefer begann, vor Aufregung zu kribbeln. Seine Augen strahlten, denn endlich würden sich all die Qualen auszahlen.

Als er auf den großen runden Knopf neben dem Aufzug drückte – passierte nichts.

Er erstarrte. Seine Mimik versteinerte und sein Mund öffnete sich halb, um unverständlich zu stammeln. Das konnte nicht sein! Seine Visionen hatten ihn hierher gebracht! Alles ergab einen Sinn, er hatte gewusst, wo er suchen musste, den Schlüssel gefunden, den geheimen Zugang – hier konnte es nicht enden! Durfte es nicht enden.

Und auf einmal fühlte er sich wieder wie das ängstliche kleine Kind, das seine Familie in der brennenden Wohnung zurückgelassen hatte. Seine Augen füllten sich vor Frust mit Tränen und er sank auf die Knie. War all das Hoffen umsonst gewesen? Er begann zu schniefen und stieß einen lauten Wutschrei hervor, der sich anfühlte, als würde er seinen gesamten Hals schmerzhaft in Stücke reißen.

Doch dann verstummte sein Schluchzen und er hielt die Luft an.

Es gibt einen Weg, dachte er.

Adrenalin pumpte durch Joshuas Körper, als er Zakir neben Eds Leiche niederließ. Isaac hockte bleich und nach Worten ringend neben dem leblosen Körper.

Lucas hingegen fand schnell welche: »Er wurde abgestochen, genau wie Zakir!«

Zakir tastete instinktiv seine Seite ab, als er Joshua finster anschaute.

»Seine Ohren – jemand wusste genau, was wir vorhatten.«

Isaac fuhr wütend dazwischen: »Ihr wolltet schon wieder einen von uns im Schlaf –«

»Er *war* keiner von uns!«, brüllte Joshua Isaac an. »Darum ging es doch! *Er* war der Maulwurf. Zakir hat alle Beweise auf Eds *PHONE* gefunden!«

»Was ...?«, stammelte Isaac ungläubig.

»Alles. Zeitungsartikel, Pläne! Verdammte Scheiße!«, fluchte Joshua. »Ohne ihn werden wir hier *nie* rausfinden!«

»Hey«, unterbrach ihn Zakir, »wir haben immer noch Fabius Antworten und das hier!« Er zückte das Smartphone. »Gib mir noch ein bisschen, dann schaffen wir das schon.«

»Wo *ist* Fabiu?«, fragte Isaac verwundert.

Eine beklemmende Stille legte sich über die Gruppe. Joshua wusste, was jeder von ihnen dachte, und er gab zu, es war eigenartig, dass er fehlte. Doch er konnte sich beim besten Willen nicht vorstellen, dass Fabiu zu so was in der Lage war. Oder?

»Vermutlich auf Klo?«, durchbrach Zakir das Schweigen.

Keiner widersprach. Joshua wusste nicht, ob er das glauben sollte. Er konnte nur auf eine Art sichergehen. Langsam zog er Eds Shirt hoch.

»Was machst du da?«, zischte Lucas.

»Ich will die Einstiche untersuchen«, antwortete Joshua verteidigend. »Ich hab Zakir behandelt, ich will nur sehen, ob ...«

Tatsächlich! Die Eintrittswunden waren identisch mit denen, die Joshua letzte Nacht behutsam versorgt hatte – nur übertrafen sie die in Zakirs Seite um Längen in der Anzahl. Der Angreifer musste gut fünfzehn- oder zwanzigmal zugestochen haben. Eines war klar: Hier kam jede Hilfe zu spät. Eds Körper war bereits eiskalt.

»Kein Zweifel«, fuhr Joshua fort, »es war dieselbe Waffe wie bei Zakir.«

Die Jungen sahen sich verschwörerisch an. Joshua schaute sich um, dann sprang er auf und rannte zu den Laufbändern. Hinter der Trennwand war – nichts. Nur eine leere Matratze, dort, wo der bullige Türke sonst schlief.

Gefährlich funkelte Joshua die anderen Jungs an und raunte: »Wo ist Aziz?«

KAPITEL 15

WIESO ICH?

Sie schwärmten aus, um Aziz zu finden.

Als Isaac ihn aus dem Generatorenraum kommen sah, rief er laut alle zusammen und Joshua und Lucas kamen in Windeseile herbeigerannt.

Aziz hob verteidigend die Hände. »Was soll der Scheiß, *vallah*?«

»Stell dich nicht dümmer, als du bist«, zischte Joshua und gemeinsam trieben sie ihn zu den Fahrstuhlschächten.

Widerstandslos folgte Aziz Joshuas Kommando und stieg hinab in das tiefe Loch zu dem schweren Container, in dem der modrig stinkende Reis vor sich hin faulte. Dann zogen die Jungen die Leiter zu sich hinauf. Nun war auch Zakir dazugestoßen. Isaac hatte ihm geholfen, die Stufen zu den Fahrstuhlschächten zu erklimmen.

»Wo ist die Tatwaffe?«

Joshua bemühte sich, so abgeklärt und rational wie nur möglich zu handeln.

»Was *Tatwaffe*?«

Aziz macht es einem schwer, die Beherrschung zu bewahren, dachte Joshua zähneknirschend.

»Tu nicht so dumm!«, kläffte ihn Zakir an und spuckte hinab in den tiefen Schacht.

Joshua schaute Zakir kurz fassungslos an.

»Das ist widerlich, Mann. Lass das.« Er wandte sich wieder dem Loch zu. »Ed. Er ist tot.«

Für einen Moment war da etwas Undeutbares in Aziz' Gesicht, doch dann senkte er seinen Kopf. Vermutlich, um sich nicht in die Karten schauen zu lassen. Das klappte nur bedingt, denn als Joshua sah, wie sich ein Grinsen auf den Lippen des Türken formte, verlor nun auch er die Geduld.

»Los, rede endlich!«, bellte Joshua wütend.

»Dann habt ihr ja sicher sein *PHONE*, hm?«, entgegnete Aziz ruhig.

»Ähm, wieso?«

»Ich tausche. Infos gegen Smartphone.« Er hob seinen Kopf, um der Gruppe sein freches Grinsen zu präsentieren.

»Wie bitte?«, fragte Zakir, schockiert von Aziz' Dreistigkeit. »Sag mal, geht's noch?«

Er schaute Joshua an und gestikulierte, nach Worten ringend, hinab in den Schacht. Das war überhaupt keine Option, wusste Joshua. Alles, was sie retten könnte, war auf diesem Gerät – alle *Smart-Think*-Daten von Fabiu, die geheimen Dokumente von Ed. Niemals!

»Ich denke nicht, dass du in der Lage bist, Forderungen zu stellen!«, blockte Joshua ab.

»Ich denke schon. Was wollt ihr mir denn schon antun, *vallah?*«

Gerade als Joshua Luft holen wollte, fuhr Aziz selbstsicher fort: »Mich aushungern lassen? Bitch, hier unten ist alles voller Reis. Nicht supersauber, aber über die Runden wird mich das schon irgendwie bringen. Also *Amina Koyim*, ihr Spastis. Kommt wieder, wenn ihr bereit seid zu verhandeln.«

»Wir hätten ihn gleich kaltmachen sollen«, raunte Zakir und Lucas nickte hastig, während er irgendetwas von Türken, Erpressungen und Tauschgeschäften murmelte.

Doch Joshua entgegnete: »Von welchen Infos redest du?«

»Gib mir das *PHONE* und finde es heraus«, forderte ihn Aziz auf.

»Der weiß *gar nichts*. Der will nur an das Gerät«, keuchte Zakir erschöpft.

Aziz genoss es zusehends, wie Zakir unter den Folgen seiner Attacke litt. Doch dann wandte er sich wieder an Joshua: »Frag Fabiu, er kann euch bestätigen, dass ich mehr weiß als ihr anderen.«

Ein Nicken gab Joshua zu verstehen, dass der Türke ihn auf etwas hinweisen wollte. Da erklang Fabius ruhige Stimme hinter ihm.

»Ich weiß, *dass* du Dinge weißt, ja.«

Als Joshua sich zu ihm umdrehte, entgegnete Fabiu, der ziemlich außer Puste schien, auf seinen fragenden Blick: »Ich weiß aber nicht, *was* er weiß oder ob uns das irgendwie weiterbringen könnte.«

Joshua musterte Fabiu misstrauisch, nachdem der so plötzlich wieder aufgetaucht war, wie er zuvor verschwunden war. Fabiu wich seinem Blick nicht aus.

»Joshua«, unterbrach ihn Isaac, doch der wandte seinen Blick nicht von dem schmalen Rumänen vor sich ab.

»Gibt es da noch etwas, was du uns verschwiegen hast, Fabiu?«

»Joshua!«, drängte Isaac eindringlich.

»Was?«, antwortete Joshua zähneknirschend.

»Zakir, es geht ihm schlecht.«

Entsetzt drehte Joshua sich um. Zakir war auf die Knie gesunken und atmete schwer. Joshua hatte in all der Aufregung vergessen, wie schwach der Verletzte noch sein musste.

»Hast du gestern Abend überhaupt etwas gegessen?« Er konnte die Besorgnis in seiner Stimme nicht verstecken.

Zakir antwortete nicht, aber Joshua erinnerte sich, wie vertieft sein Freund an Eds Smartphone gewerkelt hatte, während alle anderen aßen. Er war so verbissen gewesen, Fabius Antworten so schnell wie möglich in das *SmartThink*-Programm einzuspeisen.

»Isaac, Fabiu, los – helft ihm hoch!«

Lucas, der viel näher bei Zakir stand, legte seine Stirn in Falten und blickte Joshua fragend an. Doch eher würde die Hölle zufrieren, als dass Joshua Lucas mit irgendetwas betrauen würde, was ihm wichtig war.

Fabiu sprang, ohne zu zögern, an Zakirs Seite und legte dessen schweren Arm um seine eigene Schulter, während Isaac es ihm auf der anderen Seite gleichtat.

»Bringt ihn zurück zum SEED. Er muss was essen und sich ausruhen!«

»Und du?«, fragte Isaac besorgt.

»Ich kümmere mich um unser Problemkind!«

Als sich Fabiu und Isaac eher schlecht als recht mit Zakir auf ihren Schultern die Treppe hinabkämpften, trafen sich Joshuas und Lucas' Blicke. Ein unangenehmes Schweigen folgte. Schnell sah Joshua weg. Er musste ihn nicht ansehen, um die Enttäuschung des Blonden zu spüren.

Aber was hat er auch erwartet?, dachte Joshua. *Freundlichkeit? Mitleid? Eine Entschuldigung?*

Ehe sie gezwungen waren, die Stille zu brechen, tat es Fabiu, als er von unten, schon außer Sichtweite, rief: »Lucas, kommst du?«

Der hielt einen Moment inne, doch als Joshua ihm weiterhin die kalte Schulter zeigte, wandte er sich kopfschüttelnd ab und rannte den anderen hinterher.

Erleichtert atmete Joshua aus. Die Situation hätte nur noch unerträglicher werden können, wenn er seine Wache mit Lucas gemeinsam hätte halten müssen.

Er konnte beim besten Willen nicht verstehen, wie Fabiu den arroganten Blonden auch nur um sich ertragen konnte. Nach all dem, was Fabiu ihnen selbst über Lucas erzählt hatte.

Nachdenklich ließ er seinen Blick hinab in das quadratische Loch fallen.

»Na, Chinatown, haben dich alle allein gelassen?«, feixte Aziz, woraufhin Joshua die Augen verdrehte und an der kleinen Leine zog, die über ihm baumelte.

»Halt's Maul, klar?«

Die Glühbirne erlosch und tauchte den tiefen Fahrstuhlschacht in schwarze Dunkelheit.

»Hey!«

Isaac und Fabiu saßen zu beiden Seiten neben Zakir, der schwer atmete.

»Hat er Fieber?«, fragte Isaac drängend.

Fabiu griff nach der blauen Wollmütze und zog sie von Zakirs Kopf. Das war das erste Mal, dass er Zakir ohne Mütze sah. Er hatte eine Glatze – obwohl nach fast einer Woche im Untergrund bereits erste Haare wieder nachgewachsen waren.

»Er ist total heiß«, keuchte Fabiu, der seine Hand auf die Stirn des erschöpften Jungen gelegt hatte.

»Hier, nimm!«, forderte Isaac Zakir auf und reichte ihm zwei kleine Kapseln. »Die dämmt dein Fieber und die hier lässt dich schlafen.«

Ohne Protest öffnete Zakir seinen Mund. Dann reichte Fabiu ihm eine Dose mit Wasser, bevor er sich an Lucas wandte.

»Lucas, sieh zu, dass er etwas isst, wenn er aufwacht.«

Der saß teilnahmslos neben dem Eingang. Fabiu fragte sich, ob er das tat, um nicht helfen zu müssen, oder ob er einfach so viel Raum wie möglich zwischen sich und Eds Leichnam bringen wollte. Lucas' blasses Gesicht ließ Fabiu auf Zweiteres tippen.

Wie ironisch, dachte Fabiu. *Das ist der Junge, der mir erzählt hat, Menschen müssten wieder lernen zu sterben.*

»Was ist mit euch?«, fragte Lucas.

Fabiu druckste und suchte Isaacs Blick, der jede Führung und Selbstsicherheit verloren zu haben schien, für die Fabiu ihn anfangs so sehr bewundert hatte.

Nun ist es an mir, dachte Fabiu.

»Wir müssen kurz was besprechen.«

Isaacs Blick war verloren und verwirrt, als Fabiu nach seiner Hand griff und ihn Richtung Ausgang, an Lucas vorbei und die Treppe hinabzog.

»Wo willst du hin?«

Doch Fabiu antwortete nicht. Er führte Isaac auf den zweiten SEED, durch den geheimen Zugang, die Wendeltreppe hinunter. In der erstickenden Finsternis hielt er Isaacs Hand fest umklammert. Fabiu fand den Weg blind. Isaacs schwitzige Finger zitterten, doch ließen Fabius niemals los, als er ihm gehorsam in die Tiefen des Untergrunds folgte.

Fabiu öffnete die schwere Tür am Fuße der langen Wendeltreppe und erneut blendete ihn das Licht des gleißend hellen Raumes mit den acht Wänden.

»Wo ... wo sind wir hier?«, fragte Isaac erstaunt. »Ist das irgendein geheimes Regierungsgebäude?«

Fabiu wusste erst nicht, wie Isaac darauf kam, bis er seinem Blick gen Boden folgte.

Tatsächlich, dachte er. Die weißen Streifen am Fußboden formten die Umrisse des Union Jacks – die zwei weißen Kreuze auf der britischen Nationalflagge.

»Fabiu?«, verlangte Isaac. »Sprich mit mir!«

»Es war mal ein geheimes Untergrundkrankenhaus. Davon gibt es unglaublich viele, aber die zivile Bevölkerung weiß nichts davon. Aus dem Grund, dass die Krankenhäuser im Kriegsfall vor Feinden unauffindbar bleiben sollen.«

»Woher weißt du dann davon? Und was meinst du mit *es war mal*?«

»Meine Visionen haben mich hierher geführt. Los, komm mit!«

Fabiu griff erneut nach Isaacs Hand und führte ihn hastig zu der elektrischen Tür, über der in goldenen Großbuchstaben »GLASHAUS« geschrieben stand. Er zerrte ihn durch die blaue Halle mit den Säulen, bis ans Ende des Labors im nächsten Raum. Sie kamen vor dem weit geöffneten grünen Eisentor zum Stehen.

»Was ist hier los? Was ist das hier?«, forderte Isaac nun beinahe panisch eine Erklärung ein.

Fabiu grinste ihn an. »Der Ausgang, Isaac. Das ist unsere Chance!«

Isaacs Augen weiteten sich, als Fabiu auf den runden Knopf drückte. Nichts geschah.

»Was ...?«

»Du hast uns wieder ans Stromnetz anschließen können, stimmt's? Du kannst uns hier rausbringen! Uns beide! Alles, was du tun musst, ist, den Fahrstuhl wieder in Gang zu bringen. Er geht – er *muss* gehen! Ich hab es gesehen – in meiner Vision.«

Fabiu redete wie in Rage auf den Jüngeren ein, als dieser ihn unsanft unterbrach: »Stopp!«

Fabiu begriff nicht. Völlig außer Atem schaute er Isaac fragend an.

»Was redest du denn da? *Uns beide?* Was ist mit den anderen?«, fragte Isaac.

Fabius Miene verfinsterte sich. Er hatte nicht darüber sprechen wollen, hatte die Gedanken von sich gestoßen. Die einzige Bedingung, dass Isaac mit ihm kommen konnte, war, dass er nicht alles wissen durfte. Nur so hatte Fabiu eine Chance zu entkommen. *Sich selbst* zu entkommen.

»Ed ist tot, was sie mit Aziz machen wollen, will ich mir gar nicht ausmalen – Zakir ist so schwach, wir wissen alle nicht, ob er es schafft ... Vertrau mir, Isaac, komm mit mir. Wir können wieder frei sein. Nur wir beide.« Er schaute in Isaacs tiefbraune Augen, in denen er immer Zuversicht und Geborgenheit fand. »Bitte, Isaac.«

Doch Isaac schüttelte den Kopf. »Das *kann* nicht dein Ernst sein.« Er trat einen Schritt zurück und Fabiu hatte das Gefühl, er würde ihn verlieren. »Hast du dich hier denn überhaupt mal umgeschaut? Stell dir all die Möglichkeiten vor!«

»Isaac ...«

»Ernsthaft, über der einen Tür stand ›Küche‹, unter der anderen ›Unterkünfte‹ – Fabiu, das ändert alles! Überleg doch mal, wie lange wir hier unten überleben könnten!«

Verzweifelt sah Fabiu die Begeisterung in Isaacs Gesicht wie ein strahlendes Licht weiter und weiter aufleuchten, als der begann, sich weiter und weiter von Fabiu zu entfernen.

»Oh mein Gott!«, rief der Goldhaarige plötzlich, als er an dem großen gläsernen Kühlregal stehen blieb. »Sag, dass ich träume!«

Wie vom Blitz getroffen rannte Isaac auf die verspiegelte Elektrotür zu, die sich zischend öffnete und das blaue Licht des Säulenraumes ins Labor ließ.

»Fabiu, weißt du, was das ist?«

Doch Fabiu wusste genau, was das war. Nicht ohne Grund hatte er Isaac so schnell wie möglich durch diesen Raum gezogen. Er hatte sich tief im Inneren gewünscht, Isaac wüsste nicht, was das war.

»Das sind Brutkästen«, flüsterte Fabiu traurig. »Menschliche Brutkästen.«

»Ich hab davon gelesen, hatte aber keine Ahnung, dass die Forschung tatsächlich schon so weit ist.«

Als Fabiu Isaac mit zögerlichen Schritten folgte, schweifte sein Blick zu der Kühlung, an der Isaac eben innegehalten hatte. Er musste nicht mal hinschauen, um zu wissen, dass er ein Etikett mit der Aufschrift »Eizellen« vorfinden würde.

»Das ist nicht nur ein Krankenhaus«, rief Isaac freudig, »von hier aus könnte man eine komplette Zivilisation neu aufbauen!« Er kam auf Fabiu zu. »Weißt du, was das bedeutet?«

Doch Fabius Blick wanderte enttäuscht zu Boden.

»Hey, sieh mich an!«, befahl Isaac, als er Fabius Gesicht in die Hände nahm. »Weißt du, was das bedeutet? Wir können überleben. Wir können uns hier unten unsere ganz eigene Freiheit aufbauen. Fernab von jedem, der uns einsperren will.«

Fabiu fragte sich, ob Isaac überhaupt verstand, was er da redete. Freiheit, indem sie sich selbst einsperrten? Wie sollte das funktionieren?

Doch er verlor sich in Isaacs Augen und den warmen Händen auf seiner Haut. Der kleine Junge vor ihm war das Einzige, was noch gut war in dieser Welt. Er würde ihn nicht hierlassen.

»Nein.«

»Nein?«, fragte Isaac überrascht.

Fabiu wusste, wenn er wollte, dass Isaac ihm half – mit ihm käme –, war er ihm eine Erklärung schuldig. Er atmete tief durch und schloss die Augen, um seine Gedanken zu sammeln und alles so verständlich wie möglich zu machen.

»Wir müssen fliehen, weg von den anderen. Verstehst du? Meine Visionen ... Sie sind wahr. Ich habe gesehen, was wir anrichten werden, wenn wir zusammenbleiben. Wozu wir in der Lage sind. Vertrau mir, Isaac, der einzige Weg, sicher und frei und glücklich zu sein, ist, wenn wir jetzt gehen. Bitte.«

»Wieso ich?«

»Was?«

Isaacs Stimme klang tiefer und wärmer als sonst. »Wieso ich, Fabiu? Was unterscheidet mich von den anderen?«

»Ich hab dich nicht gesehen.«

»Wie ...?«

»Ich sah Joshua, Ed. Sogar Karim und Fritz ... aber nicht dich. Du warst in keiner meiner Visionen. Kein Teil dieses grauenvollen Albtraums.« In Fabius glasigen Augen spiegelte sich das blaue Leuchten. »Du bist die einzige Person, die ich anschaue und in deren Augen ich eine Zukunft sehe. Keine Vergangenheit. Keine Bilder. Du bist meine einzige Chance, Isaac, dieser Hölle als eigener Mensch zu entkommen. Wenn du nicht fragst – wenn du mir versprichst, mir zu helfen –, dann werden wir hier rausmarschieren und nie wieder zurücksehen ... und frei sein. Bitte, Isaac.«

In Fabius flehenden Augen lag der Schmerz eines gesamten Lebens. Jedes Schlucken brannte in seiner Kehle und sein Herzmuskel war zum Zerreißen gespannt. Jede Sekunde, in der Isaac schwieg, fühlte sich an, als würde etwas Unsichtbares Fabiu stärker die Luft abdrücken.

Schließlich, erst zögerlich, doch dann entschlossen, nickte Isaac.

»Ja?«, fragte Fabiu und Tränen liefen seine Wangen hinab.

»Lass mich mein Werkzeug holen.«

Fabiu schluckte und nickte wie ein Kleinkind. Als Isaac ihm aufmunternd zunickte, zwang sich Fabiu zu lächeln. Dann drehte sich Isaac um und hastete davon. Fabiu trottete ihm noch verloren nach, bis der Blonde ihm hastig zuwinkte und dann hinter der sich schließenden Tür verschwand. Fabiu starrte nur noch in sein eigenes Spiegelbild.

Als er komplett erschöpft seinen Kopf sinken ließ, hörte er eine bekannte quakige Stimme.

»Du willst mich also zurücklassen?«

KAPITEL 16

EINEN SCHRITT VORAUS

Na los«, raunte Aziz' Stimme aus dem finsteren Loch zu Joshua herauf. »Gib mir einfach das *PHONE* und ich erzähl dir, was du wissen willst.«

Joshua lehnte lässig neben dem leeren Fahrstuhlzugang.

»Und das wäre? Ich kann mir kaum vorstellen, dass du weißt, was ich −«

»Ha!«, rief Aziz spöttisch. »Hältst du dich tatsächlich für so undurchschaubar? Ich kenne Typen wie dich. Immer einen auf großen Macker machen, aber eigentlich keine Eier in der Hose.«

»Redest du von dir oder von mir?«, schnaubte Joshua belustigt.

»Mach nur weiter deine Witze.«

Joshua hörte ein ekelhaftes Rotzen.

»Dein größtes Problem ist, dass du alle in Schubladen steckst: Der Azzlack ist der Böse, schon klar.«

Joshua knipste das Licht an und sah, wie Aziz am Fuße des Schachts geblendet seine Augen zusammenkniff.

»Vielleicht hast du dich auch selbst in diese Schublade gesteckt, als du – lass mich kurz überlegen – Zakir die Nase gebrochen hast. Oder als du Zakir abstechen wolltest. Oder als du Ed umgebracht hast.«

»*Siktir.* Ich sag's ja, Alter«, feixte Aziz, »du hältst dich für so klug, aber bist einfach genauso engstirnig wie all die Arschlöcher in der Politik und wie die, die sie gewählt haben!«

»Bullshit, Mann.«

Eine kurze Stille legte sich über sie, als Joshua versuchte, Aziz' Vorwurf zu hinterfragen. Konnte es tatsächlich sein, dass er nicht viel besser war als zum Beispiel Lucas, seine rassistische Mutter und ihre Parteifreunde? Nein. Er war doch selbst Asiat. In den Augen aller ein Ausländer. Und doch fühlte es sich gleich an, wenn Aziz oder Lucas ihn mit »Chinatown« ansprachen. Nämlich verdammt beschissen. War es das, was Fabiu zu einem besseren Anführer machte? Dass er Menschen wie Lucas aus seiner Schublade holte und ihnen eine zweite Chance gab?

»Du müsstest mir nur vertrauen«, hörte er Aziz. Es war eher eine Forderung als eine Feststellung – doch Joshuas Zögern bestätigte den Jungen in der Grube, nicht locker zu lassen. »Ich mein, wo soll ich denn hin? Hier unten.«

Joshua begann, nervös vor dem Zugang hin und her zu laufen.

Es ist zu riskant, dachte er. Egal, welche Information der andere für ihn bereithielt, nichts könnte den Verlust des Smartphones aufwiegen. Vor seinem geistigen Auge sah er bereits, wie Aziz das Gerät lachend gegen die Wand warf – aus reiner Boshaftigkeit. Zakir würde es ihm niemals verzeihen, wenn er seinen Code zerstören würde und damit alles, wofür er hier unten gearbeitet hatte. Nicht nur das – er würde ihm die Möglichkeit nehmen, die letzten Rätsel zu lösen, die Ed hinterlassen hatte. Und für Zakir wohl noch viel wichtiger – Fabius Visionen zu entschlüsseln.

Er konnte nicht – er durfte nicht –, dachte er, als er sich hinab zu Aziz lehnte und ihm das Smartphone entgegenstreckte.

Als dieser schief grinsend danach greifen wollte, zog Joshua es blitzschnell außer Reichweite:

»Gib mir einen Grund. Nur einen.«

»Oh *Habibi*, ich werde dir verraten, wieso ich Ed überhaupt nicht umgebracht haben *kann*!«

Joshua schluckte.

Im Wissen, dass er es nicht tun sollte, sich gegen jeden seiner Instinkte wehrend, reichte Joshua Aziz das Smartphone, der es mit einem kräftigen Sprung aus Joshuas Hand schnappte.

Wie vom Blitz getroffen, hastete Aziz mit dem Gerät in seiner hinteren Hosentasche in die Ecke des Schachtes und begann zu klettern.

Panisch fuchtelte Joshua herum, als könnte er den anderen so aufhalten.

»Hey, was tust du da?! Wir hatten einen Deal!«

Doch Aziz blickte sich nur einmal kurz zu ihm um und grinste breit.

Fassungslos stand Joshua da und beobachtete, wie Aziz sich an der schwarzen Steinwand höher und höher hinaufhangelte. Bei genauerem Hinsehen entdeckte Joshua, dass die Wand Löcher hatte, in denen Aziz sich festkrallte und mit seinen Füßen hinaufdrückte.

»Komm wieder runter!«

In kürzester Zeit war Aziz über die Höhe des Zugangs hinausgeklettert. Dafür musste er die letzten Tage trainiert haben. *Hier* war sein geheimer Rückzugsort! Darum hatte er am Vortag selbst vorgeschlagen, sie sollten ihn hier einsperren. Weil er bereits einen Fluchtweg kannte.

Plötzlich hielt Aziz inne und begann, nach etwas Unsichtbarem zu fischen. Dann, zu Joshuas Überraschung, setzte er den Rückweg an. Joshua spürte, wie sein Herzschlag sich wieder beruhigte, und er atmete tief aus.

»Du Arsch, ich dachte, du haust mir ab!«

»Wäre ich auch, glaub mal«, presste Aziz angestrengt, doch offensichtlich belustigt, hervor, »aber da geht's nicht weiter. Die nächste Etage ist auch zugemauert. Höher kam ich nicht.« Er sprang das letzte Stück zurück hinab in die Grube.

»Wie hast du das überhaupt hinbekommen?«, fragte Joshua ehrlich beeindruckt.

Aziz fischte sich einen langen Draht aus dem Mund, der hinauf in die Dunkelheit des Fahrstuhlschachtes führte. Dann bückte er sich und präsentierte zwei kleine Hämmer, die er hinter dem Container versteckt hatte.

»Mithilfe von Werkzeug. Lag alles im Generatorenraum, aber *cüüs*, war das 'n Akt, leise genug zu sein, dass es keiner hört.«

Joshua verstand. So musste Aziz die kleinen Vertiefungen in die

Wand gemeißelt haben, durch die er die Wand hinaufklettern konnte. Gar nicht mal dumm, musste er gestehen. Doch wieso musste alles immer im Geheimen geschehen? Ob Fabiu es als Anführer geschafft hätte, sie zu einen und dazu zu bringen, an einem Strang zu ziehen – gemeinsam an Lösungen zu arbeiten? Er wusste, diese Zweifel führten zu nichts, außer zu Schwäche.

»Was hast du da geholt?«, fragte Joshua neugierig.

»Leiter«, forderte Aziz.

Joshua grummelte. *Das war nicht der Deal*, dachte er. Doch gerade, als Aziz all seine Geheimnisse offenzulegen schien, war es kein guter Moment, sich querzustellen. Nach kurzem Zögern und einem empörten Blick des Gefangenen reichte Joshua ihm die Leiter hinab.

In Windeseile stand Aziz nun glucksend vor ihm.

»Also, was ist das?«, fragte Joshua und deutete auf den orangegoldenen Draht in Aziz' Händen.

»Kupfer.«

»Das sehe ich selbst.«

»Wusstest du, dass man das als Signalleiter benutzen kann? Ich hab die gesamte Rolle, so weit es geht, nach oben gehievt, *vallah*. Bin dabei fast krepiert.«

Joshua verstand immer noch nicht ganz. Das blieb Aziz nicht verborgen.

»Ist doch logisch, *lan*. Ein Fahrstuhlschacht in 'nem U-Bahnhof ist der direkteste Zugang zur Oberfläche. Je höher du 'nen Empfänger platzierst, wie die Kupferdrahtrolle zum Beispiel, desto stärker ist das Signal. Easy.«

»Okay, okay. Das hab ich verstanden, aber was willst du machen? Zu Hause anrufen und fragen, ob dich jemand abholen kann?«

Aziz grinste schräg. »Wär schon mal 'n guter Anfang.«

Er zückte das *PHONE* und umwickelte es mit dem Kupferdraht.

Gespannt beugte sich nun auch Joshua über das Gerät – nichts geschah.

Gerade als er enttäuscht prustete, begann plötzlich das Empfangssymbol zu blinken! Beide Jungs schauten sich begeistert an, doch keiner wagte, etwas zu sagen. Joshua hielt den Atem an und murmelte in seinem Kopf »*Komm schon! Komm schon!*«. Immer und immer wieder.

Dann – ein Balken! Mehr brauchten sie nicht.

Aziz begann, eine britische Nummer ins Telefon zu hacken, doch als er auf den grünen Kopfhörer drückte, meldete sich eine blecherne Frauenstimme.

»Bitte setzen Sie Ihre SIM-Karte ein. Bitte setzen Sie Ihre SIM-Karte ei–«

»Verdammte Scheiße!« Doch gerade als Aziz ausholte, um das Gerät in einem Wutanfall von sich zu schleudern, sprang Joshua auf und griff mit beiden Händen nach seinem Arm.

»Hey, hey, hey! Versuch den Notruf! Der geht immer, auch ohne SIM!«

Aziz' wutentstellte Fratze verschwand und seine Augen funkelten energisch.

»Gute Idee! Maaann, Chinatown, bist ja doch nicht so doof, wie du aussiehst«, lachte Aziz.

Er tippte die kurze Nummer ein und erneut meldete sich dieselbe Stimme.

»Es tut uns leid, dieser Service steht nicht länger zur Verfügung.«

»Was?«, spuckte Joshua ungläubig aus, als die Frauenstimme ihre Nachricht wiederholte. »Hast du dich verwählt?«

»Nein, Mann!«

Aziz gab ihm das Smartphone. Kein Fehler. Was hatte das zu bedeuten?

Joshua beendete den Anruf und das grelle Display sprang automatisch zurück auf den Sperrbildschirm. Zuerst realisierte er nicht die Bedeutung der Information, die ihm das Gerät ganz selbstverständlich mitteilte. Doch dann wurde er kreidebleich.

»Welches Jahr haben wir?«, fragte Joshua.

Aziz schaute ihn ungläubig an. »Wir haben doch schon festgestellt, dass es keiner weiß, *Habibi*. Januar 2020 hatte das *PHONE* angezeigt, oder?«

Nun sicher, dass er keineswegs verrückt geworden war oder sich schlichtweg geirrt hatte, drehte er das Gerät langsam zu Aziz um. Der leuchtende Sperrbildschirm offenbarte die Zeit und das Datum.

Aziz stammelte, als er las:

»14:35 Uhr, Freitag, 20. August 2049.«

Die Gesichter der beiden so unterschiedlichen Jungen spiegelten die gleiche Verwirrung, das gleiche Entsetzen und die gleiche Verlorenheit wider.

Es war komplett unmöglich! 2020 klang irgendwie vertraut, akzeptabel, plausibel. 2049 nicht. Nein.

»Das kann nicht stimmen, oder?«, fragte Aziz und Joshua war dankbar, dass er nicht der Einzige war, der so fühlte.

»Du ... du hast gesagt, du erinnerst dich an den Krieg. Den ›Dritten Weltkrieg‹ habt ihr ihn genannt, stimmt's?«

Aziz nickte wortlos, während Joshua auf dem Touchdisplay tippte und wischte. Ihm wurde ganz heiß und Schweißperlen bildeten sich auf seiner Stirn.

Dann fand er, was er gesucht hatte – den Ordner mit Eds Dateien.

»Die anderen und ich konnten uns nicht an den Krieg erinnern. Auch nicht an die Wiederwahl des US-Präsidenten, aber hier – dieser Zeitungsausschnitt ist der Beweis, dass es passiert ist! November 2020!« Er hielt Aziz das Smartphone entgegen, welches den Zeitungsartikel aus *Licht auf London* zeigte. Noch ehe der andere wirklich etwas lesen konnte, entzog Joshua es ihm schon wieder und wischte hastig weiter. »Hier, Berlin in Schutt und Asche, 2025!«

Aziz betrachtete traurig das Bild, als Joshua schmerzhaft einfiel, dass der Türke schon oft von seinen Verwandten in Deutschland gesprochen hatte. Doch für Sentimentalitäten hatten sie jetzt keine Zeit, denn sollte Joshua richtigliegen, mussten sie sich um viel wichtigere Dinge Gedanken machen.

»Wenn wir uns wirklich im Jahr 2049 befinden, ist das hier schon vor 24 Jahren passiert.«

Aziz schaute ihn ungläubig an und Joshua sah in seinen Augen, wie etwas in ihm zerbrach. »Das bedeutet, Fabiu hatte gar keine Visionen?«

»Ich fürchte, nein. Allerhöchstens Erinnerungen.«

»Aber von wem? Er selbst – wir alle – sind viel zu jung!«

Es fühlte sich an, als steckte Joshua mit seinen Gedanken in einer Sackgasse. Nichts schien mehr einen Sinn zu ergeben. Was war mit seiner Familie? Dem zerstörten London? War alles zu spät? Er brauchte Antworten.

»Was weißt du noch?«, fragte er Aziz, der ungläubig den Kopf schüttelte.

»Was?«

»Wir hatten einen Deal. Spuck's aus!«

Als Aziz seufzend den Kopf schüttelte, merkte Joshua, dass er vermutlich zu forsch klang. Aziz musste es ähnlich gehen wie ihm selbst. Joshua war manchmal ziemlich unsensibel – doch er hatte immer gedacht, das müsste man sein, um ein guter Anführer zu sein. Nun war er sich da nicht mehr so sicher.

»Du hast doch gesagt, du kannst Ed gar nicht getötet haben. Was meintest du damit?«

Aziz zwang sich ein Grinsen auf und tippte gegen den langen Kupferdraht, der hinauf in den Fahrstuhlschacht führte.

»Ich war offensichtlich beschäftigt, *Habibi*.«

Auch wenn Joshua ihm glauben wollte, war er nicht überzeugt. Aziz hätte die Arbeit auch unterbrechen können, Ed töten und, bevor es die anderen gemerkt hätten, in den Generatorenraum schleichen können, wo sie ihn gefunden hatten.

Zweifelnd murmelte er, ohne ihm direkt in die Augen zu sehen: »Aber es war deine Waffe. Derselbe angespitzte Löffel, mit dem du auf Zakir los bist.«

344

Aziz lächelte erleichtert. »Noch besser – da hast du deinen Beweis. Ich hab den Löffel nicht mehr, seitdem ihr mich festgesetzt habt.«

Joshua riss seine Augen erstaunt auf. *Natürlich!*, dachte er. *Wieso hätten die anderen ihm seine Waffe auch überlassen sollen?*

»Aber wenn du es nicht warst, wer hätte denn sonst ...?«

Und mit einem Mal wurde ihm furchtbar mulmig im Bauch, als er daran dachte, dass der wahre Mörder sich vermutlich gerade beim verletzten und wehrlosen Zakir befand. Er musste nicht überlegen. Er wusste, wer dazu in der Lage war. Nur eine Person war seit ihrem Zusammentreffen so voller Hass und stetig am Brodeln wie ein Vulkan vor dem Ausbruch.

»Lucas!«

Kalter Schweiß lief über Joshuas entsetztes Gesicht.

Dann plötzlich begann Aziz, leise und dreckig zu lachen. »Lucas? Ernsthaft? Du *willst* es nicht verstehen, hm? Menschen lassen sich nicht so einfach in ›gut‹ und ›schlecht‹ einteilen.«

Joshua blickte ihn nur verwirrt an. Was wollte er damit sagen?

Mit einem mitleidigen Grinsen fuhr Aziz fort: »Komm, *Habibi*.« Er packte Joshua bei der Schulter. »Ich denke, wir sollten uns beeilen, denn jeder hier scheint dir mittlerweile einen Schritt voraus zu sein.«

Fabiu blickte verunsichert zu Lucas, der mit bebenden Fäusten hinter einer Reihe gläserner Säulen hervortrat. Er musste ihnen gefolgt sein, sich hier versteckt und sie belauscht haben, als er Isaac im Labor um Hilfe gebeten hatte.

»Lucas, du solltest doch bei Zakir bleiben!«

»Ich habe alles gehört«, zischte der Blonde, seine Stimme klang dünn und brüchig. »Du hast gesagt, du wirst immer für mich da sein. Du wirst mich beschützen – nicht, dass ich Schutz bräuchte, aber ...« Es funktionierte nicht, dachte Fabiu, als er Lucas so verletzt vor sich stehen sah – verzweifelt mit sich selbst kämpfend, sein Gesicht hinter der arroganten Fassade zu verstecken. Das musste auch Lucas bemerkt haben, denn er kam langsam auf Fabiu zu. Seine Stirn legte sich in Falten, als er leise flehte: »Ich brauche dich, Fabiu.«

»Ich dachte, ich kann es, Lucas. Ich hab es wirklich versucht.«

»Hast du das?« Lucas musste sich bemühen, seine Stimme zu kontrollieren. »Ich hab nichts von dir verlangt. Ich hab keine Vision mehr gehabt! Ist es wegen gestern Nacht im Zug? Es tut mir leid, dass ich gesagt habe, das mit der Kerze sei Quatsch, aber ich bin doch geblieben! Ich hab doch gar nichts mehr gesagt?!«

Fabiu schaute in Lucas' verzweifeltes Gesicht und erkannte sich selbst, wie er Isaac anflehte, mit ihm zu gehen.

»Es tut mir leid.«

Lucas stand nun vor ihm und schniefte heftig. »Ich hab doch mitgemacht.« Er umfasste Fabius Hand, wie er es im Zug getan hatte. »Wir haben das Feuer gemeinsam für all die Toten brennen lassen. Du und ich.«

Er spürte Lucas' zitternde, kalte Haut auf seiner und auf einmal verstand er, dass es Lucas nicht um die Visionen ging. Nicht darum, dass er sie allein ertragen müsste oder er einen Freund verlor – einen Bruder.

Lucas schaute ihn an, wie ihn zuvor nur Mika angesehen hatte. Diesen Funken, den er bisher nur aus ihrem Blick kannte, fand er nun hier in Lucas' Augen wieder.

Lucas empfand für ihn, was er selbst einst für Mika empfunden hatte.

Umso mehr konnte Fabiu ahnen, wie sehr es wehtun würde zu hören, was er ihm nun sagen musste:

»Die Kerze«, setzte Fabiu vorsichtig an, »sie war nicht für die Kinder im Zug. Nicht nur. Sie war für uns. Ich habe für unsere Seelen gebetet.«

Lucas ließ Fabius Hand los und trat einen Schritt zurück.

»Nein, mach das nicht kaputt«, bat er leise.

»Wir haben schreckliche Dinge getan, Lucas. Wir alle.«

»Was meinst du? Was hast du gesehen, Fabiu?«

»*EXIT.*«

Fabiu sah, wie Lucas' Miene schockgefror, und er konnte nur erahnen, was dieses Wort in dem blonden Jungen auslösen musste. Doch war er sich sicher, dass Lucas nicht die gesamte Tragweite verstand.

»Das Bakterium, das ONE in der Operation *EXIT* benutzte, um die gesamte Menschheit auszulöschen, geht auf deine Forschungen zurück. Ein Ergebnis deiner Resistenzforschung am *Yersinia pestis*-Bakterium, das seit Mitte des 19. Jahrhunderts ...«

»12 Millionen Menschen ausgelöscht hat ...«, stammelte Lucas fassungslos. »Die Dritte Pest-Pandemie.«

»Ja«, antwortete Fabiu knapp. »Im Zuge der vierten dann, im

Jahre 2030, starben dank deiner Modifikation des Bakteriums für ONE rund sieben Milliarden Menschen. Darunter auch mein Ziehvater, Hugo Gregory.«

»Nein, Fabiu«, bat Lucas kopfschüttelnd.

»Er hatte mich zu ONE gebracht ... wo ich euch traf.«

»Nein, das ist noch nicht passiert. Es sind nur Visionen, weißt du nicht mehr? Wir können alles ändern, wenn –«

»Es sind Erinnerungen.«

Fabiu merkte, dass Lucas nicht verstand, was er sagte. Es ging ihm nicht darum, zuzuhören und zu verstehen. Es ging ihm darum, etwas zu sagen, etwas zu finden, das Fabiu daran hinderte, ihn alleinzulassen.

»Guck, du warst bei ONE, ich war bei ONE. Na und? Warum lässt du mich dann zurück? Was macht dich besser als mich, Fabiu?«

Es schmerzte, Lucas so zu sehen. Er empfand etwas für ihn, *natürlich*, aber eben anders.

Wie für einen Bruder.

Ein Kribbeln in Fabius Körper rief eine Unruhe in ihm hervor. Alles lief anders als geplant. Er wollte diese Unterhaltung nicht. Er wollte Lucas kein weiteres Mal enttäuschen. Er wollte ihm nicht in die Augen sehen, wenn er es erneut tat.

»Nichts macht mich besser, Lucas.«

»Was ist es dann?«

»Isaac. Er hat das alles nicht verdient. Er ist nicht wie wir.«

»Isaac?«

Fabiu merkte, wie in Lucas' Stimme eine Kühle trat.

»Er war nicht bei ONE, er gehört nicht hierher. Daher muss ich ihn beschützen.«

Und plötzlich fühlte sich Fabiu wie ein Held – als könnte er alles Verdorbene, jeden seiner Fehltritte wieder wettmachen. Doch war es leichter, sich selbst zu täuschen als den blonden Jungen, der ihm gegenüberstand.

»Bullshit! Du machst hier einen auf Retter, aber alles, worum es dir geht, ist, deinen eigenen Kopf aus der Schlinge zu ziehen. Du kannst nicht einfach Gott spielen und uns zum Tode verurteilen, während du den Erlöser gibst! Du bist immer noch das feige kleine Zigeunerkind, das seine Familie einschließt und sie elendig krepieren lässt!«

Wutentbrannt stieß Lucas gegen die Wand aus Glasröhren.

Fabiu hatte nicht gedacht, dass so viel Kraft in Lucas steckte, doch die Glasröhren begannen, besorgniserregend zu wanken. Statt zu reagieren, blieb Fabiu wie angewurzelt stehen.

Lucas hatte recht. Er bog sich alles in seinem Kopf so zurecht, dass er mit reinem Gewissen und möglichst unbeschadet aus der Sache herauskam.

Doch nichts hatte sich verändert. Er war dabei, dieselben Fehler immer und immer wieder zu machen.

Was hatte seine gesamte Existenz dann überhaupt für eine Bedeutung?

Ein explosives Klirren riss ihn aus seiner Trance, als die massiven Röhren zu seiner Linken zu Boden krachten und diesen mit blauer Flüssigkeit fluteten.

»Lucas, hör auf!«

»Warum?«

Die Lichter der metallenen Sockel, welche die Glasröhren von unten blau beleuchtet hatten, lagen am Boden und warfen unheimliche Schatten auf Lucas' verzweifeltes Gesicht.

»Was hat das alles für einen Sinn? Wenn ich selbst so wenig wert bin, dass *du* mich hier unten zurücklässt, hä?« Er schrie, während er nach der nächsten Säule griff: »Was hat das alles für einen Sinn?«

Ein lauter Knall zerriss Lucas' Schrei.

Verständnislos blickte er in Fabius fragende Augen.

»Was ... was ist passiert?«

Lucas sank auf die Knie. Für einen Moment schien die Zeit stillzustehen, so ruhig wurde es. Fabiu verstand nicht, was geschah. Dann kippte Lucas reglos zur Seite und ungebremst in die blaue Flüssigkeit.

Als Fabiu seinen Blick hob, sah er Isaac mit einem dampfenden Revolver am anderen Ende der Halle stehen.

KAPITEL 17

EIN PROZENT

Joshua hievte Zakirs schweren Arm über seine Schulter.

»Es war Isaac?«, murmelte der muskulöse Riese benommen. »Wie?«

Aziz grinste triumphierend. Er hatte den Kampf gewonnen – das war für ihn entschieden. Sich im Ruhm sonnend, zögerte er eine direkte Antwort, solange es ging, hinaus.

»Keine Zeit zu quatschen, *Picco*.« Aziz wandte sich an Joshua. »Ich hab's doch gesagt!«

Er wusste, wie unangenehm es dem Asiaten war, diesen Satz von ihm hören zu müssen – doch er konnte einfach nicht widerstehen.

»Was hat er gesagt?«, lallte Zakir, immer noch unter Einfluss des Schlafmittels, das Isaac ihm verabreicht hatte.

Grunzend stemmte Joshua seinen Freund auf. »Dass die anderen weg sind! Los, wir müssen hinterher, raus hier! Wer weiß, was sie geplant haben!«

Aziz hatte sich bereits eine Taschenlampe geschnappt und war die breite Treppe hinabgegangen, um zu erforschen, wohin die restlichen Jungen verschwunden waren. Er war sich sicher, die Antwort hinter der aufgesprengten Wand zu finden.

Diese dämliche Geschichte vom Wasserdruck, der die Wand eingerissen haben sollte, hatte er keine Sekunde lang geglaubt – erst recht nicht, weil sie von Ed kam. Seine halbe Kindheit hatte Aziz miterlebt, wie Tunnelwände niedergesprengt und Untergründe zu Bunkern umgebaut worden waren – er erkannte eine Explosion, wenn er eine hörte. Und seine Untersuchungen an der aufgerissenen Wand, die den Zugang zum gespiegelten SEED freigegeben hatte, hatten für ihn keinen Zweifel gelassen, dass die Sprengung von Anfang an geplant gewesen sein musste, da sich Rußspuren und Sprengsatzreste in winzigen Hohlräumen befanden. Die Spuren hatte er schnell verschwinden lassen, als er sie entdeckt hatte.

Jedes Geheimnis war ein Schritt, den er den anderen voraus war. Doch er wusste, die Zeit der Geheimnisse war nun abgelaufen.

Er war weder Joshuas Freund noch sein Bruder – aber Aziz hatte seine Ehre. Joshua hatte ihm vertraut, nun war es an ihm, den anderen zu helfen.

»Los, pack mal mit an!«, forderte ihn Joshua auf.

Als Aziz sich umdrehte, sah er, dass der kleinere Junge ziemlich damit zu kämpfen hatte, den schweren Zakir zu schleppen. Stöhnend schlang sich Aziz Zakirs anderen Arm über die Schulter. Es war ihm zuwider, dieser arroganten Schande eines Landsmannes wortwörtlich unter die Arme zu greifen, doch es blieb ihm nichts anderes übrig. Nun saßen sie alle im selben Boot.

Gemeinsam trugen sie den halb bewusstlosen Zakir durch die aufgebrochene Wand und in den SEED, wo sie am Ende des Tunnels den geheimen Zugang in der Wand erblickten.

»Da lang!«, rief Joshua und Aziz rollte mit den Augen.

»Ach was? Ich wollte eigentlich gerade in die andere Richtung laufen, *Ian*.«

Er hasste es, wenn Joshua sich als Anführer aufspielte. Vor allem jetzt, nachdem Joshua nicht mal durch den versuchten Gedankendiebstahl seine Position verloren hatte. Als wäre es nichts, durfte er weiter Befehle erteilen.

Doch Aziz wusste, dass er sich zusammenreißen musste. Vielleicht konnten die zwei Verbliebenen die letzten beiden Verbündeten hier unten sein.

»Wie kommt ihr nun auf Isaac?«, murmelte Zakir benebelt.

Auch Joshua schaute fragend an dem schwarzen Jungen vorbei zu Aziz, während sie sich auf das quadratische Loch in der Wand zubewegten, hinter dem sie eine offene Tür erkannten.

»Den ersten Verdacht, dass was nicht stimmt, hatte ich, als wir zum Piccadilly-SEED gingen.«

»Da waren wir doch dabei!«, protestierte Joshua, aber Aziz brachte ihn mit einem strengen Blick zum Schweigen.

»Nein, das *erste* Mal sollten ich und Isaac allein gehen. Dann schloss sich Fat Ed an.« Kurz zögerte Aziz und fragte sich, ob es in Ordnung war, jetzt noch so über ihn zu reden – wo er tot war. *Was soll's*, dachte er und fuhr fort: »Als ich dem hier ordentlich eins auf die Nase gegeben habe, ist mein Kopf fast explodiert. Übelst die

354

Schmerzen! Dann kurz vorm Piccadilly-SEED? Mir wird schwarz vor Augen! Blackout!«

Die Jungen kämpften sich zu dritt durch den engen Zugang und Aziz richtete seine Taschenlampe auf den Boden. Sie folgten den vielen Fußabdrücken, die in die Mitte des Raumes und eine enge Wendeltreppe hinabführten.

Dann fuhr Aziz fort: »Jedenfalls war alles anders, als ich wieder aufwachte. Ich konnte mich an nichts erinnern, was gerade passiert war, aber sobald ich auch nur daran *dachte*, jemandem eine zu ballern, ist mein Kopf fast geplatzt vor Schmerz. Wie so 'n Elektroschocker, den wer in meinem Kopf aufgedreht hat!«

»Mir hast du trotzdem ordentlich zugesetzt«, keuchte Zakir.

»*Siktir.* Hat mich auch fast ausgeknockt«, antwortete Aziz, bevor er breit grinste. »Aber das war es wert, Digga!«

Joshua warf ihm seinen finstersten Blick zu, doch Aziz hatte keine Angst. Sie brauchten ihn. Sie würden ihn nicht angreifen.

»Jedenfalls wurde mir kotzübel, als ich versuchte, mich zu erinnern, was da im SEED passiert war, aber die beiden meinten nur, ich sei umgekippt. Ich glaubte ihnen kein Wort. Ich bin doch kein Mädchen und fall einfach um! Seitdem habe ich die zwei im Auge behalten.«

Es wurde kurz still, vermutlich, weil Joshua und Zakir abwogen, ob sie Aziz' Geschichte glauben sollten. Wütend blendete er den beiden mit der Taschenlampe ins Gesicht.

»Alter, sagt nicht, euch ist nicht aufgefallen, dass die beiden jede Möglichkeit gesucht haben, um alleine zu sein und zu tuscheln?!«

Joshua musste ihm zustimmen und Aziz nickte zufrieden.

»Als ihr sagtet, Ed sei tot, war für mich klar, wer der Verräter hier unten ist.«

»Isaac ...«, zischte Zakir.

Fassungslos fiel Fabiu auf die Knie – die Scherben der zerbrochenen Glasröhren schnitten in seine Beine und Handflächen und unfreiwillig sah er sich für einen Moment wieder in dem engen, brennenden Zugabteil, wo dieser Höllentrip angefangen hatte.

Entgeistert schaute er zu Isaac, der langsam auf ihn zukam.

»Warum hast du das getan?«

Bedacht senkte Isaac den Revolver und Fabiu wusste, er würde ihm nie etwas antun.

»Er hätte alles kaputt gemacht, Fabiu. Wie sollen wir ohne die Brutkästen eine Chance haben, hm? Wie sollen wir so ONE aufhalten?«

»ONE aufhalten?« Fabiu blickte verloren in Isaacs Augen und versuchte zu verstehen, was er meinte.

Isaac deutete auf die Tür zum Labor hinter Fabiu. »Die gefrorenen Eizellen, die Brutkästen?«

Verwirrt blickte er den Goldhaarigen mit gerunzelter Stirn an. Was wollte Isaac ihm mitteilen?

»Wo ist dein Werkzeug?«, stammelte Fabiu zusammenhanglos.

»Alles, was wir noch brauchen, sind euren Samen und –«

Doch das Zischen der Tür unterbrach Isaac.

»Stören wir euch bei etwas Intimem?«, stöhnte Zakir grinsend, beidseitig von Joshua und Aziz gestützt. Ihre Blicke schnellten von dem Revolver in Isaacs Hand zu Lucas.

»Ich hab's doch gewusst!«, spuckte Aziz zornig.

»Was geht hier vor sich, Fabiu?«

Joshua sah Fabiu Hilfe suchend an, der ohne jede Körperspannung neben Lucas zusammengekauert auf dem Boden hockte.

Als die drei Neuankömmlinge auf Isaac zugehen wollten, hob der den Revolver und richtete ihn auf die Jungen. Erschrocken erstarrten alle, selbst Aziz. Er wusste, dass keine Muskelkraft oder schnelle Geste ihn vor einer Kugel schützen würde.

»Los, Fabiu!«, forderte Isaac. »Verrate deinen Freunden endlich, was hier vor sich geht. Wer sie sind ... *was* sie sind.«

Doch Fabiu regte sich nicht. Er konnte nicht. Wie gelähmt saß er neben Lucas' Körper. Nichts ergab mehr einen Sinn. Sie waren verloren.

»Gut, dann mach ich es. Von hier aus kommen wir nur weiter, wenn wir alle auf derselben Seite stehen. Ich weiß nicht, wie weit ihr mit eurer Analyse von Fabius Visionen gekommen seid.« Isaac nickte zu Zakir und Joshua. »Aber ich spare euch die Mühen: Nichts, was er gesehen hat, war die Zukunft. Auch kein möglicher Zweig, über den man dem Schicksal entkommen könnte, wenn man nur rechtzeitig abbiegt, indem man irgendetwas entschlüsselte. Fabius Visionen waren nichts als −«

»Meine eigenen Erinnerungen«, stammelte Fabiu und alle Blicke fielen auf ihn. Langsam erhob er sich mit gesenktem Kopf. Er ertrug es nicht, Isaac anzusehen. »Oder vielmehr die meines Vaters.«

Es war nun alles egal. Sein Gedanke, mit Isaac zu fliehen, war nicht mehr gewesen als ein letzter kindlicher Versuch, all dem hier zu entfliehen – dem Plan, den sein Vater für ihn bestimmt hatte. Ein Anflug von Hoffnung, Herr seiner selbst zu werden. Nicht unter den Erinnerungen und Empfindungen seines Vaters zu ersticken, bis Fabiu selbst restlos verschwand.

»Fabiu, Lucas ... Zakir, Aziz und Joshua ...« Er blickte an Isaac vorbei und fixierte die drei Jungen hinter ihm. »Ed. Karim. Fritz. Diese Namen gehörten nie uns. Das waren nie wir. Alles, woran ihr euch erinnert? Eure Familien, euer Lieblingsessen, eure Freunde von zu Hause?« Fabiu schüttelte den Kopf. »Nichts von alldem gehörte je uns, sondern unseren Vätern.«

»Bullshit!«, rief Joshua, als er Zakir und Aziz fragend ansah.

»Nein«, bestätigte Isaac.

Diese hohe, weiche Stimme weckte in Fabiu nur noch eine brennende Wut. Fabiu würde ihm nicht das Wort überlassen. Zu sprechen war *seine* Entscheidung und er ließ sich von niemandem vorschreiben, was er zu tun, zu sagen oder zu denken hatte. Nicht, solange er sich noch aktiv dagegen wehren konnte!

»Unsere Väter arbeiteten zusammen in einem Team«, sagte er. »Ihre Aufgabe war es, für ONE eine künstliche Intelligenz zu entwickeln, *MOTHER* genannt, die wie ein eigenständiger Organismus das Bewusstsein der Erde – praktisch der gesamten Natur – verkörpern sollte.«

»Ein Gott ...«, flüsterte Zakir ehrfürchtig und jeder konnte die Faszination hören, die in seinen Worten mitschwang.

»Man brauchte ein Team aus Programmierern, Wissenschaftlern, Biologen, aber auch Soziologen und Medizinern, um einen eigenen, lebenden, denkenden Organismus zu erschaffen.«

»Aber wozu?«, unterbrach ihn Joshua.

Er hatte Zakirs Ideen von einem digitalen Gott zwar gern gelauscht, aber sie als Hirngespinste abgetan. Warum in aller Welt sollte eine Gruppe von Menschen etwas erschaffen, was mächtiger ist als sie selbst?

»ONEs Ziel war es, die Menschheit auszulöschen und dem Planeten die Kontrolle über sich selbst zurückzugeben. Das sollte das letzte Geschenk unserer Art an die Natur sein.«

»Wie soll eine Organisation so etwas schaffen? Sich über alle Regierungen hinwegzusetzen, nur um sich nachher selbst zu vernichten? Das ist doch Selbstmord!«, protestierte Joshua.

»Nicht ganz«, setzte Fabiu fort. »Hierfür muss man verstehen, was ONE ist.«

Wütend schrie Isaac, wobei sich seine Stimme überschlug: »Ein Zusammenschluss selbstgerechter reicher Wichser!«

Noch nie hatte einer von ihnen Isaac derart wütend gesehen. Der Revolver in seiner Hand zitterte bedrohlich und Aziz und Joshua traten mit Zakir auf den Schultern bedacht einen Schritt zurück.

Unbeeindruckt und Isaac mit aller Macht ignorierend, fuhr Fabiu fort: »Habt ihr schon mal davon gehört, dass nur ein Prozent der Weltbevölkerung über 99 Prozent des Geldes der gesamten Welt verfügt? Stellt euch nun vor, dass einige der Menschen, die diesem einen Prozent angehören, die gleichen Ansichten haben und sich darum zusammenschließen. Sie sehen, wie die Existenz der Menschheit diese Welt zugrunde richtet: Klimawandel, Umweltverschmutzung, Industrialisierung, Überbevölkerung – all diese Probleme wären gelöst, mit einem Gott, der aus ihren Fehlern lernen könnte, und einem Reset der gesamten Menschheit. Und sie beschließen zu handeln.«

»Aber was hat das mit uns zu tun?«, fragte Aziz ungeduldig.

»ONE macht keine Gefangenen«, zischte Isaac hasserfüllt. »Jeder, der nicht zu ihrem Klub der Reichen dazugehörte, musste früher oder später sterben. So also auch das Team, das diese künstliche Intelligenz erschaffen hat.«

Ungläubig stammelte Joshua: »Wie undankbar ... Sie wollten unsere Väter einfach umbringen?«

Fabiu nickte.

»Aber ONE hatte sie unterschätzt. Wir sprechen hier schließlich von einem Team, das aus den klügsten Männern der westlichen Hemisphäre bestand. Als sie erfuhren, dass *MOTHER* – die KI, die sie programmierten – in der Lage sein sollte, sich selbst zu warten, zu reparieren und weiterzuentwickeln, konnten sie eins und eins zusammenzählen. Ihre Zeit bei ONE – und somit auf dieser Erde – war zeitlich begrenzt. Sie würden sterben, wenn *MOTHER* an den Start ginge. Also schlossen sie sich zusammen und starteten das Projekt *GLASHAUS*. Im Geheimen züchteten sie ihre eigenen Kinder – *uns* –, um sich so selbst unsterblich zu machen.«

Fabiu deutete auf die blau leuchtenden Säulen, dann hielt er kurz inne, um sicherzugehen, dass auch alle verstanden hatten. Aziz und Joshua starrten ihn nur mit halb offenen Mündern an. Sie sagten kein Wort.

Fabiu wusste nicht, ob Zakir ihnen in seinem fiebrigen Zustand noch folgen konnte, doch er fuhr fort: »Karim war einer der klügsten Köpfe. Er hatte schon in jungen Jahren die Idee für das *NETZ* entwickelt – eine Art Herzschrittmacher fürs Gehirn, der erkennt, was Panikattacken auslöst, und mit Elektroimpulsen dagegenarbeitet. Gemeinsam verfeinerten unsere Väter seine Erfindung, bis sie über Mikroimpulse jeden Bereich des Hirns ansteuern konnte. So präzise, dass sie in der Lage waren, auf diese Weise ihre eigenen Erinnerungen, Empfindungen und Gedanken aus ihrem Hirn zu exportieren und in unsere Köpfe zu pflanzen.«

»So einfach ist das nicht«, unterbrach ihn Isaac. »Es ist wichtig, dass die Erinnerungen im passenden Alter freigeschaltet werden. Ein Kindergehirn kann die komplexen Gedanken eines Erwachsenen noch gar nicht verarbeiten. Das heißt, Kindheitserinnerungen kann man nur auf Kinder überspielen, Erfahrungen aus der Jugend nur auf Jugendliche und so weiter. Zusätzlich braucht es jemanden, der die losen Impulse zusammenpuzzelt. Das geschieht durch Gespräche in einer Art Trance, versteht ihr?«

»Nein«, antwortete Fabiu irritiert. Von diesen Details hatte er selbst noch nie etwas gehört. Er kannte die Grundidee, wie Projekt *GLASHAUS* funktionieren sollte, aber nicht mehr.

Als Isaac sich zu Fabiu umdrehte, nutzten Joshua und Aziz die Gelegenheit, um Zakir zu Boden gleiten zu lassen und ihn gegen den eisernen Sockel einer Säule zu lehnen.

»Das heißt wohl«, flüsterte Isaac nachdenklich, »dass du noch mitten in Phase 2 steckst.«

Wovon auch immer Isaac da sprach – Fabiu konnte es nicht ausstehen, dass der Blonde mehr Informationen hatte als er.

Unerwartet trat Aziz vor und zog die Aufmerksamkeit auf sich. »Aber warum wusste ich von Anfang an mehr als die anderen? Vom Krieg und so.«

»Weil du der Jüngste warst«, schnitt Fabiu Isaac ab, noch bevor dieser antworten konnte. »Als wir dich kennenlernten, warst du 20 Jahre alt. Joshua war zu dem Zeitpunkt schon 31. Eure Erinnerungen als 15-Jährige sind daher natürlich komplett unterschiedlich.«

»Geil, dann bin ich so was wie ein Überflieger?«, gluckste Aziz.

»Was?« Fabiu verstand nicht.

»Na, wenn ich der Jüngste im Team war –«

»Fabiu war der Überflieger!«, unterbrach ihn Isaac. »Du warst ... wie soll ich sagen ... der Menschenhändler, der uns mit dem Notwendigen versorgte.«

»*Siktir*, was laberst du da?!«

»Er hat recht«, musste Fabiu zugeben und Aziz war wie erstarrt. Langsam senkte Fabiu seinen Blick, um die anderen nicht anschauen zu müssen. »Es gab einen Deal. Du bekamst dein eigenes *GLAS-HAUSKIND*, um dich unsterblich zu machen. Dafür hast du uns den Zugang zu diesem geheimen Untergrundkrankenhaus hier gezeigt und ...« Fabiu wurde rot. Es schämte ihn, auch nur daran zu denken. »Und uns mit Frauen versorgt.«

»Was?«, stammelte Aziz.

»Man braucht nun mal Eizellen, um Kinder zu machen, und die wachsen nicht an Bäumen.«

»Das weiß ich auch, du *Kek*!«, brüllte der Türke, doch Isaac ignorierte ihn.

»Aziz hat uns ein Zwillingsschwesternpaar aus China verkauft. Sie hatten Schutz in einem seiner Bunker gesucht, in denen Leute eigentlich für teures Geld Zuflucht vor der *EXIT*-Pest erkauft haben.«

»Das hätte ich nie zugelassen!«, bellte Joshua erbost.

»Stimmt«, flüsterte Fabiu und seine Wangen färbten sich rot. »Du hast dich dagegen gewehrt, aber du wurdest überstimmt. Wir steckten schon zu tief drin, als dass wir dich einen Rückzieher hätten machen lassen können ...« Beinahe lautlos keuchte Fabiu: »Du hast dich nie wieder richtig davon erholt.«

Wütend knirschte Joshua mit den Zähnen. »Warum gab es keine Frauen im Team? Dann hätte das alles freiwillig ablaufen können!«

»Ed war dagegen«, antwortete Fabiu knapp.

»Warum?!«

»Na ja ... warum will ein Typ wohl keine Frauen in 'ner Gruppe voller Männer?«

»Weil das Streit mit sich gebracht hätte?«, fragte Joshua verwirrt und Fabiu musste bei seiner naiven Antwort fast lächeln. Dabei hatte er das damals, um ehrlich zu sein, auch als Grund für Eds Ablehnung vermutet.

Zakir war da nicht so gutgläubig. Grinsend stöhnte er: »Mann, Joshi, Ed war schwul. Darum wollte der keine Chicks mit in der Bande.«

Aziz' Gesicht verzog sich angeekelt und Joshua fragte: »Woher weißt du das?«

Zakir grinste. »Er war der Einzige, der nie auf meine Provokationen angesprungen ist.«

Joshua wusste sofort, worauf er hinauswollte – Zakirs Hang, eine unangenehme Nähe zu erzeugen, um sein Gegenüber zu verunsichern.

»Es stimmt«, flüsterte Fabiu und blickte hinab auf den reglosen Körper zu seinen Füßen. »Was ich noch nicht verstanden habe, ist allerdings, wieso nur ich und Lucas diese Visionen bekamen.«

»*Visionen*«, wiederholte Isaac und schnaubte kurz. »Es waren keine Visionen. In dem Moment, als Lucas und du den SEED betreten habt, wurde durch ein elektronisches Signal Phase 2 im *NETZ* in euren Köpfen aktiviert.«

»Phase 2?«, fragte Fabiu und er hasste sich dafür, dass er überhaupt noch mit Isaac redete. Doch es war ein notwendiges Übel, um an die ihm noch fehlenden Informationen zu kommen.

Isaac schien erleichtert, beinahe glücklich, dass Fabiu sich nun wieder direkt an ihn wandte. »In Phase 2 sollten alle Erinnerungen eurer Väter in schnellerer Geschwindigkeit freigeschaltet werden – eine Art Notfallplan. Aber mit dem Kesselknall der alten Lok hatte keiner gerechnet.« Isaac knurrte leise. »Ich wusste, wir würden es nicht alle gleichzeitig in den SEED schaffen – was aber notwendig war! Das elektronische Trigger-Signal schaltet sich nämlich ab, sobald sich die Flood Gates hinter den Eintretenden schließen.«

»Wieso dann ich?«, rief Fabiu wütend. »Warum hast du mich gehen lassen, wenn du das alles weißt?« Er ging auf Isaac zu. »Du hättest mir das alles ersparen können!«

»Nein«, wehrte sich Isaac, »im Gegenteil – ich hätte es dir nie ersparen können.«

Nun richtete Isaac die Waffe auf Fabiu, der wie erfroren stehen blieb.

»Das *NETZ* ist in deinem Kopf. In all unseren Köpfen! Das Einzige, was ich für dich tun konnte, war, dich gehen und selbst erfahren zu lassen, warum wir hier sind! Du hast das Team schon einmal geführt – du hättest es wieder geschafft! Wenn Ed einfach nur abgewartet hätte, bis du so weit bist ...«

»*Cüüs*, jetzt ist es Eds Schuld, dass du ihn gekillt hast?«, rief Aziz von der anderen Seite und kam wütend auf Isaac zu.

»Bleibt zurück!«, schrie Isaac, als er sich in einer schnellen Bewegung umdrehte und gezielt in Aziz' Oberschenkel schoss, der wimmernd zusammenbrach.

»Was zur Hölle ist falsch mit dir?«, schrie Fabiu, als Joshua an Aziz' Seite sprang und ihn zu Zakir zog, wo er ihn ebenfalls an den Eisensockel einer Röhre lehnte.

»Was habt ihr alle für ein verdammtes Problem mit eurer Ungeduld? Ist das das Alter?«, fluchte Isaac, als er verzweifelt und sichtlich überfordert seinen Revolver wieder auf Fabiu richtete. »Ed konnte auch nicht warten! Er war der *wahre* Verräter! Wir hatten damals alle zugestimmt: Die Gedanken der *GLASHAUSKINDER* werden nur in Trance zusammengepuzzelt, sodass jedes ... jeder von euch denkt, er wäre *tatsächlich* eine jüngere Version von seinem

Vater. Aber Eds Dad hat ihn heimlich geweckt – ihn immer wieder aktiviert, um ihm alles zu erklären, und ihn dann wieder in Trance versetzt. Unser Ed wusste die ganze Zeit über, was hier abgeht.«

»So wie du?«, fragte Fabiu und warf Isaac damit aus dem Konzept.

»Ja, aber darum geht es nicht! Er wusste von mir. Erst bot er seine Hilfe an und hat für mich sogar Joshua und Zakir ablenken können.«

»Bullshit!«, rief Joshua. Er schien es sich nicht eingestehen zu können, dass Ed ihn anscheinend hinters Licht geführt hatte.

»Nein, die Wahrheit. Er spielte mit euch auf Zeit. Oder glaubst du, er hatte tatsächlich keine Ahnung, dass Lucas' *TuneSpot*-Account verschlüsselt war? So dumm war er nicht. Er hat euch für mich abgelenkt und beschäftigt.«

Joshua schnaubte abfällig, doch Isaac wandte sich ab und wieder Fabiu zu.

»Doch ihm ging alles viel zu langsam. Deswegen begann er, mich heimlich zu sabotieren. Er hatte sogar unbemerkt die Worte von Mister Gregory auf das Polaroid gekritzelt, um deine Erinnerung zu triggern, Fabiu! Das hätte alles noch mehr durcheinanderbringen können.«

»Und darum hast du ihn umgebracht?«

Fabiu sah, wie Joshua langsam hinter seinem Rücken auf Isaac zuschlich, bemüht, keinen Laut von sich zu geben. Er musste Isaac nur lange genug in ein Gespräch verwickeln, bis Joshua dicht genug war.

»Du verstehst das nicht, Fabiu. Ich hab Ed gesagt, du bist noch nicht so weit. Immer und immer wieder. Aber er wollte nicht hören!«

Blitzschnell griff Isaac in seine schwarze Gürteltasche und Joshua, der nur noch wenige Meter von ihm entfernt war, erstarrte. Aber was Isaac hervorholte, war nur sein kleiner Schraubenzieher.

»Ed hatte die Linie endgültig überschritten, als er mir den Auslöser geklaut hatte, um den Weg hierher frei zu sprengen.«

Isaac deutete an, wie er auf das Ende des Handstückes drückte, und seine Lippen formten das Wort »Boom!«.

Fabiu verstand. Es handelte sich hierbei um keinen einfachen Schraubenzieher.

»Ich meine, du hast es gesehen, Fabiu – ich hab an den Flood Gates gearbeitet! Ich hätte sie öffnen können, das Wasser wäre abgeflossen und wir hätten massig Zeit gehabt. Aber nein. Ed konnte nicht warten. Nie! Er hätte alles kaputt gemacht! Genau wie Lucas. Verstehst du das nicht?« Isaac blickte Fabiu flehend an.

Doch dieser schüttelte den Kopf. »Was du nicht verstehst, Isaac, ist, dass ich das hier nicht will! Ich bin nicht mein Vater! Ich will raus hier, frische Luft atmen, die Sonne wieder sehen, verdammt! Ich will frei sein! Egal, was du sagst oder was ich gesehen habe, ich weiß, dass ich mehr bin als nur ein Rohling meines Schöpfers!«

In diesem Moment sprang Joshua auf Isaac zu und kickte ihn in den unteren Rücken, sodass Isaacs Arm mit dem Revolver in die Luft schnellte. Der schrie vor Schmerzen auf.

Fabiu nutzte den Moment: Er hastete auf Isaac zu und umfasste mit beiden Händen seinen Arm, um den bewaffneten Jungen am Zielen zu hindern. Doch Isaac hob schnell sein Knie und trat Fabiu mit voller Wucht in die Magengegend.

Gerade als Isaac sich, den Revolver von sich gestreckt, zu ihm umdrehen wollte, verpasste Joshua ihm einen Kinnhaken, der sich gewaschen hatte. Isaac ging zu Boden, der Revolver schlitterte bis wenige Meter vor Fabius Füße.

Mit einem Hechtsprung schnappte er sich die Waffe und zielte auf Isaac, der mit schmerzverzerrtem Gesicht versuchte, sich aufzurappeln.

Fabiu stand mit zitternden Armen und leicht gekrümmt von dem schweren Tritt nun neben Joshua, den Rücken Zakir und Aziz zugewandt, den Revolver auf Isaac gerichtet.

»Fabiu, mach doch keinen Blödsinn«, stammelte Isaac. »Alles wird gut. Ich verspreche es dir.«

»Auf deine Versprechen geb ich nichts mehr, Isaac!«

»Du musst mir vertrauen.«

»Warum sollte ich?«

Isaac erhob sich gekrümmt und legte eine Hand auf seinen unteren Rücken. Er schaute Fabiu eindringlich an. »Weil mir zu vertrauen, dir selbst zu vertrauen bedeutet.«

Und mit einem Mal verstand Fabiu, weshalb Isaac in keiner seiner Erinnerungen auftauchte. Weshalb er kein Teil des Teams war und wieso er bei Isaac diese undefinierbare Vertrautheit gespürt hatte.

»Du ... du bist mein Bruder?«

Isaac gab ihm den sanftesten Blick, den Fabiu je in seinem Leben gesehen hatte, und seine Augen wurden glasig – sein Blick verschwamm.

»Er hat dir dasselbe angetan wie mir?«, fragte Fabiu mit zerbrechlicher Stimme. Jegliche Wut in ihm wich einem Gefühl von Mitleid.

»Ich hab euch nichts angetan«, sagte der Goldhaarige und bei diesen Worten drehte sich alles in Fabiu um. »Wir haben Isaac erschaffen, als unsere Forschungen schon viel weiter waren. Zwei Jahre, nachdem ihr alle bereits zur Welt gekommen wart.« Es war seltsam, Isaac so über sich sprechen zu hören. »Das *NETZ* war zuverlässiger und die Übertragung weniger konfus. Daher erreichte ich mit diesem Körper bereits nach 13 Jahren Phase 3 – die vollständige Übertragung unseres Verstandes in ein neues Gehirn.« Isaac berührte seinen Oberkörper. »Das ist natürlich auch dem Fakt geschuldet, dass sich das weibliche Gehirn um einiges schneller entwickelt.«

Joshua schaute Fabiu verwirrt an, der aber schüttelte nur überwältigt seinen Kopf.

Plötzlich ergab so vieles einen Sinn, was er vorher nicht verstanden hatte. Ihre Gespräche, Isaacs Bandagen, aber auch seine Reife und Isaacs elterliche Ausstrahlung.

Es war schwer zu begreifen, aber die Person vor ihm war anscheinend biologisch seine Schwester, geistig sein Vater und zugleich er selbst.

»Wir sind Familie, Fabiu. Wir wollen nicht ein weiteres Mal unsere Familie verlieren, oder?«

»Lass dich nicht belabern, knall ihn ab!«, schrie Aziz wutentbrannt hinter ihnen. »Er ist an der ganzen Scheiße schuld!«

»Nein«, murmelte Fabiu. »Das sind wir alle. Oder?«

Joshua legte seinen Arm von hinten um Fabiu, der angespannt mit dem Revolver zwischen Isaacs Augen zielte.

»Entspann dich. Alles wird gut.«

Er glitt mit seinem Arm an Fabius entlang und umfasste mit ihm die Pistole.

»Komm schon, das wird zu viel für dich. Ich übernehme hier.«

»Joshua, er wollte euch zurücklassen!«, rief Isaac plötzlich und Fabiu konnte nicht fassen, was er da hörte. »Er hätte euch hier unten einfach so verfaulen lassen!«

Fabiu spürte, wie Joshua zögerte und sich sein Finger dann blitzschnell hinter den Abzug des Revolvers schob, um ihn so für Fabiu zu blockieren.

»Stimmt das?«, flüsterte Joshua zischend in Fabius Ohr.

Isaac, dieser Bastard!

»Ich ... es war anders −«, stammelte Fabiu, als er merkte, wie sich Joshuas Griff festigte und er versuchte, ihm die Waffe aus der Hand zu nehmen. Das konnte Fabiu nicht zulassen!

»Er will uns nur gegeneinander aufbringen. Du verstehst das nicht!«

»Willst du verstehen, Joshua?«, fragte Isaac und zog die Hand, die auf seinem Rücken gelegen hatte, hervor. In ihr befand sich etwas wie eine kleine silberne Fernbedienung. Isaac musste sie unbemerkt aus der hinteren Hosentasche gezogen haben.

»Was ist das?« Mit ganzer Anstrengung versuchte Joshua, Fabiu festzuhalten.

»Ein manueller Auslöser für Phase 2. Du könntest alles wissen, was Fabiu weiß. Ihr alle!« Isaac richtete sich auch an Aziz und Zakir. »Nicht mehr abhängig von dem, was andere euch erzählen.«

»Nein, Joshua!«, flehte Fabiu.

»Ihr werdet sehen, dass ich einer von euch bin!«

»Joshua, du wirst dich selbst verlieren und dein Verstand wird durch den eines anderen verdrängt. Immer und immer mehr!«

»Eben nicht. Dein Verstand – mit all den Erinnerungen, die du eh schon für deine eigenen hältst – wird nur reifen. Wir alle haben uns darauf geeinigt, dieses Projekt durchzuziehen, um ONE zu Fall zu bringen! Ich weiß, dass ihr es eines Tages genauso wollen werdet wie ich! Also los, Josh! Alles, was du tun musst, ist, diese verdammte Waffe wegzustecken!«

»Gut.«

Fabiu spürte, wie er erst den Boden unter den Füßen und dann sein Gleichgewicht verlor, als ihn Joshua mit einer kräftigen Bewegung packte und auf die Seite warf. Der Revolver fiel zu Boden und Joshua kickte ihn in Zakirs Richtung, der mittlerweile bewusstlos in sich zusammengesunken war.

Erschrocken blickte Joshua zu Isaac. »Er braucht Hilfe!«

Doch Isaac seufzte nur, als er hinab in Fabius wutentbrannte Augen starrte, der zu seinen Füßen lag.

»Wir alle brauchen Hilfe.«

Mit einem *Klick* löste Isaac ein hohes Fiepen aus. Fabiu sah, wie Joshua neben ihm zu Boden ging und aus vollem Hals schmerzerfüllt zu schreien begann. Im selben Moment mischten sich weitere Schreie dazu – Aziz und Zakir.

Fabiu schloss angestrengt die Augen, während er seine Fäuste ballte und seine Zähne zusammenpresste.

Er erinnerte sich noch genau an den unerträglichen Schmerz, als er den SEED betreten hatte und somit Phase 2 bei ihm eingeleitet worden war.

Plötzlich spürte er, wie etwas ihn hinab auf den nassen Boden und mit dem Rücken tiefer in die Scherben drückte. Isaac!

»Fabiu, das ist *die* Chance!«, keuchte er, während er Fabiu am Hals packte, um ihn zu fixieren. »Wir können sofort Phase 3 bei dir einleiten!«

Fabiu bekam schwer Luft. Ungläubig blickte er auf das silberne, runde Gerät in Isaacs Hand, mit dem er soeben die anderen drei Jungs lahmgelegt hatte.

»Nein!«, presste Fabiu hervor, als er mit beiden Händen die Fernbedienung in Isaacs Griff umschloss und mit aller Kraft versuchte, dessen Finger davon zu lösen.

»Versteh doch, wir wären auf einer Seite!«, knirschte Isaac zwischen seinen Zähnen hervor. »Du wüsstest sofort, was ich weiß, und gemeinsam könnten wir den anderen helfen, ihre Gedanken zu puzzeln! Komm schon! Zusammen können wir die gesamte Welt retten!«

Fabius Griff lockerte sich. Für einen Moment sah Fabiu vor seinem geistigen Auge, wie er gemeinsam mit Isaac, Joshua, Zakir und Aziz lachte. Sie hatten sich ein schönes Leben hier unten aufgebaut und sie waren fröhlich.

Leise flüsterte er: »Was ist mit meinen Erinnerungen? An alles, was wir hier erlebt haben? An Lucas, an uns ... Schwör mir, dass du sie mir lässt!«

»Ich verspreche es.« Isaac hielt kurz inne und lächelte dann sanft. »Wenn du in Phase 3 bist, wirst du sie selbst blockieren wollen.«

Und mit einem Mal verstand er, was es bedeuten würde, den Weg einzuschlagen, den sein Vater für ihn vorbestimmt hatte. Denn Isaac war wie eine Vorschau auf das, was ihn selbst erwarten würde: ein skrupelloser Verstand, der für seine Ziele über Leichen ging und selbst vor seinen eigenen Freunden nicht haltmachte.

Isaac musste sehen, dass er Fabiu verlor.

»Bitte!«, flehte ihn der Junge über ihm an und sein Griff um Fabius Hals wurde fester.

Doch Fabiu funkelte ihn entschlossen an. »Ich bin nicht du!«

»Das denkst du nur, weil du zu jung bist, um es zu verstehen! Wir sind bloß Hüllen, Fabiu, du bist es unserem Vater schuldig!«

Und in diesem Moment sah er eine kindliche Überzeugung in Isaac, die ihm versicherte, dass in ihm noch immer ein eigenes Bewusstsein stecken musste – sein verlorenes 13-jähriges Ich.

»Nein!«, presste Fabiu hustend hervor. »Wir sind Kinder und keine Hüllen! Ich mag vielleicht den Verstand meines Vaters eingepflanzt bekommen haben, ja. Aber abgesehen davon bin ich mein eigener Mensch!«

Isaac schaute verwirrt und Fabiu sah das unschuldige Funkeln eines Kindes in seinen Augen. »All das hier unten«, fuhr er fort, »haben *wir* erlebt! Wir haben gekämpft und gestritten und geweint und gelacht! Wir haben getanzt! Das waren wir, Isaac! Nicht unsere

Väter! Das hier ist *mein* Leben! Das sind *meine* Freunde! Das gehört *mir*! *Mir allein*, nicht irgendwem sonst! Wir verdienen unsere eigene Chance!«

Eine verirrte Träne fiel von Isaac hinab auf Fabius Wange. »Fabiu ... ich ...«

Der Schwarzhaarige warf ihm ein warmes Lächeln zu. Alles würde wieder gut werden.

»Ich kann das nicht«, stammelte Isaac und umfasste zitternd die Fernbedienung in seiner Hand. »Ich kann das nicht zulassen. Wir müssen die Aufgabe unserer Väter beenden. Sie ist wichtiger als wir.«

Fabiu wusste, er hatte keine Zeit mehr – er musste handeln.

Schnell ließ er die Hand mit der Fernbedienung los und schlug mit aller Kraft in die Beuge von Isaacs anderem Arm, mit dem er sich über Fabiu gestützt hielt. Erschrocken ließ Isaac die Fernbedienung zu Boden fallen. Er verlor das Gleichgewicht und begann zu taumeln.

Fabiu versuchte, sich unter ihm hervorzuwinden, doch Isaac war schneller: Er griff nach einer großen Scherbe am Fußboden und holte aus. Fabiu dachte, in seine eigenen Augen zu schauen, als Isaac verzweifelt stammelte: »Es tut mir leid, wirklich!«

Peng!

Fabiu spürte, wie heißes Blut auf ihn spritzte, als Isaac vom Druck des Revolvers kraftvoll zur Seite geschleudert wurde und reglos liegen blieb.

Noch immer war der Raum von leidenden Schmerzensschreien erfüllt, als Fabiu seinen Kopf hob.

Er erblickte Aziz, der sich mit erhobenem Revolver und schmerz-verzerrtem Gesicht ein Grinsen hervorzwang.

»Ich ... ich bin an Schm... an Schmerzen gewöhnt!«, stotterte er, während er sich zuckend an die Schläfe tippte.

Der Revolver glitt aus Aziz' Hand zu Boden und Joshuas und Zakirs Schreie wichen langsam einem leisen Wimmern.

Vor Erschöpfung bebend, zog sich Fabiu näher zu Isaac, der zit-ternd neben ihm lag. Er richtete sich leicht auf und stützte den Kopf des Getroffenen auf seinem Unterschenkel ab. Isaacs Atem war ein leises Röcheln. Auf seinem hellen Oberteil breitete sich das Rot sei-ner Wunde wie eine aufblühende Blume aus.

»Schhh«, versuchte Fabiu, ihn zu beruhigen, und strich ihm die schönen goldenen Strähnen aus dem Gesicht. Als er verloren in Isaacs wässrige Augen starrte, spürte er eine tiefe Traurigkeit.

»Fabiu ...«, flüsterte Isaac, »Ich bin kein böser Mensch. *Wir* sind keine bösen Menschen.«

»Schhh, ich weiß. Ich weiß. Alles wird gut.« Und noch während er es sprach, glaubte er sich selbst kein Wort.

»Ich wollte uns nur retten. Uns alle −« Isaac hustete schwer. »Ich hoffe, du machst es besser als ich.« Seine Stimme war nur noch ein brüchiges Hauchen. »Du hast sie verdient, Fabiu ... deine *eigene* Chance.«

Isaacs Zittern wich einer reglosen Ruhe, als er ein letztes Mal aus- und dann nie wieder einatmete.

Fabiu schluckte. Er fühlte sich einsam. Als wäre ein Teil von ihm mit Isaac gegangen.

Er schloss seine Augen und sah das fröhliche, breite Grinsen des kleinen Jungen vor seinem inneren Auge. Das stolze Strahlen eines Kindes und Fabius Unterkiefer zuckte. Eine tiefe Finsternis schien seinen Verstand zu vernebeln. Doch zeitgleich breitete sich auch eine Wärme in seiner Brust aus, die ihm sagte: Das, was Isaac und ihn verbunden hatte – was sie geteilt hatten –, all das war echt gewesen.

Plötzlich hörte er ein rasselndes Pfeifen und für einen Moment glaubte er, es käme von Isaac, doch als er sich hektisch umschaute, fiel sein Blick auf Lucas, dessen Brust sich nur sehr leicht, aber hastig hob und senkte.

»Jungs, wir ... wir brauchen Hilfe! Lucas!«

Als er sich zu den anderen umdrehte, sah er, wie Joshua neben Zakir hockte und seine Stirn fühlte.

»Gleichfalls«, spuckte Joshua erschöpft aus.

Doch als Fabiu ihnen zu Hilfe eilen wollte, rief Joshua »Halt!« und Fabiu erstarrte.

»Wie sollen wir dir vertrauen können? Ich meine, du wolltest uns hier einfach zurücklassen, oder ...?«

Fabiu zögerte und eine unangenehme Stille legte sich über sie.

Aber Aziz blickte nur ungläubig zwischen den beiden hin und her.

»*Vallah*, als ob wir Zeit für so 'ne Scheiße hätten!« Schnalzend zückte er das *PHONE* und wischte kurz darauf herum.

»*SmartThink*«, raunte Aziz, während sich Zakirs Mund zu einem zufriedenen Grinsen formte – die Augen immer noch geschlossen –,

»meinst du, Fabiu ist 'ne miese *Snitch* und würde uns hier unten ernsthaft vergammeln lassen?«

Eine gut gelaunte Frauenstimme meldete sich zu Wort: »Basierend auf den mir zur Verfügung stehenden Informationen lautet meine Antwort: nein. Falls Sie dennoch etwas Zeit brauchen, um Ihre Entscheidung zu überdenken, entspannen Sie sich doch bei einer Runde *Conquer the Caribbean 4: Pirat's Treasure*. Jetzt im *TuneSpot*-Store erhältlich.«

Aziz zuckte mit den Schultern, als er das Smartphone Zakir auf dem Boden entgegenschob.

»Ernsthaft? Das Teil hat nicht mal 'nen Ad-Blocker? Pff, so ein Drecksding.«

Erleichtert atmete Fabiu tief aus. Er wusste nicht, ob das Gerät die Wahrheit gesagt hatte. Wäre Isaac mit ihm gegangen … wäre er wirklich zurückgekommen, um die anderen zu retten?

Joshua schien zu verstehen, worüber sich Fabiu den Kopf zerbrach.

»*SmartThink kennt dich besser als du dich selbst!*«, zitierte er zögerlich den Slogan aus der Werbung und zog dabei eine Schulter hoch.

Fabiu lächelte ihm müde zu.

Aziz hatte Probleme zu stehen. Notdürftig hatte er sein Shirt um die Wunde an seinem Bein gewickelt und fest abgebunden. Auch Joshua fiel es schwer, Zakir auf seine Schulter zu hieven.

Doch gerade, als sie es geschafft hatten und Fabiu sich zu Lucas umdrehen wollte, hörte er, wie sich die Labortür hinter ihm mit einem lauten Zischen öffnete. Ihm lief ein eiskalter Schauer über den Rücken. Sie waren doch alle hier?

Fabiu wagte es nicht zu schauen.

Plötzlich hörte er Joshuas angestrengte Stimme vor Erstaunen wegbrechen.

»Fritz?«

»Ähm, braucht ihr Hilfe, Jungs?«

Als Fabiu sich umdrehte, konnte er seinen Augen nicht trauen.

Im Türrahmen stand der muskulöse Junge mit den rotbraunen Haaren und einem Lächeln, das versprach, dass alles wieder gut werden würde.

KAPITEL 18

ERBE

Sie hatten Fritz eine Menge zu erzählen, als sie sich durch die achtseitige Halle zum Flügel gekämpft hatten, über dessen Tür in Gold »LEBEN« zu lesen war. Hier hatte sie Fritz in eine winzige Intensivstation geführt.

Doch auch Fritz war ihnen einige Antworten schuldig. Während sie die Verletzten verarzteten, erklärte er ihnen, dass der Fahrstuhl nicht funktioniert hatte, da man für die Betätigung eine Keycard benötigte, die er selbst bei sich getragen hatte, als er auf einer seiner Touren die Oberfläche erkundet hatte.

»Aber wie kann es sein, dass du überhaupt noch lebst?«, fragte Fabiu.

Er wusste nicht wieso, aber er hatte das Gefühl, alles war einfacher, wenn Fritz da war. Selbstsicher reichte Fritz Joshua, wonach auch immer er verlangte, um Lucas' Schusswunde zu verarzten, während er gelassen mit Fabiu plauschte.

»Die Frage ist, wie konnte es dazu kommen, dass ich beinahe

gestorben bin. Oder es zumindest angenommen habe. Keine Ahnung, wie viel du davon weißt, Fabiu, aber im Piccadilly-SEED bin ich mit meiner Kamera los, um alles ein bisschen zu dokumentieren.« Fritz zückte den kleinen Camcorder aus seiner Seitentasche. »Ich dachte, wenn wir hier rauskommen, wäre unsere Story *der* fette Knaller. Dann habe ich Isaac gefilmt.«

Fritz hatte das Display aufgeklappt und zeigte Fabiu ein kurzes Video. Als Fabiu den goldhaarigen Jungen sah, zog sich sein Herz schmerzhaft zusammen. Er stand an einer kleinen Steuerkonsole, ähnlich der, mit der Lucas vor einigen Tagen versehentlich die Flutschleuse geöffnet und den SEED unter Wasser gesetzt hatte.

Er hörte Fritz' Stimme blechern aus dem Lautsprecher schallen: »Isaac? Was machst du da?«

Isaac sah erschrocken aus, als er keifte: »Mach das scheiß Teil aus!«

Dann ertönte eine dumpfe Männerstimme: »Unbefugter Zutritt! Giftgas wird freigesetzt.«

Man hörte Fritz fluchen: »Verdammt, was hast du getan?«

Das Bild begann, hektisch zu wackeln, bis es abrupt schwarz wurde.

Fritz setzte die Geschehnisse in seinen eigenen Worten fort: »Plötzlich verfielen alle in Panik und versuchten, sich zu retten.«

»Isaac hat mir gesagt, ich solle einfach rennen«, murmelte Joshua, während er die Kugel aus der Wunde des bewusstlosen Lucas geräuschvoll in eine kleine Metallschüssel fallen ließ.

Fabiu war sich nicht sicher, ob das tatsächlich stimmte oder ob

Joshua nur seine Entscheidung verteidigen wollte, die anderen zurückgelassen zu haben.

Falls Fritz einen Groll gegen den Asiaten hegte, ließ er es ihn jedenfalls nicht spüren, denn nach einem kurzen Schweigen fuhr er fort.

»Jedenfalls wartete ich, nachdem sich das Tor geschlossen hatte, und Karim ...« Er hielt inne. Dann räusperte er sich. »Na ja, worauf ich hinauswollte: Ich war voll am Durchdrehen, Panik, Angstschweiß – alles! Aber nichts geschah. Also zählte ich eins und eins zusammen: Es gab gar kein Killergift. Es war eine Finte.«

Das passt, dachte Fabiu. Isaacs Ziel war es nie gewesen, sie alle in Gefahr zu bringen. Warum hätte er also tatsächlich Giftgas freisetzen sollen? In erster Linie war der ganze Sinn seiner Existenz doch gewesen, die übrigen *GLASHAUSKINDER* sicher in den SEED zu bringen, wo sie auf Phase 3 warten sollten, um anschließend hierherzukommen und den Widerstand gegen ONE zu planen.

»Und wie bist du dann *hier* gelandet?«, fragte Aziz, der die Kugel aus seinem Bein selbst entfernt hatte und sich nun mit zusammengebissenen Zähnen einen sauberen Druckverband anlegte.

»Ich hab 'ne Tür entdeckt –«

»Direkt hinter dem Flood Gate, stimmt's?«, unterbrach Fabiu Fritz eilig. Er erinnerte sich an die schweren Türen links und rechts von der Wendeltreppe in dem geheimen Raum hinter der schwarzen Werbetafel.

Fritz nickte.

Als sie Lucas' und Zakirs Rollbetten durch die Gänge und die Eingangshalle in die Unterkünfte geschoben hatten, war es so weit.

»Und ihr seid sicher, dass ihr bereit dafür seid?«, fragte Fritz ehrlich besorgt.

Zu Recht, dachte sich Fabiu, als er sich vorstellte, wie sie wohl aussehen mussten: humpelnd, dreckig und stinkend. Doch nichts in der Welt hätte ihn davon abhalten können und das Feuer in Joshuas und Aziz' Augen verriet ihm, dass es nicht nur ihm so ging.

»Gut, erwartet aber nicht zu viel.«

Die hydraulische Spiegeltür öffnete sich und sie kämpften sich durch die lange Halle mit den blauen Glassäulen. Fabiu bemühte sich, nicht auf Isaacs leblosen Körper zu schauen, als er plötzlich gegen etwas Schweres trat. Ein lautes Scheppern hallte durch den Raum – es war der Revolver, den Aziz fallen gelassen hatte.

»Der ist doch aus der Waffenkammer?«, wunderte sich Fritz, der sich bückte und ihn aufhob. »Den können wir oben vielleicht sogar gebrauchen. Wer weiß …?«

»Echt jetzt?«, strahlte Aziz euphorisch. »Hier gibt's 'ne eigene Waffenkammer?«

Joshua verdrehte die Augen. »Ernsthaft?! Ich hab fürs Erste genug Kugeln aus blutigem Fleisch gepult, Leute.«

Fritz gluckste, als wäre das ein super Witz gewesen, als sie ihren Weg durch die Bruthalle und dann quer durchs Labor fortsetzten. Er ging durch die schwere grüne Metalltür und hielt eine gewöhnliche blaue Plastikkarte vor den Aufzug, woraufhin das Licht der Fahrstuhltür aufleuchtete und diese sich dann geräuschvoll öffnete.

Fabiu wusste nicht, ob sie tatsächlich so lange fuhren oder es sich für ihn aufgrund seiner Neugierde nur so anfühlte – doch als sie endlich aus dem Fahrstuhl traten, traute er seinen Augen nicht. Durch einen kurzen Gang sahen sie in eine Tickethalle, die vollständig zugewachsen war. Anscheinend hatte sich die Natur das zurückgeholt, was ihr zustand, nachdem die Menschen verschwunden waren und so den Weg frei gemacht hatten. Vor seinen Füßen lag ein schweres Brett und er war sich fast sicher, dass der Fahrstuhl vorher ebenfalls hinter einer großen Werbeanzeige versteckt gewesen war. Fritz trat an ihm vorbei und sprang eine kleine Stufe hinab, als er fröhlich seine Arme ausbreitete.

»Willkommen in Tottenham Court Road, meine Freunde!«

Demütig krabbelten die drei Jungen Fritz hinterher. Es war unglaublich. Alles war glitschig und bewachsen von dicken grünen Wurzeln und netzartigen Gewächsen an den Wänden.

Sie kämpften sich durch einen runden, weiten Gang in eine kleine, dunkle, verwilderte Halle, wobei gerade Aziz mit seinem immer noch schmerzenden Bein Probleme hatte.

Als sie um eine Ecke traten, blickten sie auf drei riesige Rolltreppen, die längst außer Betrieb waren. Eine war so mit Schlamm zugeschüttet worden, dass sich dort ein kleiner Fluss hinabschlängelte. Es musste regnen. Die anderen beiden Rolltreppen sahen gefährlich marode aus, doch Fritz ging voran.

»Kommt schon!«

Sie folgten ihm und kämpften sich an seltsamen bewachsenen schwarzen Zylindern vorbei, die ungefähr so groß waren wie Fabiu selbst. Als er seinen Blick zur Decke richtete, wusste er, woher sie stammten: Wie Scheinwerfer auf sie gerichtet, hingen immer noch zahlreiche der gleichen Art dort oben. Sie mussten einst der Beleuchtung gedient haben.

Vorsichtig schlichen Fabiu, Joshua und Aziz die nasse, glatte Treppe hinauf, an deren Ende Fritz schon, beide Arme auf die Hüfte gestützt, wartete.

Sie befanden sich in einer großen verglasten Halle, die irgendwie schief und asymmetrisch wirkte. Eine Seite war weit geöffnet.

Das war die Oberfläche. Sie hatten es geschafft!

Und doch warfen sich Aziz und Joshua zweifelnde Blicke zu. Fabiu verstand natürlich, warum. So etwas hatte keiner der drei Jungen erwartet – oder sich auch nur vorstellen können.

Bäume auf den Straßen, Massen an Wasser und es goss in Strömen. Der Regen sah so schwer aus, als würde er ein Kind in die Knie zwingen können. Die Luft war dick und feucht, wie Watte auf der Haut.

»Das soll es sein?«, fragte Joshua ungläubig und Fritz nickte mitleidig.

»Nicht gerade das Paradies, hm?«

»*Oğlum!* Was ist das?«, fragte Aziz, als er an die große, verschmierte Glasfront trat.

Sein Blick war nach oben gerichtet und Fabiu verstand, was er meinte: Die Wolken waren so dicht, dass man den Himmel nicht sehen konnte. Doch was Fabiu selbst erst für eine optische Täuschung gehalten hatte, versetzte ihn nun in Erstaunen: Die Wolken hingen *tatsächlich* so tief, dass sie beinahe den oberen Teil des gigantischen weißen Hochhauses neben ihnen verschlangen.

Er musste mehr sehen! Fabiu hastete vorbei an Aziz, an der gläsernen Wand entlang bis zum Ausgang. Langsam, dann immer schneller, trat er hinaus auf die Straßen.

Der Regen drückte auf seinen gesamten Körper und war eiskalt. Doch das störte ihn nicht. Seine Augen füllten sich mit Tränen, die der Regen umgehend fortspülte, als sich ein entschlossenes Grinsen auf seinem Gesicht breitmachte.

»Fabiu, komm zurück! Du holst dir den Tod!«, rief Joshua.

Doch der Wind pfiff so laut, dass Fabiu ihn gar nicht hörte.

Wir haben es geschafft!, dachte Fabiu.

Das hier war nicht die Welt, die er aus den Erinnerungen seines Vaters kannte. Aber er war schließlich auch nicht sein Vater.

Er war Fabiu und das seine eigene Welt.

Er war frei.

Strahlend drehte sich der Junge zu seinen Freunden um und sein Lächeln erstarrte.

Am Horizont sah er etwas, das einem Berg glich. Doch er wusste es besser. Es war ein von Menschen gebauter Turm, der bis in den Himmel reichte.

Nachdenklich zog er das verschmierte Polaroid aus seiner Hüfttasche und betrachtete die Worte auf der Rückseite.

Entschlossen blickte er hinauf an die Stelle, wo die Wolken die Spitze verschlangen.

»Leute, ich glaube, ich habe ONE gefunden!«

EPILOG

Gebannt starrte er auf das kleine Display in seinen Händen. Er wusste, es war so weit: All die Jahre der Vorbereitung kamen nun zu einem Ende. Trotz des Empfangsverstärkers, in den Isaac das Smartphone geklemmt hatte, war die Qualität der Übertragung miserabel. Hastig drückte er auf den Volume-Button des *PHONEs*, um die Fistelstimme des kleinen runden Mannes in der roten Robe besser verstehen zu können.

»... weshalb Sie der Natur zurückgegeben werden. Ihr Geist sowie Ihr irdischer Körper. Nun ist die Zeit für Ihre letzten Worte gekommen.«

Mit einem Schnitt blickte die Kamera cineastisch hinab auf einen jungen Mann in Fesseln, Mitte 30, dessen Augen durch den Kamerawinkel und sein langes pechschwarzes Haar nicht zu erkennen waren.

»Gut.«

Auf Anhieb erkannte Isaac die Stimme seines Schöpfers.

»Ein guter Freund hat in jungen Jahren einmal geschrieben, es wäre wichtig, dass die Menschen wieder lernen würden zu sterben. Das wäre natürlich. Doch was er damals noch nicht verstanden hat: So natürlich wie das Sterben ist auch das Leben. Und zu leben bedeutet, füreinander da zu sein. Sich zu sorgen. Seine Liebsten zu pflegen. Dinge, von denen ihr nichts versteht, weil andere das für euch erledigen.«

Isaacs Hände zitterten und er befürchtete, nicht mehr das hören zu können, was jeder hören sollte.

»Menschlichkeit ist euch fremd! Das war sie schon immer! Das ist der Preis, den ihr für euren Reichtum zahlt.«

Der gefesselte Mann auf dem Display erhob seinen Blick und als Isaac seine eigenen Augen im zornigen Gesicht seines Schöpfers erkannte, entdeckte er nun ebenfalls den dicken Strick um seinen Hals.

»Sollte die Welt – die Natur – also ein Menschenopfer benötigen, wärt ihr die Ersten, mit denen man anfangen sollt–«

Noch bevor Fabiu seinen Satz beendet hatte, öffnete sich eine Klappe unter ihm. Es gab einen Schnitt – diesmal zeigte die Kamera das hölzerne Podest, auf dem der Mann eben noch gestanden hatte, von unten – und man sah den Körper auf die Kamera zusausen, bevor er mit einem lauten Knacks reglos am Seil taumelte.

Isaac schluckte und starrte wie gebannt auf das helle Display, als er etwas in sich selbst sterben spürte.

Dann ertönte erneut die Fistelstimme, als der breite Mann in seiner roten Robe wieder auf dem Bildschirm erschien.

»Unreifes Gefasel, wenn Sie mich fragen.« Ein erleichtertes Lachen war aus dem Off zu hören. »Rationalität und Reichtum schultern uns mit der Bürde und dem Privileg, über Leben und Tod bestimmen zu müssen. Da die Seuche namens Menschheit nicht
länger tragbar für unsere Welt ist, müssen wir derart drastisch handeln. Rationalität! Und nur der Reichtum von ONE allein machte es
erst möglich, *MOTHER* zu erwecken und uns Wenige zum Wohle der
Umwelt auf diesem Planeten –«

Isaac schaltete das Video ab und die Stimme verstummte. Dieses
Überlegenheitsgelaber hatte er so satt. Nicht nur aus seinen Erinnerungen, auch aus den überzogenen Reden all der anderen Hinrich-
tungen, die er seit seiner Aktivierung im Stream hatte mit ansehen
müssen.

Fabiu war tot.

Der Letzte von ihnen – sein ursprüngliches Ich – hingerichtet.
Öffentlich in einem Schauprozess, irgendwo direkt über ihm. Über
dem Piccadilly Circus. Hoch oben. Über den Wolken, die tiefer hingen als je zuvor.

Isaac schloss die Augen und atmete tief ein. Alles war vorbereitet und genau durchgeplant. Jedes Detail, das er mit seinem Er-
zeuger immer und immer wieder durchgegangen war, kam nun zurück zu ihm. Seine Bestimmung begann genau hier und jetzt, denn
Fabius Tod war der Startschuss. Der Staffelstab war übergeben
worden.

Er ging noch einmal alles im Kopf durch: die alte Lok aus dem
Covent Garden Museum abholen ... Sie fuhr mit Dampf, weshalb es

egal war, dass das Bahnnetz nach der Operation *SEED* lahmgelegt worden war – sie würden unentdeckt bleiben.

Dann den Zufahrtstunnel verschließen, sodass der einzige Weg die Jungen nach Tottenham Court Road führte. Der Eintritt in diesen SEED würde Phase 2 triggern und sobald sie Phase 3 erreicht hätten, würde Isaac sie in den *GLASHAUS*-Bunker führen – das alte Krankenhaus unter Tottenham Court Road. Wenn er selbst dann noch leben würde ...

Isaac zog den Schraubenzieher aus seiner Gürteltasche und betrachtete ihn, während er jeden Schritt in seinem Kopf noch einmal durchging. Dann löste er das *PHONE* aus der empfangsverstärkenden Apparatur und ließ es behutsam zurück in die schwarze Gürteltasche des schlafenden, pummligen Jungen gleiten.

Das Zimmer war hell erleuchtet. Dass er hier unten Strom hatte, hieß, dass die manipulierte Energieversorgung bei ONE immer noch nicht aufgeflogen war. Dort dachte man vermutlich nach wie vor, der Saft fließe in einen der Tower. Ein geschickter Trick, den Zakir und Aziz zu ihren Lebzeiten ausgetüftelt hatten.

Isaac drehte sich um und sah ihre Söhne, die ihnen wie aus dem Gesicht geschnitten waren, auf den Bildern an den gläsernen Wänden. Es war seltsam, Zakirs Namen über seiner jüngeren Version zu

sehen. Doch es war notwendig, die Namen an ihre Söhne weiterzu-
geben. Nur so konnten sie ihre Erinnerungen auch wirklich in den
neuen Körpern zusammenpuzzeln. Isaac erinnerte sich daran, wie
sein Schöpfer ihn selbst noch *Fabiu* genannt hatte. Das war, bevor
Isaac Stufe 3 erreicht hatte und verstand, warum er sich so fremd in
seinem Körper fühlte. Bevor er verstand, dass er einen anderen Namen brauchte, weil *Fabiu* bereits vergeben war ...

Isaac schluckte, denn er hasste den Gedanken, nur zu existieren,
um alle anderen zu führen. Dass er nur ein Werkzeug war. Aber sein
Schöpfer hatte es so gewollt. Er selbst hatte es so gewollt. Ihre Gehirne waren dieselben, also *war* er sein Schöpfer. Das hieße doch, er
hätte sich das selbst ausgesucht, oder? Und dennoch fühlte er so
etwas wie Hoffnung, wenn er sich vorstellte, all das hier wäre vorbei.

Würde er frei sein, wenn die anderen ebenfalls Stufe 3 erreicht
hatten? Wenn die Geister der Väter ihre Söhne übernommen hätten
und ihre Mission fortsetzen würden? Hatte er dann ausgedient oder
hatten sie noch andere Pläne mit ihm? Erinnerungen, die sein Vater
ihm nicht mit auf den Weg gegeben hatte? Gab es noch einen anderen Grund, außer der früheren Reife, warum er im Körper eines
Mädchens feststeckte?

Doch er verbot sich, weiter darüber nachzudenken. An die gefrorenen Eizellen und wie sie an diese gekommen waren.

Sein Blick wanderte und blieb auf dem roten Dreieck hinter Aziz'
Namen hängen, als sich ein Gefühl des Bedauerns zu seiner schlei-
chenden Traurigkeit mischte. Bedauern, dass Aziz nicht lang genug
gelebt hatte, um die Erinnerungen seines Sohnes zusammenzu-

puzzeln und ihn so auf denselben Stand der anderen zu bringen. Bedauern, dass Aziz junior somit von Anfang an ein Aussätziger sein würde – genau wie sein Vater. Bedauern, dass die Lösung dafür ein modifiziertes *NETZ* war – steuerbar durch eine App –, das ihn in seiner Freiheit einschränkte und ihn wie einen aggressiven Hund mit Elektroschocks für Fehlverhalten bestrafte. Doch das war nicht seine Entscheidung gewesen. Nicht Isaacs. Nicht Fabius.

Schweren Herzens verließ er den gläsernen Raum, der vermutlich mal als Geschäft oder Souvenir-Shop angedacht gewesen war, und verriegelte ihn hinter sich. Er schlenderte durch die drückende Stille der weißen, leeren Tickethalle der Piccadilly Circus Station, die einst für die Crossrail-2-Anbindung gebaut, aber nie genutzt worden war. Vorbei an den Glasfronten, hinter denen die anderen Jungen in ihrem komatösen Zustand ruhten, bis hin zu einer breiten eisernen Fahrstuhltür. Er hielt eine kleine Karte unter den nun leuchtenden Knopf, als die Tür sich zischend öffnete und dann wieder hinter ihm schloss.

Als der Fahrstuhl abwärtsfuhr, fischte Isaac den gefalteten Brief aus seiner Tasche, den er vorhin geschrieben hatte, um ihn noch ein letztes Mal zu lesen:

Fabiu,

sollte mir etwas zustoßen, hoffe ich, dass ich dich zumindest sicher in Phase 3 gebracht habe. Falls dem nicht so ist – pass gut auf! Ich weiß, dass vieles verwirrend für dich sein muss – durcheinander. Ein Gefühl, dass nichts wirklich zusammenpasst. Das liegt daran, dass das Puzzeln ein komplexer Prozess ist. Deswegen ist es umso wichtiger, dass du alle Einzelheiten erfährst, denn mit diesem Brief übergebe ich dir das Projekt **Glashaus**.

Für die Schöpfung eines **Glashauskindes** wird nach einem komplexen Simulationsprozess aus Hunderten möglicher Spermien die kompatibelste zur verfügbaren Eizelle ausgewählt, die diese dann befruchtet. Ziel ist es, dass das Kind dem Vater so stark wie nur möglich ähnelt. Das ist essenziell, da während des Puzzelns sonst Widersprüche zu den eingepflanzten Erinnerungen entstehen könnten, wie beispielsweise bei dem Blick in den Spiegel. Das **Netz** wird direkt nach der Geburt in den Schädel injiziert und legt sich wie ein mechanisches Gewebe um das Gehirn des Babys. Durch Mikro-Elektroimpulse wird es nun geformt. Das Kind bleibt, bis das Sprachzentrum ausgebildet worden ist, in einem willenlosen Trancezustand und hört nur auf simple Anweisungen.

Dann beginnt das Puzzeln. Die Väter beantworten und stellen ihrem **Glashauskind** Fragen zu Ereignissen, korrigieren falsche Verknüpfungen — es ist beinahe wie bei einer Hypnose. Da **One** allerdings zu einer immer gefährlicheren Bedrohung wird, musste unser Vater sich in den letzten Jahren stärker auf mich konzentrieren, sodass ich stabil genug bin, um euch in Phase 3 zu führen. Deswegen wirkt für dich vermutlich nach dem Erwachen alles etwas wirrer als für andere.

Wie dem auch sei – sollte ich es nicht schaffen, liegt es an dir, einen Widerstand aufzubauen und das Fundament einer neuen Zivilisation fernab von One zu gründen. Eine Garde von Brüdern, abstammend von den klügsten Köpfen, die je für One gearbeitet haben. Eine Garde, die irgendwann mächtig genug sein wird, um diese Monster zu stürzen! Wir haben das Insiderwissen! Wir haben die Technik! Wir können es schaffen!

Alle Informationen findest du im Labor unter dem Tottenham-Court-Road-Seed, dessen Zugang du freilegst, indem du den Sprengsatz-Auslöser am Kopf des Schraubenziehers betätigst, in dem du diese Nachricht hier gefunden hast. Du findest einen Schlüssel unter dem alten Zug, der dich am Ende des aufgesprengten Tunnels hinter der schwarzen Werbetafel durch eine Geheimtür führt.

Ich hoffe, du musst diese Zeilen nie lesen und ich schaffe es, uns alle unbeschadet in die Tiefe zu führen, so wie wir es geplant hatten.

Falls nicht, sollst du wissen, dass du mein Alles bist. Wir dürfen nicht versagen.

One wollte uns alle auslöschen, doch die Saat der Menschheit liegt nun in unseren Händen. Wir müssen sie nur hier unten, tief in der Erde, aufkeimen lassen. Dann brechen wir durch die tote Oberfläche und erheben uns aus den Gebeinen der Gefallenen bis über die Wolken, um ihren Gott zu Fall zu bringen! Wir müssen nur zusammenhalten.

Brat'ya

Isaac nickte bestimmt, rollte den Brief, so eng er konnte, zusammen und stopfte ihn in den halb transparenten Griff seines Schraubenziehers. Dann schraubte er vorsichtig den hinteren Teil des Griffs mit dem versteckten Auslöser wieder zu. Die Fahrstuhltür hatte sich geöffnet und er stand im Staub des Piccadilly-Circus-SEEDs.

Durch den Fahrstuhl würde es kein Problem sein, die betäubten Jungs nach ihrer Aktivierung hierher zu verfrachten, dachte er sich.

Er warf einen entschlossenen Blick auf seine Taschenuhr – fast 15 Uhr. Es war machbar, die Lok innerhalb der nächsten Stunde aus dem Convent Garden Museum hierherzubekommen und den schweren Eisenzugang hinter sich zu verschließen. Anschließend müsste er die restlichen Vorbereitungen treffen ... Wenn er sich beeilte, könnte noch heute Nacht das Briefing stattfinden.

Als Isaac die Augen schloss, sah er vor seinem geistigen Auge seinen ehemaligen Körper leblos im Livestream hängen, und eine unbändige Wut brodelte in ihm auf.

ONE musste fallen.

DANKSAGUNG

Für meine Eltern,
die mich freiließen, als ich ausbrechen musste.
Für Kostas,
der meine Hand in jedem Tunnel findet,
um mich hinauszuführen.
Für John,
der Bruder, der alles zusammenhält.
Für Mara, Navy und Dario.
Für jeden, der sich sucht und verlernt hat, daran zu glauben,
dass er sich je findet.
Du bist nicht allein.
Nimm meine Hand und ich zieh dich mit.
Ins Licht.
Hinaus.

© Marik Roeder

Marik Roeder wurde 1989 in Berlin geboren. Seit 2009 betreibt er den erfolgreichen YouTube-Kanal **darkviktory**. Bekannt geworden ist er vor allem durch die Animationsserie *TubeClash*, die mehrfach mit dem Deutschen Webvideopreis ausgezeichnet wurde. Sein animiertes Newsmagazin *BrainFed – Fütter dein Hirn!* erhielt 2016 den Grimme Online Award. Er wohnt mit seinem Freund und seinem Hund in Potsdam, wo er an neuen Buch-, Film- und Animationsprojekten arbeitet.

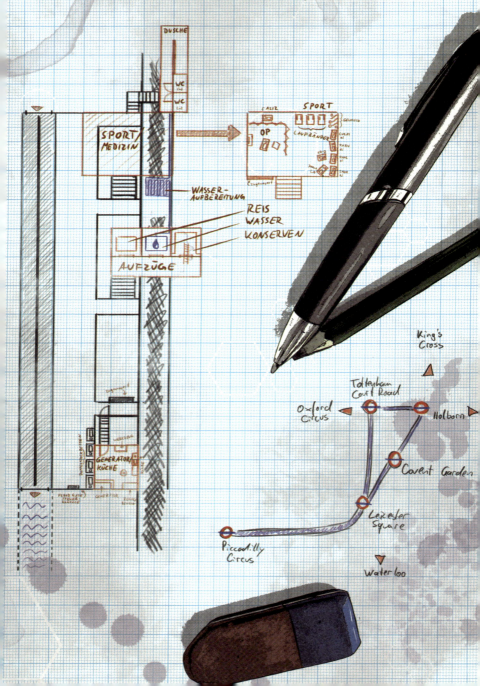